U0501711

人民文学出版社

杂牌军

陈建波　著

图书在版编目（CIP）数据

杂牌军/陈建波著. —北京：人民文学出版社,2012
ISBN 978-7-02-009191-1

Ⅰ.①杂… Ⅱ.①陈… Ⅲ.①长篇小说—中国—当代 Ⅳ.①I247.5

中国版本图书馆 CIP 数据核字（2012）第 093037 号

责任编辑　付艳霞
装帧设计　赵　迪
责任印制　王景林

出版发行　人民文学出版社
社　　址　北京市朝内大街 166 号
邮政编码　100705
网　　址　http://www.rw-cn.com

印　　刷　北京天来印务有限公司
经　　销　全国新华书店等

字　　数　300 千字
开　　本　680×960 毫米　1/16
印　　张　17.75　插页 3
印　　数　1—10000
版　　次　2012 年 6 月北京第 1 版
印　　次　2012 年 6 月第 1 次印刷

书　　号　978-7-02-009191-1
定　　价　29.00 元

如有印装质量问题,请与本社图书销售中心调换。电话:01065233595

第 一 章

（一）

1941 年的春天，女教员贾慧坐在澡桶里，正轻柔地擦拭着肌肤，一枚数百斤重的铁疙瘩从天而降，以摧枯拉朽之势接连洞穿了天花板和红木桌面，轰然砸入水磨方砖地面，半截没入泥土。距离屋角窗棂下的她仅有六七尺远。湛蓝的天幕在宽敞的破口处显现，两架涂着红日的日本飞机在上空盘旋，惊天动地的爆炸声此起彼伏地响着，地动山摇，灰土扑簌。

贾慧脑子里一片空白，瘫坐在温暖的水中，失去了起身的气力。约摸五六分钟后，她像是从噩梦中惊醒般，凄厉地喊叫了一声，手忙脚乱地去寻衣物。这春日的午后，她那雪白的肤色和精巧的乳房，在绿色油漆的航空炸弹衬映下，宛若梦中景象，摇曳闪忽间一掠出门。

门外的半边院墙已经坍塌，街头慌乱的人群嘈杂混乱。邻近几处地带，浓烟升腾。所有人此刻都明白过来，是日本人的空袭。吴尚，这座被邑人自诩为三百年未遇兵戈的县城，在民国三十年，正式遭受了来自天空的袭击。

贾慧与死亡擦肩而过，白捡了一条性命。她光脚趿鞋冲上了大街，拖住急赶着去救火的警察，指着自己的房子，大声喊道："有一颗落在我的屋子里了，没炸！"

她的话音未落，人群像是被急流席卷似的，四散荡然。贾慧被人流裹挟，远离了自己的居所，一时间难以回头。她并不知道，这凭空落下的炸弹，并非冲她而来，真正的目标是相距半里的古刹晓光寺。苏鲁皖游击边区总指挥部就设在寺内。有两枚炸弹击中了前殿，另外三枚偏离了方位，唯一落地未炸的，就是害得她有家难回的那颗。

不过，这次日军空袭吴尚，远远没有达到目的。其一，苏鲁皖游击总指挥部三天前撤离了晓光寺；其二，该部大半兵力不在吴尚，正奉了第三战区总部电令，远离防区配合国军主力对新四军北撤军部的合围，负责外围截击。眼下的吴尚，几乎是座空城。

1

副总指挥黎星斗率一部虚张声势,驻扎在邻近日军的莲花镇,成为全军沿江布防的一条长蛇阵的尾部。一旦日军进攻,便逐次抵抗北撤,直至和总指挥黎星源所率的主力汇合,入皖境投奔三战区总部。至于吴尚的归属,他们是放在第二步考虑的。此地处于日本人和新四军东进各部的夹峙当中,原来可以依靠的省府势力,在黄桥一役中早已损失殆尽,只能蛰居水乡,苟延残喘罢了。

　　半天之后,城里人心惶惶的情形有所缓解。房屋待修,伤者治伤,死者入土。唯一的麻烦事,就是落在贾慧堂屋里的那枚炸弹。这里是吴尚城中的繁华地带,居民密集,万一什么时候发作了,那才叫冤枉呢!

　　县长算是个体恤民情的好官,但他是个手无缚鸡之力的文人,哪里懂得应对这枚说炸就炸,说不炸就不炸的玩意儿?而且,手底下那些人,查毒禁赌是行家里手,排除炸弹的活计,自出娘胎来就没干过。

　　他暗自斟酌,重赏之下,必有勇夫,于是,便以县府的名义出大洋一百,悬赏招揽拆解炸弹者。不久便有人来揭了榜,不过,开口先要三百大洋。马县长有些为难,转而跟那些住户们商量。毗邻贾慧的李盐商,家底丰厚,生怕家私在一声轰响中灰飞烟灭,答应代为支付那多出的两百块。

　　交易谈成,次日一早便开工卸弹。男人是外地口音,走路瘸拐,搬到吴尚来不足半年。有知晓底细的人说,他本是国军三十三师的伤兵,跟队伍失散了,人已残疾,无人管顾。这次自告奋勇地揽下这活计,兴许他在军队里受过训练。

　　他穿了件短褂,赤膊扛着镐锹、提着布袋,歪歪斜斜地去了贾慧的住处。进了门后,他先去盛满水犹自散发女人香气的木桶边瞅了两眼,掉头朝着院子里的贾慧端详了一下,竖起了大拇指。他这手势暧昧,不知道是夸奖她运气好,还是赞叹她女人味重。

　　贾慧脸色绯红,没有吭声,躲到街对面的巷口,远远地眺望着。

　　这位前国军伤残工兵,没有帮手。他先用镐头撬开了地面的砖头,然后改用铁锹,围绕着弹体挖掘。足足干到了中午时分,才弄出了个三尺多深、五尺来宽的凹坑来。炸弹因为身下泥土被掏空,由入土时的直立改为了横卧。触底的弹头悬空,改变了触发状态。

　　他松了口气,蹲在坑底用螺丝刀和扳手又鼓捣了半个钟头,终于直起腰板来,向远处的人群招手,大声地说:"引信拆掉了,没事啦!弄辆板车来,把它拖到城外去。"

（二）

次日清晨，当瓦木匠拖着砖瓦木料来给贾慧修房子时，顺便也给她捎来了一个消息：昨天，领了重赏处理炸弹的那个人，今天一早被人发现已经死了，倒栽在荷花缸里，两只脚笔直地指向天空，死状极为奇特。警察局来了人，顺理成章地先满屋子搜那三百块洋钱的下落，结果杳无踪迹。由此定论，死者昨天豁出性命挣来的官府赏金，是他今天暴死的原因。从他的死状看，动手谋财害命的人不止一个。

不过，他的死法实在别出心裁。据说，关外东三省的马匪胡子，就喜欢将人倒插在冰窟窿里，一夜过来，整个人冻成冰棍样子，但这样的杀人手法，在江浙一带却是罕见。

案子大抵就是这么个情况，侦破却是毫无指望。这年头兵荒马乱，杀人越货屡见不鲜，这位老兄挣了钱，露了财，被人害死，一点都不稀奇。不过，从死前背着包袱的模样，可以推测，他已经意识到了自己所处的险境，想离开，但还是迟了一步。

贾慧心里说不清是害怕还是担忧。她坐在院角的黄杨树下，仰望着屋顶上丈量尺寸的工匠，听着他们议论的内容，时而皱眉，时而沉思。

这时，院门外进来个穿长衫的男人，在石阶上叫："贾老师，贾老师在家吧？"

贾慧闻声看去，是上司刘校长，便应了一声迎过去。

刘校长说："上午开校务会议，鉴于眼下的形势吃紧，学校先放半个月的假，等局势明朗了再复课。已经有同事离开吴尚了，你呢？"

贾慧摇头，迟疑着说："我暂且还是不走吧。"

贾慧心头微微抽紧，难道日本人果真要发动进攻了吗？眼下，这城里没有军队驻扎，明摆着是招惹鬼子前来。不过，二黎的部队难道连个像样的抵抗都没有，真的愿意拱手让出吴尚城吗？丢了这块地盘，哪里还有这样钱粮丰厚的去处，养得起两三万挎枪征战的士兵？

她心中疑惑着送走了校长，索性打消了下午去学校的打算，依旧坐看工匠们忙活。黄昏后，屋面上锅盖大的洞被复原，天花板补缀得焕然一新，地面方砖更换之后，几乎看不出痕迹。总之，一切都恢复了原状。

工匠们收下工钱后，高高兴兴地出了门，粗鲁地互相开起玩笑来，说可不能像昨天那个倒霉鬼，有命挣钱，没命花钱，不明不白地丢掉了性命。

贾慧听到这话，也笑了一下，接着便去街对面巷口的警察老崔家探听虚实。

老崔刚刚回家，坐在门槛下喝稀饭。他有三个小孩，都在县立小学读书，所以见了她十分地客气。贾慧没有客套，开门见山问他早间那桩案件的详情。

老崔抹了抹嘴角，说这件事讲给你们年轻姑娘家太吓人了。这人真是个促狭命，战场上没被日本人打死，临了儿在吴尚城被日本人扔的炸弹连累死了。人的命，是天注定的。老天爷让这颗炸弹落地不炸，救了贾老师的命，却让他替代了。

贾慧对他把自己的性命和那个伤残工兵混为一谈，暗暗有些不以为然。但此行目的已经达到，所知的情况跟早晨那些工匠的转述大致相仿。她转身过街回去，跨上门前麻石台阶时，脑子里闪过了昨天卸弹前，那个男人转身冲自己竖起大拇指时的手势和眼神。此刻回想起来，那目光中的情色意味几乎可以忽略不计，骨子里真正隐含的，是惊诧。当时他看到了什么？这个举动，跟他的死有没有直接的联系？

贾慧回到了修缮好的堂屋，里面物件照旧摆放着，木桶仍然在窗下。男人站在桶前这个位置，会看到什么呢？她心中揣摩，沿着墙壁仔细打量，最后目光定在了正对面书桌前用铁钉悬挂的相片框上。相片上的女孩儿，刘海整齐，辫子柔顺，笑容婉约，是自己十八岁时的留影。这是多年来她随身携带着的，唯一跟过去有瓜葛的东西。

她立刻明白过来，喃喃地叫了声"老天"，跟跄了几步坐倒在椅子里。

（三）

局势日益吃紧，日本人动用了整个旅团的兵力向莲花镇进攻。黎星斗率两个纵队弃镇而走，没有往吴尚方向来，而是撤向皖境去了。紧接着的戏剧性变化是，日本人没有乘虚直下吴尚，反而尾追黎星斗部。倒是东边的新四军有了动静，西进占据了两个集镇，进迫吴尚。

这么一来，日本人此次行动倒有替他人做嫁衣的意味了。但新四军前锋抵达吴尚郊外三十里即停，不再前进。这三者之间，倒像是在下一盘三方对弈的棋局,除了当事者,谁也搞不清其中的奥妙。

遭日军攻击的黎星斗北撤和黎星源汇合后,占据山地有利地形死守。但日军追击部队追赶至此便收兵回撤,甚至连莲花镇都弃之不要了,让二黎喜出望外,一面沿着退却的路线返回,一面上报三战区和省府说:经我部奋勇反击,已然收复失地。

有莲花镇作屏障,吴尚便有了安全保证,百姓安居乐业,重弹"三百年不逢兵戈"的陈词滥调。

贾慧重新回校走上讲台。可是,此时的贾老师和之前已然有了不同。她变得敏感,心事重重。原本悬挂着的那帧相片已经取下,空洞地留了根纤细的铁钉。这个细微的变化,旁人根本难以觉察,但她的心里却依然忐忑,以至于有访客登门时,特地改在了西厢房接待。西厢房里的陈设是以前房主留下的。桌椅色调黯淡沉闷,多少影响了宾主间攀谈的兴致。

不过,贾慧本就没有什么兴致跟人交往,表面的客套和内心的冷漠形成了强烈的对比。这种落差,对于访客毫无妨碍,对她本人却是难以言喻的伤害。这位三年前乘一叶扁舟从城南官河水道入城的女子,在这座城市里从举目无亲,到完全地融入其间,耗费的是光阴,倏尔间已过了二十六,青春的光泽逐渐消褪。

像她这样的容颜、教养,在吴尚自然是少不了异性追求的。同事也好,街坊也好,辗转请人托求的也好,都被她一一婉拒。其实,她何尝不想在这些追求者中挑选一位,了此余生。只是这想法对她而言太过奢侈了。

她来吴尚之前的身世经历,若按照她自己填写的履历看,平淡无奇。父亲在她幼年时病故,她和一个妹妹跟着寡母长大,母亲带着妹妹投奔族人远去广东了,只她孑然一身流落在吴尚。这样一位女孩子,长相不差,心存志气,不肯轻易托付终身,倒也可以成为借口。可是,年龄的增长是粉碎这个借口的武器,如果再拖上个两三年,那又该如何应对呢?到了那个年岁再没动静,势必会惹人疑心,弄不好会毁掉她在吴尚这些年所付出的全部努力。

中午放学后,贾慧撑着把桐油纸伞,袅袅婷婷地行走在春雨中。她的午饭常年包给隔壁邻居家的李嫂,便宜又干净,很对她的胃口。

这样垂低了伞面,沿街漫步,本该是她心静如水之时。可是刚出校门两三分钟,一声清脆的惊呼声让她霎时惊醒。她下意识地闻声抬头,看见一个女人正从路边旅社里出来,手里的纸伞张开一半,脚底下那双纤瘦的皮鞋表明了她来自吴尚之外的城市。那精心修饰的柳眉下,两眼惊诧地盯住贾慧,嘴里喊着:"是你?你也在这里!"

贾慧心中慌乱,但脚下保持着原有的节奏冷静地向前。一个念头盘旋在脑海,认还是不认?她犹豫片刻,索性横下心来加快步伐,拐过一个弯后,急忙收伞闪入路边巷角的铺子里,窥探身后的动静。

不一会儿,那长衣女人尾随而至,沿街直向前走。贾慧知道她是谁,她方才叫自己的那一声,绵长婉转,妩媚迷人,隐约间还带了几分吟唱的味道。内行人一听,就明白她的出身。戏班子里出来的,腔调到老也改不掉。贾慧自幼就讨厌这声音,矫揉造作,充满了狐媚气。她此刻现身吴尚街头,意味着什么,不用思考就能明白。看来自己在吴尚的宁静日子已经到头,又该远走他处了。

贾慧绕小路回到住处,动手收拾行李。正要换衣服时,外面有人大声叫门,是对街的警察老崔。贾慧心存疑惑,过去开门。

老崔欠腰咧嘴笑道:"有位太太去警察局打听寻亲,比划的年龄、衣着、身段儿、神态,我估摸着就是您。她刚刚随丈夫来吴尚。他乡遇亲眷,稀罕着呢!非要我们帮着找。"

贾慧冷冷地说:"我没有什么亲戚,更没有那样的。这位太太想必是认错人了。你回去说,没有我这样的人就行了。"

老崔挠挠后颈,说:"行,我就按您吩咐的说。"他转身欲走。

贾慧迟疑一下,问:"她的丈夫,是什么人?"

老崔说:"是副总指挥的高参,从外地投奔过来不久,姓黄。"

贾慧不再多问,关了院门,在门檐下望着隐晦的天色,不由得犹豫起来。假如老崔说的是实,那自己倒没有躲避的必要了。现在,知道她身份的只有这个女人。有两种选择,要么依旧照原来的打算离开;要么就赶紧去旅社,稳住她,免得风声泄露。

贾慧心里飞速地权衡,下定了决心,夹着晾干了的雨伞出门,要去当面会会这多年未见的老相识。

(四)

绿杨旅社处于县城的繁华地带,是吴尚屈指可数的上等旅馆。二黎挂着苏鲁皖边区游击总指挥部的招牌,手下的部属都不是吴尚本地人,根据官阶权势,分成了三等。上等的,在防区驻地有公馆;中等的住旅馆,下等的驻军营。其中中等的军官,几乎包圆了本地所有像样的旅馆。好在部队军纪尚可,房钱打折但不拖欠,店主、旅客之间,尚能相安无事。

贾慧在这条街上往来已久,却从没见过这女人的踪影。她存了心眼,在楼底打听时不提姓名只讲外表容貌。柜台伙计马上就明白了她所描述的对象是谁,笑了笑说是黄太太,住楼上甲字号房,刚刚回来。贾慧心里有数,谢绝领路自行摸上楼去,轻拍房门。

期待中,那个独特的女声响起:"谁啊?"

贾慧屏息静气,说:"我。"

屋子里静寂了片刻,露出半边脸来,喃喃地叫了声"老天",随后就哽住了嗓门,再也说不出话来。

贾慧进了屋反手带门,寻了张椅子坐下,淡淡道:"你不是到处打听我吗?我来了,有什么指教?"

那女人捂住嘴巴,在胸腔深处发出一声惊噫,摇头说:"果然是你,我还以为自己认错人了呢。"

贾慧审视着她,问:"你是什么时候出来的? 怎么又成了黄太太?"

那女人反问:"你在这里多久了? 还用原来的名字吗? 我估摸着,不会再姓许了吧?"

贾慧战栗了一下。这些年来,她对这个字眼极其敏感,甚至对这个姓氏的人都敬而远之,但这个洞悉自己秘密的女人却直接点戳了。她苦笑起来,说:"这些年,我们彼此都陌生了,你不再是四姨太,我也不是许小姐了,我姓贾,贾慧。县里小学的教员。你不也成了黄高参的太太吗?"

女人叹息道:"许府出来的女人都不再姓许,命该如此。黄先生是我在上海认识的。那时我的境况不好,他也很失意,老婆跟别人去重庆了,一个人孤零零地住在法租界里。我的一个好姐妹跟他做邻居,就撮合了我们。我这人还是有些旺夫运的。他带我离开上海去南京又来了吴尚,逐渐地走上坡路了。现在,也算是个人物吧。"

贾慧一笑,说:"看来,咱们的身份都下降了。不过,那些虚名也没有意义啦。"

贾慧登门挑明了底细,黄太太也就亮灯底下不说暗话。她们絮絮叨叨地沉浸在彼此熟谙的往事里,直到附近学校开课的摇铃声传来时,贾慧才起身留了地址，告辞离开。她走出旅社时，迎面碰见一个佩将星的军官下马。

此人四十岁左右，眉毛极浓，给人印象深刻，以至于贾慧回到学校教室上课时，脑子里还是挥之不去。他大概就是黄高参吧？这是从莲花镇前沿回吴尚来了吗？二黎呢？眼前黑云压城这个劫数，会就此结束了吧？她和吴尚，都在这个阴晴未定的下午，化险为夷了？

贾慧猜得很准。她授课时，大队的人马已然进城。黎星斗率两个纵队离开莲花镇回师吴尚。皖南战事已经告一段落，新四军军部以及直属部队近万人被围歼，军长叶挺被俘，已经没有大股余部突破重围向东而来的可能了。黎星源重新接防莲花镇。一切态势，都恢复到了以前的面貌。

马县长终于放下心来，连忙去拜望黎星斗。说起二黎率兵远征这段日子，难免夹带了几句埋怨。黎星斗笑呵呵连说不妨事，总指挥运筹帷幄，成竹在胸，不会轻易丢下吴尚的父老乡亲们不管的。眼下大捷回师，吴尚还是吴尚，县长还是县长，分毫没有改变。

他们心情放松下来，自然是其乐融融。于是，有人便扯起了那天日军飞机来轰炸，炸弹落在正在洗澡的小学女教员身边，居然就没爆炸的稀奇事儿。黎星斗笑得满脸麻子乱颤，连说邪门！这娘们儿厉害，光屁股居然压住了日本炸弹的火气，算得上是吴尚的女中豪杰了。马县长捻着胡须说，古书中有用裸女破邪一说，难道真有点影子？

众人在晓光寺后殿围绕着贾慧肉体抗日的事例谈笑风生，殿外廊下少将参议黄某经过，插上一句：这位年轻女教员莫非姓贾？

县长连声称是，眉清目秀长相不差，不像是寻常人家的姑娘，在炸弹旁居然还能从容穿衣。黄参议带了三分炫耀，说这位贾小姐是贱内的远房侄女，自幼就有胆气，在晓庄师范念过书的。

黎星斗啧啧称奇，说改日要请黄高参引荐引荐，在富春酒楼摆上一桌，大伙儿也沾沾她的运气，不，仙气。

（五）

贾慧对自己成为话题一事，自然茫然无知。她坐在办公室里，又认真想了主动拜访黄太太的一幕，自感正确。黄太太跟自己一样，都是隐姓埋名，不愿意把旧日的往事翻上桌面来。如今，她是少将参议的正室夫人，比之于过去半

8

奴仆状态的四姨太,要名正言顺得多。她想起了当年她们之间发生过的那些明争暗斗,脑子里闪过"一笑泯恩仇"这五个字来。

黄昏时,她夹着纸伞提着绣花布包回家,那旅社门前,卫兵、军马犹在。想来,黄高参回旅社来见老婆,还没有走呢。她多年前见识过这位黄太太的媚态,那时,她愤愤不平于她的争宠。现在,无论她如何施展媚术,都与己无关了。一个男人,得到她这样的徐娘半老风韵犹存的女人,又何尝不是场艳遇呢?男人没一个好东西!

她是在心里对一个白净、儒雅,但笑容隐含邪气的年轻男子说这个话的。

到家时,又碰到警察老崔,老崔特意告诉她工兵横死一案的查勘结果。凶手是用匕首拨开门栓进院子的,没有进屋,就蹲伏在房子的周围。有个人抽了烟,烟屁股用鞋底碾踩过,留下了清晰的皮鞋印。吴尚城里,穿皮鞋的人屈指可数,是个关键的线索,警察局正沿这个疑点进行调查呢。

贾慧有些心惊,她在吴尚住了三年,见过的穿皮鞋的男人不多。嫌疑范围缩小到这一步,破案进度已经算是神速了。她道声谢进屋去,点了煤炉自己煮粥吃。天色黑沉下来,她喝完了粥,浑身出汗,这使她想起了上一次那半途而废的洗浴,不由笑了笑,端起热水壶去了修补完毕的堂屋里,将热水倒入木桶。

她无镜可照,只在水磨砖地上欣赏自己的身段在油灯下的投影。褪去了贴身的亵衣,她的乳房在毫无拘束的情形下,比县城中绝大多数的年轻女性都要丰硕,但妙就妙在,穿衣在身时,这个特征又毫无显现。这一点,曾令某位青年男子惑然不解,并在把玩之余,作了八个字的评价:收放自如,无碍观瞻。

想到这个曾经触摸自己的男人,贾慧的心情随着身体一起坠沉入水。她索性闭住气,一下子淹没在水下,想让这种窒息感来得更加强烈些。

她埋头在水中的短暂时间里,屋脊背面有个人蹑手蹑脚踏瓦而来,宛若一只狸猫趴在天窗上。空旷的堂屋里,贾慧从水里抬起头来,水从她的面颊散落,左胸前一个铜钱大的鲜红色瘢痕夺目耀眼。这迷人的乳房上,犹如镶嵌了宝石般的印记,让夜行客狠狠地咽了一口唾沫。

他看到了想看的东西。本以为,要在这屋顶风餐露宿盘桓几夜才能达成目的,想不到一上屋顶就大功告成了。他恋恋不舍这天窗下所俯瞰到的情景,欲火中烧,坐在天窗边的砖垒上,沉重地喘息着。接着手脚并用,向屋面檐下爬去。在落下台阶的刹那,施展了一个灵巧动作,双手扒住檐角的橡木,身体蜷曲并狡蛇般地展开,燕子样落在了青石台阶上,拔出腰间的利刃,去门扇缝隙中挑拨开木栓。

迎面间,只见黑洞洞的一支枪口指定自己。他愣住了,自诩了得的本事,竟然被这只顾着在澡桶里搔首弄姿的女人识破了。这是怎么回事?

贾慧冷冷地说:"扎自己的两条腿,然后滚远点。"

这家伙几乎不敢相信自己的耳朵,他意图拖延时间,嬉皮笑脸地说:"我,只是个小贼,找点糊口的小钱。这次栽在小姐手里,不敢妄动,请高抬贵手,放我一条生路。"

贾慧盯住他握刀的手,斩钉截铁地说:"左腿,扎!"

此人蓦然感受到了女人眼中凌厉的杀气,抬起刀子对准了自己的左腿,奋力地扎下去。但这一扎是虚,半途中陡然变向,横飞出去,直奔那女人裸露在外的锁骨咽喉。动作刚刚做到一半,枪声就响了。子弹打在他的脑门正中。他两眼圆睁,死死瞪着失去了准头的刀,眼看它深深扎进了澡桶的外壁,铮然有声。

贾慧垂下枪,飞快地跨出水桶,用肚兜遮住胸口,去查看动静。这个色胆包天的家伙蹬了两下腿,已经咽气身亡。她心中这才开始慌张,忙不迭地穿衣,拽住死者的双脚,倒拖到西厢房一个角落。

与此同时,院外脚步杂乱,巡夜的士兵在街上奔走,寻找枪声的来源。她不假思索,依旧宽衣解带,坐回桶里洗身子,直到有人敲响了院门,这才不紧不慢地喊了声稍候,姗姗来应对。

外面叫门的两个士兵和警察老崔,瞧见她这副湿漉漉的模样出来,又嗅到了芙蓉出水般的清香,明白她又在洗澡了。这个以洗浴闻名吴尚的女人,在这枪响之时,仍然是在屋里洗澡,真是有趣。老崔问她听到枪声没有?她说自己没留神,兴许是从隔壁吧,顺手一指那边盐商李某住宅。

贾慧仗着浴后清新,将巡夜大兵们骗过了。将油灯凑在死者的脸上仔细端详,全然陌生,再翻翻他随身的物件,没有一样可以证明其身份来历。她不免后悔,这一枪虽然是自救,但却打断了所有的线索。这个家伙,是受人指使而来,还是夜间行盗,还是蓄意谋色而来呢?这个问题,眼下只有天知道了。

(六)

晚间枪响,惊动了巡防队,也惊动了驻军首领黎星斗。他的公馆距离枪响处不远。当时,他正站在镜子前擦自己那张粗糙的脸皮。其实,外间传说他的绰号"黎大麻子",并不合实际。他脸上的坑坑洼洼,不是幼年时得天花留下的痕迹,而是七年前一次剿共行动负伤所致。

当时,那支番号为红十四军的乌合之众,用土枪土炮围攻吴尚。他从省城奉命驰援,半途遭伏。不知道是哪个天杀的,用铁砂霰弹枪对准他开了一火,他的脸霎时鲜血淋漓,幸亏戴了墨镜,才免于受伤失明。但百余块铁屑扎在肉里,外科医生用了整整两天的时间,才清理干净。留下这满面的创痕,从此真是人如其名了。

他恼恨之余,挥军剿杀,将俘获的七名共党头目押在吴尚城西刘家营,就地全部活埋了。报复手段之狠,与他平素里念佛守斋的习惯截然相反。那时的黎星斗,任江苏省扬、吴、通、泰保安公署专员,统领各地的民团,维护治安。

抗战初期,他奉命编练民团,后来战事蔓延到了江浙腹地,他便直接率民团改为正规军,向北策应台儿庄血战。等到徐州突围后,他手底下只剩一个营。南撤途中,正巧和老上司黎星源碰上。黎星源本在战区长官司令部任中将高级参议,孑然一身。两下里接触商议后,决定改变原先的计划,重修前缘。黎星源凭自己老同盟会员的资格,向战区司令部请求,由自己代表战区,一路收编那些溃散无主的零星部队,向重庆方面要了一个苏鲁皖游击总指挥部的番号,在沦陷区坚持。

俗话说,竖起了旗子好招兵。他们这临时动议,一经战区总部同意后,便重启炉灶开了张。各部散落的军官士兵们都纷纷来投,没几天就聚合了数千人。等到他们抵达吴尚站住脚跟时,麾下已有七个纵队三万之众,几乎是一个军的力量,可以和省府直辖的力量分庭抗礼了。

黎星源广有韬略,但多年无用武之地。这次天赐良机,不再做空头司令,自然是踌躇满志。在吴尚两年多,因受省府猜忌,扣发粮饷军火,只得以驻地的税收来补充,彼此渐渐离心离德。恰好,江南新四军过江向北拓展,暗中接洽,在得到相关的保证后,二黎敞开了防区大门,朝天开火,纵放新四军过境,引祸水东流。然后,他们坐山观虎斗,眼睁睁瞧着省府诸军完败于黄桥,默契地合力将省府根基剪除。

但这如意算盘虽然成功,可随之而来的新局势却让吴尚处于日、共两大势力的夹缝当中。西边,是日军第七混成旅团驻地,向东是新四军根据地,只剩北面水荡里,蜷缩着实力大减后的省府残余。

黎星斗驻防吴尚，人粗心细，除在城东驻重兵外，夜间还加强了巡防力量，生怕大意遭了敌手的暗算。所以，这一声枪响足以让他心底生疑。他摇了电话查问巡防团这枪声的虚实。城防团回复：枪响之处似乎是在盐商李某宅邸后院附近的街口，正待查询。他倦意全无，当即招呼几个卫兵，提着灯笼亮起电筒，也去那现场走一趟。

他抵达事发地点附近时，和李宅一墙之隔的贾慧小姐，正手忙脚乱地处理着堂屋里的水。那夜行客临死前奋力掷刀，虽失了准头，但力度不减，扎透了澡桶木壁。水渗出来，流了一地。她费尽全力拔出刀，埋入院内墙角的花坛里，回身去洗手。

没走几步，老崔又在外面喊门："贾老师，开开门，副总指挥查看来了。"

他这声招呼，把贾慧惊得不轻，双手连忙在布帘上擦了两下，匆匆去开门。

门外亮堂堂一片。麻脸将军在侍卫的簇拥下，好奇地端详她的面孔，微笑道："贾小姐，最近两天，让你受惊了吧？这日本人的炸弹，半夜放枪的歹徒，都约好了似的来搅扰你，我这个守土一方的军人，惭愧呀！"

贾慧垂下眼睑，说："谢谢长官，这么晚了还牵挂着百姓的安全，亲自出来巡视，是咱们百姓的幸运。"

黎星斗说："我何尝不想休息？可是非常时期，哪里睡得着啊。今天刚想打个盹，这枪声一响，不得不来查看了。我这人事必躬亲，放心不下别人，是个劳碌的命。"他边说，边径自朝院里走去，站在花坛前，左顾右盼，指着那边几幢高轩大屋。问："那些都是李老板的房子吗？好家伙，这模样儿，比扬州盐商的宅邸一点也不逊色啊。咱们过去瞧瞧。"

贾慧掩上门，轻拍了几下胸口。她刚才担心黎星斗会进堂屋去坐，那一地潮湿，势必会引起他的疑心。幸好，他对隔壁盐商的关注解了这燃眉之急。

这一夜，贾慧失眠了。她背靠枕垫，手握着那把精巧的勃朗宁手枪。送她这把枪的人，是她曾经的最爱，尔后又成最为痛恨的人。她收下这把枪后，总共使用了两次，一次是在四年前，开枪射击的对象，就是送枪的这个年轻男人。子弹将他掀翻后，她绝不再多看他半眼，转身就走，任他躺在河堤下面的芦苇丛里，无声无息。

今晚，二度使用。她对自己的所作所为从不后悔，认定这两人死在自己的枪下，是罪有应得。有了枪，男人的呵护也变得无足轻重了。她过去、以后的逃亡生涯里，这是唯一值得倚仗的。

（七）

黎星斗一路曲曲折折，来到了看似只有一墙之隔，实质上远在另一条街上的李府大门入口。这座盐商宅邸不仅房屋气派，而且占地规模惊人，跨街越巷，屋脊翩连重叠，令人望而慨叹。

盐商李西沅在四姨太的屋子里，正要爬上女人的身子取乐，不想被这猝然变故惊扰了。他翻身下床，问出了什么事？门外护院们闻声辨向，指着远处邻家作了个手势。他马上明白过来，骂了一声扫帚精！

枪响之后，李西沅没了兴致，披衣往书房去，想写一封回信给远在重庆的长子。长子被他花费不菲的银两送出去留洋，回国后，在银行供职，不几年就攀上了孔家这样的靠山，进了财政部，手里印把子硬得很。平步青云之际，还算是孝心不泯，还记得留在沦陷区的老子，不时来信问候。

正要提笔，管家飞奔进来，通报说黎副总指挥登门拜访。李西沅是个精明之人，马上就明白过来。枪声是引路的向导。他顾不上多想，撩起袍角快步迎了出去。

黎星斗坐在李宅影壁后的正厅里，抬头望着头顶那盏闪亮的钨丝灯泡。这是吴尚城中少有的使用电灯的人家。但从半残的蜡烛来看，平日怕还是以它们照明的。这种既要面子又怕花钱的脾性，他一向不喜欢。

李西沅赶到廊下，连连作揖。

黎星斗笑了笑说："这时间谁不想搂着老婆睡觉享神仙的福？可是偏偏有人搞得大家不得安宁。我军务繁忙，操持着几万人的前途出路，劳心之余，还要理会这事儿，真是没有法子了。"

李西沅咳嗽着说："副总指挥心系百姓，事无巨细，真是令人敬佩。"

黎星斗食指竖起，指指头顶上方，说："这声枪响来得突然，贵宅中谁的家伙走火了？还是另有歹徒来搅扰？"

李西沅大惊，说："没有啊，在下宅子里没有响枪啊。是隔壁那位贾小姐家里的事情。我正琢磨呢，她一个单身姑娘家的，平白无故地打枪干什么？"

黎星斗笑得暧昧："我先去了贾小姐的住处，枪响时查勘的士兵都说她正在洗澡，我亲自验证了，果然不假。试想，一个年轻姑娘坐在澡桶里会放枪玩儿吗？天方夜谭！大家伙儿都说枪声是从你宅子里传出的。"

李西沅额头滴下汗珠来，解释说："我问过下人了，都说枪声在隔壁。难道，是我年纪大耳背了，听错了？"

黎星斗哈哈大笑，说："枪响就响呗，这副模样做什么？这满吴尚城，怕是不止几千条枪，响一声算个鸟啊！去年黄桥打仗时，那样惊天动地的声响，也没吓死人嘛。"

李西沅勉强笑道："那是，那是。但在下愁的是，光听见枪响，却找不着痕迹。阖宅上下没死一个人，没伤一个人，总得有个交待才是嘛。"

黎星斗安慰道："李老板不要慌，我出来查这事情，不过是怕歹徒作祟。如果肯定是在贵宅，又没有出事，那就放心了。这么晚了，要被老婆骂了，我可得回去睡觉了。"

主宾在李宅门前街口寒暄而别后，李西沅回到书房里，连回复儿子来信的心情都没有了，喝了几口茶水，左思右想这不速之客的来意，心中志忑不安。

黎星斗回到公馆，脑子里依旧是盐商李宅那豪奢的规模。他驻扎吴尚的时间不算短了，久闻盐商李家的名声，历次助饷都排在前三位，是本地屈指可数的大富翁。他们见过几次面，但都在公开场合，没有深谈，再加上黎星源整肃军纪，严禁私下勒索富户，他就一直没有动过心思。但今晚秉烛夜行后，观感改变了想法。

（八）

这夜间的枪声，天亮之后便众说纷纭。贾慧趁着这空当，以整理花草为由改造花坛，挥汗如雨般向下挖掘了四尺深，天黑后把那业已僵硬的尸体从厢房里拖出，填土之后种植了牡丹、芍药和桂树。这一年，雨水充沛，不消多久，它们便茁壮成长。等到秋后，丹桂飘香，整条街上的居民们顺风都能嗅到这醉人的香气。可是，谁都没能从这植物异乎寻常的生长中看出半点端倪来。

街头依旧是熙攘的人流，生活已然恢复了常态。数百年来，吴尚人民大多数日子都是这样安宁地过来的。那日本人的炸弹，夜晚的枪声，都是微不足道的插曲，给乏味的生活提供了一些新鲜罢了。

这天上午九时许，一辆粘满泥巴的汽车在一队骑兵的卫护下，从西门进入吴尚。熟悉的人知道，这是黎星源回来了。一个多月前，他率部出城，先是谣传配合中央军向日本人反攻，孰料竟从前沿莲花镇借道去了安徽境内，参与剿共战役去了。现在,天下舆论哗然,都知道新四军军部被围歼了。国军将领们众口一词,是役是为去年的黄桥之战复仇,替八十九军雪恨。但是,这样的解释用在二黎身上就荒唐了。黄桥之战时,他们是明里参战,实质上按兵不动,坐观成败。由他们去为八十九军复仇,不折不扣地是个笑话。现在,他们既然皖南一役有份,那么是先得罪了省府、中央,后得罪了新四军。如果,再加上日本人,那么二黎和吴尚眼下是三面临敌,只剩下向南跳长江喂鱼的份儿了。

这样的形势,明眼人心中有数,当事人那是更加地清楚。局势的演化,不以人的意志为转移,纵然是黎星源深谋远虑,也只得在内心里悲叹,人算不如天算。

车子抵达晓光寺门外,二黎见了面也不客套,边进寺边谈论。黎星源说眼下前线风平浪静,日军旅团长南部襄吉坐飞机去了上海参加军事会议。据可靠情报,日本大本营正在谋划一次重要的军事行动,有一些主力师团提前乘军列向西出发。这个情报要向重庆方面汇报。如确定无误,那吴尚这边的压力倒是减轻了不少。南部旅团倘若也走了,扬州的守军必然会放弃外围,那又给他们一次扩展地盘的机会了。既从日军手里收复失地,又兵不血刃,岂不是一举两得?

黎星斗搓着手兴奋地表示,这几年跟日本人干仗都是不疼不痒的,没劲。要不是南部旅团实力太强,早就去占了扬州城享福了。扬州女人漂亮啊!咱们抗日英雄怎么着也要搂上几个吧?

黎星源听他豪气干云后忽而扯到了女人话题上,哭笑不得,便转问东面新四军的情况。黎星斗说陈毅在盐城,据说已经遥领新四军代军长一职。山东过来的八路军,全部就地改编成新四军,眼下正是壮大声势,扩充兵力的时候。据说,好些零星活动的游击队,都开始聚集整合了。这么着掐指一算,他们就不是去年打黄桥时的几千人了,怕是得翻上十倍。

黎星源说才个把月,局势变化竟然如此,谁能算计得到?好在这次西进参战,只是担当外围警戒,得罪是得罪了,还不至于到兵戎相见的地步。再说,黄桥一战,省府向重庆告状,说二黎首鼠两端,心怀异志,暗中襄助新四军,有通共的嫌疑。这次再不去洗脱一下,往后的日子更加不好过。

黎星斗说管这么多干什么?前怕狼后怕虎,还干不干事了?咱们三万之众,谁要想欺负,也不是件容易的事情。黎星源纠正说不要老想着翻脸,要和气,生存不容易,特别是在这种微妙的境地里。不要轻言开战,子弹出了膛,没有回头路可走的。

黎星斗本名李二斗，早年做过黎星源的卫士。北伐时，在江西吃了败仗，全亏他身强力壮，硬是背着黎星源夺路逃得一条性命。获救后，感激他的忠义，黎星源便与他拜把子，结为兄弟，并亲自替他改了名字。不明底里的人，甚至会误会他们是同宗兄弟。他们彼此间的感情极好，黎星斗敬重老上司，又佩服他的才干，自甘居于副职，唯马首是瞻。黎星源欣赏他的豪爽性格，又有治军之能，两相配合，行事默契，这几年的经历证实了他们互相选择的正确，经得起风吹雨打。

这次率军配合解决皖南新四军，按照惯例，本该是黎星斗出马。但在政治角度上考量，还是得由一向稳坐帅帐的黎星源亲自前往。参与这样的行动，需要的是谋略，胆气倒成了累赘。这许多天，他在军中寝食难安，既留意不和新四军正面交手，又担忧后方被他人偷袭。眼下苏鲁皖游击部队实力壮大，是把双刃剑，既让人忌惮，也惹人担忧。古语说，卧榻之旁岂容他人酣睡？日本人也好，新四军也好，怕是都不会长期容忍他们就此坐大，日后成心腹之患的。

眼下，江北群雄并起。省府败于黄桥后，只剩下若干保安旅支撑台面。新四军挟大胜之威，东进盐阜，和南下的八路军合二为一，成为仅次于日本人的重要力量。吴尚二黎，坐在老三的位置上不升不降，就是成效。黎星源把《战国策》中近攻远交，扶弱怯强，骑墙看戏的招数运用得几臻化境。

阎锡山有名言曰：要在三个鸡蛋上跳舞。他们二黎是在四个乃至五个鸡蛋上表演，如履薄冰，虽胜不骄，虽败不耻。重庆、南京、省府、新四军、日本人、各个地方保安旅，哪一个是吃素的？

（九）

洗尘接风的晚宴设在海阳楼上，与席的除了马县长外，都是高级军官。黄参议也在其列。酒过三巡后，黎星斗扯开衣扣，大咧咧地说起黎星源领兵在外其间的新鲜事来。首屈一指的，就是女教员裸身破日本炸弹的趣闻。

黎星源大笑，说这么个大铁疙瘩轰的一声砸进屋来，那是个怎样的场面？咱们这些老兵油子遇上了也得发怵。人家还能穿上衣服跑出来，已经很不错啦！换成你我，未必能如此。

黎星斗喝了一大口酒，说："是啊！吴尚有这样的奇女子，咱们脸上也有光啊！昨晚，我去查夜，隔壁打枪，这女孩居然又在洗澡，真是有意思。黄参议，她跟你还沾亲带故，是不？"

黄参议笑道："是贱内的远房侄女儿。也是失散多年后刚遇上不久。上次副总指挥说要宴请人家，想不到等不及了，已然亲自登门。"

黎星斗指着他说："你这家伙，话里有话啊！黎某是什么人？还在意这个？"

马县长插嘴说："英雄不但识英雄，而且还识美人呢。这女子我见过，不是凡俗之辈，值得副总指挥登门一顾。"

黎星源说："看看何妨？人皆有爱美之心嘛。哪天有空，我也要去瞅瞅。我在外面这些日子，吴尚这边风纪还好吧？咱们这支队伍，靠的是地方上的税赋养活，可不能亏待了百姓。"

黎星斗笑嘻嘻地说："放心。前两天有个连长抢了城外一家农户的两只鸡，还没吃到嘴，老子就把他拖出去毙掉了，叫他黄泉路上做个饿鬼。有了他做榜样，其他人胆子再大，也不敢胡作非为了。"

黎星源点点头："咱们在上面先以身作则，下面的人自然就效仿。杀一儆百，是必要的手段。"

黄参议趁机附和，介绍说半年前从南京一路过来时，沿江日本人、汪伪部属，都在胡作非为。沦陷区内，民不聊生。过了莲花镇，景象便大变，军纪肃然，百姓安居乐业，这全拜了二位总指挥教导有方。

黎星源跟这位新来不久的黄参议不甚熟悉。他是拿着上海市党部主任的荐书来的，先去了南京，再借道镇江一路过来，穿越了日占区。对于那里的情形耳闻目睹，乃是亲历。到了吴尚后，来总指挥部投靠，闲谈时聊起了和重庆李烈钧上将的渊源。他既然有这样的背景，那是急慢不得，随即授了少将参议的职衔，参佐军务。这军务处里，各色人等俱全，下棋的邹公祖，画画的尹天民，都是有名望的角色。黄某和他们相比不算清客，能够参与军政谋划。所以，黎星斗带着他随军行动，算得上私幕中的人物了。他对此人既无戒备，也不甚放心，属于暗中考核的对象。但麾下官兵数万，又有几个真正能令他完全放心？形势如此，只能将就。好在此人并无军权，仅仅是一介幕僚而已。

黄参议心里却在思忖另外一件事。他从正副总指挥方才各自的话语中嗅出的味道各不相同。黎星斗提及贾慧时，那眼神、语气，内藏暧昧。黎星源轻描淡写的套话中，暗暗强调两个字：军纪，似在不动声色地告诫前者。

他在这瞬息间已经想出了一个计策，但现在桌上不能说。酒宴散后，回到旅馆。黄太太瞧见他回来，赶紧下楼迎接。

黄参议今年四十三岁，十几年前在汉口做过一任税务专员。意气风发时，娶了小自己七岁的太太。后来，受同僚倾轧，他罢职离鄂，带着妻子投奔沪上旧友。虽然住在法租界，但是时常来往于沪宁两地，先后换了三份职位。都因为不事收敛，开罪了上司同僚，最终落得赋闲在家，做些捎客生意，聊以消磨时光。

他的前妻，容貌上佳，也是个好出风头的主儿。男人出风头，遭人嫉恨；女人出风头，招人怜爱。在某次舞会上，太太被财政部稽查署某要员看中，钻戒、项链，法国大餐，香槟酒会，一通暴风骤雨般的追求。贪慕虚荣的女人，哪里经得住这个？心底稍作犹豫后，便放弃了矜持，投入追求者的怀抱了。

无权无势的黄某人，眼见妻子红杏出墙，对手又有势力，只得打掉牙吞进肚里。自此后，他汲取教训，放下姿态来，谋得了几封推荐信，往南京、镇江等地寻觅机会。眼下在吴尚落脚，算是重现旧日的风光了。他是在落魄中跟现任太太结婚的。之后，一步步顺风顺水。所以，拿她当旺夫的宝贝。今天更加地坚定了这个念头。他来吴尚近三个月，参议是虚职，薪资有限。但他明察秋毫，知道军需处和税务专员这两个职位，肥得流油。他存着心思要借老婆这个远房侄女的姿色来谋求一二。

黄参议醺然进屋，脱了军服卸下马靴，倚在床头先喝了两口茶水，便将在旅馆里候他心切的黄太太搂在怀里，趁着酒兴开了口，问起她远房侄女的境况来。但是，他不知道，这是老婆的心病，唯恐避之不及，哪里肯细说？只是含糊地讲这孩子性子孤僻惯了，脾性很不好，别说跟自己，就是和自家的爹妈，也不贴心，所以才在外面晃荡这些年。

黄参议才不管这个，一心想把她作为厚礼奉献给黎星斗，故而话锋一转单刀直入，问她嫁过人没有？黄太太警觉起来，说打听这个干什么？冲着她这情形，怕是做一辈子老姑娘都可能。黄参议呵呵一笑，说不要担心，她不会做一辈子老姑娘的。

黄太太沉下脸问什么意思？黄参议便把自己的主意说了。黄太太听了差点儿背过气去，瞪圆了眼说不行。黄参议说这顺水推舟的人情不做，难道等黎星斗提枪上门来逼亲才肯？黄太太摇头说这些事另有原因，不懂就不要乱来，存着好意办了蠢事，到时候后悔都来不及。黄参议也不跟她多说，只是叮嘱，让她明天去找这位侄女儿，先吹吹风。这事就这么定了。

黄太太又急又气，再想劝他，可他带着酒劲和疲乏，已经睡得死沉。

（十）

贾慧睡在埋着死尸的宅子里，第一夜因为太过疲乏，无梦无魇，可是第二夜就不成了。天黑之后，她坐在床头读一本旧书，先从稀疏的雨点声中听到了隐约的脚步声。后来雨停了，又从风声里觉察了一个男人低哑的笑声。这笑声时断时续，微弱且清晰，令她毛骨悚然，隔着窗户连问了三声："谁？"

窗外无人应答，风声依然，笑声时隐时现。

她光脚下床，握着手枪出门去看。院子里空荡无人，流云飞掠，月色明暗不定。她持枪伫立，吐了口唾沫。院落内外，除了风声，再无杂音。

贾慧回屋进了被窝后，那声音似乎又重新出现，只是笑，不说话。她闭上眼，从这笑声里体会出了几丝淫邪的意味。她马上就联想起举枪击毙那个人时，自己赤裸的身体在他死亡前的刹那，又羞又恼，双手拢紧了胸襟，握着枪迷迷糊糊地睡，直到天边露出鱼肚白来，才安稳地打了个盹。

早晨起床后，贾慧萎靡不振地去了学校。在门房口，她假装无意地向佣工打听，家里闹鬼有没有法子治。佣工说用黑狗血镇邪。她留了心眼，想把学校后墙外那只无主的黑土狗宰了，借它的血用。可是，拿定了主意，却不敢动手。那黑狗似乎也明白了她的用心，老远就狂吠。她既尴尬又害怕，只好回屋去坐在桌前气咻咻地发愣。

这时，黄太太前来拜访。她客气一声后，要去沏茶。黄太太却阻止了，神色紧张地说了四个字："你赶紧走。"

贾慧心里一沉，问什么意思？黄太太说祸事来了，快些远走高飞。贾慧吃惊不已，追问缘由。黄太太四顾无人，悄声把事情原委匆匆说了。贾慧跺脚，说你这个多嘴的婆娘，可害苦人了！

黄太太低声下气地恳求："小姐，你还是走吧。再待在吴尚，是自寻麻烦。到了那个时候，隐藏身份也没有用的。据我所知，老爷子已经在年前出任华北方面的显赫职位。你万一暴露了身份，人家拿你当汉奸对待，可就完了。"

贾慧苦笑，麻烦早已不少了。她一个单身女子，举目无亲，这乱糟糟的世面还能往哪儿走呢？她气恼地望着黄太太，这个女人给她带来的总是麻烦。

过去是,现在是,将来大约一定也是,得离她远一点。

她打发走了黄太太,心底一片绝望,万万想不到眼下形势剧变到如此。那位八竿子也打不着的四姨太,会摇身成为黄太太,并从花花世界上海滩跑到这僻处一隅的小县城来。

她恨恨地诅咒着这个女人,以及她那位浓眉夺目的少将丈夫,又回家关起门来收拾行李。停当之后,暮色已重,她正要去生炉子,院门外传来李嫂的招呼,她不假思索地过去开门。门扇一敞,檐下站了个年轻的军官,默默地凝视着她。

她惊叫了一声,浑身如坠冰窖中,说不出一个字来。这位佩少校军衔的年轻男人,跨前一步将她逼入院子,反手轻轻带上了门。李嫂眼瞧他和贾慧的神色,他们之间似乎认识。这样的情形,她自然不便去打搅,转身回去了。

年轻军官环顾院内,说:"居然能在这里见到你,真是奇怪。所有人都以为你跟他远走高飞了,甚至有传言你们去了香港,去了美国。谁曾想你会在这个地方!小刘,不,刘先生,现在好吗?"

贾慧镇定下来,摇头说:"不知道。我们出城之后,就分手了。"

年轻军官一声冷笑:"爱情原来这样脆弱,经不起考验。你付出抛家弃业的代价,竟然什么都没有得到。当真是竹篮打水一场空了。"

贾慧双腿发软,倚靠在门柱上,绝望地说:"你取笑我吧。我无所谓了,无所谓了。"

贾慧别转脸,强忍住这刹那间失控的情绪。这个男人的出现,令她百感交集。他们之间的事,依旧是不堪回首的往事中的一部分。他在她逝去的那段生活里所扮演的角色,放在当时看,笨拙青涩。但在眼下,却足以让她羞愧。她全然淡忘掉的那些情感经历,翻江倒海般地冲破了久筑的堤坝,肆虐、泛滥。

这个青年男子姓樊,是她少女时代的旧相识,见证了她怀春择偶的一幕幕细节。当然,他不是旁观者,而是参与者。他曾经和其他同邑的年轻男人一样,拜倒在她的石榴裙下。那时的她,是舞台上水银灯下独舞的主角,集万千宠爱于一身。她那时使用着另外一个名字,无忧无虑,生活的一切似乎都是为她而设,为她所拥有。他和另外一个男人都是她所青睐的年轻异性,在煞费苦心的选择中,另外那人的家世起了关键的作用。她放弃了他,彻底倾心于那个人。戏剧性的变化是,他们在异乡再度相逢时,那个人业已横尸荒野河滩多年,变成鬼魅了。

他没有意识到这一点，只当他们真的分手了，自己在多年之后，又有了追求她的机会。他稍稍凑前握住她的手，问："几年不见了，我们见面值得庆贺。我请你下馆子，这会儿，那些店铺还没打烊呢，赶得上。"

贾慧想要推辞，可是抬头瞧见他那灼热的双眼，心底柔软下来。她默默地跟随着他走上街道，心里疑惑，这个男人怎么会在吴尚出现？他胸襟上缝制的番号以及军服的颜色、式样，都有别于本地的驻军。这位国军三十三师少校军官，和吴尚有什么关系？与苏鲁皖游击部队又有什么关系呢？

<h2 style="text-align:center">（十一）</h2>

吴尚的晚市，热闹的不过就是县府前那条天禄街。三四家饭馆，几家吃食铺子，十几盏电灯和摇曳的烛火，便造就了这战乱年代小县城的繁荣。

年轻军官和贾慧进了一家饭馆，在临街窗口坐下。他似乎是这里的常客，不等开口，就有伙计过来，递上菜单招呼。年轻军官似乎清楚贾慧的口味，随手点了几样清淡的菜肴。等待上菜之际，她看着他，轻声问："你在吴尚到底做什么？"

他也悄声说："我现在姓林，林峰，三十三师驻吴尚少校联络参谋。我知道你现在的身份，小学教员贾小姐。咱们身在异乡，都改头换面了。但这是在别人面前。在我眼里，你依然姓许，督军府那位敢作敢为的千金小姐。"

贾慧笑了，问："你怎么当兵了？怎么又到这里来了？"

伙计端着托盘过来，上齐了他们点的酒菜。他替她斟了一小杯酒。她没有拒绝，凝眸注视着他，端起杯子说："你还没有回答我的问题呢。"

林少校应了她的邀饮，一口干了，说："当年你们一起失踪后，你哥哥的丧事也就草草了之。老伯率了民团在附近几个地方搜拿你未果，回过头去找刘家的晦气。刘家也不示弱，家丁护院荷枪实弹，互不相让。幸亏省主席巡查路过，弹压阻止了火并。我们也试图找到你们，让你们走得远远的，别再沾惹麻烦了。"

贾慧悲切地笑，叹着气喝了口酒。

林少校继续说："日本人打过来之后，我跟着国军撤退了。一路上跟鬼子打过几仗，负过伤。现在代表三十三师驻吴尚。你这几年，是怎么过来的？"

贾慧说："一路逃呗，不敢以真面目示人。我知道老爷子的能耐，一丝半毫的懈怠都不敢。哥哥的死，我有责任，但我已经赎了罪。可是以他老人家的脾性，是不会放过我的。”

林少校好奇，追问道：“到底是怎么回事？你讲明白啊。我怎么越听越糊涂？”

贾慧坚决地摇头，说：“过去的事情多讲无益。在这地方，我叫贾慧，寻常人家的女儿，咱们心照不宣。”

林少校会意说：“好吧，好吧，有难言之隐，我就不多问了。林参谋和贾小姐，在吴尚街头重逢，他们是亲戚关系，是同学关系，或者是……”

贾慧脑海里闪过早间黄太太那喋喋不休的模样，灵机一动，说：“朋友关系，真正的朋友关系。咱们都没有撒谎。”

她这样直接大方的答复，让林少校面有喜色。小酌几杯后，他们离开了饭馆，在已经现晴的夜色下顺街步行。走到绿杨旅社时，林少校微微侧身，做了个邀请的姿势说：“请你去我那里坐会儿，不知道赏不赏光？”

贾慧和他走这条道，是有意为之，想借林少校来表明自己已然名花有主，搪塞掉那个黄参议。却不料，林少校就住在这里，当真是踏遍青山无觅处，得来全不费工夫。她欣然答应，在他的殷勤引领下，踏上楼梯。

这家旅馆是回字形布局，中间天棚高耸。黄参议夫妇住在左侧，林少校的客房在右，隔着天井遥遥相对。贾慧进了屋子，开了朝里的窗户，瞧见对面窗口黄太太来回走动的身影。她坐下来，指着对面告诉林少校，督军府的四姨太就住在那间房子里。林少校惊诧，忙问这是怎么回事？贾慧说她离开老爷子了，独自跑到上海去重新嫁了人。她的新男人在苏鲁皖游击总指挥部做事，黄参议。

林少校恍然记起，笑道：“原来是他，可是位新鲜人物。”

贾慧一笑，伸手挽住他的胳膊，提议说：“走，陪我去见见她。现在只能叫黄太太。四姨娘这个叫法，可以丢掉了。”

第 二 章

（一）

今晚，黄参议参加了黎星斗召集的军事会议，研究针对新四军的防备部署。据三战区密电，皖南一役后，延安方面震怒，已经向各部下达反击令，选择羸弱之敌予以打击，震慑国军锐气，使之不敢再贸然反共。二黎将各处守军抽掉向东，成品字形护卫吴尚。按理说，以他们和新四军的交情，不至于如此紧张。但苏鲁皖部队也奉命参加了剿灭其军部的战役，万一他们拿二黎做祭品，也由不得他们解释了。政治上的事情比之于军事，要复杂得多。眼下，拿主张的是黎星源，出面操持的是黎星斗，一明一暗，一文一武，默契已久。

黄太太在房间里沏好茶等丈夫，对对面客房里的变化，毫无察觉。林少校心存好奇，要看这位嫁作参议夫人的前督军四姨太。他站在贾慧身后，但见门开了一半，黄太太露出脸来打量，先瞧贾慧，然后才看到他，惊诧地问："你……这是？"

贾慧说："我跟朋友来旅馆坐坐，顺便来看望，没打扰你吧？"

黄太太将他们让进屋子，神色疑惑地打量着林少校，犹豫地问："这位是——？"

贾慧替双方介绍，三十三师驻吴尚的联络官林参谋；自己的表姑妈，黄太太。

林少校眨了下眼，笑吟吟地颔首致意。在家乡传说里美艳、狐媚，让许老督军神魂颠倒的戏班女子，果然姿色不差。只是美人迟暮，眼角隐然有了鱼尾纹，脂粉也遮掩不去。

黄太太从未见过这个年轻男人，对他的来历疑虑重重。他这个时候登门，表示与贾慧相好，以此来打消丈夫的企图？这事有点儿悬，一个少校参谋跟中将副总指挥抢女人较劲，凶多吉少。

她心不在焉，看着贾慧欲言还止。气氛僵了一会儿，黄参议回来了。他进屋一眼就瞧见了林少校，讶然止步。这小小的吴尚城虽然人杂，但在台面上走的,彼此都熟悉。这位三十三师联络官,此刻坐在自己的客房里,肯定不是来接洽军务的。这个衣着淡雅、面容清秀的女子又是谁?

他脑子里略加思索便明白过来了,微笑道:"难得,贾小姐跟林参谋同时来到我这里。看似风马牛不相及,其实一定是有渊源的。是吧?"

贾慧抢先叫了声表姑父,亲昵地重新挽起林少校的手臂,含笑说:"我是来看望表姑妈和你的。这是我的……男朋友。"她后面三个字细弱蚊鸣,但却清晰如针尖刺划一般,不由在座的人听不清楚。

黄参议哈哈笑道:"原来是这样,林参谋,咱们可不是生人,想不到这中间还有这么层关系。"

林少校没有料到贾慧会这样表现,但他既然已经被推到前台来,戏是要照演的,当即敬了个军礼,说:"我们彼此有好感快两年了,一直不知道黄参议还是贾小姐的长辈,还望恕罪。"

黄参议脸上的笑容天高云淡,内里的底细却看不出来。他在楼梯口居高临下,俯瞰着这对璧人出了旅馆大门,搂住老婆圆润的肩头,笑道:"我让你去做媒,却做出个林参谋来,真是一塌糊涂!"

黄太太冷笑说:"人算不如天算。人家早就有了相好的男人啦。这林参谋,年轻、相貌又不差、前程又看好,比去做半老头子的小姿,不知强多少倍呢。"

黄参议拍拍她的脑袋,说:"这可麻烦了。我今天已经向副总指挥提了这件事。副总指挥一心想要见她,酒宴都安排好了,明天晚上在醉仙楼。这可让我如何交待?"

黄太太赌气说:"你自作主张,自已解决。我可绝不再做这吃力不讨好的事情了。"

黄参议说:"别,这可千万别。我已经请了客,她不去,难道让你去?无论如何,让我过掉这个面子,千万!"

黄太太啐了一口,说:"你个害人精,让我如何说的出口?"

(二)

醉仙楼不在府前街,但却在本地一枝独秀。这店靠的是一位从扬州避难来的名厨撑台面,清蒸狮子头、灌汤金银丝、软兜鳝、白斩鸡,是地道的淮扬菜。

本地富户,有头面的人物都喜欢到这里来摆酒,天天座无虚席。

今晚接了黄参议的预订,老板推却了几桌酒席,辟空了楼上,以便耳目清净。这一桌酒席来客并不多,黎星斗带了夫人,这让黄参议大为意外。不一刻,第六纵队司令程兴柱来了,黎星斗招呼他挨着自己坐,尊重意味溢于言表,不由得黄参议嫉羡交加。又过了片刻,贾小姐在黄太太的陪伴下也来了。黎星斗拉着程兴柱去迎接,乐呵呵的样子,更加地让人如坠五里雾中。

黄参议安排宾客们入席,正要吩咐伙计客满走菜。不料,贾小姐伸手一拦,说还有一个客人。众人正奇怪,三十三师驻吴尚联络官林峰少校神采奕奕地上来了。

黎星斗、程兴柱面面相觑,齐声招呼道:"林老弟,原来贾小姐说的那位客人是你啊。"

林少校敬了个军礼,说刚刚译了一份本部密电,耽搁了时间,让各位久等了。

黎星斗大笑:"都是熟人,客气什么?坐!坐!坐!喝酒、吃菜,大家放量!好久没有这样热闹了。"

黄参议心里很不高兴,没想到贾慧自作主张约来了林参谋,真是岂有此理。他转眼去看老婆,黄太太也是一脸的无奈。三巡酒后,黎星斗瞅瞅身边的程兴柱,再瞧瞧对面的林少校,嘿嘿一笑说:"我这个粗人,办事总是马马虎虎。以前是,现在看,好像还没改得了。倒让人见笑了。"

他豪兴大发,先敬了程兴柱一大杯,又附在他的耳边嘀咕了一句。程兴柱顿时红了脸,抬眼看了贾慧一眼,悄声说了一句:"劳您费心了。"

黎星斗瞧着黄参议说:"你来多陪程司令几杯,我去敬敬林参谋。"

他站起身,以中将副总指挥之尊,竟然离开座位去了林峰那边。林峰急忙起身,连声喊使不得。黎星斗挥手说多年的交情,不分彼此!接着,他垂下头,靠在他的身边低声问:"贵部又有什么新动向?"

林峰跟他碰了下杯子,轻声细语地说了一气。黎星斗点头不已,道声谢返回席上去了。其余人都没有在意他们的举动,只有黄参议暗自生疑。这位少校军官,不过是三十三师的一个少校参谋,值得这样郑重对待吗?难不成,这小子另有玄秘?

其实,黄参议的疑惑在酒席上其他男人眼里,分文不值。苏鲁皖游击部队第六纵队司令程兴柱,是麾下七个纵队里唯一令二黎放心不下的人物。他的部队长久以来一直有通共的嫌疑。程兴柱原来在东吴大学念书，行将毕业时，抗战烽火燃起。他只身回乡组织民团反抗日本人，遭受挫败后，投奔二黎。风传他在大学时曾参加过共产党，但查无实据。但其部属的六千精兵风纪面貌和其他几个纵队截然不同，战斗力首屈一指。所以，二黎对他虽有猜忌之心，又不愿夺其兵权。在郭镇和新四军挺进纵队交手时，派他守卫吴尚东部，防卫省府主力。黄桥之战时，派他担当佯攻黄桥的主力，只打枪不前进。眼下，他的部队防区在吴尚北面，正对省府地盘，竭力避免他跟新四军方面太过接近。

这位少将纵队司令不到三十，不近女色，不嗜烟酒，至今仍然单身。黎星斗对贾慧上了心，倒不是为自己图谋，而是想借这个女人来拉近他和程兴柱之间的关系，给这匹桀骜不驯的野马套上笼头，不怕他不俯首帖耳，为己所用。但今天晚上，他的如意算盘失败了，内心的沮丧不下于始作俑者黄参议。

黄参议当然不知道此时黎星斗心中的遗憾。回了旅馆，阴沉着脸坐在椅子里抽烟。今晚这个酒宴，有些深藏在酒水菜肴下面的玄奥，他虽然觉察了，可就是理不清楚，充满了无能为力的疲惫。这种疲惫，让他不久前那股春风得意的劲头荡然无存。他深切地意识到，自己所寄居的这棵大树，盘根错节，宛若迷宫，并不是想象中那样易于驾驭和把握的。这支杂牌军，既是乌合之众，又是虎狼之师。两者间的变换，全在二黎默契的配合、把握中。

（三）

这一顿晚饭，贾慧自感收获不少。不但击溃了黄参议的阴谋，还结识了吴尚城两位权势赫赫的大人物。不过在她眼里，满面疮疤、意态粗豪的黎星斗，和程兴柱干净严整的仪容截然相反，形成了奇特的效果，令她忍俊不住，轻声一笑。

林峰问她为什么笑？她摇头不说，由他去猜。

他讪笑说："你这精灵鬼怪的，我又不是你肚子里的蛔虫，哪能知道你的心思？"

贾慧想起一个问题来，问："你是怎么知道我在这里的？那晚，真的惊到我了。"

林峰微笑说："人怕出名猪怕壮，咱们吴尚城里，有几个不知道你这位坐在澡桶里抗日的巾帼英雄？"

贾慧脸色绯红,侧眼睥睨他,哼了一声。

他自顾回忆着,忽然想起件事来,认真地说:"那个拆弹的人我认识,原来是三十三师工兵连的。台儿庄时,在北线阻敌战事中受伤,在吴尚落脚。谁知道,拆弹拿了钱就被人害死了。这钱财,也是害人的东西。"

听他提到了前工兵,勾起了贾慧心里埋藏的顾虑。她告诉林峰,那人夜来背着包袱想离开吴尚,结果被蹲伏的几个人所杀,凶手中有一个家伙穿着皮鞋,脚印已经被警察记录在案。

林峰说那么阔气,还为这三百块钱冒杀头的危险去作恶?贾慧叹口气说,也许不是因为钱呢?她有种直觉,这拆弹工兵似乎认出自己了,他的死,也许就跟她有关。

林峰摇手,说:"你这是神经过敏,现在也只有'谋财害命'四个字能够解释。你的这个说法,连我都不敢信,谁还能信?"

贾慧说:"我自己信就成,才不稀罕你们呢!"

"我们?"林峰带着委屈提高了音量,"许大小姐,我说的是真话,你不至于生这么大的气吧?"

贾慧纠正说:"是贾小姐,林参谋,别乱了方寸,信口乱讲。"

林峰一笑说:"对,我不姓樊,你不姓许,咱们是相好的情侣。女教员贾慧小姐和联络官林参谋,正在吴尚街头罗曼蒂克呢!"

贾慧笑而不语。拐过街角就到了自己的住处,便在门前停下来,转身来和他道别,目送着他的身影渐渐远去,心情复杂地叹息着,进院去了。

林峰现身来访,她弄不清他的底细。他是对她逃离家乡后的变故一无所知呢,还是真的装傻?她一枪把那人打死在河滩上,死讯一旦传出,那么遍地寻觅自己必欲置之死地而后快的,就是两个家族的人了。

贾慧躺在被窝里,带了些醉意浑浑噩噩地睡了一阵子。半夜时,床边的窗户啪啪地响了几下,顿时将她惊醒。她下意识地去枕头底下抽出手枪来,问:"谁?"

外面无人应答,只见一只蝙蝠在玻璃上徒劳地挣扎着。她隔着模糊的玻璃,望着这奇形怪状的物体蠕动翻滚,感到恶心,于是便拖过被子来蒙住头脸,把一切搅扰睡眠的动静都阻挡在听觉之外了。

她睡眠时握枪防备的姿势,从这两天开始,成为了习惯,将会陪伴她以后的人生长途。一直到公元 1949 年之后,这把精巧漂亮的手枪,才最终被丢弃在一眼水井里，锈蚀斑驳，成为一块铁坨，失去了曾经的形状，跟着她一起衰老、消亡。

隔壁李嫂对贾小姐和青年军官之间的暧昧情形感到好奇。今晚见到他送她回来，便凑在门缝里看。夜来在床头跟男人絮絮叨叨地说这些事情。男人在城北码头边开了个小货栈，起早贪黑，累得够呛。不耐烦听她唠叨，含糊了几声，就继续打鼾了。她心头有些气恼，睡不着觉，便下床想借着月色洗几件衣服。她拎着木桶刚走到井边，就听到隔墙那边隐约传来贾小姐的惊叫声。她吓了一跳，屏息转身提了板凳，小心翼翼扒上墙头，朝隔壁张望。

这一看差点把她吓死，只见邻家院中，竟然站了几个人，都依墙靠壁处于隐蔽状态。有两个人从正屋里出来，互打手势。她不知道他们是什么来历，但看形色着实诡异。他们是贾小姐的仇人？或者是在贾小姐的屋子里寻找什么东西？

李嫂像是被一桶凉水从头浇到了脚，木头般定在墙头不敢动弹。等到这些人听从一个身形瘦削的汉子的指挥全数离开之后，才捂住嘴跌跌跄跄地奔回屋，上了床蜷缩在被窝里，使劲摇撼醒男人，把方才所见讲述了一遍。

这对靠做小买卖维持生计的夫妻俩，陷入到了惶恐不安当中，窃窃商议，几乎彻夜未眠。临近天亮时，男人拿定了主意，今夜的发现，跟任何人都只字不提，免得惹祸上身。至于这位贾小姐，少接触为妙。

（四）

贾慧持枪蒙头睡了一觉。醒来时，天已大亮。她急忙起床，赶往学校。校长站在门口，礼貌地告诉她，昨天傍晚她离开之后，门房送来封信，他替她收下了。贾慧道声谢，看信封上的字迹，并不熟悉，来信人没有留地址，邮戳显示来自本邑。她暗猜着来信者的身份，从里面抽出片信笺纸来。这信笺纸是私人订做的格式，顶端有花草绞缠，左右是刀枪交错的图案，中间浓墨运笔，寥寥数字：

乖女儿，爹要来了。

贾慧在椅子上木然而坐，脑中一片空白。这封信，比那天午后从数千米高空坠下的炸弹威力还要强大。此刻正是阳光高照，但她整个身心全部沉溺在黑暗当中。她死死地盯住这七个字，他要来了，来吴尚了。他要来吴尚干什么？是专程来追拿自己，还是另有要务？四姨太不是说他在华北出任日伪高官了吗？不远千里来这江北县城，难道不怕重庆方面缉拿他以汉奸罪论处？

她深知他的为人，明白他绝对不会轻易身涉险境。日本侵华已有几年，不研判清楚形势，他是不会轻率表明政治态度的。他与华北伪政权中的齐懋元、邢云鄂等人，都曾经是战场上的对手，为了地盘利益，斗得不可开交。可眼下，他们齐聚北平，成为日本人的座上宾，莫非，抗战真的无望了？

半个钟头之后，贾慧终于明白过来，那工兵之死、夜窥自己洗浴的夜行客，都跟这封信有关。他已然在吴尚布下眼线，这封信是在提醒她，别无他路可走，只有乖乖引颈待戮。

杀女祭子，是远古愚昧时代的野蛮遗风，想不到还能延续到现代。她闭上眼，回想起因自己的过错而早殇的兄长，回忆幼时的欢乐时光，再想到他额头中弹气绝身亡的模样，再也不能抑制住自己的伤心，哭泣起来。

几乎所有的同事，都感到莫名其妙。这位长期以恬静面貌示人、从容镇定的女子是第一次如此失态。

中午放学后，贾慧没有回去吃李嫂的午饭，而是就近来到了绿杨旅社。黄太太正捧着饭菜上楼，瞧见贾慧，以为是为昨晚的事而来，正要招呼。贾慧却使了个眼色，示意她回客房说话。

黄太太看到信笺时，脸色霎时变得苍白。她不假思索，脱口而出："天啊！是他！跟他平日里说话的口气都一样，他……不，这封信是怎么到你手上的？"

贾慧指点着信封上的邮戳、日期，说："本地寄来的，够清楚不过啦，你装糊涂吗？"

黄太太瞪大了眼，说："你怀疑我跟他有联系，替他寄信给你？"

贾慧淡淡地说："在吴尚，他曾经的身边人只有你，如果不是你，还能是谁？"

黄太太瞠目结舌，好一刻，才从这种无力自辩的状态下缓过劲来，恼火地说："既然你这样认定了，那又何必来找我？"

贾慧摇头，说："我没有认定是谁，但想找出这个人来。他有眼线在吴尚，对我而言，绝非好事。对你，难道有利？"

黄太太沮丧地盯着这封信，说："奇怪，他怎么会和吴尚有联系呢？他人在北平，给日本人做事，手还能伸这么长？"

贾慧说："这封信，确定无疑是他的手笔。得设法找出寄送这封信的人。"

黄太太哀切地说："不是我，绝不会是我！我跟你一样，再也不想看到他那张脸，我受够了！那些年，他失意下野，憋了一肚子的怨气。跟这样一个男人睡在一张床上，那种日子简直不是人过的。他是个半疯的人，自从你哥哥死后，更加是。我受不了他变着法子折磨我，再不逃，迟早会死在他手里。"

贾慧第一次从她口中听到"逃"这个字眼，丝毫不觉得意外。在她自幼熟谙的那座阴郁的宅邸里，女人想要堂堂正正地离开，无异于痴人说梦。千金小姐也好，狐媚姨太太也罢，要脱离它，只有逃。只是想不到，她们先后逃离督军府，各自天涯一方，最后竟又被战乱挟裹到了这个县城。与此同时，她们共同惧怕的那个人，也如影随形般地到达。这封轻若鸿毛的纸信，犹如千钧巨石，压在她们的心头。

可是，贾慧和黄太太都不是肯对命运逆来顺受的女性，暂时的恐惧和忧愁，只能更加激发她们求生的本能。在吴尚，许督军鞭长莫及，背水一战胜算赢面是显而易见的。黄太太有黄参议，贾小姐有林少校，他们背后，又有抗日之师的支持。对付那个已然投靠日伪的下野军阀，应该不难。

不过，如何向这些男人启齿她们所遭遇的困境呢？她们一起吃了午饭，商量后决定，隐去信笺上的内容，由黄太太出面，替贾慧说项，通过官方来查找这封信的寄发来历。至于贾慧向林峰求助，就简单多了，她可以将原委底细和盘托出。眼下的吴尚，军方背景还是能起到举足轻重的作用的。

（五）

黎星源从皖南前线、莲花镇前沿，率部逐次撤回吴尚大本营，闭门称病，足足休息了一个礼拜，谢绝了省府以及汪伪方面派来的说客。第八天，他正式露面，召开了苏鲁皖游击部队全军高级军官会议。麾下七个纵队司令全部到场，聆听训示。会议地址选择在晓光寺戒台殿，里里外外人头军帽黑压压一片。

黎星斗一改平日闲散打扮，穿起了金光闪闪的中将军服，脚蹬雪亮的马靴，脚跟处铁掌铮然，挺胸昂首，凛然生威。而黎星源却以寻常衣衫见人，戴了副老花眼镜，吸着烟，儒雅从容。

俩人并肩在殿前案几上分左右坐定。黎星斗率先起身，带头向黎星源行军礼,齐声问候。黎星源挥手示意众人坐下,谦逊地表示自己不过是去安徽山区地带看了趟风景而已,谈不上辛苦。不过,还是山区好啊,有险可据,要是吴尚这边也有一两处地势险要的关隘,那就好了,大家伙儿夜里也能睡得更加踏实了,不至于被一声枪响闹得失眠了。

众人一阵子哄笑。

黎星斗除下军帽,摸着光溜溜的后脑勺说:"总指挥的感慨是有道理的。这吴尚四面都是平原,无险可守,敌人不论从哪一方打过来,都够呛。倒是省府老韩那边,还仗着水网洼地做文章,不惧日本人,不怕新四军,关起门来做他的清秋大梦呢!"

黎星源点头说:"无险可守,是明摆着的现实,但我这次出去走了走,看了看,倒想学学咱们的邻居新四军了。大家都知道,他们如今在一马平川的地面上,自己制造有利因素,挖交通壕。说起来也够气魄的,几百里地面上沟壑纵横,平时小股部队在沟里活动,无迹可寻。打大仗时,大部队利用沟壕秘密集结,更能出敌不意。交火时,交通壕成了战壕,可守可走,灵活自如。咱们斟酌斟酌,也学学人家的法子,选择几个紧要地区开挖起来。"

下面的人纷纷议论,有亲身领略过这方法好处的人,竖大拇指赞同。也有人担心这壕沟应付一般的战事可以,但如果日本人倾主力来犯,那就没什么大用处了。

黎星源起身在态势图上做了比划,眼下这局面,日本人全力开攻的可能性微乎其微。一方面,日方大本营有发动重要战役的企图,吴尚这块地方,不是他们觊觎的目标。据情报分析,南部旅团主力有南下参战的可能,无力对吴尚用武。所以一年之内但凭这些壕沟,便足以拒敌于门外。黎星斗也觉得这方案可行,去地图前研究了一气,决定在前沿莲花镇一线,先行开挖,并结合己方的优势,在壕沟网中间建造工事碉堡,增配火力点。

军事将领们谈笑风生,列席会议的清客参议们不免也受了感染,要卖弄几手。会议临近尾声时,尹天民将随身带来的一幅画呈送上去,是两只吊睛猛虎啸傲山林的景象,点题清楚。

黎星斗连声喊好,让人把画当场悬挂起来,并在画前和黎星源合影,以作纪念。黎星源受黎星斗兴奋劲头的感染,特地换上戎装,佩上短剑,以全副武装的架势留影。与会众将校又去殿外戒台上合影。今天阳光明媚,和风习习,正是露天拍照的大好时机。将级以上军官在前排坐定,低级军官分高矮在四级台阶上密密地排列,于公元 1941 年春天某日的上午,留下了一张全体将校的合影照。事后,军官们都收到了照片。

次日,二黎的照片刊登在本地《苏北日报》头条。这是他们二人携手合作的真实写照,也是苏鲁皖游击总指挥部顺风顺水,走到巅峰的一个标志。

这期号外,在吴尚地区印发量极大,散布范围也极广。不仅近在咫尺的省府看到了,数百公里外南京城里的汪精卫也看到了,甚至连远在重庆的蒋委员长也得悉了。他原本只熟悉黎星源,对于黎星斗,根本没有印象。但现在,这合影作为前线情报万里迢迢送达他的手中,自然是要仔细端详几眼的。

吴尚处于三战区沿江关键地带,各方势力纠缠难分,尤以新四军为心腹大患。去年黄桥一役,该部东进势力击败国军合围,一路势如破竹,直抵盐阜,和南下的八路军会师,将两块各不相连的战略区域沟通。这样一来,从延安到山西、河北、河南、山东、江苏、安徽,共党已如一条长龙,席卷半个中国,彼此呼应,气候已成。不久前,皖南设伏,全歼新四军军部及直属部队,虽获全胜,但现在看来已经晚了一大步。该部主力早已遍布数省,骁勇战将在外割据一方,国府方面的军事打击,仅能伤其皮毛,无法动其筋骨了。

蒋介石盯住这两个稍嫌模糊的面孔研究了一番。黎星斗的履历,他刚刚看过,虽然过去位居下僚,但有过辉煌的剿共经历。他对共产党毫不留情这一点,值得欣赏。假如去年围攻黄桥时,苏鲁皖部队的主心骨是他,绝不会坐看新四军在十几里地外围歼独立六旅而无动于衷。黎星源,通共嫌疑决难洗脱。韩德勤在黄桥兵败后,接连向重庆发了十几封电报,控诉二黎暗通新四军,否则,黄桥之战决不可能落败。

他深深叹息,用红笔在黎星斗粗犷的面容上画了个圈,口授如下电令:嘉奖苏鲁皖游击战总指挥部麾下各部,并升任黎星斗为江苏省保安司令。随后,他又密电江苏省政府主席韩德勤,令其拉拢黎星斗,希望以他为突破口,消除黎星源在军中的影响,确保这支三万之众的杂牌部队,不倒向共产党。

电令发出后三天,南京伪政府业已通过情报机构得悉了详情。汪精卫在官邸里正召开秘密会议,周佛海、陈公博、许霆震等人在座。眼见他从侍从手里接过电文来研读片刻,顺手丢在茶几上,苦笑说:"蒋某人的手脚够快,跟咱们抢时间呢。委任黎星斗为江苏省保安司令,这职务可不小,有权有势,比苏鲁皖游击副总指挥可是正规多了。韩德勤属下二十几个保安旅,都归他节制,人马加起来,怕是比苏鲁皖游击部队还要多。"

周佛海摇头说："汪先生不要为这个担忧。据我看,这个保安司令也是个空头司令。你想啊,这二十多个保安旅,韩德勤本人也未必指派得动,大家伙儿都是在乱世中拉队伍起家,有枪有地盘,个个是独霸一方的土皇帝。凭什么要听黎某人的号令?这是糖稀抹在鼻尖上,看得到吃不着。我代表您开出的筹码,第一集团军总司令、中常委、江浙清剿总司令,哪一样不是货真价实?"

汪精卫竖起食指来,强调说:"你安置在吴尚的内线要抓紧时间活动。日本人对于吴尚也是急不可耐了。占领吴尚,就可以打通沿江地区的联系,三位一体,联成绞杀对手的绳索。松本大将前天离宁赴武汉督战之前,再三表示,如果我们秘密活动不力,他就要武力进攻了。这支三万人的非蒋嫡系部队,我可是眼馋得很,必须想方设法促使它归顺南京政府。我们手里有了像样的武装,才不会被人家嘲笑说是空架子。"

周佛海胸有成竹地说:"我在吴尚下了两手棋,一招是明,一招暗。明棋是吸引外界的注意力,暗棋才是关键所在呢。大家拭目以待吧。"

(六)

重庆方面发布的关于黎星斗的任命,很快便传遍三战区,不满的情绪在黄埔出身的诸将中滋生。为此,战区总司令上官云相特地召开会议,安抚这些中央军嫡系。他挑明了一个问题,这年头头衔是最不重要的东西,有时候它还是柄双刃剑,一不小心便会弄伤自己。黎星斗接受这职务,日子可不好过。保安旅不听他的指挥,黎星源对他暗生猜忌,韩德勤恨不能一枪崩了他,危机重重啊。政治这东西,厉害着呢。委员长用心良苦啊!

重庆最高层的用心,上官云相能如此透彻地剖析,身居吴尚城中的二黎岂能不明白其中的利害?黎星斗接到电报后,第一反应就是摇通了黎星源公馆的电话,笑呵呵地说:"大哥,老蒋升了咱的官啦,让咱做省保安司令,可是个好买卖?"

黎星源说:"好事情,咱们当面谈谈,你就明白其中的利益所在了。"

他们在晓光寺总部碰头,屏退左右,关起门来商议。黎星斗开门见山,当即表示想以军务繁忙为由,请辞。黎星源摇手反对,说这是瞌睡送枕头的好事,为什么还推辞?黎星斗一愣,拱手行礼,愿闻其详。

黎星源压低了声音,说:"苏鲁皖游击总指挥部,名头虽大,但华而不实。

下辖部队都是游击纵队,名不正啊。人人都当我们是杂牌,你若接受了这省保安司令的职衔,是替全军将士们换身份的大好契机。我先安排两个纵队改变番号,组建保安独立七旅、八旅,归你这个司令统辖。你可以名正言顺地向省府、三战区要粮饷弹药。日后,咱们将队伍逐步地改头换面,不怕三战区不另眼相看。这样一来,可不比现在这没娘孩子似的,靠着地方赋税来养兵强多了。"

黎星斗琢磨片刻,竖起大拇指来,说:"大哥高见!这样一来,咱们苏鲁皖的弟兄们,就可以有两个身份了。"

黎星源继续道:"还有更重要的一条,那遍布江苏的二十几个地方保安旅,名义上都成了你的下属,你可以借老蒋赏的这把尚方宝剑,或攻伐,或威逼,逐步蚕食兼并他们,那时候的局面,就不是蜗居在这吴尚一隅四面临敌的困境了。我以为,你立即发电接受这个职务,并公开宣布在吴尚组建省保安司令部。过些日子,再召开一个全省保安部队首脑会议,把这些平日里坐镇一方,作威作福的家伙们全部弄到吴尚来。那可就有好戏唱啦!"

黎星斗两眼发光,再度抱拳向他致谢。这顺水推舟,化腐朽为神奇的招数,也只有这位老大哥盘算得出来。黎星源含笑说这是为兄弟计,为三万弟兄们计,自己年纪大了,迟早要退隐,而他正值壮年,日后风光无限,一切都要靠他了。

黎星斗回到指挥部就向副官口授电文,给重庆军事委员会、蒋委员长发电,就任江苏省保安司令一职。消息传出,他的部属、清客们纷纷来祝贺。黄参议随众附和,大灌汤水。黎星斗挥手自谦,这不过是个虚衔罢了,还是这个苏鲁皖游击副总指挥做得自在。但这是重庆最高层的降赐,拒绝了岂不辜负了人家的美意?所以,只好勉为其难了。

黄参议拉着尹天民,说副总指挥升任保安司令,得抖擞全身的本领给他画一张《独虎出山图》。黎星斗没有留意他们的话,掉头叮嘱副官,赶紧去订做一块"江苏省保安司令部"的木牌来,挂在苏鲁皖游击总指挥部的旁边。这晓光寺,一庙容两座山头,也够荣耀了!

次日下午,新制作的木牌油漆还没有干透,就被悬挂起来。尹天民画了幅《独虎出山图》送到黎星斗的办公室,以壮行色。

这两件事,不出一个钟头便有耳报神递到了黎星源的耳边。次日一早,第一纵队司令马国光来到公馆,忧心忡忡地提醒说副总指挥得志了,要改头换面了,这将置总指挥于何等境地?黎星源从容地喝茶、抽烟,翻弄古书,头也不抬,只当是耳边风。

马国光沉不住气,拖他去太师椅坐下,含泪恳求道:"总指挥,在这里,我只认你说话。一纵队,三纵队,都是你的旧部,唯你马首是瞻。"

黎星源扫了他一眼,啪地掼下书,说:"什么屁话?就你们是我的旧部?黎星斗难道不是?他于我有救命之恩,我于他有提携之德,彼此交融,岂是空头官衔所能离间的?你们给我听好了,二黎合则生,分则亡。我和他心里有数得很,不用你们瞎掺和捣乱。眼下这局面,想要维持已属不易,总要随机应变,寻求发展之道。星斗受此职衔,也是天赐良机,难道大家还不清楚?"

马国光犹豫了一气,便没再多说。

黎星源去地图前研究良久,扭头问:"程兴柱去东边还没有回来?"

马国光凑近了说:"他前晚从我防区过去,穿的是平常百姓的衣服,有几个便衣卫兵随从。我布在关卡的人认识他,没有阻拦。"

黎星源点点头,说:"他自己过去可以,但部队不能被他拉去。我估摸着,没了部队,新四军也不会收留他。这一两天,迟早是会回来的。你依旧装作毫无发觉。此人须得暗中提防,但又不能逼他过急。在他的调教下,六纵队能打硬仗,是我军中头号主力。用于对付省府和日本人,是上等的利器。"

马国光感慨,说:"总指挥用心良苦,就怕这姓程的铁了心要投奔新四军,那就九头牛也拖不回头了。"

黎星源哼了一声,说:"还是那句老话,只要不打队伍的主意,任他来去自由。想劫走我的人枪,那就不客气了。"

正聊着,前面负责挡驾拦客的副官报告说刚刚来了位省府远客,手拿韩主席的公函求见总指挥,见是不见?黎星源思忖片刻,冲马国光一笑,说:"省府来人,何等的尊贵?咱们都受节制呢。钦差上使,岂能怠慢?"

且说这位省府的密使受韩德勤委派,应景而来,出人意料地顺利。黎星源非但见了他,还待以上宾之礼,在家里备了小宴款待。他审时度势,察言观色,悟出了其间的奥秘。黎星源如今执军中之牛耳的地位岌岌可危,需要借助省府的力量来稳定局面。

他心中记着这次来吴尚的要务,装作漫不经心,把话题扯到了黎星斗身上,问:"副总指挥就任省保安司令,司令部怕是要设在省府,或者独立六旅的驻地了?他这一走,总指挥少了得力助手,不知有何打算?"

黎星源皱起眉,说:"他不离开吴尚,司令部就设在晓光寺。副总指挥部的那套班子,就地改为保安司令部。好家伙,这摊子愈发地大了,倒有些吓人呢!"

密使暗笑,说:"按理说,做了这保安司令的职位,再驻在吴尚,不合适。但以二位总指挥之间的交情,那也无妨。上峰委任了职务,却没有给他配备部队,也只好依旧借重苏鲁皖游击部队这些老弟兄了。"

黎星源面无表情地说:"谁说没有配备?全省各地二十一个地方保安旅,都是他的属下,算起来,起码有十万之众,是我苏鲁皖部队的三倍有余,肥得令人嫉妒啊!"

密使佯作惊讶:"有这么多?"

黎星源屈指算道:"黄桥何克谦、曲洞张少德、如通马正堂、江都刘大旺……谁手里没有大几千人枪啊?"

密使附和道:"是啊,这些地方人马,组织起来就是江苏地面上第一势力,除了日本人,谁也比不了!由此可见,蒋委员长对副总指挥是器重的,这才委以如此重任。"

黎星源有些意态萧然,问:"省韩对于这件事有什么看法啊?在此之前,这些保安旅可是都归他统辖的。打郭镇、打江堰、打黄桥、打草堰,各保安旅都出过力。以后,他们怕是要改看黎星斗的脸色行事啰。"

密使干笑道:"总指挥,你这是看戏流眼泪,替古人担忧。韩主席是三战区副总司令、江苏省政府主席,就是黎副总指挥,也得听他的。这些保安旅长,紧要关头,怕是还要看韩主席的脸色行事吧?"

黎星源拱手笑道:"是的,咱们苏鲁皖游击总指挥部也好,省保安司令也好,都受韩副总司令、韩主席的管,谁也跳不出他的手掌心去。"

密使大笑,从衣襟里翻出一封密信来,递在他的面前说:"韩主席相当尊敬总指挥。眼下,已在替你的处境担忧了。这苏鲁皖游击总指挥部,下辖七个纵队,四个纵队是副总指挥掌握,只有两个纵队在你的手里。当初,他是借你这尊神立山头,扬名立万,招兵买马。可是,一旦羽翼丰满,就未必还将你放在眼里了。你这个总指挥,是座椅放在小船上过江,让人提心吊胆呢。"

黎星源倒有些意外:"你老兄居然把苏鲁皖内部的情报掌握得如此精准,很不简单呢。"

密使得意地说:"韩主席对于贵部的内情,了如指掌,值此关键时刻,愿意助总指挥一臂之力。与其坐受其损,不如主动出击。"

黎星源追问详细,密使指指那封密信,请他拆阅。

黎星源拆开了这封韩德勤手书密信,由头至尾不过百十个字,意简言赅,给出了一条所谓指点迷津的方案。翌日,韩德勤将在省府召开军事会议,请二黎出席。会上,他将拿出蒋委员长的手令,在辖区发动针对新四军的全面进攻。届时,第三战区其余各部亦将配合,力争短时间内把这支异党武装全部歼灭,就此从根本上彻底了结新四军问题。黎星源倘若率先响应派兵出战,那么,便以他为西路军总司令,并报重庆军事委员会,任命他为三战区副总司令,毕奇功于一役,剿了共产党新四军。这样的功勋,别说苏鲁皖部队得以生存发展,他在军中的弱势也将倒转乾坤。到那时,黎星斗做不做保安司令,都仍然在他的股掌之间,无法篡越。

黎星源连说好主意,划了根火柴将这封信点燃烧毁了,彼此会意地一笑。他们似乎心有灵犀,再不着一字于这些题目,改谈家常琐事。谋了一个小醉后,这才分手作罢。

(七)

黄太太嘱托丈夫派人去邮局调查信函的来历。负责收发盖邮戳的,是个年轻女子,正深陷于热恋当中,这封信外貌太普通,实在是没有留意。

但贾慧却不死心,自己去当面询问那女孩。这女孩正要交班回家,被她缠住了,很有些不耐烦。绞尽脑汁般冥想了好一刻,迟疑着说好像是个女的,四十多岁,她当时只顾着盖戳,没有留意她的长相。

贾慧听说是个四十岁左右的女人,愈发地怀疑黄太太,追问道:"你能确定是个中年女人?"

女孩招手叫在外等候自己的男人,帮着回忆并作证。当时,他就在她的身边,正打情骂俏。那女人进来、离开,都没有开口说话。她们只是交接了这封信,收付邮资,盖戳而已。

这个没有任何特征的中年女人,成了贾慧随后几天里挥之不去的梦魇。半夜里持枪抱膝而坐的贾慧不敢相信,可是,现在已知的线索,都将矛头指向了黄太太。也许,那天她们猝然相遇时,选择留下来与之周旋,是一个重大的错误。

次日中午，贾慧回到家里，草草吃了李嫂代做的午饭。这些天，她没有留意到李嫂神色上的细微变化。她不再陪她聊天，不再在她面前谈论那些嘱托自己代为示好的男人们，不再额外送些零食来给她解馋，只是按照约定，负责中午这顿午饭，放下饭菜后就走。

她系挂着这封信的来历，避开绿杨旅社，到三十三师驻吴尚联络处找林峰。可是，守门的卫兵告诉她，林参谋外出公干了，不在吴尚。贾慧无奈，留下了字条，叮嘱卫兵一定转交给他。

黄昏时分，淡漠的阳光还在天边，居然小雨就淅淅沥沥地下了起来。她在绿杨旅社附近一家杂货铺的屋檐下避雨。没过几分钟，意外发现了林峰的身影。

林峰穿着便装，提着漆皮箱子，没有伞具，脚步匆忙。贾慧挥手叫他，他先吃了一惊，然后笑了起来，伸手要去拉她去自己住处暂避。

贾慧想到了黄太太，拒绝了。林峰无奈，让她稍候，自己举起箱子飞奔而去。贾慧看得仔细，后面分明有三个人尾随着林峰，进了绿杨旅社，这些人她不认识。刚才在街头行走时，似乎是刻意和林峰拉开了距离，他们本就是一起的，只不过避人耳目罢了。

须臾间，林峰顾不上换衣，衣带潮湿地打伞过来了。贾慧站在厚实的桐油伞下，贴近了这个隐然带着汗意的男人躯体，一种久违了的熟悉气息扑面而来，使得她在刹那间陷入了迷乱。林峰没有觉察到这一点，挨着她的身子，心里既喜欢又害羞，想避开却不情愿。再嗅到她发际上淡淡的香气，更是心慌意乱。

到了家，看着他衣衫尽湿的模样，贾慧忍不住开口请林峰进屋。林峰挂伞沿檐下走，隔着雨帘瞅见花坛里那些在雨水中鲜活起来的花朵，赞叹不已。贾慧请他去堂屋，冒雨从水井里打来水，让他脱去外衣擦拭干净。然后自己出了屋子，站在台阶上看雨、看花坛，问："这两天去哪里啦？我正有急事找你呢。"

林峰说："有公干出城去了，刚回来。"

贾慧说："几个人都穿着便衣，怕不是去干什么好事吧？"

林峰讶然，努力拧干了毛巾解释说："路上要过哨卡，军装显眼，便衣方便。你不懂的。"

贾慧对于他出城的目的并不感兴趣，转而将话题扯到了那封信上，告诉他最近发现的线索。林峰出了屋子，望着阴郁的天空，摇头说："黄太太去寄信，让人难以置信啊。不过,我倒想弄清楚,她是如何离开督军府的。老督军跟她难不成还会藕断丝连?"

贾慧思索着说:"他们之间究竟出了什么变故,我也不清楚。如果黄太太跟我一样,怕见老爷子,那也排除不了她受人挟制,不得不代为效劳。总之,她身上的嫌疑越来越重,也许,我近期遇上的那些麻烦,都跟她有关。"

林峰心中暗笑,说这些麻烦中肯定不包括那枚日本人丢下的炸弹,它让贾小姐一举成名,成为吴尚家喻户晓的人物。这样的机会纯属偶然,谁也不能有本事来谋划这样的阴谋。

"我说的是之后的事情,"贾慧跺脚诅咒道,"这该死的日本鬼子!日本炸弹!可恨!"

林峰却不同意她的看法,说:"我可是感觉这是老天眷顾着你呢。一颗炸弹落地哑火,让你现了身。不然,我怎么能够跟你见面呢?这缘分的事,难说难讲。我这几天老是想,老天是同时眷顾了我们俩吧。让我又见到了你。有我在你身边,不要害怕。"

他这样情真意切地讲着,眼中的爱意如决堤的洪水,汹涌奔腾。贾慧避开他灼热的示爱,垂下头来说:"别,我站在你面前,自惭形秽。我是个给家族,给自己带来噩运的人,不敢再拖累你了。"

林峰情不自禁地一把握住她的手,坚定地说:"别这样自怨自艾了,从前我心里是怎样的,你明白。现在不但没变,而且更加地真诚。这些年,你一个人东躲西藏,就是因为身边没有一个替你分忧解困的人。从今往后,有我在,你会走上一条光明大路的。"

贾慧真的被感动了,这是她逃亡以来,第一次被异性所打动。他们自幼就相识,他熟悉她的过去,却仍然如此痴心,这样的男人恐怕这辈子再难碰到了,她愿意用自己的生命来接纳他。

(八)

贾慧对所有人都隐瞒了自己两度开枪杀人的经历。这种事情干系重大,绝不能向第二人透露。她暗下决心,院中那座花坛泥土下也好,远在数百里外的河滩那簇芦苇丛中也好,它们所见证的一切,将会随着自己的老去,成为永久的秘密。

暮春时节，南风带来的热量在吴尚的天空聚集，迫使贾慧不得不重解罗衫，继续中断了大半个月的洗浴。那只浴桶的细洞，已经用麻灰、桐油抹平并收干了，不漏水。

她又一次垂眼看着荡漾的水波倒影里，自己抚乳自怜的模样，先是轻声笑了一下，但随即仿佛是天灵开窍，猛地一个激灵，如梦方醒。假如葬身花坛的死鬼那一夜飞檐走壁来到自家屋顶，是专程窥探这朵梅花胎记的呢？

贾慧匆匆换衣绾发，不避嫌疑地去了绿杨旅社。

林峰佩上枪正要出门，见她来了，忽然省悟今天是礼拜日，学校放假。贾慧微笑着问他是不是要出去？林峰抬腕看了下手表，说不急，还有近一个钟头的时间，在晓光寺有个军事会议，他要代表本部列席。

贾慧关起门来，坐在床边，问他前工兵的底细。他回忆说听这个人的口音，离他们家乡不远，今年约摸四十岁吧，算是个老兵。他认识自己，但自己却不认识他，当初在街头还是他主动招呼的。那时，此人称呼他长官，他认作是三十三师旧部，也就随即答应了。记得他自陈过姓名：曹三，不错，就叫曹三。

贾慧说："那就去查查他的底细，军队里不是有底册吗？"

林峰刮了一下她的鼻尖，说："你这个……丫头，疑神疑鬼，有完没完啊？好吧，我就去联络本部，两三天准有答复。"

贾慧婉然一笑说："不是我疑神疑鬼，而是被逼如此。咱们俩如若要长久下去，小心谨慎为妙。"

林峰大笑，说："你尽管放心，事态远未到那个地步呢。你安心地做老师教书，一切有我呢。"

对面的黄太太已然瞧见了贾慧，见林峰先行离开，黄太太趁势拉着她去自己客房里坐，神秘兮兮地说有件重要的事情要告诉她。

黄太太告诉贾慧，自己新从黄参议口中得知了一个意外的消息，南京汪政府和华北伪自治委员会，在日本人的撮合下，近日里怕是同流合污、合二为一了。这次日方全力支持汪政府，统一华东、华北的政体，全面承认汪精卫所谓的合法性。这么一来，北平和南京之间，将会有一个大的合并，据说名单业已出炉，北平方面几名高官已经南下，代表北方在汪记南京政府里担当要职。老爷子，恐怕是其中之一。

贾慧联想到了那封信函，霎时明白过来，冷笑说："人马未到，书信先行。老爷子算无遗策，厉害得很呢！"

黄太太不理解她的话意,说:"是啊,他这是早有预备的。可是,到南京任职和到吴尚来撒野,那是两码子的事啊。黄先生说,黎副总指挥被老蒋提升为省保安司令,是极度重视吴尚这块地方的,怕不会随随便便扔给日本人的。所以,我估计短时间内,他拿吴尚咱俩依旧是鞭长莫及。"

贾慧听她掉戏文一样说出最后四个字,不禁好笑,说:"虽然他本人来不了,但手已经伸进来了。这封信就是证据。而且,他要找的是我,你四姨太,大约他还不知道呢。所以,你尽管放心。"

黄太太有些着急,说:"这哪跟哪儿的话啊?先透个底给你,当年我离开督军府时,带了些东西走。当时啊,我就想白白服侍他好些年,从黄花闺女整成了半老徐娘,可不能便宜了这个老东西。他是个怎样的人?肯吃这种哑巴亏?万一这几年的行踪被他知道了,那可不得了!"

贾慧终于明白过来,问道:"带了些东西?是些黄白之物吧?老爷子战败下野,没了军队,没了权力,就剩下多年搜刮来的财物了。他爱财如命,你这等于是要他的命!"

黄太太苦笑说:"我只是拿了自己该拿的。离了督军府,我人老珠黄,不能再唱戏了,难道喝西北风去?他有六房姨太太,除了你妈,哪个是得了善终的?投井的、上吊的、喝药的,剩下一个装疯卖傻,苟延残喘。我不逃,榜样放在那里呢!"

贾慧看着衣帽架上熨烫得妥帖的男人外套,问:"这个黄参议,对你到底怎么样?"

黄太太说:"他待我不错,就是做事神出鬼没,我有些担心。"

"他知道你过去的事吗?"

黄太太摇头,说:"知道我嫁过人,离婚了,做大做小却不清楚。他似乎对这个也没什么兴趣。他自己的原配,被别人拐跑了,也是一个伤心的主儿。"

(九)

此时,黄参议正襟危坐地待在晓光寺殿堂改设的会场里。这是一次将官级的会议,由二黎亲自支持。主要议事内容是:第四、第七纵队正式对外挂牌,成立第七、第八独立保安旅的相关事宜。

两个纵队司令改任旅长,少将军衔不变。他们指着领章互开玩笑,说:

"假的就是假的,人家独立六旅方达还是中将呢,偏偏欺负咱们。"

黎星斗一笑,说:"别学他,上万人的队伍,清一色中正式装备,号称梅兰芳部队啊!结果三个小时就被粟裕给吃掉了。结果是自行了断,一枪了事。中将方达,是江苏这地面上十年来最大的笑料。"

会场里一阵哄笑。

黎星斗看了黎星源一眼,说:"保安旅的粮饷,已经向三战区要求划拨,别人都喜欢吃空饷,老子却不。这年头,枪多人多,多多益善。吃空饷,拿什么打仗?用袁大头砸日本人?"

黎星源微闭着眼说:"保安司令部那边,兄弟你自己做主解决,指挥部这边,也还要你劳心,这副总指挥,你是要做长久的。"

黎星斗恭敬地说:"一辈子不敢说,大哥让我当多久,我就当多久。"

两人相视而笑,随后商量起防区调整的实际问题来。黎星斗的意思,向东再扩展十几个富庶的集镇,用于独立七旅的驻防,独立八旅保持原防区并接管七旅的防地。

黎星源表示,最好别去惹新四军,伤了和气总是不好。黎星斗咂巴下嘴,说先试探试探,得寸进尺,遇有阻碍就收手,由总指挥出面去跟共方商谈。黎星源明白他的用意,便不再反对。

会议临近天黑时结束,林峰在散会离去的人丛里,有意放缓了脚步。六纵队司令程兴柱在后面拍了一下他的肩膀说:"老弟,舍不得走啊?"

林峰说:"我是瞅着热闹罢了。今天,本部来电,要配合韩德勤动手了。去年黄桥惨败,他一直耿耿于怀呢。"

程兴柱疑问道:"如今苏北的新四军有数万之众,拿什么去必操胜券?"

林峰说:"副总指挥,不,黎司令,要向东拓展地盘,撩拨新四军。他是想趁着日本人扫荡清剿新四军之际,也顺便捞一把。"

程兴柱耸耸肩,说:"惹毛了新四军,有总指挥的面子兜着。黄桥之战,卖给陈毅的人情比天大啊。他们会给他面子的。这二黎,一个红脸一个白脸,一撺一搭,好本事!"

晓光寺里,黎星斗留住了改属保安司令部的一干人,踌躇满志地指着整幅的地图,说:"进了这间屋子,大伙儿都把眼界放宽点儿,咱们的地盘是全江苏,得坐在韩德勤那张桌子上看事情。"

众人会意地笑。改换番号的这两个纵队,都是黎星斗的心腹部属,各位幕僚也全都改做保安司令部的高参，自然是个个高兴。俗话说，名不正则言不顺，有了名才有利，这是自古颠扑不破的真理。黎星斗明白，这间屋子里的人都明白，那位千里迢迢来投的黄参议更加明白。

他借着这股东风，顺势而起，隐然恢复了昔日里的几分风度，侃侃笑谈道："总司令，在下以为，这次是我们这些人千古难逢的良机，切切不可松懈了。眼下，天下纷乱，群雄并起，无非是三个词：队伍、地盘、粮饷。三者相互依存，缺一不可。保安司令部下辖两个保安独立旅是远远不够的。那些多如牛毛的地方保安部队，都是中看不中用。与其想方设法兼并他们，还不如咱们自己扩充。我想，三年内，至少得有六个独立保安旅供司令驱使，才足以与周边豪强相抗衡。在现在的基础上扩充人马，说穿了就是粮饷钱财的问题。扯起旗子，自然会有吃粮的人。有了银子买军火，自然会有卖主登门。所以，粮饷一事，是当务之急。在下愿意替总司令拿出章程来解决。"

他这一席话说到了黎星斗的心坎上，伸手一指，说："讲讲你的章程，我看中用不中用？"

黄参议离开座位走到地图前，在吴尚地区周边虚画了个圈儿，说："吴尚地面下辖三十八个大的集镇，富庶之地不过十之三四，七个纵队近三万人，勉强可以生存。但保安司令部成立之后，形势便有不同。我认为，咱们这几年在吴尚实行的赋税方案太过宽松了。尤其是对那些大户财主们，太过手软。穷人指望不上，他们再指望不上，岂不是——"

黎星斗盯住他，说："这赋税问题是总指挥定的。你要我违反？"

黄参议摇头笑道："司令误会了，我并不想让您去改变总指挥的方案，而是建议您针对那些富得流油的家伙们做些工作。共产党新四军，在这方面可比咱们强，他们的政策叫做打土豪、分田地。我们这个，就叫做给富人们瘦身、刮油，看到那些坐拥千亩良田，每日里数钱数到手酸的豪富们，您就真的心怀仁慈？"

黎星斗阻止了他的话，语气严峻道："这些事需要从长计议，不是一时半会儿就能够搞清楚的。今天，咱们只谈大略，不说细则。"

黄参议兴致勃勃正要讲要紧处，被这么一盆凉水浇下来，怏怏地回了座位，再不发一言。

会议开到半夜才散。黄参议刚出了寺门，就有人等候在那里，凑在耳边嘀咕了两句，他顿时改愁容为笑脸。

黎星斗脱了军装、马靴，坐在椅子上手捻佛珠喃喃有声。等他睁眼时，黄参议正站在面前，便指指身旁让他坐下，一起喝些酒驱驱夜来的寒气。黄参议经他这么一拦、一请，心中有数，也就做出矜持的态度来，笑而不语。

　　黎星斗屏退左右，亲自替他斟酒，笑呵呵地说："兄弟，先前在会议上，我阻断你的话，明白我的用意吧？"

　　黄参议目光落在那几样菜肴上，作悉心研究状，微微摇头，不知道是对这菜肴不屑呢，还是对他的话做出了应答。

　　黎星斗端起酒杯来杵在他的面前，说："这可不是做事的样子，一口干掉，谈正事，别跟个娘儿们似的扭捏。"

　　黄参议看看火候已到，双手捧起杯子一口干了，将杯底一照，说："还是总司令爽快，我也就不藏拙了。这件事，你半途拦下的意思，我明白，一要瞒住总指挥，二要谋划巧计引君入瓮。这会议上人多口杂，保不准传出去，那就办不成事了。"

　　黎星斗哈哈大笑，说："你知道我的心思，不错！就把方才的话题续上，慢慢地聊，我仔细斟酌。"

　　既然不能违拗了黎星源所定的方略，那只能剑走偏锋了。据大致统计，吴尚城内外的商贾地主，至少也有两百余家。寻机找他们的晦气，扣上几顶帽子，以性命相威胁。要命还是要钱财，相信不难选择。按照人头计算，每家敲个几万大洋，用来购买军火，可以组建多少个独立旅？这样做，上不通天，下不彻地，就拿有钱人开刀，为富不仁者优先，岂不是大快人心？

　　黎星斗听他滔滔不绝，思忖了半天，说："这件事，你要保密，不得对外乱传。我明天公布保安司令部下辖各部名单，你这个参议依然不变，但兼一个侦缉处长的职务。你给我记好了，做事一定要把脚跟站稳了，师出有名才成。这些富商们，也不是省油的灯。"

　　黄参议心中得意，谁说这乱世间只有好勇斗狠的角色才能平步青云？像他这种鼓摇三寸不烂之舌，片言只语便揽要职于怀中的人，也有用武之地吗。史书中记载的苏秦、张仪之流的事迹，看来绝非夸张，而是实有其事了。

　　这一刻，夜深人静，两支大烛映照之下的寺庙，想不到竟是成就黄参议多日梦想的地方了。他放下酒杯，伏案望着黎星斗，悄声问道："总司令，以您的见闻，这吴尚城中，何人可以成为祭旗开刀的供品呢？"

（十）

林峰他对于这份远离故土后意外得来的爱情十分珍惜，几乎每天都要抽空来看望贾慧。这一对青年男女，女的温婉美丽，男的英武俊朗，俨然成为吴尚街头行人眼中的一道风景，和那些郁郁葱葱的树木，伸出院墙来的桃花，屋脊上飞舞的风筝一起，养眼悦心。

黄太太站在窗口，看到他们挽臂偎依而过的情形，百感交集。暗自感慨这世事的无常，人心的变幻。在督军府时，所有人都清楚地知道，小姐许晓云的如意郎君是刘府的大公子，两人情投意合，如胶似漆，棒打不离。倘若不是在省城做事的大公子回乡来，和刘府发生争执，出了那档子事，他们怕是早就办了婚事，成就了佳话。这位林参谋，家世如何，前途怎样，如今已然不重要了。她们的身份都发生了变化，门户之见早就分文不值。

黄太太默默联想起过去在督军府锦衣玉食般的生活，又想到了自己起初恩爱时的好光景，恍如隔世，真是不堪回首。她正自叹息间，黄参议昂然回来，进屋第一句话就是，这绿杨旅社的客房可以退了，他已经新觅了公馆。承蒙黎总司令提携，过去仰人鼻息的日子，将一去不返了！

黄太太愕然，问他搬到哪里去住？黄参议告诉她，新公馆在盐商李府东隔壁的柳家花园。那里有假山有池塘，有花有草有树木，正好可以让她闲来散心。黄太太听他如此说，却又有点舍不得这里。从这窗口，看街头流水般来往的人群，看那对般配的情侣，揣摩世间的人情世故，那才是真正能够打发时间的。

柳家花园原主人一家，因避战乱全部迁往上海租界里住，宅子园子都交由远亲代管。战时如此被军方征用，也无话可说。苏鲁皖游击总指挥部少将参议、省保安司令部侦缉处长黄某看似高调、实则低调地搬进来后，雇了两个女佣，听由黄太太差遣。次日一早，以拜访邻居为由，登了盐商李西沅的厅堂。

李西沅听说来了这么位近邻，底细全然不知，但看在他手握实权的分上，客客气气地开门亲自接待了。黄参议首度出手，力求要胜算在握，所以暂时把那份春风得意的劲头抛开。但李西沅对于这些外地在吴尚落脚的丘八武夫们，却丝毫不敢懈怠，奉茶敬烟，察言观色，揣摩此人的来意。但见黄参议从容的笑脸，文雅的谈吐，跟他所惯见的那些莽汉们又有不同，倒也令他有些受用，就从这一点特殊之处问起他来吴尚前的经历。

对自己的过去，黄参议扬长避短。只说风光时的事情，不谈落魄后的困窘，洋洋洒洒足足吹了大半个钟头。李西沅听他大讲在武汉做税务官时的往事，大感兴趣，连说犬子也是在财政部门做事，不过先是在杭州做税务专员，后来随财政部迁往上海，专署江浙一带的财税。目前，他已经内迁重庆，跟孔祥熙交好，日前还有家信辗转寄到吴尚来问候呢。

黄参议的兴趣大增，吸了口烟问："这位世兄在重庆财政部做事？原来在上海待过？"

李西沅说："他在上海待了两年，后来转进了租界，再后来搭乘英轮去了香港，从香港飞到重庆。这小子，年纪比你估摸着还小四五岁，倒是什么都经历过了，比我这躲在乡下的老头子强。"

黄参议听说他有这层和重庆的关系，倒是有意攀交一下，试探着问："这位世兄的名字是——"

"李侍中。"李西沅有些得意地说，"我在这个宝贝儿子身上，那是下足了本钱，上大学，留洋，所学都是跟理财有关的。回国后，托人在南京给他走路子，后来结交那些达官贵人，真是花银子如流水，这才有今天这点儿成就和地位。如今这小子不知道在重庆怎么样了？听说日本飞机天天去轰炸，这从天而降的炸弹我见识过，地动山摇，真吓死人了。不过，老天爷还是眷顾咱们李家的。"

他只顾着说，没有留意或者无法留意黄参议脸上的笑容变僵了，双手颤抖。"李侍中"这三个字赛过了日本人的炸弹，轰地一下将这位少将参议侦缉处长炸蒙了。黄参议的脑海里浮现起一个穿白色西装，蓄着一弯细密胡须，戴着金丝边眼镜的男人模样来。黄参议至死都忘不了这个人。夺妻之恨，以及在上海滩时的耻辱交织在一起，霎时化为熊熊的烈火，几欲从他的眼中喷发出来。

他忽然爆发出一阵歇斯底里的大笑，说："原来李侍中李专员是老先生的公子，失敬了。我和这位世兄在上海有些交往，交情不浅，但却不知道他原来是吴尚人。"

李西沅喜出望外，原本的戒备心思早就放下，连忙吩咐用人知会厨房，中午他要留这位客人吃顿午饭。黄参议也不推辞，就势起身。李西沅连忙引路，带着他前宅后院走马观花，品赏这豪宅景致。走到最后一进栽着黄杨古树的花园时,黄参议仰头望着那几近两丈高的围墙时,问那边是谁住?

李西沅撇了一下嘴,说:"是个小学女教员,日本炸弹进屋哑火的那个。"

黄参议恍然一笑,心说原来她跟李西沅是邻居,也算是无巧不成书了。

酒菜已经摆好,两人坐下来对酌小饮,聊谈些家常琐事。黄参议趁势感慨,说李家这份产业积攒不易,但在这乱世之年,维持也是不易的,日常开销可还应付得了?

李西沅苦笑,说:"难啊。你们驻军的捐款费用、一家几十口人平日的开支,都数目不菲。祖上留下来的那些田亩租金连着两年收不齐,这日子可是愈发地艰难了。"

黄参议劝慰说:"既然这样,何不做些生意?你是从商的,买卖上自然是驾轻就熟。"

李西沅摇头说:"不瞒您说,做是做了一点,但您知道,外面各方势力交错,关卡林立,雁过拔毛啊。利润的大半都被蚕食掉了,能保本已属不易。我正寻思着找位得力的朋友来帮助撑持。你既然与犬子有旧,咱们何不携手合作?你不用出资入股,我算你一份干股,只借你这杆大旗用用,利润分你三成,不知意下如何?"

黄参议笑道:"好啊,就是不出股金,坐享分成,实在是不好意思了。"

第 三 章

（一）

贾慧从林峰口中得知黄太太随丈夫乔迁新公馆的消息时,已是他们搬家之后两天。她本想尽力避开这个让自己难以放心的女人,但闻讯之后,反倒起了好奇,那位黄参议难道飞黄腾达了吗? 她命中注定要跟贵人同床共枕?

林峰冷笑,说飞黄腾达算不上,但小人得志是有的。他抱住了黎星斗的大腿,甘为马前卒,做了侦缉处长。贾慧思忖侦缉处长这个官衔,问是专干抓捕人的勾当吗? 林峰点头。贾慧说,这真是得罪人的职业,小心谨慎还要积点阴德才行。林峰笑了,说也是件好事呀,他做了这官,若有人想摆布你,这位表姑父可得替你撑腰啊。

他们在旅社门外闲扯着。旅社老板一脸怨气地出来,摇头说:"林参谋,你给评评理,这人一阔就变脸。升了官反而折扣房钱,只给了一半票子就走人,太霸道了!"

林峰问他说的是谁?

老板手朝头顶指指,说:"黄,除了他还能有谁?"

林峰拍拍他的肩膀,说:"人已经搬走了,再计较也拿他没辙。"

老板哼了哼,说:"是啊,权当送瘟神吧。还好,他们一走,就有新客人住进来了。人家爽快,先预付了半年的租金。我也爽快,给他打了八折。做人就要这样,你敬我一尺,我敬你一丈。那才有意思。"

林峰打听:新来的房客是什么人?

老板说是做猪鬃买卖的,据说跟省府、重庆方面都有关系。这东西是要通过沦陷区运到后方去的,美国人有多少收多少,真是一本万利的买卖。不知道有多少人眼馋着呢。

林峰顿时起了兴致,问这新客人姓什么? 老板说姓刘,据说和重庆上海的出口贸易行是一伙的。林峰若有所思地说,三十三师的驻地就是猪鬃的集散地,有空聊聊,说不定有利可图呢? 老板半开玩笑,说到时候可要带上他一份,有财大家发嘛。

他们打着哈哈,在街头分手。

贾慧不解地问:"你还会做生意?"

林峰微笑着揽住她的腰肢,说:"我得想法子挣些钱,不然,日后拿什么来娶你这位千金小姐呢?"

贾慧挣脱了他的手臂,正要说话。林峰的勤务兵匆匆过来报告,说电台刚刚收到几封本部的电报,事态紧急,请他速回联络处。林峰趁势再度伸手将贾慧重新揽住,说:"想知道你托我查询的那件事的回信吗?跟我去联络处,那地方你还真从没有进去过呢。"

贾慧本来就惦记着前工兵曹三的底细,现在听说有了消息,岂有再矜持推脱的理由?她意态亲昵地偎依在林峰身边,向联络处走去。

三十三师联络处是三战区在吴尚埋下的一枚棋子。国军第四十五军军长孙文规兼该师的师长,在对外对内数次战役中,战功卓著。因此,孙文规又兼了三战区长官部的要职,是上官云相的得力干将。正因为如此在吴尚,二黎是不敢以少校参谋的身份来小觑林峰的,而是真正将他作为三战区四十五军、三十三师的正式代表来对待。

联络处设在都天行宫北侧一排厢房里,另外开了门,本部一个加强排担任警戒守卫,里面一共设立了三部电台,分别用于和长官部、军部、师本部联络,成为皖省山区的总部俯瞰苏北平原的一双眼睛。

林峰挽着贾慧去办公室坐下,三份密电已经放在他的桌上。他先拣女友感兴趣的看,然后递给她,说:"你的猜测是对的。"

贾慧的心一阵狂跳,只见电报内容明明白白地写着:曹三,民国年随曹县民团征入三十三师,任工兵下士排弹手,于台儿庄外围作战中负伤离队,至今下落不明。

贾慧缓缓地坐下去,这些文字印证了她的猜测,他是曹县民团的团丁,而这民团是老督军下野后为保性命和家业出资建立的一支私人武装,挂着保境安民的旗号,实质上一直在守卫督军府和城内外的田庄产业。曹三拆弹前冲自己诡秘地一笑,说明他已经认出了自己。他半夜潜逃随即被人杀害,绝对不是警察局所做的谋财害命的定论了。她的直觉从起始到现在,都没有偏差,吴尚确实有人在暗中窥探着自己。

她急速地喘息着,林峰却手拿电报,陷入了沉思。她追问一句:"你傻愣着干什么?"

林峰惊醒过来,把手里的电报用火柴点了,丢在脚下的铜盆里,说:"没什么,局势微妙,让人对前景担忧了。"

林峰手里的另两份电报,一是四十五军转发的长官部密电,电令麾下各部配合韩德勤向新四军军部展开进攻。苏鲁皖游击部队、保安独立七、八两旅为左路军,向东向北,攻击新四军二师所部,使其无力驰援军部,力争此役将其主力击溃,使之重蹈皖南覆辙。二是四十五军电文,要他严密监视吴尚二黎的动向,胆敢违抗军令,将黄桥之战的故伎重施,决不宽恕。

林峰看着她清秀的侧脸,笑道:"你是对的,那曹三肯定在督军府待过。"

贾慧说:"我想,也许只有一个人清楚他们的情况了。"

"谁?"林峰问。

"黄太太。"贾慧斩钉截铁地说。

(二)

三战区司令长官部密令下达后三天,所辖各部开始动作。由韩德勤所率八十九军以及新建独立六旅,加上从安徽赶来助战的国军八十八师主力为主攻力量,前锋直迫新四军军部。日本驻军各部前出据点,警戒旁观。

二黎接到的密令是,主动攻击新四军二师,使其难以分身驰援军部。黎星源、黎星斗二人密谋对策。在他们眼里,新四军重建之后,所属各部分布在五省之地,临近盐城军部的主力只有二师。拖住了他们,合击其军部就有了胜算。但是二师是黄桥之战的主力,战斗力之强,有目共睹。吴尚所有部队倾巢出动,都未必是人家的对手。更何况,他们近几年来一直是友非敌。

所以这一仗黎星源根本不想打,黎星斗则心存试探,想用保安旅的名义响应,先向前逐步推进。新四军抵抗的话,就地坚守,作鏖战胶着状。若新四军远遁,则不去尾随,只要地盘钱粮。

黎星源思索良久,觉得不受命动一动也瞒不过去,那就来个外甥打灯笼——照旧。由独七旅为先锋,八旅殿后,以每天十里的速度缓慢推进,估计这次新四军不会硬扛抵抗,他们要飞速回援才是真的。他和黎星斗约定,这次进攻所占的地盘全交由保安司令部管辖,逐步地和苏鲁皖部队的防区分割开来,做形式上的区分,但形分神不分。黎星斗自然明白他的话意,当即一口答应了。返回晓光寺总部，发电三战区长官部、省府，奉命出战。

然后，黎星斗在晓光寺召开军事动员会议，会议之后，六纵司令程兴柱被黎星源单独召见，留他在吴尚城里住三天，每天由各纵司令轮流坐庄，请客吃饭。但这欢宴只办了两天，第三天便被城外传来的战报阻止了。

保安独立第七旅出城之后，长驱直入新四军根据地，第一天走了十里，第二天见无抵抗，胆子一大，向前突进了三十里。夜半时分，倏然遭到了意外的围攻。激战不到四个钟头，全军覆没。少将旅长杜仲及部属五千余人被俘。黎星斗亲率独八旅驰援，苏鲁皖另外两个纵队跟进策应。可这支围歼独七旅的新四军部队已经金蝉脱壳，不知去向。后来根据情报获悉，此役为二师一旅所为，一战震慑二黎之后，追赶主力，参加军部保卫战去了。

黎星斗上任伊始，雄心勃勃意气风发，想不到首战便告惨败，一时间，气愤、沮丧、慌乱，百感交集。黎星源安慰他不要因这次败绩而丧失信心。他忿忿不平，大骂新四军太不够朋友，招呼不打就动了手。黎星源说一来人家兵强马壮，不放他们在眼里；二来每天规定前进十里，大家彼此心中有数。可是独七旅第二天就头脑发昏，冒进三十里，拉开了和后续部队的距离，他们岂能不予以教训，照单收下？不过，估计这次枪械装备是没了，但人还能回来。人在就好。

黎星斗气咻咻地笑道："这帮饭桶，咱们当宝贝，人家还不肯收呢。他奶奶的！真是丢人，这次丢人丢到家了。"

黎星源说："祸福相倚嘛。打电报给三战区和省府，请求增援，把损失一个的旅的数字再扩大三倍。我们两个独立旅一个游击纵队，与敌激战两昼夜，全军覆没。你吧，左臂受伤，死战不退，被卫兵硬拽下来的。从今天起，就要委屈你把胳膊吊起来，装出伤员的模样。这次多路合围，二黎率先出战，率先败绩，无力进攻了，抽身出局作壁上观，看戏吧！"

黎星斗转恼为喜，立即招呼军医进来，将自己扮成负伤的模样，然后出门跨马，在吴尚城中转了一圈，不怕三战区、省府的耳目瞧不到。

黎星源的预测果然件件灵验。战后第六天，独七旅旅长杜仲率部众四千余人，挎着步枪徒步返回吴尚，重武器都被新四军留下了。见了黎星斗，他扑通一声双膝跪倒，嚎啕大哭。

黎星斗又喜又恼，说："算了，人回来了就好，装备是身外物，有人就有枪。明天你去军械处，把原来准备充实六纵的那批武器拨给你们。战役检讨，歇几天再说。这次新四军下这么重的手，我们都觉得意外。看来，对朋友也是不能太过信任的。"

他打发走了独七旅一众人等，查问外面的战事发展。参谋长左手拿电文、右手举着木棒，在地图上比划。这次战役，新四军第一仗就选的是左路二黎，将独七旅击溃后，迅速北进。盐阜方面，新四军部直属部队前出一百余里，在独立六旅的行进路途上设伏，选择了黄昏时出击，全歼该部。八十九军赶来援救时，战斗已经结束，留下遍地的尸体。第八十师是国军主力，担当针对新四军黄克诚部的正面作战。血战六小时，无法突破对方的防御阵地，呈胶着状态。但左翼遭受挫败后，新四军二师先头部队也已赶到，有遭受夹击陷入重围的危险，于是决定主动撤退。慌乱中来不及通知八十九军，致使该军两个团被歼。目前，韩德勤正收缩部队，向北靠拢，请求三战区的支援。三十三师已经衔命出发，前锋出固镇，和八十师右翼汇合。省府再下电令，要求苏鲁皖各部全面投入攻击，迫使新四军主力分兵阻击。

黎星斗飞快地捻动佛珠，喃喃地骂道："奶奶的，还要老子出兵？一夜之间就丢掉了一个独立旅，哪里再经得起折腾？"他拿起电话来接通了黎星源公馆，跟他商量应对策略。

黎星源在那边打了个哈哈，说出兵吧。独八旅星夜启程，分成三路纵队，中间相隔十里为限，马不停蹄，以一天时间为限，向东一百里，将所有重要集镇全都拿下。独七旅草草整编后，赶紧去接防。

黎星斗恍然大悟，拍了一下桌子，说："大哥，还是你棋高一着。我还担心新四军再设机关呢，完全不必为此费心劳神了。他们如今集全军之力要跟省韩拼命，哪里肯理会咱们？吴尚向东一百里、二百里都是真空安全地带。"

依照计划，独八旅先拣富庶集镇占领，独七旅领枪后在城西校场整编归队，依旧出东门向东，接应独八旅。这万把人的队伍向东出了城，果然是一路无阻。这次他们谨遵命令，不敢越雷池一步，到达指定区域后，就地驻军。

黎星斗密切关注前方动静，直到收悉平安回报后，才放心下来，赶去黎星源公馆。

黎星源不久前和省府方面通了电话，一开口就抱怨说奉命出征，一照面就丢掉了近万人。再这样几仗打下来，苏鲁皖就完蛋了，剩下他这个光杆司令，拿什么来守吴尚？这地方一旦丢了，省府唇亡齿寒也没几天安稳日子过了。韩德勤正焦头烂额，被他这么一通诉苦，无话可说。为了不冷对方的心，主动提出拨发三个团的装备给黎星源，用以弥补他的损失。另有大洋五千，直送黎星源的公馆，由他私人自由用度。

黎星源得了实惠，也便就此一笑了之。这几千条枪，他没有打算给黎星斗，而是想借此组建新的纵队，填补改编之后留下的空缺。正筹划之际，突然见黎星斗登门来了，心中顾忌，以为省府划拨计划漏了风声。

他稳了稳情绪，请黎星斗到后宅去用茶。

黎星斗抑制不住兴奋，摩拳擦掌说："大哥果然神机妙算，新四军主动撤了，咱们在这里也算是坐收渔翁之利了。既得了地盘，又敷衍了省府，老子报称大捷，歼敌数千，立奇功一件，总算把肚子里憋着的一口气给出掉了。"

黎星源点起烟来，仰面望着在空气中飘荡的袅袅烟雾，说："我算了，这向东一百里，向北向南近三百里，富庶的集镇四十余座，养兵、征粮、收税，两个独立旅绰绰有余。等战事有结果后，我秘密走一趟，跟新四军那些首脑人物碰个头，力争双方在眼前这个现状上划分地盘。到时候，以江延大镇为中心，再成立一个县，那咱们就拥有两县之地，控制了整个江苏中段最肥沃的的田地，养兵十万，问题不大。"

二黎在剿灭新四军的战役中两度出兵，先败后胜，发捷报向战区长官部、省府报功。而这时，韩德勤所率残部在三十三师、八十师两支国军精锐的支持下，正和新四军作殊死激战。等到战事结束，麾下黄桥战役后重新组建的部队再次化为乌有，他以及所统率的省政府，已经沦为空头机构，不得不退缩回原来的驻地，再也无力主导江苏的形势了。

三十三师、八十师两支客军，助战苏北，各自有一部遭受灭顶打击，被新四军整建制地消灭了。这两支部队都是参加过皖南事变立有战功的。新四军方面自然倾全力围攻，不惜代价，誓雪前耻。这次战役成了他们的噩梦，尸横遍野，溃不成军。

一场剿共之战，由此变为闹剧。重庆方面，朝野嘘声一片。汪伪南京和日本人则彼此弹冠相庆，都觉得此次是上天赐予的一个良机，正好可以借此机会来收拾这片残局了。

（三）

枪炮声在吴尚城东数十里绵延了近半夜，将城中百姓从睡梦中惊醒。但直到天亮之后,才有了确切的消息。原来是黎星斗的独七旅去蹭新四军的便宜,给人家包了饺子,谣传这几千人马都被打死在运河沿岸,横尸十几里,连河水都染红了。

清晨,贾慧顺道去了绿杨旅社,打探真实的情形。可是林峰不在客房,伙计说他一夜未归,怕是和这夜来的战事有关了。她有些担心,顾不上歇脚转往都天行宫三十三师联络处。但守门卫兵也说林参谋不在,昨晚出门参加宴席,至今未归。她有些慌乱,又不便多说,只好请卫兵等林参谋回来捎个口信,请他来找自己。

整个白天,贾慧在学校里心不在焉。好不容易等到了太阳西沉时,又去都天行宫和绿杨旅社走了一遭,依旧没有林峰的消息。她忽然意识到,身边少了这个男人,自己将重新恢复孤立无援的境地。她本以为可以借助林峰这条宽厚的肩膀暂作休憩,可是这陡然的失落,让她惊省,当下的自己已不是那个敢作敢为、无所牵挂的女性。她已成熟,已经衰老,她已经沾染了这座城市中居民集体携带的病毒,跟他们一样变得消极、懈怠,听天由命了。

贾慧守在粥锅前,竭力控制着自己纷乱的思维。这锅粥煮了一个钟头,小火慢燃,香气四溢,收汤后,厚实的一层油膏状的米脂覆盖在粥的表面,宛若极上等的和田白玉。她正要取碗来盛,外面突然传来急促的敲门声。

一个熟悉的男人在轻声呼唤:"慧,是我,快开门。"

贾慧放下碗,一路快跑穿过庭院,抽开门栓,林峰仿佛久别重逢的样子,身体前倾一把搂住她的脖子,就势进门。然后,他松开手声音微弱地说:"快关门,关门。"

贾慧这才发现自己的情人脸色苍白,穿着套土布士兵服,头发散乱地倚靠在门柱上,像是随时会瘫倒。她关切地问他这是怎么了?这两天去哪里了?

林峰俯靠在她身上,悄声说:"去屋子里说话,我受伤了。"

贾慧吓了一跳,赶紧扶他进了东厢房自己的卧室,点起了油灯探视他的伤情。林峰脱掉身上脏兮兮的军服,左上臂处包着绷带,血迹渗透出来。她咬着牙,用剪刀拆开绷带,剥除一层层纱布,露出创口来,捂住嘴低低惊叫了一声。这是处穿透臂膀的弹洞,子弹透体,形成一个贯通伤。

林峰看着自己的伤口,说:"刚才进城时,有保安司令部的人设卡,你的那位表姑父领头,我为了躲他,翻墙头时用力过猛,把伤口挣开了。我的衣兜里有伤药,你给我重新敷上止血,不能被外人瞧出来,不然的话可有麻烦了。"

贾慧按他吩咐先烧开水，清理完伤口，再用那褐色药膏抹在创面上，将绷带纱布缠绕包扎。林峰脑门上豆大的汗珠往下滴，疼得几近休克，喉咙里不时发出一两声低沉的呻吟。直到包扎完毕后，身体才松弛下来，说："我借你这儿先躺会儿，夜深了再走。"

贾慧拉过被子来给他盖上，转身去处理掉了那些带有血渍的擦洗棉布。她心底生疑，这是怎么一回事？明明是三十三师驻吴尚的参谋联络官，为什么要假扮独立七旅的士兵？难不成，他昨天夜里也卷入了战斗？他冒充独七旅的人去打仗干什么？为什么要躲避那个黄参议呢？

她有心叫醒他问清楚。可是，就着黯淡的灯光瞅见他那张失血、疼痛而憔悴的面容时，一股子女性的怜悯柔情涌上心头来。她轻轻叹口气，吹灭了灯，坐在黑暗里借着窗户透入的微弱月光，注视着这个男人。

不知过了多久，盐商李家和隔壁大嫂饲养的公鸡，几乎在同一时间齐声啼鸣，将黑夜驱逐远去了。林峰睁开眼，蓦然瞅见贾慧俯伏在床边，长发如瀑布般纷撒在自己的被子上，不由得惊叫一声："糟糕！"

他说糟糕，是出自内心的一种惭愧。联想起平日里自己总是拍着胸口信誓旦旦要成为她的依靠，结果反过来连累了她照应自己。

贾慧被林峰惊醒，低低喊了一声："哎呀，天居然亮了。我忘记半夜叫醒你了。"

林峰赶紧起身，将那件士兵服卷起来扔在墙角，说："还得累你走一趟。去绿杨旅社替我取一套便装来。"

贾慧说："取衣服可以，但是你得讲清楚。这鬼鬼祟祟地做什么？为什么弄成这副落魄样子。"

（四）

对独七旅横遭新四军歼灭一事，黎星斗一直心存怀疑。他下令侦缉处在城里设立关卡，盘查那些没有随大队返回的散兵游勇，并单独召见了旅长杜仲，盘问那天为何突然违反命令，突进三十里。

杜仲说那天整个就是莫名其妙。自己没有发布命令，可是先头团突然行进加速，毫无征兆地陡然向前二十里。他派副官快马赶上时，部队已在二十五里左右。团长也是一脸的迷糊，说是旅部通信兵骑马来下达的命令。他马上下令队伍停下脚步。可是前锋连已经抵达三十里铺村子，捉鸡宰鸭、生火做饭了。他想想也不在乎这五里路，索性拣着那个村子歇脚宿营，明天就不动了。副官赶回去向杜仲报告，杜仲不放心这个团孤悬在外，无奈之下命令另外两个团跟进，一起宿营。结果，上半夜没事，下半夜四下里杀声四起，稀里糊涂一通抵抗后，只得束手就擒了。只是新四军只收缴重武器和弹药，留下步枪卸去子弹仍由他们自己背着，还派一个连押着他们朝南走，让他们在一处湖塘洼地里待了一个白天，才释放他们。

显然，有人在中间做了手脚，手法高明。

黎星斗打发走杜仲，瞧见侦缉处长黄参议走进寺门，忙叫住他，询问在城门口设卡盘查的结果。

黄参议说所有带有独七旅番号的游兵散勇们都被羁押盘查了，先跟花名册比对，再由同单位的人认领回本部，没有发现任何可疑的迹象。但有密报说，发现有极个别的穿独七旅军服的士兵翻墙避开关卡进了城。他已经下令全城搜捕。这个人如此躲避，必定可疑，决不能放过。

黎星斗点点头，问："这个人会是新四军吗？如果不是，可能是谁？"

黄参议未加思索，脱口答道："据卑职看来，此人是新四军内线的嫌疑极大。这一出冒进的闹剧，筹划得极其精准，为什么要在三十里铺宿营？为什么新四军在半夜时攻击？这都是事先有准备的，目的，就是杀一杀副总指挥，不，总司令的锐气。"

黎星斗呵呵苦笑几声，说："他们对我很不放心，只把总指挥当朋友。郭镇一战，我跟他们结下了梁子，怕是消除不了的。"

黄参议凑近过去，轻声说："早知道这样，就由苏鲁皖名义下的纵队在前面打头阵了。新四军看在总指挥的面子上，不好意思动手。以保安旅的名义对付他们，是要吃亏的。日后再有行动，心里就有数了。苏鲁皖对共产党，保安旅对省韩，大家一团和气，皆大欢喜，岂不是好？"

黎星斗拍拍他的肩膀，说："你全力以赴办这两件事，明白吗？"

黄参议会意，敬了个很不标准的军礼，转身便出了晓光寺，骑马带着随从去督查城里的搜捕情况。在绿杨旅社附近，遇到了自己亲手提拔的心腹、侦缉队长马某。马队长说奇怪了，那人进城时正值黄昏，他避开哨卡，翻过万字会的围墙，从西边的旁门出去，一路上都有目击者。但偏偏在天禄街一带就没了踪迹。黄参议举起马鞭，示意以天禄街为重点，挨家挨户地搜上一搜，务必要找出这个人来！

他在路口发号施令，威风凛凛时，林峰一身戎装从旅社走出来，隔着街道冲黄参议敬了个礼，颔首致意。

黄参议想起军报中的消息，笑道："据说三十三师也参战了，林参谋有没有披挂上阵啊？"

林峰摇头说："恪守职责，与贵部做好协同，就等同于上阵搏杀了。这一次贵部首战失利，后面该当如何应对？"

黄参议说："有二位总指挥运筹帷幄，就轮不到我来操这份心了。咱们各尽其职就是了。"

两人道别后，黄参议狐疑地盯住此人的背影看了一气，心里感觉似乎有些不对劲，就只是可意会不可言传的那么一点，窝在黄参议的心里，说不出的别扭。

吴尚是县城，规模不大，天禄街和府前街纵横交错，犹如十字。从东门哨卡过来之后，巷陌杂陈，毫无章法地将这条街分割得零零碎碎。黄参议纵马而过，大略地数了一下，总共有十二个巷口。那个穿独七旅军服的可疑之人，想要从这里脱身，是太方便了。不过前提是，他必须在这附近有个落脚点，可以从容地换掉衣服。

他心底有些懊恼，不经意地朝斜对面望去，不远处竟是老婆那位远方侄女的住处。他双腿一夹马肚，向前没走几步，突然听得前面马队长一声喊，冲进路边低矮的土地庙，双手揪出个穿独七旅士兵服的人来。众人一拥而上，将他按倒在地。

黄参议大喜，翻身下马过去，用鞭子的手柄抵起那人的下巴来瞧。只见此人满面泥垢，蓬头乱发，肮脏无比，大笑一声道："带回去，先给洗个澡，装成这副模样就以为脱得了身？那是白日做梦！"

黄参议一行回到侦缉处，先让马队长劈头盖脸地把人冲洗出了原来的面目，然后才押到审讯室来。他手拿鞭子，一脚踩在凳子上，冷眼看他，说："上天入地，也逃不出爷的手掌心。你就老老实实交待了吧。不然，有大苦头吃！"

那人眼见黄参议居高临下俯瞰自己，心里害怕至极，扑通跪下，大哭道："长官饶命啊！我再不敢抽大烟、吸白面了！"

黄参议骂道："放屁！避重就轻想蒙混过关？说说你穿上这件军服后在

独七旅做的见不得人的坏事。"

那人呼天抢地，大喊冤枉，说衣服是从垃圾堆里捡的，上面除了有点血迹外，还算齐整、干净，比自己身上的破衣烂衫好多了。黄参议不耐烦听，亲自用马鞭胡乱抽了二三十下。这家伙杀猪似的哭喊求饶。黄参议歇手，问他的姓名、身份？他说姓郑，排行老三，人们都叫他郑小三，家里是开粮油铺子的，本来丰衣足食一切都好，可是受歹人引诱，先抽鸦片后吸白面，上瘾难戒了。被老子发现后，一顿死打后逐出家门，无处栖身，就在乞丐堆里瞎混。

黄参议先是不信，让侦缉处的本地人来认，结果真的是败家子郑小三。黄参议不甘心，又狠揍了他一顿，逼问军装的来历。郑小三惨叫说是个女人扔的。当时他正在土地庙里睡觉，睁眼瞧见个女人将这东西丢下，急匆匆地沿街向南去了。

黄参议逼问：那女人什么模样？郑小三说没看清脸，就瞅到她穿件青布袍子，瘦瘦弱弱的背影，手里似乎提着个布包。

黄参议一凛神，不错，衣着、身材，尤其是手里拎着只布袋，简直就是她的真实写照了。他取过军衣来再反复检查，果然衣袖背面沾有不少血渍。如果是她，那么此人莫非藏身她的住处，换衣后逃逸了吗？

他嘿嘿一笑，喃喃道："贾小姐，真是让人难以置信啊。"

黄参议派人去天禄街将贾慧的四邻都秘密传唤过来讯问。一问之下，水落石出。昨天夜里，果然有人在贾慧的住处过夜。是前一天傍晚时敲门进去的，那个人似乎是她的男朋友林参谋。黄参议油然想起今天瞧见那位林少校时感觉到的异样。不错，他的左臂有些僵硬不自然，倘若不是这军服上的血渍，还真想不到这一点。

三十三师少校参谋联络官，穿着独七旅的士兵服，去前线干什么勾当？

（五）

黄参议紧急回复黎星斗，请示黎星源，然后率人分头去三十三师联络处和绿杨旅社捉拿林参谋，可他已经杳无踪影了。联络处的人说林参谋截获了重要情报，已经连夜启程，出北门去三十三师参加第二波的剿共战役去了。这样冠冕堂皇的答复，让黄参议哑口无言。他可以拿确凿的证据抓捕林峰，但是却得罪不起三十三师。无奈之下，只好将矛头转向贾慧。

他暗忖这样一个弱女子,根本不需要抓到侦缉处去严刑拷打,一番恫吓就可以达成目的了。拿定主意后,他带上两个卫兵,携了那件士兵服,在次日黄昏时登门拜访贾慧。

贾慧替他沏茶,请他坐下,说:"姑父还是第一次到我这儿来,姑母为什么不一块儿?"黄参议笑说,她在家里做饭,我只是顺道路过。贾慧说:"我一个人的日子好混,你看,一锅米粥,够早晚两顿了。足饱!"

黄参议不以为然道:"哎呀,太艰苦了。这林参谋也不懂得怜香惜玉,我看啊,你们早些把婚事办了,也免得你姑妈担心。二十六七,也不小了吧?"

贾慧脸上微红,说:"心急喝不了热粥。这兵荒马乱的,前途渺茫,谁敢轻易托付终身?"

黄参议皮笑肉不笑说:"侄女儿,这可别怪姑父说你,正是因为兵荒马乱的,谁的日子都是朝不保夕,所以才要早些把婚事办了。像我跟你姑妈,在上海滩租界时,也就是见了两面,吃了顿西餐,就住在一起了。非常时期,一切从简嘛。"

贾慧假作害羞地低下头,说:"这些事,你跟我讲没用啊,得去跟林峰说。论辈分,你长他一辈,论官衔,你可高他几级呢。"

黄参议故作惊讶,问:"难道他不在你这里?"

"没呀,快两天没见着他了。别是又要打仗了,军务繁忙?"贾慧故作诧异。

黄参议冷笑道:"打仗了,他才忙得欢呢。前天晚上不是从前线回来了?这个人还是不错的,一回城就来找你,是个有情有义的男人。"

贾慧心中一片雪亮,捂嘴羞怯地笑,说:"别这样夸奖他。他哪里去打仗了?穿一身绸缎衣褂,一副公子哥的派头。我倒有几分不顺眼呢。"

黄参议冷不防单刀直入:"不对吧,他穿的是独七旅的士兵服,灰布,红黄领章,有人瞧见他到你这里来了。"

贾慧皱起眉来,仔细回忆了一下,摇头说:"不对,我印象深着呢。开门见他第一面,我还取笑他是不是刚逛完窑子回来了?他当时就闹了个大红脸。这一点,我绝不会记错的。"

"哦?"黄参议带着疑问的口吻,旁敲侧击道,"有人瞧见你把他那套脏衣服给扔了。难道看走眼了?"

贾慧这下子拉下脸来,正色道:"姑父,这玩笑可开不起。街头巷尾眼下都在传说，要抓一个穿独立旅士兵服的人，你没凭没据的，怎么到我这门上来绕八卦阵了？林峰是堂堂三十三师的少校参谋，国军正牌军官，会去偷独立旅的士兵服穿？也太异想天开了吧？"

黄参议勉强笑道："我就是那么一说，你别急。我正找林参谋谋划军务呢，他去哪里啦？"

贾慧站起来，去料理业已米花迸散的粥汤，边嘘气边说："他三天两头出门，都是公务，哪能告诉我呢？所以，我这阵子也在犹豫呢，该不该嫁给军人？"

黄参议无话可说，只得先起身告辞。贾慧假意挽留他喝粥，他摆了下手，说："你姑妈也煮粥了，我得回去陪她，不然可得生气了。"

（六）

林峰坐在吴尚城外十里处第六纵队司令部的营房里，惬意地抽着卷烟。旁边是六纵司令程兴柱。两人侧耳聆听百余里外传来隐约炮声，谈笑风生。

六纵防区是北去的必经之地，林峰投奔程兴柱不是病急乱投医，而是胸有成竹。程兴柱也是中共地下党员，在大学时就入了党，比他要早一年。他们都是学生出身，感于时势动荡，当局无能，才有了投共救亡之心。他们的身份和经历，对于新四军高层来说，弥足珍贵，绝不能轻易暴露。

程兴柱屡次想率部队投奔新四军，但都被指示静待时机。理由是，他留在苏鲁皖阵营中，比在革命队伍里能发挥更大的作用。二黎怀疑他通共，但暂时还没有确凿的证据。六纵这支队伍在自己手里锻造成熟，战斗力之强，勇冠三军，如果整治了他，队伍必定人心涣散，分崩离析。更何况，黎星源在使用六纵上存了心眼，不让它和新四军发生接触，杜绝兵变的可能。而黎星斗，虽然在对待共产党的态度上和黎星源有所不同，爱才之心也是有的，请他吃饭，要给他介绍女朋友，就是例证。

此刻想到这件旧事，程兴柱不免又要开林峰的玩笑，说："小林啊，人家姑娘家收留了你一夜，算是付出重大代价了。你日后怕是得娶定她了。"

林峰懒洋洋地笑，说："人家未必肯下嫁给我呢。你以为她是个封建的女子，留个男人在闺房里藏了一宿，就得以身相许？"

程兴柱指点说："你这家伙，还没怎样就王婆卖瓜了。不过，她敢留你藏身,掩护你换衣服,又不问情由,确实非一般年轻女性所能做到了。你的身份,她恐怕会猜出来吧?对组织上可不能保留,纪律还是要讲的。"

林峰愁锁双眉,犹豫道:"这件事,我也不知道该怎样向上级汇报呢。她的家庭出身不好,经历也很复杂,不知道组织上会有什么看法。"

程兴柱安慰说:"这个没必要担心。革命还问出身吗?抗日救亡,人人有责。她既然能冒险掩护你,那就算是要求进步的新女性了。"

林峰摇摇头,转变了话题,说:"这些个人琐事,日后再说。黎星源把你这支劲旅放在北边,说明他暗中提防韩德勤甚于日本人。跟新四军争地盘的事,也不让你插手,任由保安旅去做。据说,已经向东上百里过去了,可惜这么一块根据地竟然就此被他占去了。"

程兴柱说:"我猜,这也是个顺水人情,打人一拳,揉一揉给块糖果嘛。不过,这次围歼独七旅对我这边的影响不小啊。黎星源原本拨给我的装备,都拿去安抚独七旅了。我原本想扩充一个团的计划泡了汤,真是不甘心。"

林峰说:"你这个算盘还没拨过来啊?独七旅的装备哪里去了?不都给了新四军嘛。"

程兴柱想想也对,二人笑声不绝。

黄参议倒是想就此发电三十三师,或者省府和三战区,揭露林参谋为共党地下分子,参与谋划了独七旅首战的失败。但黎星斗不肯,独七旅败就败了,硬碰硬地战败了,如果加上共党分子在内做手脚的理由,就会令省府三战区乃至重庆方面怀疑他们这是故伎重施,打的是默契仗,那麻烦可就大了。眼下正值剿共高潮,通共的罪名,可是消受不起的。

黄参议在林峰事件上未能有所建树,只好着手去安排黎星斗交待的第二件事。

李西沆正在后宅静立吐纳,作修性养生。见黄参议来了心中喜欢,忙请到书房攀谈。黄参议坐下后啜了一小口茶,问起他远在重庆的儿子最近可有信来?李西沆说从重庆到吴尚路途遥远,又值战乱之时,辗转托带,总得要好几个月才成。一年能有一封报平安的家书,就很不错了。

黄参议深有体会,说:"这战事连年,真不知道何时是个头呢。世兄既然远在重庆,家里的困难纵有想施以援手的意愿,那也是鞭长莫及了。眼下,吴尚跟别处不同,有二黎撑持局面,老百姓的日子还能过,工商各业也还能各行其事。上次商量寻找机会做生意，现在有了眉目，不知道李先生感不感兴趣？"

李西沅听说有生意可做，又出自黄参议口中，心知是个好买卖，当即询问详情。黄参议压低了声音说："最近向东的进攻势如破竹，已拓展了几百里方圆的地盘，上数的集镇不下三十座，眼下正值稻米收割时，何不在这方面做做文章呢？目前，鲁、皖等省的驻军、百姓，都供应吃紧，粮价居高不下，如果我们抓紧这一行情，出资下乡收粮，先囤积起来，等上三四个月，再高价售出，利润一定可观。只是，囤粮的地方得有个着落。你有办法吗？"

李西沅说："我这祖宅，空下来的房舍不下三四十间，可供囤粮，城外也有庄园，四面环水，本来用作躲避兵灾之用的。既然老兄有筹划，那咱们不妨先试上一票。不过，粮船在乡下得有个护身符在手。这就要劳动你出手了。"

黄参议摆摆手，说："尽管放心，保安司令部那边我自然一切都能搞定，你就预备船只，安排管事的一干人等。到时候，我亲自护送你出城，给个响动，日后不至于被那些个兵痞子欺负了。"

李西沅拱手道谢，吩咐管家去后面账房里取了根金条，用红布裹好，郑重地捧在黄参议面前，诚恳地说："这条黄鱼，不成敬意，等生意大功告成，咱们坐地分银，一起发财！"

黄参议意态淡定地接过来，往衣兜里一塞说："李老板放心，一切尽在黄某的操控下，保你挣钱发财！"

（七）

林峰是不是共党分子，曹三到底跟谁有联系，那封通报爹要来了的信到底是谁寄的，这些问题都在贾慧心头。正兀自发呆，警察老崔来了。

贾慧赶紧请他坐下，老崔一口气喝了大半碗凉水，抹抹嘴角说："上回林少校陪您到局子里来，代表三十三师调查前工兵曹三的死因。局子里上上下下忙碌了一气，把他生前在吴尚的详情清理了一遍。嘿！还真有点儿意思。这曹三，住在皮匠巷中段，跟您一样也是单门独院。他在这地方似乎没有谋生混饭的活计，跟街坊邻居们交往也很少。附近的人只知道他在北边乡下有些地，靠收租过日子。他来吴尚前的经历，都是一抹黑，谁也不清楚。他是兵痞子出身，说起话来不干不净的，人人都敬而远之。不过这个人好喝两口酒，醉了就在家里撒酒疯,胡乱骂人。他似乎怕什么,特别是见了外乡人就慌张。有次在街上沽酒,正和酒坊老板闲聊,忽然听到有人说话过来,一下子就蹲在了酒缸后面。店老板奇怪,问他干啥?他说是系鞋带。他穿的是双布鞋,哪来的鞋带?"

贾慧不由得笑了,说:"是啊,这人可算奇怪,不过他在吴尚就真的没有朋友了?"

老崔摊摊手,说:"他没朋友,酒友倒是有一个。隔三岔五地在巷口的烧卤摊上喝酒碰面。这人姓丁,五十来岁,过去在税警团干过,有病后拿了遣散费回来了。他跟他似乎也不算熟,就是酒友。"

贾慧问:"这个姓丁的还在吴尚吧?"

老崔无奈地笑,说:"在是在,但等于是个废人。这家伙刚刚中风了,挂个拐杖流着口水,只能在屋子里踱步,一问三不知。"

贾慧奇怪:"这人怕是在曹三死后中风的吧?"

老崔一竖大拇指,说:"贾老师猜得真准,他果然是半个月前中的,坐在烧卤摊上刚刚端起酒杯,嘴巴就歪掉了,直往桌子下面出溜。亏得发现及时,用了好几剂中药才保住性命。"

贾慧对这个猝然中风的丁某很感兴趣。他是曹三在吴尚唯一有交往的人,而且是个活口。两个人吃酒,酣畅醺然之际,话肯定不少,一定有不为人知的秘密。

送走老崔她点起烛火,手里摩挲着精巧的勃朗宁手枪,苦心思量那些中断了曹三的美梦、置其于死地的凶手们。他们为什么要杀曹三呢?阻止他出卖自己?岂不是在暗中保护自己?谁会存有这样的好心?洞悉贾慧身份底细,默默地守护一旁,等到危险出现时,毫不犹豫地替她排除危机。这简直要让她感动得潸然泪下,无法形容了。

(八)

早上起来黄参议揽镜自顾,微笑道:"太太,等我办成了几件大事,再来好好地奉承你。"

黄太太脸上微红,说:"你这家伙,做事古怪,莫名其妙。"

黄参议转过身来,一本正经地说:"不过有件事,我得提醒一下,你那位远房侄女儿,还有那个未来的侄女婿,可是要提防紧些的。"

黄太太不明所以,问为什么?

黄参议用不屑的口吻说:"他们可能都是共党分子、新四军。这次独七旅兵败,就和林参谋有关系。不过,他自己也在乱战中受了伤,溜回吴尚后,为躲我的关卡,翻了万字会的墙,躲在你侄女儿的闺房里过了一宿。有人亲眼瞅见那件沾血的军服是贾小姐亲手给偷偷扔掉的。"

黄太太劈口道:"我这侄女会是共产党?你这是闭了眼睛说瞎话。她是什么人?什么身份?共产党会要她才怪!"

黄参议听得话中有话,问:"她是什么身份?什么来历?怎么不能投共产党?"

黄太太说漏了嘴,改口道:"她什么身份?我的侄女儿!有我这样的姑妈,她还能投共产党?笑话!还有,林参谋是中央军的联络官,不比你这杂牌军,他也投共产党?"

黄参议用指头在她的脑门上戳了一下,说:"天真!我暂且不跟你理论。你最近尽量少跟她来往,沾上了关系,说不清道不明。"

他夹了皮包,戴上军帽,召唤了护兵,一路往晓光寺去了。

黎星斗首战失利,二度出兵赢得了可观的收获,得失两相抵消了。但他却不能心安,新四军挟援北大胜的势头,一旦掉头东来,他刚刚到手的利益,转瞬间就会化为乌有。他惦记着黎星源对于这块地盘的承诺,眼下,该他出场了。

黎星源早已计划周全,派一个排护送副官过去,持自己的亲笔信求见新四军二师师长,提出见面磋商的要求。陈毅也好,粟裕也好,有个说话算数的人出来,他就把这老面子再卖上一卖,不会空手而回的。

想到这一点黎星斗稍稍心宽。瞧见黄参议进门来,便问他筹划的那件事进展如何?

黄参议笑道:"司令,这件事我已经挖坑完毕,就等着他往下跳了。"

黎星斗提醒一句:"手段要巧妙,别留把柄给别人。咱们最后都要能置身事外。"

黄参议领会他的意思,正要退出去,迎面险些跟一个手拿电报匆匆进来的参谋撞上。西线莲花镇打起来了。日本人开始进攻,已经占领前沿阵地。

黎星斗大惊,急忙摇电话要前线,却是不通,再令电台去电查询,半小时后得到回复:今天一早,第七旅团小林联队山崎大队,以两辆铁甲车为前导,突然进攻。激战一小时后,击破仙女庙阵地,守军利用先期开挖成功的壕沟转移,集结,一战收复阵地。日军于半小时后重新发动进攻,阵地再度易手。目前,守军撤至第二道防线,请求总部支援。黎星斗连忙下令,驻城北第六纵队迅速向西,与莲花镇守军协同配合,对来犯之敌予以夹击。

他赶紧下达增援令,正要请黎星源来指挥部坐镇,研究这次日本人猝然进攻的意图。前沿又有电话汇报,说日军进攻部队突然偃旗息鼓,在前沿抢运自家战死者的尸首撤退了。

黎星斗如释重负,一屁股坐下来,捻动佛珠念叨了几声,突然明白过来,看着对面刚刚过来的黎星源说:"大哥,难不成是南部这鬼子要调走?临行之际,发泄一下这些年来跟咱们旷日相持的不满?"

黎星源凝视着地图,说:"先不要下结论。当然上次的情报说南部旅团要南下参加长沙会战,所以这样猜测也有道理。"

(九)

黄参议离开晓光寺,神情已不如在寺内那般的从容自信。他快步来到街口,进了家饭馆,进门就问伙计,还有没有新出笼的鲜肉包子?伙计说还有最后一笼,请他上楼安坐。老板闻讯,亲自来接待。黄参议四顾无人,问:"有我的信吗?"

老板从衣袖摺叠处取出张狭长的纸条来,递给他。

他接过来看,上面写了一行字:吴尚计划,已开始实施,小心从事。

他划根火柴点燃烧掉了。此刻,他原先在晓光寺内跟黎星斗相似的判断,已然全部推翻了。日军南部旅团不会离开扬州,作为战略预备部队,不但不走,还要呼应前方的会战,在江北地带开展新的攻势。这一次进攻,完全是假象。当二黎误以为西边的日本人实力大减时,就是他们将要动手之时了。

他稍稍放了心,又继续忙下乡收粮手续的事。船队出城手续、防区通行证、收粮许可证等书面文件,通通装进一只牛皮纸卷宗袋内,让护兵给送到李府去。

黄昏时分,他又亲自去了趟李府,跟李西沅露了个底。这块防区地盘,黎星源要亲自跟新四军交涉,交由保安司令部驻兵筹饷。如果谈判成功,他们的生意,将不仅仅是目前这一趟。

李西沅喜出望外，连声喊好，命管家去府前街饭馆里订几样上等菜肴，又拿出家藏多年的佳酿来，要好好地款待这个从天而降的财神爷。

　　黄参议也不推辞，请主人派人去隔壁请自己太太过来。

　　黄太太自从跟丈夫口角后，有几分忐忑，她不相信贾慧会是共党分子，但林参谋她却不敢打包票。这个年轻人倘若真如所说的那样，洗脱不去嫌疑，贾慧跟他发生纠葛，那可真是个麻烦了。她暗暗拿定主意，要去劝劝贾慧，不要因此而受牵连，别老督军还没来，便已经因为通共的罪名遭祸了。这会儿正要让女佣去准备晚饭。隔壁李府却来人请她过去。

　　黄参议作为上宾，有主人李西沅陪着。黄太太来了，就得有女眷，李府四姨太是平日间最受宠爱的，自然要由她来照应。

　　黄参议如此享受，心底的觊觎之心更盛。黄太太不明白丈夫的心思，只对四姨太感兴趣。只见她穿着银色暗花薄绸旗袍，头上别着根水灵灵的碧玉簪子，耳边垂着两颗镶金翡翠坠子，透闪耀眼，一看就是稀罕货色。至于颈上的光泽圆润的珍珠，手指上戴的一只钻石戒指，显示着这户人家无比的豪奢气派。自己当年在督军府的风光不及人家于万一。

　　她心下一动，问："太太莫非是上海人？"

　　李西沅略有惊讶，说："黄太太好眼力，她果然是我从上海费尽力气娶回来的。"

　　四姨太接口说："我是苏州人，原来学过几天昆曲，班子散了后，就在上海一家电影公司做事，拍过一部电影。老爷是看了电影，喜欢了，动了不少心思，才让我跟他。"

　　李西沅得意地说："我娶个电影明星回乡下做太太，也是艳福啊！不过，黄太太怎么看出她跟上海有关的？"

　　黄太太笑笑，说："眼神，走路的身段，还有那钻石戒指，三者合一，一眼就看出来了。"

　　四姨太掩嘴而笑，半带炫耀地举着手指，说："跟个小鸽子蛋似。他花了八千大洋才买到呢。冲这一点，我就死心塌地跟他了。"

　　黄太太两眼几乎要冒火了，掩饰着赶紧去替丈夫夹菜。黄参议心底明镜儿似的，轻轻抚摸她的手背，寓意丰富。

　　李西沅觉察了四姨太举动的过分，咳嗽一声，说："好什么好，值不了这个价钱。是那个白俄店主看她喜欢，又瞧出了我的心思，所以拼命要高价。我做了回冤大头，给黑心奸商宰了一刀。没法子，赚别人的钱，迟早得还。一家挣钱百家用，就是这么个道理。"

四姨太也赶紧往回找补，故作亲密地挨近了黄太太，从腕上褪下只和田羊脂白玉手镯，抓起她的手，轻轻朝上一抹，居然尺寸正好，当下盈盈一笑，说："姐姐好柔软的手腕啊，跟我一样。"

黄太太本想拒绝，但一眼瞅见这玉的成色，便难以开口了。上等和田羊脂玉镯，玉质极好，这还是块陈年老玉，不知经过了多少美人的肉体厮磨滋养，油光润滑，贴在手背犹如婴儿肌肤般细腻。她在督军府多年，这样的好货也曾有过，只可惜宛若春梦，一去了无痕迹了。眼下突然见到这件东西，恍惚间几乎当做自己的昔日旧物了。

黄参议见状，连忙起身来道谢。

李西沅摆手说："这是她们女人之间的体己小把戏，跟咱们无关。咱们谈大事，发大财，管不了这小闲事儿。"

黄参议举起杯子，挺直腰板，仰起头将酒干掉了，带着三分兴奋劲儿说："如果李兄收粮的船只、人员都安排好了的话，三天之内，即刻启航！预祝一帆风顺，马到成功！"

李西沅也干了，说："有你黄参议的帮衬，定会一帆风顺！"

（十）

日军向莲花镇发动的半天攻势，使得二黎笃信这是日本人临行前的虚晃一枪，南部即将率第七旅团主力前往湖南增援。为避免引起不必要的麻烦，他们严令各部持重守卫，不得追击。

程兴柱率两个精锐团马不停蹄抵达了发起攻击的预定位置，却收到了这样的电文，他啐了口唾沫，说："妈的，正想好好地跟狗日的鬼子干一仗呢。"

林峰伤势恢复得很快，听说要出发夹击日军，非要上阵。程兴柱阻拦不住，便跟他约法三章，不准参加战斗，只能在阵地后观战。谁知道，战斗没打响，敌人就无影无踪了。

俩人快快然率部回防，一路牢骚不断。次日中午时分，西边郭镇的地下组织来人，通知说郭镇的鬼子突然增多了，据说扬州城方向也来了大队的鬼子，正在集结。难不成，他们要对二黎或者新四军动手了？

三年前,日军兵锋抵达扬州一线后,因为战线拉得太长,兵力不足,才没有继续东进,于是留下了这一大片水网交错的平原地带给苏鲁皖游击部队、以及省府麾下的各部容身。近三年,小仗打过,但像样的大仗却没有。在这块地盘上真正大打出手的,倒是国共双方。苏北那边剿共战事刚刚停止,难不成日本人是想趁着两败俱伤时,来占便宜?

程兴柱伏在地图上,仔细端详军事态势,问林峰,要不要先跟二黎通个风?万一日本人真的动手了,也好有所准备。林峰明白他的想法,是得对二黎有所警示。但是,通过怎样的手段呢?由程兴柱依照苏鲁皖游击部队内部的常规,去个电话,发个电报?或者,程兴柱亲自进城,当面陈述?

程兴柱摇手,说懒得见他们,电话吧,打个电话,说清楚就行了。于是,他拨通了黎星源公馆的电话,那边有人接了,说总指挥去指挥部了。他们再转要总部,结果,晓光寺那边拿起电话来的是黎星斗。程兴柱无奈,便把自己新获得的这个情报告诉了他,并请顺带转告黎星源。黎星斗哈哈一笑,挂了电话。

程兴柱两手摊开,说:"麻子没当回事,以为我说假话呢。"

林峰提醒他:"你这支队伍是苏鲁皖用来对付日本人的主力,他们不当回事,你可是要有所预备的。万一日本人来真的,一场血战在所难免。"

程兴柱深以为然,不敢怠慢,为迎接这场可能即将发生的战事,预先做人员、弹药等方面的充足准备。

且说黎星斗接了这个电话后,撇了下嘴,对黎星源说:"这位程司令求战心切,生怕跟日本人打不起来,捕风捉影说日军在郭镇集结兵力,有东犯的意图。"

黎星源说:"一切皆有可能。日本人既然要来,也只好硬着头皮打了。三万人的队伍,总得对付一阵吧。学韩复榘,弃城而逃?往哪里逃?新四军会收容我们?省韩不趁机端掉咱们才怪。所以,立足吴尚,无论是打是和,都有个计较。"

黎星源此刻离开公馆来晓光寺,不是为的军务,而是作暂时的告别。他日前递送出去的信函,有了回复。陈毅、粟裕等人目前都在北边,忙于应对日本人的清乡扫荡。所以,由二师参谋长黄庄负责接洽谈判。地点定在河安西五里铺,时间是后天上午九点。

黎星源,今天便要启程,来晓光寺和黎星斗谈论一下谈判的内容,可以做出的让步，以及最后的底线等问题。简单用过午餐后，他坐上那辆仅有的汽车，带了一个骑兵连做护卫，出东门而去。

黎星斗一直送到了独七旅的防区，这才回去。他刚刚进司令部，就看见黄参议快步过来，附在他的耳畔嘀咕了几句。他闻言后，笑了起来，说："这件事由驻军巡防队去干，等他们报信。"

黄参议又小心翼翼地说："我昔日在上海的一个旧相识，昨天突然从苏州过江来了，想面见司令。不知道司令有没有兴致见一见？"

黎星斗问："这个人什么来历？有南京背景吗？"

黄参议说："战前做过县长。在上海有个商货行。之后就不太清楚了。也许，生意上有些事想寻求合作吧。"

黎星斗说："你黄昏前带他去我公馆吧。我有些累了，要睡一会儿。"

下午四点，算准了黎星斗午睡起床，喝着香片儿茶惬意提神时，黄参议陪着一位四十岁左右的男人登门来访。黎星斗家常穿着，手里捻着个佛珠，看了来人一眼。此人脸皮微黄，不胖不瘦，着中山装，胸口衣兜上插了支铮亮的钢笔，气度倒也过得去。

黄参议赶紧介绍，来客姓荣，现在苏州谋了个差事，偶然听人说起旧相识在江北吴尚苏鲁皖游击总指挥部帐下，便专程过江来访，并代表另外一位大人物给黎总司令捎话。

黎星斗心中明白，笑了笑，问："是哪位大人物啊？"

荣某说："江苏省政府主席熊克西。"

黎星斗大笑起来，说："江苏省政府主席明明姓韩。"

荣某说："总司令，这乱世间，谁是谁的，还很难说。但看眼下的形势，整个江苏，大半版图在苏州的江苏省政府手里，苏、锡、常、镇、扬、泰、通，飘的可是汪政府的旗帜。就是大半个中国，又何尝不是呢？眼下，北平、南京合二为一，王克敏、许霆震等政要，都已纷纷南下就任新职，山海关内，都是我们的统辖之地。"

黎星斗哼了一声，说："对啊，天下未定，谁是谁的？我统率雄师数万，南有长江天险，北有省韩倚仗，后有新四军支持，日本人想动手，我，未必怕他！"

荣某油然笑道："总司令，这话是在替自己壮胆吧？这省韩，被你们二黎玩弄于股掌之间，两次剿共之后，实力所剩无几，何来倚仗？那新四军本来就是要来江北抢地盘的，归根到底不是一路人，你们心甘情愿被共产？这两股力量,实质上是敌非友。一旦战事发生,他们都只会袖手旁观,坐看你们这几万人被日本人围歼的。"

黎星斗飞快地捻动佛珠,问道:"那么,荣兄这次过江来的目的是什么?"

荣某压低声音,说:"熊主席久闻将军大名,想私下里成为朋友,彼此默契。倘若日后将军有归顺汪政府的想法,熊主席可以代为向汪先生转达。如若将军归来,中常委、第一集团军总司令、苏鲁皖三省清乡总司令的职位,就如探囊取物一般容易了。"

黎星斗深吸口气,望望黄参议,说:"黄参议有如此能耐,我们都看走眼了。"

黄参议干笑几声,说:"这些话,总司令听了也就听了,如何决断,那是您自己的事情。大丈夫听几句逆耳之言,又有何不可?"

黎星斗点点头,说:"黎某话是听了,荣兄茶也喝了,那咱们暂时也无话再谈,就此别过吧。黄参议替我送客。"

黄参议和荣某相视一笑,起身告辞。出了李公馆,他们不再在吴尚城里逗留,出南门,在南官河码头登船。小火轮启航,荣某一路南行。

(十一)

黄参议回到了侦缉处,刚刚坐下,就有心腹进来报,李盐商的船只已经启航出水关了,拿的是保安司令部的证件。管事的和手下全都是李府的人。他除去军帽,撸了撸头发,笑道:"那就坐看其成吧。"

这一天,其实是黄参议近年来最为担心的日子,到了黄昏时分,一切忧虑俱已烟消云散。他心情愉悦地回到公馆,正待叫老婆一起去饭馆庆贺,用人在院子里禀报,说太太下午出门,邀请了一位贾小姐回来坐,现在正留客人吃晚饭呢。

黄参议先是一愣,后是一喜,快步去了客厅。黄太太和贾慧听到脚步声,不约而同地抬起头来。黄参议瞧瞧桌上的菜肴,摇头说:"小气鬼,自家的侄女来了,也不给弄些像样的菜。看看,全是素的,一点儿油星儿都没有。"

黄太太白了他一眼,说:"这孩子自小就喜欢洁净,寻常厨子做的荤腥,她边都不沾。你这公馆里,有上等的厨子吗?"

黄参议故作惊讶,说:"失敬、失敬,原来贾慧小姐是位富贵人家的千金小姐,招待不周啊!"

贾慧淡淡地笑,说:"姑父请坐,我自幼困苦,喝惯了白粥,有菜佐餐已是奢侈了。"

黄太太瞪着他,说:"假大方又有什么用? 人家浑身珠光宝气,也没见你吭一声。这会儿倒鼻子里插葱,装象了。"

黄参议不动声色地说:"太太,不就是只钻石戒指嘛。有法子给你搞来。放心吧。"

黄太太半信半疑道:"真的吗? 那东西太贵了,我估摸着值几万大洋呢。"

黄参议不屑地说:"这玩意儿,不过是那些逃到上海租界来的白俄们拿出来典当糊口的祖传之物。放在别处值钱,放在这里没那么贵。女人喜欢拿它来炫耀身份,但眼下这世道,却只适宜收藏在首饰盒子里,太露富了可是倾家灭门的药引子。"

贾慧静静地坐着,听这对夫妇喋喋不休。这位公开名义上的远房姑妈,实质意义上的庶母,今天下午四点不到就来到学校里找她拉住她的手,就问那位林参谋去哪里了? 贾慧说出城去部队了,还没回来。黄太太当即便将丈夫的话原原本本地转述给她。

贾慧笑道:"姑父当了侦缉处长,就到处疑神疑鬼。一会儿说我扔了件血衣,一会儿又讲小林是共党分子,都是些查无实据的鬼话。到时候,小林从三十三师回吴尚来,我看他是抓还是不抓。"

黄太太吁口气,说:"小姑奶奶,这点你千万把握好尺度。老爷子那封信的事情还没个着落呢,又凭空里落下个通共的嫌疑,这可是引火烧身的傻事,千万不能沾惹。"

贾慧心中对她的疑虑远未消除,此刻看她急匆匆地跑来报信,就事论事,心里多少还存了些感激之情。她客气地请她进屋喝些茶水。

贾慧察看她的神色,投石问路道:"有人认出了我的身份,结果当天夜里就被人做掉了。这个人其实也应该认识你的,他是老爷子创办的民团团丁,守过督军府。小林查出来他被征入三十三师前的履历。看来,在吴尚,与督军府有关的人,不止你我。"

黄太太不由惊诧:"你说的人是谁?"

"那个拆炸弹的工兵,除了他还能有谁?"

黄太太喃喃道:"他认出了你,结果就横死了。那么杀他的人一定也认识你。是这个道理吧?"

贾慧说:"是啊,确实是这么回事。"

黄太太思索良久,说:"看来,这位远房姑父你可不能疏远了。他如今在吴尚城里是手握实权的人物。这侦缉处长的身份,对你对我都有帮助。所以,你们彼此不要太生分,敷衍敷衍也好。"

贾慧想起这个浓眉男人,心中一阵子厌恶,正待拒绝。

但黄太太却不容她开口,一把拉起她的手来,看看窗外的天色,说:"去我那里坐坐。新搬的公馆,跟你一样,都是李盐商的隔壁邻居。走吧!"

黄参议对贾慧被老婆半拖半请来的过程一无所知。聊了一阵珠宝之事后,示意老婆说:"别跟我纠缠这些个琐事,连侄女儿也忘记照应了。加两个荤菜,别怠慢了亲戚。"

贾慧不置可否,打量窗外的景致,揶揄一句:"姑父升官发财,换了这样的住处,了不起啊!"

黄参议也不生气,自斟自饮了两杯,望着贾慧,说:"林参谋的伤势也该痊愈了吧。得回吴尚来了。"

贾慧摆手说:"伤不伤我不知道,不过去一趟安徽,途中又要过鬼子的封锁线,怕是没那么快。等他一到吴尚,就让他来拜望你,免得你惦念着。"

黄参议大笑,说:"对,对,对! 这话我爱听。我也是个直爽人,不是一家人,不进一家门。咱们这屋子里桌子边,坐的都是直爽人。"

贾慧看看天色不早,起身告辞。

黄参议扶桌笑道:"天黑了,我派人送你。"

黄太太挥挥手,说:"这才多远的路,要旁人干吗? 我送她回去,大街上转个弯子,几分钟的路。"

黄太太挽着贾慧离开公馆,悄声说:"听我的话没错吧? 逢场作戏而已。别跟他闹僵了,这人做事还是尽心竭力的。而且对我还不错,不然早就分了。跟男人的缘分,你听我一句劝,五个字:可遇不可求。"

这吴尚城,除了府前街,过了晚上七点天色黑透后,行人就稀少了。这段路上,身后尽头处,亮了盏路灯,灯光灰黄有雾,稍远一点就看不清面目,只有人影轮廓。倒是月光有些力道,照耀得脚下地面清晰,不至于被凹凸不平的麻石边缘绊到脚。

这月白风清的晚上,隐然散发着一阵幽香。两个女人挽着手,以某种亲昵的姿态,放缓了脚步。其实,她们各自内心对于这样的情形,都觉得异样。尤其是贾慧,她对这位四姨太,自幼就没有好感。小时候,虽然少不经事,但也明白她对于她们母女俩的威胁。这个戏子出身的女人,施展十八般武艺,把退隐在家的老督军迷得神魂颠倒,是后院女人们共同的敌人。

这样的情形,一直延续到贾慧的少女时代。她刚过完十六岁生日的第三天,老督军忽然倒下了,接下来延医吃药,折腾了半年多,才稍有起色。但身体那部分的功能,就此一蹶不振。要命的是,他老人家男女之欲犹存,甚至还胜过了从前。他有心无力,备受煎熬。原本备受宠爱的四姨太,反而成了他欲望的泄愤器,软被香枕变成了皮鞭麻绳,四姨太也从承欢的缠绵呻吟换作了凄声哭喊。后宅的女人们原先的痛恨,化为了同情,有时在深夜里听到不忍处,还要为之叹息流泪。

宠爱的小妾沦为奴隶,而长成的女儿,却成了老督军最为呵护的宝物。她可以自由出入他的书房卧室,撒娇使性,有求必应。那三年,是她的黄金时代,享尽了一个督军女儿、豪门小姐的奢华富贵。但那段时间也成了四姨太挥之不去的噩梦。她被折磨得遍体鳞伤,生不如死,每天以泪洗面。其后不久,她们先后从这座威名赫赫的督军府只身潜逃,各奔东西了。现在,她们都是老督军刻骨仇恨的女性。

她们是彼此唤起往日回忆的道具,是那段生活真实不虚的见证。在这座太平城市里,安逸的生活会磨蚀掉往事的坎坷,只有她们四目相对时,一切才会变得清晰。

前面街口拐角处,有一家杂货店还没打烊。这家店铺已经说不清存在了多少年,一支烛火用烛油融化成底座,固定在木制柜台上,避开南风,微微地晃动。这微弱的光线,只是营业的标志,照出柜台上的货物。

贾慧眼角余光里,依稀飘过一个人的影子。这个人似乎是客人,站在柜台的右侧,半遮住了烛光。他戴着礼帽,穿长衣,双手拢在胸前,似乎是在点烟。这夜晚时分,有个把烟客买香烟,是司空见惯的事情,不值一顾。

贾慧和黄太太从街角绕过去,远远就看到了自己住处高出围墙的那株黄杨树披洒的枝叶。可是,她却忽然停下了脚步,抬手拍了一下脑袋,懊恼道:"我真笨,反应怎么这么慢!"

黄太太诧异地问:"怎么回事?"

贾慧甩开她的手,坚信不疑地说:"是他,一定是他。"

她边说边飞快地沿来路奔回，右手已然探入布包。转过街角，杂货店烛光依旧，店主手执抹布，在柜台表面来回擦拭着。贾慧冲到柜台前，喘息着问："老板，刚才那位客人呢？"

店主头也不抬，问："哪个客人？"

贾慧比划说："就刚才，那个戴礼帽的。"

店主抓着抹布的手向右一指，说："走啦！现在的年轻人，不分男女，走起路来都是这一阵风似的吗？"

可哪里还有人影，她叹口气，回头来再问一句："这个人你熟吗？他是不是就住这附近？"

店主摇头说："不熟。这附近的住家，我没有不认识的。"

黄太太被贾慧弄得稀里糊涂的，看到她在杂货店前发愣，便搀起她的手，低声问："怎么回事？这杂货店有问题？"

贾慧苦笑说："杂货店没问题，是有个买东西的客人。我先前没反应过来。"

"谁啊？"黄太太追问。

贾慧咬咬牙，说了三个字："刘益谦。"

黄太太陡然一惊："刘公子？他找你来了？你们之间到底怎么回事？自从私奔离开，我就全然不知了。这次看你依然单身，怕惹你伤心，一直没方便问。你们是分手了吧？"

贾慧眼中噙泪，想说是分手了，阴阳相隔，再不可见了。但是，如今已成孤魂野鬼的他，又魅影般出现在吴尚杂货店柜台前，将自己先前的判断击得粉碎。她无法回答黄太太的疑问，只得勉强笑了笑，说："也许是我看错了。这黑灯瞎火的，走眼了也未可知。据我所知，他绝对不会出现在吴尚的。"

第 四 章

（一）

贾慧对自己的感知能力，向来都确信不疑。那一眼所瞥见的，千真万确是他的身影。他没有像她断定的那样中枪死去，而是拣了条命，活了下来。这是唯一的解释。这世上，死里逃生的例子不胜枚举。他如今在距离自己住处不远的地方现身，是要报仇血恨，还是另有企图？

这一夜，贾慧握着枪靠在窗前，望着院子里婆娑的树影、摇曳的花草、月光般漫溢的地面发愣。贾慧竭力想利用旧时的记忆，将这个人恢复出鲜活的面目、清楚的模样来。但是，那个齿白唇红，温文尔雅，风度翩翩的青年，无论如何跟刚刚那模糊的背影挨不上边。他真的是死了，活过来的只是他褪色的皮囊。那个自己曾经深爱过的人，已经死了，再也回不来了。

天亮之后，一夜没睡的贾慧反而精神振奋，头脑清醒，吃了早饭去学校。她今天来早了，同事都还没到。办公室里，一片寂静。她桌子的抽屉的缝隙里，斜插着一支玫瑰花，清新欲滴。她心里好奇，这花看着熟悉至极，像是——

她条件反射般地站起身，沿着街道一路小跑赶回家中。果然，花坛里有一处倾斜的切口。她浑身冰凉，再也站立不住，一下子坐在了石阶上，泪水汹涌而出。

学校里，贾小姐因一支玫瑰花而失态的情形，已经在同事中传播开来，大家瞧见她进校门，眼神全都有些怪怪的。吴尚这地方民风淳朴，对于男女间的事情看得比较严重。像贾慧这样，先是一直拒绝男性的追求，隐然有单身终老的架势。可是，突然间就跟一位年轻军官好上了，且不避嫌疑在大街上出双入对，举止亲昵。而今天，办公室里又冒出支玫瑰花来。显然，又有新的追求者到来。在风气保守的学校里，这不亚于扔下了一颗炸弹。

贾慧坐在桌前，低头整理书本，一张叠得整整齐齐的纸条横放在眼前，纸质雪白、坚韧，上面是一行打字机敲出来的字：

这黑夜，我拥你入眠，再不需要阳光。

这是一首诗的最后一句,写于七年前一个阴雨连绵的春天。那是她由少女变为妇人的第一个夜晚。那天,她托词去邻县同学家玩,实质上却走进了刘家的一座别院。在那座宅子第三进东侧的厢房里,他们从寻常恋人间的牵手、接吻向前跨出了关键的一步。

那个细雨如织的清晨,他们相拥而卧。他半倚在床头,嗅着她身上淡淡的香气,由衷地吟出了一首诗,这最末一句,贾慧最喜爱。

他真的来的!他真的活着!

(二)

林峰的伤势恢复神速,他信心十足地挥动一下臂膀,已经完全不妨碍他回吴尚继续工作了。

程兴柱看在眼里,半开玩笑地问:"归心似箭啊!是想念那位贾小姐了吧?"

林峰笑道:"狗嘴里吐不出象牙来。我是在想,回吴尚之后,那些家伙们的嘴脸。他们怀恨在心,可是又抓不到我的把柄,这可有意思了。"

程兴柱严肃起来,说:"这次回去不同以往。形势险恶,万事都要小心。"

林峰摇头,说:"这次回去,我是棋盘上的明子,大摇大摆地回去吸引他们的注意力,掩护其他同志活动。"

程兴柱问:"你如何解释这些天的去向?"

林峰轻蔑地笑道:"好说。我去三十三师本部参加剿共,结果迟到了一天,国军溃败,买鸡的找不着卖鸡的。在战场附近转悠了一阵子,没有结果,只得乔装改扮,从新四军的防区过来,向西一路侦看打探,回到吴尚城里。"

"三十三师那边,你安排妥当了吗?"程兴柱有些不放心。

林峰自信地说:"临出吴尚时,我发了个电报,说要往新四军根据地去侦察兵力调动的详情。天高皇帝远,我又是他们在这边唯一的耳目,成绩斐然,想来是不会起疑心的。"

程兴柱笑道:"原来这几天你已经盘算好了对策。我跟你不同啊,带着这几千人马,整天无所事事。得有一场血战,提振士气,可惜鬼子老是不给机会。这次,他们早早地动手反而好,我这德式装备的主力团,至今还没开荤呢!"

三天后,林峰启程回城。他全副戎装,跨着战马,在几名精干便衣的护卫下镇定自若地踏入吴尚北门,直抵绿杨旅社。两个小时后,侦缉处长黄参议果然登门拜访。

黄参议站在门口,专注地打量他,微笑着问:"林参谋归隐养伤,想必伤势痊愈了。"

林峰装作诧异,问道:"做军人的,战场上负伤在所难免。不过近期却是没有,身体棒着呢。"他挥拳踢腿,虎虎生风。

黄参议恨不能扒掉他的外衣,但此刻却投鼠忌器,不能撕破脸皮。他进了屋子,问林峰这些天不见,去哪里公干了?林峰请他吸烟,漫不经心地说:"没走多远,就是在新四军所谓的根据地里转悠了一圈。"

黄参议听他直言不讳自陈去了新四军根据地,倒是有些意外:"老兄艺高人胆大呀,敢去那里,是座上宾呢,还是——"

林峰说:"都不是。奉命侦察,为本部提供第一手情报,供长官指挥作战时参考。"

黄参议掩饰似的咳嗽一声:"你这一走倒不打紧,我那位侄女儿可跟掉了魂似的。你抽空去看看吧。"

林峰却不接他这话茬,说:"不过,这次我们得到些对你老兄有用的情报,想不想了解?"

黄参议大感意外,拱手作揖道:"那就请林参谋讲一讲,感激不尽。"

林峰说:"新四军此战之后,已经成功地将苏鲁皖三省的几个根据地打通并连为一体了。日本人向新四军军部展开扫荡,于是他们撤离盐城转移向北,所辖各部也各自返回各自的根据地,开展反扫荡部署。二师主力日前刚刚抵达河安、云台地区。泰兴的鬼子出动了两个大队,一个骑兵小队,向西向北进发,黄桥业已落入敌手,贵部在东南的防区,已经和日本人面对面了。还有,二师主力分散成了若干个团,分内外线活动,省韩的水网险要,已成摆设。你们新得到的东部防区,两面受压,前景堪忧啊!"

黄参议今早刚刚得悉这些消息,印证了这个年轻军官的话不假。不过,他依旧对独七旅的败绩耿耿于怀,趁机借题发挥,不动声色地说:"林参谋的情报是准确的,你向来手段高明,常常能做出些出人意料之举。我那侄女儿何等精明,也心甘情愿为你所用,真是佩服。"

林参谋故作惊讶,说:"哪里,在下仰慕贾小姐的人品,正想方设法讨好她呢,怎么敢利用她?"

俩人再也无话可说,就此打住,各奔东西。黄参议去晓光寺,等候黎星源和新四军谈判的消息。林峰去学校,看望多时不见的恋人贾慧。这段养伤的日子里,他细致地规划了他们之间的事情。他想发展她参与地下工作,成为爱人加同志。但程兴柱提醒他,不必多此一举,她现在的状态才适合掩护他的行动,挑明了反而适得其反。他思忖再三,还是想尝试着旁敲侧击,看看她的反应。

　　贾慧正在带着孩子们读课文,声音轻柔。林峰听到她的声音,无比悦耳,再从侧面看她那苍白的面容,一种怜惜的感情油然而生。他背倚廊柱,默默地吸烟,目光紧随着她的一举一动,一笑一颦,再不能移开。

　　贾慧转身正要去黑板上写字,无意间瞥见了窗口飘过的一缕烟,微微踮脚瞭了一眼,就看见了全副戎装,英武逼人的林峰。她本能地朝门口走了两步,但随即省悟,安排学生们抄写后,这才走出教室。端详他片刻,悄声问:"伤好彻底啦?"

　　林峰抑制着将她一揽入怀的冲动,说:"好啦,归心似箭!在外面朝思暮想,今天终于见着你了。你——还好吧?"

　　四目相对,他这才蓦然觉察到贾慧消瘦了许多,下巴尖削、腰肢纤细,愈发地显得楚楚动人,令林峰既心醉又心疼。他想抓住她的手,但她却后退了一步,含笑说:"那,你算是重返军中,重操军务了。我晚上请你吃一顿饭,以示庆贺。咱们不走远,就在绿杨旅社。"

　　林峰明白,她不愿在大庭广众之下袒露自己的感情。他挺直了腰身,抬手敬了一个军礼,转身离去了。

　　在校门外大街上,他正碰到一彪骑兵驱马而过,直奔晓光寺方向去了。其中领头的军官,马靴呢裤佩上校军衔,正是黎星源的贴身副官卫队首领。他们的路线由东向西,熟谙城中内情的林峰一眼就看明白了,黎星源从东边会晤新四军首脑回来了。

(三)

　　黄参议站在保安司令部的高石阶上,窥测着黎星斗心事重重地在殿外场地上背手踱步的动静。暮色降临时,众人渐渐散去,他依然坐在休息室里,装模作样地翻阅着文件。

晚上七点，见黎星斗穿戴完整，率了几个贴身侍卫，脚步匆匆地往大殿后院跑。他悄然起身，拐到寺庙西侧的藏经楼，蹑手蹑脚地爬上去，低头俯瞰这晓光寺前后院墙内外的情景。

一艘军绿色小型汽艇停在晓光寺专属的后码头，船上持枪警戒的士兵，衣着气质都很陌生，他一眼就瞅出了异样。原来是此时黎星源坐船回吴尚，白天的马队是佯动。这样的障眼法不仅是掩盖行踪，应该更有重大的阴谋。只见黎星斗侍立在河岸上，迎候船中人上岸。黎星源披了件抵御河上风寒的呢大衣，边走边照应身后那个穿灰布军服的男子。主宾虚实，一目了然。

黄参议屏住呼吸，不敢吭半声，生怕被这些夜晚里出没的人们觉察，带来杀身之祸。

来人是新四军苏中军区副司令员兼参谋长黄庄，率部负责苏中门户，是二师中第一位骁将。黄桥决战中，参加指挥过围歼独六旅之役。黎星斗心中暗惊，黎星源这样介绍，用意深刻。他们歼灭独六旅不过用了三个小时，围歼自家独七旅却超过了这个时间，看来是给他面子了。

他满脸堆笑，跟来人握手寒暄，连称久仰大名。

黄庄笑道："这次来吴尚，是总指挥力邀，正好军部也有指示，要加强与抗日友军的联络。用了这艘缴获的日军巡逻艇，一路上倒也通行无阻。"

三个人从后院便门进了寺内，径奔会客室小坐。寺内警卫明松暗紧，卫兵们都藏身在暗处，全力戒防。黄参议上了楼，此刻却下不得了，只得蜷身躲在栏杆后面，等待着他们会晤结束。

随后便有预定的菜肴送来，主宾之间把酒言欢，气氛融洽，似乎没有什么谈不来的事情。黎星斗要尽地主之谊，起身执壶先为黄庄斟酒，大赞新四军兵强马壮，俨然已有问鼎天下之势了。

黄庄却谦让道："这可不敢，如今咱们都是要听重庆蒋委员长的号令，抗日才是第一位。只有赶走了小鬼子，天下才能太平。太平天下是老百姓的天下，不是任何一人、一党、一派的天下。"

他这一通说辞，无懈可击。二黎只得再击节称是。虚头花枪耍过之后，自然要转入实质了。黎星源让黎星斗斟满酒，先干为敬，答谢新四军方面的情义。黄庄回敬了一杯，泛黄的脸上隐隐有了些血色，说这一次总指挥不辞辛苦，风尘仆仆地来到河安，亲随本军一部行动，观摩了设伏歼灭鬼子一个小队的全过程，那份临阵从容的气度，令众人钦佩。军部首长本来准备亲自接待的，可惜，忙于应付日军扫荡，只能在电报里叮嘱要热情招待了。

黎星源大笑，说款待黎某看一出灭倭寇的好戏，已是最好的款待了。黎星斗也笑，说可惜这两天日本人没了动静，不然的话，也可以请黄司令去莲花镇走一趟，看看苏鲁皖游击将士们和鬼子交手的场面。黄庄已经知道苏鲁皖方面利用壕沟抵挡南部旅团的进攻，迫使其铩羽而归的消息。这可是苏鲁皖近年来打的一次漂亮的防御战。不过，据可靠情报，日本人在扬州一带做兵力集结，苏鲁皖方面，可是要谨慎小心。

黎星源说自己也得到了这个情报，但不知道集结后日军行动的目标。也有另一种说法，南部旅团作为战役预备队，时刻准备南下增援长沙战场。眼下，日军大本营已经纠结了二十余万兵力，准备进攻。薛岳也率国军数十万劲旅摆下了战阵。这一仗，必是尸山血海，残酷至极，再在另外的战场动手，可能性怕是微乎其微了。

黄庄不再多说，端起酒杯来，他们仿佛心有默契，对刚刚结束的这场战事，只字不提。至于地盘、防区的问题，黎星源早已在河安和对方商定，无须再提。倒是黎星斗心里没数，有些急躁。黎星源目光示意，等酒宴结束，再做商议。

晚宴结束后，为免行踪暴露，二黎安排黄庄一行就在寺内客舍下榻。明天一早，依旧从寺后码头返回，真正做到神不知鬼不觉。

安排好后，二黎布置好寺内严密警戒后，去了黎星源公馆，关起门来商谈此次赴河安之行的收获。黎星源拿起笔来，在地图上以吴尚为中心，画了一个圈子，告诉黎星斗新四军方面的真实想法。

吴尚这块地方，当初他们只是当做一块过江发展的跳板罢了。那所谓的郭镇之战，打的是糊涂仗，当时新四军挺进纵队只是暂时在那里歇脚休整，真正的战略意图是要越过吴尚向东，和南下的八路军靠拢、呼应。吴尚之东，才是他们的目标所在。吴尚及其周边地区，易攻难守，并不适合他们立足，而且还有苏鲁皖游击部队守着。一来，二黎非反共顽固派；其次，南部旅团这两年来终究未能越雷池一步，染指吴尚。在敌我之间，有这么支实质上保持中立的抗日军队做屏障，南边的威胁压力会减轻许多。因此，二黎仍然是友非敌，那块地盘让出来也无妨，就留给黎星斗养兵。待羽翼壮大后，跟顽固派控制的省府叫板、分庭抗礼。这次独七旅的防区，就照现实情况定下来，日后再有变化，双方协商解决。另外，上次围歼独七旅时收缴未还的重武器，因为急于东进增援，已经无法统计收回了。这次，汽艇里载来五千现大洋，作为补偿。

黎星斗见新四军出手如此,也算是给足了自家的面子,站起身来走到黎星源面前,深施一礼,说:"大哥,鞍马劳顿,实在是辛苦了。"

黎星源摇头说:"你且先不要高兴,我出去走了这么一趟,深知局势微妙,咱们处境艰难尴尬啊!咱们这支队伍,现而今算是无依无靠了。日本人虎视眈眈,省韩心存嫉恨,新四军纯属利用,大家都是心照不宣。一旦形势有变,谁会关心咱们?从今天起,把一切指望他人的心思都且收起来,自谋生存。这生存之道,无非是四个字:队伍、军火。"

黎星斗呵呵笑道:"大哥且先宽心,兄弟我近日正琢磨着这件事呢。队伍、军火,归根结底都落实在一个字钱上。有钱就有一切。"

黎星源说:"这地盘是争取过来了,东边的事情已经了结,西边日本人的动静,要密切地注意。至于省韩那边就不足道了。把六纵调到西边驻屯在莲花镇北,深挖沟壑,修筑工事,日本人万一动手了,就靠他们抵抗了。程兴柱虽然心怀异志,但提到打日本人,干劲比谁都高!人尽其才吧。"

(四)

黄参议被困藏经楼,上不得天下不了地,只得在阁内将就着和衣而眠了一夜。直到早间七点钟,二黎赶过来,送走客人才解除戒严。他哈欠连天地下了楼,装着刚到的样子。黎星斗同样睡眠不足,拍拍他的肩膀,叮嘱他稳妥地把那件事办好。黄参议立即报告,一切都已安排好了,这一两天就有消息来。

黄太太一夜未见丈夫,不免心中生疑。这两天没有战事,公务也不甚繁忙,他突然不回家过宿,难不成又有新欢了?

她心中不安起来,左思右想不是个事,必须去晓光寺走一遭。刚刚妆扮好,黄参议却先回来了。他一进门,就唤老婆先来点食物充饥,这一夜算是要命了。看他一脸憔悴,两眼失神,胡茬丛生的模样,黄太太既觉得可笑又觉得生气,边安排早饭,边恨声道:"你个没良心的,跟哪个狐狸精鬼混了?这一夜害得我担心受怕!"

黄参议低声呵斥道:"鬼叫什么?这一夜老子是睡在了藏经阁上,内外都是荷枪实弹的卫兵,怎么回来?我是个贪恋女色的人吗?"

黄太太不甘示弱,说:"怎么不是,你不贪女色怎么会娶我?"

黄参议气急,先坐下来咬了一大口肉包,猛喝了半小碗粥,边吃边说:"饿死我了，没饭吃没水喝，再拖上半天，怕不送掉性命。"

黄太太看他这饿鬼样，倒信了他的话，于是也不为难他了，体贴地整理床榻，由着他吃饱喝足后上床小憩。黄参议这才改嗔为喜，掐了她的脸蛋一下，说："这才像话。我答应你的事一定做到。不就是枚鸽蛋钻戒吗，指日可待，手到擒来。你且耐心等候几天。"

黄太太半信半疑，在他面颊上亲了一下，说："那我就等着。不急，该我的就是我的，还怕飞掉不成。"

黄参议脱衣上床，片刻就睡着了。直到下午三点，朦朦胧胧中，被门外廊下的动静给闹醒了。他睁开眼，侧耳聆听，一下子便清醒过来，心中一声笑，坐起身来穿衣。

屋外来的正是新近交好的邻居，富甲吴尚的大盐商李西沅。这会儿，李西沅上门求见，外面门楼下还站着他派去乡下收粮的管事。黄太太推却说他正在睡觉，等会儿睡醒了告诉他李老板来过，让他回访。

但李西沅心急火燎，哪里肯等。当下就再三请求，边说边硬闯。正混乱时，忽听得里面黄参议一声笑，问道："是哪位啊？请去客厅稍候，我马上过来。"

十分钟后，黄参议着便装穿拖鞋，懒散地来见客人。

李西沅顾不上许多，一把拉住他的手说："兄弟，乡下的收粮船出事了，出大事了！"

黄参议佯作吃惊，忙问究竟。李西沅便告诉他事情的原委。这趟下乡收粮，起先一切都顺利，没人找碴，足足收了十八船麦子，返航到距离吴尚二十里的新桥集时，突然被保安司令部稽查队的人拦截，登船搜查。这一查，就查出了天大的麻烦。

黄参议一愣，问："什么麻烦？粮食能惹什么麻烦？我的手续俱全，证件硬朗得很呢！"

李西沅跳脚叫苦道："要是这些事儿，还用得着巴巴地来找黄参议你？这船舱下面居然有夹层，不知道哪个天杀的藏了几十条枪在里面。都是崭新的三八大盖。这可坑苦我了。眼下船和粮都被扣了，只放了管事的回来捎话让我去投案自首。这可如何是好？"

黄参议手里刚端稳的茶杯啪的一声掉在地上，水渍瓷片狼藉不堪，惶然问道："这枪，是从哪里冒出来的？谁会把枪藏在粮船里，这中间一定有蹊跷！"

李西沅哭丧着脸，说："船是我派人从秦家货行租的。他们家信誉好，江南江北都去得，起先我想，也许这枪是上趟客人丢在船底，忘掉取走的呢？"

黄参议说："那赶紧去查查上次这船的货主。"

管事的负痛似的叫唤道："这船是第一次出航，船体都用桐油、麻丝重新整饬过。这暗格里，也是新油漆的痕迹，绝对不存在上趟货主遗留的可能。"

黄参议跺脚说："这真是一塌糊涂，一塌糊涂！真是乱套了！这可如何是好？如何是好？"

李西沅说："查船的人是稽查队的，跟你们侦缉处同属保安司令部，彼此同僚之间还是有通融的余地。眼下，船已经押回了水关，派人看守起来。事不宜迟，你得去找稽查队的冯队长谈谈，让他手下留情，放过咱们这一马。我们这次，是着了别人道儿了，真是倒霉！"

黄参议思量了一气，穿戴起军服来，让李西沅先回去等消息，自己赶往晓光寺疏通。到了晓光寺，他一没去侦缉处，二不到稽查队，而是直接去面见黎星斗报告：姓李的盐商中了圈套，下乡运粮的船在返程中遭遇稽查队搜查，查到三八式步枪四十余支，枪弹若干，这偷运军火的罪名，怕是洗脱不了啦。

黎星斗正在指挥部里喝茶念佛，听到这个喜讯，哈哈大笑，说："果然没让老子失望。再下去戏就这样唱，你用稽查队冯某人的名义，先敲他几千块大洋，敲完后，我就将冯某人撤职查办。这狗日的先前瞒住我吃独食，事情闹到总指挥那里，我正好拿他开刀，杀鸡儆猴。查办了姓冯的，再下令彻查这偷运枪支案，将这位李财神抓起来押进大牢，还怕他不掏钱赎命？"

黄参议连连点头，这样的连环计施展出来，对方可是插翅难逃了。他这便回去秉承总司令的意思办理，绝不含糊！他赶回公馆，喝了碗银耳莲子羹，然后换了一副神色登了盐商李府的门。

此刻，李西沅正如热锅上的蚂蚁般团团乱转，听说黄参议来了，一溜小跑迎出来，握住他的手，哀求道："老兄救我！老兄救我！"

黄参议神色紧张地将他拖到了一边，悄声说："这件事麻烦了，姓冯的不买账，非要把这事捅给黎星斗。黎星斗是什么人？杀人不眨眼的主儿。事情落到他手里，就只有一个'死'字了。"

李西沅愈发地慌乱，哪里肯松开手，连说："老兄在吴尚也是个手眼通天的人物，怎么会摆不平呢？只要能把这件事抹平，我情愿破财出血。"

黄参议摇头说："冯某人可不是一般的吃客，胃口大、吃相难看，我看这条路走不通。”

“那他开价了吗？要多少？”李西沅听了他对冯某的评价，顿时像捞着了一根救命稻草，瞪大眼问道。

黄参议抽出手来，愤恨地叉开拇指和食指，说：“这个数。”

李西沅嘴巴张开，疑惑地问：“八，多少呢？八十、八百，还是八千？”

黄参议哼了一声，说：“拣大的算。”

“八千大洋？”李西沅先是咂舌，但转念盘算，那十几艘船以及装载的粮食，怕也值这个数了，权当是这趟生意折掉了老本吧。但他却依然寄一丝幻想于黄参议，叫苦不迭地说：“五千行不行？我一时到哪里凑得出这笔钱呢？”

黄参议假意道：“那好，我再去跟冯某人还价。”

李西沅左右作揖，送他出门，回来后坐在厅屋的角落里懊恼。不但挣不着钱，还要被那个姓冯的地头蛇敲诈，真是晦气，倒霉！早知道这样的结果，打死也不听这姓黄的撮哄了。兵荒马乱的，做什么生意？怎么着也逃不过这些丘八们的手掌心。不过，那几十支枪究竟是从哪里冒出来的呢？自己派的管事、伙计明里贩粮私下偷运军火？绝不可能！难不成还有隐情？

李西沅招呼管家进来，吩咐他连夜出城，去省府找在通讯处做科长的外甥，捎带给他四百块钱，请他试着和重庆财政部联络，他要借这条线跟儿子通上气。眼下的情形，着实地不对劲，得预先有个准备。

此刻，后宅里四姨太不放心，瞧他铁青着脸坐在暗处，便上前柔声安慰。李西沅被她手指间那耀眼夺目的钻戒晃了一下眼，猛省起一件事来，扬起手来指着她说：“把手上的钻戒取下来，放进首饰盒子，没事不要乱戴。我这身家性命被人盯上了，没准这东西就是惹祸催命的根源！”

四姨太不明所以，但不敢违拗，只得应承了，反过来问一句：“什么人吃了豹子胆，敢对咱们李府动手脚啊？”

李西沅长叹一声，说：“别提了，也是我一时疏忽，财迷心窍，才被他人有机可乘。”

（五）

贾慧放学后坐在空荡寂静的屋子里，犹豫不决，该不该将那个人在吴尚露面的事告诉林峰？在他没有回来之前，她急切地想见他，视他为主心骨。可是真正等到他人到眼前，却又难以启齿。因为存在着一个巨大的障碍，难以逾越。她得说清那个人死而复生之前的事。她无论如何都不能让林峰知晓，她和那个人不是劳燕分飞，而是反目成仇。现在，她如何自圆其说，才能将举枪杀人这个秘密维持下去呢？

夜幕落下，贾慧如约去了绿杨旅社。旅社在楼底设了几张桌子，供客人们吃饭喝酒消磨时间。林峰提前跟伙计招呼过，要了顶南边临街的窗口，静候恋人的到来。

俩人见了面，相对而坐。贾慧先捧起杯子，祝贺他伤愈归来，啜了一小口酒，用筷子夹了一块菜却没入口，放在了面前的小碗里。

林峰奇怪，问她有什么心事？

贾慧摇了下头，勉强笑道："没什么，我是好些天没见你，感觉陌生了，得酝酿酝酿情绪。"

林峰忍俊不住："什么傻话？我出去再久些的话，难道你就会不认识我啦？"

贾慧苦笑，无语。

林峰看出了点端倪，抗议说："你这皮笑肉不笑的，难看死了。我想看你真切地、发自内心地笑一个。我就爱看你的笑容。"

可贾慧哪里笑得出来，摆手说："你这人才傻，没瞧出我心事重重吗？"

林峰惊讶："有什么心事，说出来听听。我替你分担分担。"

贾慧泪水夺眶而出，这一刹那，她拿定了主意，只拣对自己有利的说。她的呜咽声微弱宛如蜂鸣，但却足让林峰心神大乱了。他问："什么事情？你快讲出来。"

贾慧先是摇头，然后含糊不清地说："他——也在吴尚，就在我们的身边。我不知道该如何是好。"

"他？谁？"林峰心中一沉，依稀感觉到了什么，但仍然以侥幸之心追问。

"刘——"贾慧省却了后面的两个字，但已能明确无误地告诉他了。

"他？他来吴尚干什么？找你？"

林峰在一连串的疑问中，先自发慌。看她的状态，他马上就清楚了一件事，自己与贾慧之间两情相悦、一帆风顺的现实，即将成为回忆。他和刘益谦是中学同学，共同追求过这位督军府的千金小姐。在几轮较量中，他败下阵来。过了这些年之后，他和她在吴尚重逢，本以为这道阴影早已化为过眼云烟。谁曾想,此人阴魂不散,再度成为他情感的心腹大患。

他无法抑制自己的醋意,问:"那,你是什么意思?"

贾慧擦着眼泪,说:"我怕,我只有害怕。他像鬼魅一样在我身边飘忽来去,却捕不着踪迹,像是一只狼。我害怕极了!"

听她的口气,鬼魅、狼,这样的词汇可不是一个年轻女子对意中人的称呼。他凝视着桌面,斩钉截铁地说:"假如你仍然放不下他,那我就放弃。假如他在你心目中的位置,已经被我取代了,那么告诉你,一切有我,不要惊慌。"

贾慧要的就是这样的承诺,她破涕为笑道:"过去的一切,都已不存在了,我只想安安稳稳地在吴尚生活下去。"

他们彼此都装出把往事遗忘殆尽的姿态来,举杯共饮,醉意醺然后才告结束。离开旅社,走在夹杂着零星细雨的空旷街头,微风习习,暮春里那种芬芳的夜的气息,比这酒更加令人陶醉。

林峰揽着贾慧的腰,鼻尖嗅着她发梢的香气。贾慧没有抗拒,将脸颊侧向另一边,不去看他的脸,也不让他看自己的反应。

到了贾慧的住处,他们相拥在门槛下,贾慧想推开他进门去。可是,军人的双臂坚韧有力,挣脱不开。男人的气息宛若潮水般席卷而来,令她一时间失了方寸。

她低声说:"放开我。"

林峰在她的耳畔低语:"我陪着你。"

贾慧半是酒醉,半是被这异性身体所吸引,丧失了全身的气力。理智告诫自己该是停手的时候了,可是,身体却像是锅炉燃烧的火车,开动起来哪里能刹止?林峰大胆地去亲吻她的双唇,她只是微作闪避便接受了,双手回应般在他的脊背上抚摸。

林峰呢喃道:"开门吧,在外面多不好!"

贾慧顺从地开了门,半依在他坚实的胸口,倾听着那一阵阵激烈的心跳,不能自已。任由这个男人将自己带入卧室,铺开床,脱去衣衫。正当林峰埋首于她那对平日里不显山露水,关键时刻却惊艳当场的丰乳时,只听得床头上方的窗户咣当一声脆响,碎裂的透明玻璃屑落了他们浑身。

贾慧伸手探入枕下去摸枪,林峰的动作更快,眨眼间就持枪冲出门去。院子里一片寂静,墙头草茎飘摇,那被砸坏的窗口,横搁着一块青砖。不消猜想,两人都知道是谁。

贾慧点起灯,清理干净浑身的玻璃屑,默默地穿衣。

林峰披上军衣,坐下点起烟。等烟抽尽时,他强作笑容,说:"我总算明白你这些天消瘦的原因了,就是因为有他。他为什么不光明正大地站出来见你,搞这种鬼祟的把戏?这个人,我过去很看重他,现在却开始鄙视他了。"

此刻女性的羞愧早已被激起的怒气所冲淡,她冷冷地说:"这个人喜欢玩这花样了,也出乎我的意料。我不怕,只想他能在光天化日下站出来,让我细看清楚,他到底是鬼是人?"

林峰问:"你们当初究竟是怎样分手的?是他遗弃了你,还是你离开了他?"

贾慧给了一个模糊答案:"不存在抛弃遗弃的问题,两个人缘分尽了,老天都阻拦不住。"

林峰琢磨这句话的含意,不得要领。但这对昔日的情侣之间肯定出了重大的变故。他不敢正面现身,她提到他时话语闪烁,可见变故之巨。他从容地穿戴整齐,出了门站在屋檐下,望着瓦蓝色的天际,以及风消雨散后的满天星光。

贾慧不再吭声,她明白"言多必失"的道理。他们站在这如水般的月光下,察看院落四周的动静,猜测着那横空飞来的砖头,来自哪个方向。这块砖头证实了贾慧的猜想,这个人爱吃醋的脾性并没有改变。看来,贾慧新近在吴尚的这段恋情,是一块试金石,试的不是她和林峰的真情实意,而是那个隐没在黑暗里的人是否真实存在。

(六)

这天上午,从南官河码头刚刚抵达的一艘小客轮上,下来一个青年男子。穿一身藏青中山装,胸口垂着怀表挂链,步履轻快地提着皮箱,跨上一辆黄包车,一路直奔黎星源的公馆。在门前,他将衣兜里早已准备好的信函递交给门房。

黎星源接了门房递进来的信,信封上写了六个字:呈星源兄阅览,右下角落款是两个字:雪广。他手持信函有些犹疑。这个雪广,是他昔日的军中好友,后来跟他一样淡出了军界,直到抗战伊始,才又重披战袍,就任二战区参议。但去年,听说日本人在中条山大肆进攻,国军十万将士惨败入豫,此人生死不明。这时候竟有人持他的手书来见，怎么回事？

他拆开信，内容如下：

> 星源兄，南京一别已有多年，我等天涯一方，艰辛难言。今特着本家亲戚持信来你军中，望能够予以照应。他日相见，必当重谢。

他招手让门房带人进来。年轻男子进了公馆，见到黎星源，抢先施了个大礼，唱喏道："拜见黎伯父，我叫刘云。"

黎星源客气地请他坐下，问他跟这位旧交是怎样的亲戚关系？刘云正色回禀道："这位爷叔是我父亲的旧部，跟家父以兄弟相称。家父在北洋时期，做过一任省长、一任财政次长。"

黎星源心中惊叹，原来他是刘师道的儿子。自己这位旧友是刘师道的旧部，其实比亲戚还近一步呢。不过，刘老先生已于去年秋末病故。他身在沦陷区，并未投靠日伪，重庆老蒋还特地发了唁电悼念。难道他死之后，子嗣无法立足，要在吴尚落脚？

他拿起信说："既然是雪广荐来的人，好说，好说。我这就安排你先行历练。日后有了功劳再说。"

不料，刘云拱手道："小侄并非投军，只不过是借世伯一封信来面见黎伯父。唐突之处，还望见谅。"

这下子黎星源倒糊涂了，不来投奔自己，拿了这封信想干什么？他摆了下手，说："那你来吴尚想做什么呢？我竭力帮忙就是了。"

刘云笑道："小侄今天来见伯父，先行奉上一件礼物，请伯父察看。"

他双手呈上一页对折的纸笺。黎星源接过去展开，上面一行颜体：上月三十日，苏州来客面见黎星斗，名为访友，实为江苏省政府主席熊克西所遣，双方密议一个钟头。

黎星源板起脸，将这张纸撕得粉碎，冷笑道："这就是你来吴尚的目的？"

刘云摇头道："这只是小侄的一份见面礼而已。"

黎星源冷笑道："送客，我累坏了，得回房去歇会儿。"

刘云急忙起身，低声说："小侄不敢在伯父面前班门弄斧。这下知错了，请息怒。"

黎星源垂眼望着那封信，说："你那位世伯，难不成投汪了？"

刘云深鞠一躬，说是。

黎星源长叹一声,说:"一世声名,尽数被污泥染了。可惜!"

刘云说:"中条山之役后,世伯深感军事抵抗已无希望,这才改弦更张,要走汪先生和平救国的路线。他只身前往南京,面见汪先生,现已就任江浙清乡总署主任。"

黎星源意味深长地望着他,问:"敢问,你在汪政府里担任何职?"

刘云欠身,说:"清乡公署第二督导区专员,现在是陈公博先生的密使。持窦雪广世伯的信函,面见黎将军。"

黎星源摸清了底细,说:"绕来绕去搞得这么复杂,你明说是陈公博派来的不就结了。他也是我南京的旧交。"

刘云笑容一敛,低下脑袋,说:"不过,有关熊克西和黎星斗私下秘会的情报,绝非杜撰,实有其事。"

黎星源不以为然:"眼下形势如此,谁没有几个投靠的旧友呢。你我这次见面,没准儿传出去,就成了黎星源密会陈公博秘使。见个面,谈谈往事,无伤大雅。如此而已。"

刘云趁势说:"将军坐镇吴尚,东抗日军、北拒省韩、西和共党,数年间岿然不倒,是沦陷区抗日军队中的一面旗帜。之所以如此,一是南部旅团忙于支持南下作战,拱卫南京、镇江,无力东顾。二是汪先生仰慕将军,朝思暮想要引为己用。三是省韩和新四军势成水火,需要一个缓冲势力。你们苏鲁皖游击部队,就在这夹缝中腾挪,立于不败之地,形势使然,天意使然,人心使然。"

黎星源喝了口茶,问道:"陈公博派你来,就是跟我说这些?"

刘云依然姿态谦和,说:"这仅仅是小侄作壁上观的形势分析。但是未来的形势风云莫测。据陈先生获悉的机密情报,这次南部旅团非但不参加南下作战,大本营还从山东抽调来一个联队增援,全力展开肃清江浙地区敌对势力的军事行动。吴尚、新化、盐城,是开战以来没有占领过的地区,这次要一战而定。汪先生不忍心看你们被日本人消灭。我此行来的目的,就是转达这个意思。"

黎星源说:"日本人嚷嚷着要打过来,不是一天两天了,前些日子,不是交过手吗,结果如何?我苏鲁皖麾下三万将士,宁为玉碎,不为瓦全!汪先生的美意,心领了。但我黎某人不会降日,搞什么和平运动的。和平救不了国家,还得靠枪杆子!"

刘云趋前几步,说:"汪先生岂能不知道这个道理?他手里无兵,竭力想收贵部为己用,目的就在于此。"

黎星源摆手说:"不多说了,陈公博的面子我也给了,你那位世伯的面子也给了,仁至义尽,送客!"

刘云站起身,却没有去意,再说一句:"小侄暂住绿杨旅社。身份嘛,是江南过来的商人。我住些日子,静候老伯回心转意。"

黎星源目送着年轻人的背影消失在院门外,喃喃自语道:"小小年纪,也敢玩这套把戏,是活得腻味了,还是有所自恃呢?"

刘云真的在绿杨旅社住下了,是黄参议夫妇俩退的那房子。这个房间,众所周知是个收猪鬃的商人常年包租的。除了老板和个别伙计,别人都不认识他。今天,算是他的二度光临,摆出了久住不走的架势。

刘云走到窗前,朝对面察看,隐约可见林峰穿着衬衣来回走动。他掉头问身后进来应酬的老板:"这当兵的,还住这里? 跟我一样,也成了你的老客?"

老板笑道:"他是三十三师的联络官,跟你一样,全年包租。瞧着年纪跟你相当,都是有本事的人啊!"

刘云说:"他是有本事,我只是个做小买卖的,哪能相提并论?"

老板却说:"依我看,扛枪当兵的,年纪轻轻免不了要做枪下鬼。你做生意,赚赔的是银子,没有性命之忧。"

刘云摇头道:"错了,兵匪最狠。我们这些生意人,都是他们砧板上的肉,任其宰割。"

老板想起了自己的窝心事,油然说道:"对、对、对! 你说的一点没错。太平时节跟兵荒马乱时,确实不好比。"

刘云慵懒地往床头一倚,说:"老板,替我留意一下,这两天有个女客要来投奔我。我若不在,你替我留她在这里。"

话音还没落,楼下就传来伙计的招呼声:"小姐,请问你是住宿,还是找人?"

一个清脆的女声应道:"找人,请问有位刘云刘先生住这里吧?"

伙计说:"有,我这就带你上去。"

只听得木质楼梯一阵脚步乱响,伙计领着个美眸皓齿的青年女子来到门前。刘云坐起身,笑吟吟地说:"我以为你今天到不了,还叮嘱老板替我留意呢。"

这女子撒娇道:"差点儿没赶上船,害得我崴了脚。这地方,正经路都没有。"

刘云朝她脚下瞧瞧,笑道:"我的天,你当这里是上海四马路呢,还高跟鞋?赶紧换掉。这都是麻石板,崴脚还是小事,闪了腰可就麻烦了。"

老板伙计察言观色,识相地离开了。

那女子带上门,坐在刘云的身边,亲了他一口,说:"大老远的,把我从南京约到这里,干吗呢?"

刘云含笑说:"我一个人无聊,想找个人陪着。不找你,还能找谁?"

女子道:"我可不信,在南京好好的日子不过,非要跑到这里来,难道你只有胆子在这里跟我做野鸳鸯?"

"什么话?在南京我就不敢吗?"刘云一把将她按在身下,胡乱地吻了几下,放开手说,"等这边的事情办完了,我们就回去摊牌。我可不想一直这样偷偷摸摸的。"

这女子被他这么一通乱吻,动了情,躺在床上一动不动,手却在他的大腿根部蛇一般蠕动,悄声说:"混蛋!我看你就是有心没胆。怕什么?"

刘云抓起她手掌,轻咬一口,说:"从此刻起,你就是刘太太,做了太太的人,还怕我不动你?今天晚上咱们吃饱喝足,就在这里认认真真、反反复复地干上几遭。让你过足了刘太太的瘾。"

女子甩开手,说:"我自己有名字,凌青,凌小姐,才不稀罕做什么刘太太呢。"

刘云又抓住了她的胳膊,说:"这可由不得你了。凌青也好,凌小姐也罢,归根到底都要叫刘太太!躲不开、避不掉,这就是命。你命中注定要跟我过日子,长相厮守。时间嘛,就从现在开始。"

凌青转嗔为喜,就势伸展右臂将他扳倒在身边,热烈地吻他。一通折腾后,她爬起身来,去镜子前照照,说:"快带我去四处走走。这地方我是第一次来,新鲜着呢。"

刘云懒洋洋地躺着,说:"我这次来身负重要使命,不能到处抛头露面。晚上就让伙计送几样菜上来。如何?"

凌青有些失望,但也被他撩拨起了兴致,微微闭眼,说:"好吧,好吧,那就听你的。做刘太太,就得嫁鸡随鸡、嫁狗随狗,是吧?"

（七）

林峰骑马出城，走了约摸二十里地，在城西北陆家村外和程兴柱碰头。

程部第六纵队已经全数开拔向西，深挖壕沟，坚固堡垒，构筑工事，将仅有的几门炮配置在合适且关键的位置。接到林峰秘密会晤的通知，为掩人耳目，他们将地点安排在这四不靠的地方，只假作是半途邂逅。

林峰简要地把来意说明。长沙方面战事激烈，敌我双方均死伤惨重。日军三井师团、八木旅团作为预备队，已经乘火车南下增援。但南部旅团却丝毫没有动静。要谨防近期内可能对苏鲁皖方面有所异动。目前，南京方面说客如云，几乎滥了整条大街。二黎的态度貌似坚决，但私下里的情况却不明确。目前，新四军主力正在向北向东发展，吴尚已不在重点区域内。这一地区的工作，要多依靠地下组织、隐蔽力量，以及游击队。程兴柱的第六纵队，是一支握在我党手中的主要力量，在关键时刻，可以起到扭转乾坤的作用。希望他全力抓住队伍，在军中建立起秘密党组织，维系士气，必要时可以脱离苏鲁皖游击部队。但不到紧要关头，绝不要轻易跨出这一步。

另外，在二黎的问题上，要区别对待。黎星斗是铁杆反共分子，跟他打交道要处处留心防范。而黎星源既有人望，又有亲共的面目，要确保足够的尊重。日后的工作，要在秘密活动的吴尚专署领导下进行。当前主要任务是稳住局势，保持现状，不主动尝试对吴尚既定局面的改变，在复杂的地下斗争中，善于随机应变，维护我党在这一地区的影响。

吴尚专署日前刚刚成立，原吴尚县委书记韦伯仁任行署专员，携带电台随游击队活动于城东北水网地区。吴尚城里原有电台，均受其节制，只留一个联络站和林峰保持直线联系。而程兴柱方面，不到紧急时刻，不要启用电台和专署联系，只由林峰以军中联络员的身份往来通气。这样做的目的，是不让二黎觉察到六纵的异常，安心由他发展实力。

俩人匆匆一晤后，林峰径直向东，马不停蹄沿着通衢大道绕城而过，进入独八旅防区再拨转马头转南折西，从东门进城。经过城门关卡时，正应了"狭路相逢"四个字，迎面碰上了黄参议。黄参议笑嘻嘻地问："林参谋出东门，莫非又去了独七旅办事？"

林峰笑着纠正道："不是独七旅，而是独八旅。我经独八旅防区，由东向北查勘新四军游击队以及省韩各部的活动,好向本部报告。眼下,正值多事之秋,多走走看看,不是坏事。"

黄参议皮笑肉不笑地说:"省韩方面,任由林参谋看,但保安司令部下辖各部,还望不要擅自骚扰。黎总司令严令,各保安独立旅严禁与外人交往,否则军法从事。你老兄虽然不属本部,但做事过了格,一样是要追究责任的。"

林峰嗤之以鼻:"笑话,我是堂堂国军三十三师联络官,干的就是这个活计。在吴尚防区,上至二位总指挥,下至各级营连官佐,都是可见可不见的。难道黎总司令害怕我三十三师意图来吞并他的两个保安独立旅不成?"

黄参议依然笑脸相向,说:"这是在吴尚,操生杀大权的是二位黎总,由不得他人撒泼放刁!希望林参谋自重些。"

他扬长而去,林参谋也脚跟一磕马肚。马儿训练有素,在这人流如织的街道上放慢了脚步。与其说是马驮人走,不如说是在替主人展示威风。林峰骑在马背上,心中思量的是黄昏时要不要去学校接贾慧,陪她散心解闷。

行至天禄街转角时,他目光不经意间从人丛滑过,冷不丁瞧见了一张熟谙至极的面孔。男人穿青色竹布长衫,手里提着只小皮箱,头发顺滑,面带微笑,步履从容地沿着大街向前走。他的身边,有个打扮入时的年轻女子款款情深地依偎在他身边。

一点不错,此人就是令贾慧魂牵梦绕,惴惴不安,夜不能寐的前男友,曹县世族子弟、自己的中学同学、青春时的情敌、风度翩翩的刘公子刘益谦。

他陡地勒住马缰,此人已经在相隔三米远的地方和他交错而过,他心中稍加思量,便催马加速,从府前街路口转向南,要在半路上二度会他。他自恃马快,抢先一步到了一家饭馆门口,进店上楼,从窗口眺望。果然不出所料,这对男女的身影由远及近,情侣关系,一目了然。

他伏栏思忖,自己的行踪是经过缜密计划的,程兴柱都想不到自己返城的路线,跟他们应纯属偶然邂逅。可是,这区区吴尚城,在繁华路口招摇一下,便等同于向所有人公布了他们的存在。林峰得第一时间把这件事告诉给贾慧。他们露面,一定与之前一些扑朔迷离的事件有关。但当贾慧和这个男人重逢时,又会发生怎样难以预料的变化呢?

贾慧刚刚上完国文课,从教室里出来。这暮春时节的天气,时不时就会丢一阵雨点下来。等到人们找出雨具来避雨时,这细雨却又消失无迹了,很令人郁闷。此刻,雨水正淅淅沥沥地下。贾慧陡见他冒雨而来,讶然问:"你这时候来干什么？"

林峰拉着她离开学校，来到绿杨旅社门外，刚想开口，孰料迎面跟方才路上所见的男女狭路相逢。贾慧低低地惊叫一声，掩住嘴，木然僵立。

但刘云却对她及身旁的林峰无动于衷，像陌路人一样，只顾着跟身边的女伴卿卿我我，扬长而去。

贾慧脸色白如素纸，对这个男人开枪之后，她曾经无数次地在噩梦中看到他浮尸水泊的惨象。发觉他还活着之后，也曾猜想再度跟他相见的情景。所有的可能都揣摩过了，但唯一没有想到的是，他居然视她为无物。她随林峰上楼，从窗户眺望过去，看他挂衣架上的外套，看他折叠整齐的被单，看他随意摆放的闲书，凄然一笑，说："他，居然认不出我了。这——简直是一个笑话！"

（八）

看贾慧的神情，林峰随即省起，这"刻骨铭心"四个字应该用在她身上才对。男女之间，爱，可以刻骨铭心，恨也可以，爱恨交加更是如此。从那匪夷所思般的重逢见面后，贾慧几乎崩溃。她是一个自视甚高的女子，虽是情仇纠缠，但那漠然的眼神，宛如利刃，直刺她的心房。

林峰大伤脑筋。他想找个机会跟此人当面谈谈，打开天窗说亮话。不过，假如他矢口否认自己是他熟悉的刘益谦，那又该如何呢？

他打消了这个念头，决定将计就计，陪着这个形迹可疑的家伙演这出戏。但这出戏，贾慧也必须参与进来，没有她便没有个由头。

贾慧请了假在家里，黄昏时熬不过饥饿，勉强去井边打水准备淘米煮粥。这时候林峰来了，瞧见她脸色憔悴，关切地问："没着凉吧？这天气变脸快，可得小心。"

贾慧说："没事。这年头怪事多了，见怪不怪了。"

林峰听她并不避讳，主动谈及昨天傍晚时的事情，稍微放心，便坐下来把今天自己了解的情况告诉她。

贾慧说："他以这样的面目在吴尚亮相，什么意思？这是不是在暗示，我们认错了人，半夜扔砖头砸窗子的不是他。他只是个收猪鬃的贩子？笑话！"

林峰自嘲似的笑，说："他岂止是不认识你，连我这个厮混多年的中学同学也忘记了。这年头，真是人心叵测，翻脸如翻书。"倘若他知道了贾慧当年和刘益谦一起出逃后的事情，或许就会重新看待眼前的怪象了。

贾慧将那个秘密藏在心底。这秘密，导致了林峰视野里的盲区，但这秘密，却是贾慧唯一有用的工具。

她望着林峰，突然间脑子里电光火石般闪出一个人影来，不由得深深地吁了口气，说："这件事，得去找四姨太，让我那位挂名的姑父出出力。"

林峰眼前一亮，说："不错，这是个好主意。侦缉处长是专门负责查这些事情的。他一出手，真相揭开指日可待。"

（九）

黄太太坐在家中，让人闭紧了朝向隔壁李府的所有窗户。连着两天，李家几个姨太太哭天喊地的声音此起彼伏，彻夜不息。着实地令人烦恼、心慌。她们的丈夫李西沅，付了六千大洋之后，没有安逸三天，便被捕入狱。罪名除了偷运军火之外，又加上了一条：收买贿赂官员。此前一天，省保安司令部稽查大队长冯某被黎星斗撤职查办，交由侦缉处处置。黄参议伺候了他三道酷刑，鬼哭狼嚎之际，招了个干干净净。

黄参议将这份供词和钱财送呈黎星斗。黎星斗喜滋滋地下达了逮捕令，一帮人闯入李府，将这位大富商捉小鸡样拿进了大牢，这偷运军火是杀头的罪名，李西沅是免不了一死了。李府上下全凭李西沅一个人主事，主心骨被抓，顿时就如船儿断了帆、折了舵，只剩下团团打转的份儿了。

几个姨太太平日里素来不和，值此危机，聚在一起也束手无策，只剩下号哭的份了。四姨太多少知道点内幕，猜出老爷这次出事跟那位新邻居有关。索性带头在跟黄公馆一墙之隔的地方哭，且几个人错分出时间段来轮班，白天群哭，夜间独泣，非要闹得黄家人心神不定，出一出心里的恶气。

贾、林二人来时，黄太太正烦躁不安，头疼欲裂，一见面就抱怨："你这丫头，也不来看我。这日子没法过了，隔壁几个泼妇，天天号丧，号得我吃不下饭，睡不着觉。"

贾慧不明所以，询问详情。黄太太一一告诉他们，她自己的要事还想不明白呢，也无暇理会其他了。

黄太太请他们水榭里坐下，让用人沏茶端糕点。林峰暗忖这黄参议手握权柄之后，日子是过得越来越好了，鱼肉乡里，敲诈富绅，李盐商这次的下场，怕是也出自他的手笔。贾慧喝了几口茶,问姑父怎么不在家? 黄太太说他这两天尤其忙,总得到了九十点钟才能回来。不过,还好他记得回家。

贾慧微笑,道贺姑妈择人有眼光,不比自己年轻不懂事,惹下了许多麻烦。黄太太惊讶,以为他们之间出了变故。可是再三打量,又不像。

贾慧叹口气,说:"不是他,而是——他。"

黄太太疑惑不解:"什么他、他,到底怎么回事?"

林峰避嫌般沿着池塘散起步来,任由这两个女人在那里猜谜一样聊天。

贾慧这才埋怨了一声:"你糊涂啦,那天晚上我意外发现的那个人,刘——"

"刘家大公子?"黄太太总算会意过来。

贾慧当即便隐隐约约、含含糊糊把近期发生的变故告诉她,一直讲到了在绿杨旅社门前撞见时的情形,便戛然而止。黄太太听得津津有味,突然没了下文,抬头望着她问:"就见了一面,什么都没有发生?"

贾慧无奈地说:"天才知道他心里的想法。不过,他现在名叫刘云,身份是猪鬃商人,大约在一个月前租了你们在绿杨旅社住过的那间客房。之前的经历,谁也不清楚。这个人的举止透着股邪气,得小心提防。所以才登门来求援。"

黄太太明白了她的来意,原来是想借着丈夫黄参议的权势职务,彻查这个人的底细。她以女人敏锐的感触,问了一个林峰绝不可能问到的话题:"小姐,你怕是逃出曹县之后,跟这位刘公子也结下了深仇大恨了吧? 明摆着,他要对付你。也许,近些日子发生的那些事情,都跟他有关。他先是藏身幕后,现在自己跳到前台来叫板,一切的一切,你应该比我更加清楚。"

贾慧顿时变了脸色,惊惧且尴尬。她无法回答这个问题,抬手抹了下眼泪,说:"其实聚聚散散,本是人之常情。谁会想到这个人会记恨在心,意存报复呢? 也许,是我跟林参谋的事情,激起了他的愤恨?"

黄太太在她的额头戳了一下,说:"傻丫头,那位刘公子还肯为你吃醋呢?这可是件好事啊,他越是装作不认识你,越是冷淡你,就说明他心里越是有你。有这种男人,就喜欢玩这套把戏。哎呀,从前的事儿啦,想起来就让人掉眼泪,真是这样!"

贾慧顿时破涕为笑,但笑容里仍然有驱散不走的忧虑。这忧虑的成分,维系着那个秘密。任黄太太是多年的情场老手,也猜想不到。

黄参议回家来了，一见林峰，又瞧见贾慧跟黄太太坐在水榭亭阁里赏花看鱼，明白过来，淡淡一笑说："林参谋城外的事情忙完了，开始忙城里的事了？"

林峰笑笑，说："贾小姐要来看姑妈，让我陪着，不敢不陪啊！"

黄参议讥讽道："这叫做英雄气短，儿女情长。林参谋光临寒舍，不胜荣幸。今晚，咱们就在这园中赏月小酌一番，如何？"

林峰推辞道："我就不打搅了。让贾小姐陪你们，过后我再来接她。"

黄参议摇头说："这可不成。总不能让我陪着两个女人喝酒吧？今晚我有兴致，岂能放你这贵宾走。"

他一改昨天在城门遇见林峰时的警惕态度，拉住他的手臂。

黄参议的心情如此之好，和隔墙那边女人们的啼哭声有关。李西沅中了圈套，接着步步上钩，越陷越深，只到眼下身处牢狱不能自拔，全是他运筹帷幄一手促成的。正值自信、自得、自满高涨之时，他遇上了林峰。在同僚中无法炫耀的这份快乐恰好找到了出口，虽然明知他的身份特殊嫌疑颇大，那也顾不得许多了。

说到底，他对于共产党、新四军并无好恶，只存贪功之心，只要林峰在他面前露出了马脚，证据确凿，那就算是把臂坐在酒桌边，他也是能够拉下脸皮来演一出鸿门宴的。不过，鸿门宴今晚就不演了。

林峰硬着头皮坐下来。今晚，他们小宴所用的酒菜，半是外面饭馆送来的，半是自家烹制。黄太太亲自下厨，做了一盘小炒肉，无非是带油肉片、青蒜条、茨菰片，外加上干辣椒，猛火爆炒，再浇上芝麻香油，那滋味果然不同凡响。

黄参议连夹了几筷子，赞不绝口。贾慧生平从未吃过四姨太亲手做的菜，品尝之后，也觉得好，巴着她求教。

四个人谈笑风生，不料墙那端，一个女人啼哭声明显地拔高了音量。想必，她感觉到了这边欢宴的动静，陡地发出一声凄绝人寰的高音吊嗓。这一声高亢入云、宛转回旋，显露出了这个女人绝佳的音质来，令人精神一振。黄太太是个中好手，一听之后，用筷子在碗沿上一敲，叫了声好！她知道这一声必然是李府四姨太所发，旧年间唱昆曲的底细，显露无疑，比那块镶在戒指上的钻石更加地醒目。

黄参议笑了起来，说："这帮女人用这方法来逼宫呢。这桩案子，落在了黎星斗手里，还牵连了老冯，差一点也拉我下了水，害人不浅，真是害人不浅！有本事把家搬到黎公馆隔壁去，聒噪给他听，让他杀不了人、念不了佛，乖乖地放人。"

他的声音借着酒劲，倍显洪亮，破空传出去。墙后的女人们听了，先是沉默，但这沉默不过十来分钟，哭闹声又起。黄参议无奈，说："咱们权当它是上海租界里西餐厅弹钢琴唱歌助兴的白俄，不就成了吗？"

黄太太扑哧一声笑了，望着贾慧。贾慧明白她的意思，趁势说："姑父，我有件私事想请你办。姑妈已经允了，不知道你答不答应？"

黄参议一愣，望着老婆笑道："你这个丫头，知道我宠着你姑妈的心思，不过千万不要让我搭上身家性命啊。"

贾慧当即便把自己所遭遇的这件窘迫难言的事情，简而化之地讲了出来。目的是要借助侦缉处的力量，查清这个猪鬃商人刘云的来历。而且，此人保不准还有更加难测的秘密，能够让黄参议再度建功立业。黄参议听了个大概，笑称这算是个顺水人情，给了也就给了，当即应允，明天一早就派干员明察暗访，管保将他的画皮剥下，赤条条地现形在贾小姐的面前。

贾慧不觉脸红了，推了黄太太一把。黄太太作势欲打他，笑骂道："什么屁话！家里的晚辈女孩子，你也瞎说？"

黄参议抱歉笑道："酒多忘形了，谁让你把这位侄女儿藏了多年，最近才告诉我。我还没适应过来呢。"

四人笑声欢悦，跟院墙那端的呜咽哭泣声互相辉映，宛若冰火两重天。亲手制造了这个现象的黄参议，心怀愉悦地跟妻子一起送走两个客人，眼见他们走远了，还在咧着嘴笑。黄太太看着生疑，又想起他方才的那句唐突错话，啪地打了一下他的手背。他丝毫没有生气，抬起手来瞧瞧，轻声笑道："傻婆娘，知道我为什么高兴吗？那枚戒指已经在向你招手了。"

（十）

黄太太朝思暮想的那枚钻戒，还真是在上海法租界里，白俄开的珠宝店托卖的。卖方是沙皇王室巴普洛夫公爵。流亡前他是沙皇的御前大臣，十月革命后，参加了那次穿越西伯利亚的死亡之旅。作为寥寥无几的幸存者，从海参崴乘船南下来到了上海。临行前随身携带的珠宝很多，抵达安全之地后，只保留极少量的精华。带着新娶的妻子和尚在褓褓中的婴儿，乘坐路易安拉号邮船，迁往美国，彻底地离开了亚洲大陆。

而不为人知的是，这位许督军与这枚戒指的拥有者巴普洛夫还有过一面之缘。当年，许督军麾下收编了一支白俄骑兵部队，巴普洛夫的外甥就是骑兵队的上校团长。在随奉系大军南下作战时，督军随骑兵部队经过上海，曾与这位流浪异国的皇室公爵共进过晚餐。当然，谁都不可能料到，因这枚戒指会发生这么多故事。

　　当然，黄参议不只想要李西沅那枚戒指。李西沅入了牢狱，此种养尊处优的富人，无须用刑，只要每天给些粗劣不堪的食物就够他受的了。不出三天的工夫，这位身体强健的富翁，就憔悴不堪，俨然要奄奄一息了。

　　黄参议换了一套便衣进了监狱，装出千托万请的样子，用一叠纸票打发狱卒去外面放风，这才一声惨哭，说："老李，我来迟了！"

　　李西沅看清楚了他的模样，忽然省悟过来，问道："你，你这是——"

　　黄参议悔恨道："都怪我只顾着想赚钱，忘记提防别人了。那姓冯的设计陷害你，敲诈了几千块钱，恰巧因为其他事情东窗事发，被黎星斗逮住。抄没家产后严刑拷问，他便把你、我也咬出来了。这事犯了黎星斗的忌讳，当即也把你、我抓了。我好不容易托人讲情，才能够放出来。黎星斗要我捎话给你，拿出巨资来助饷，不然非但性命不保，连阖府的财物都将充没。这，可如何是好？"

　　李西沅原本悬在嗓子眼下的一颗心意外地落下了。这几天，他害怕的是性命就此丢了，还要葬送祖业家产。现在听他的意思，只需要拿一笔钱来赎命。这个他千情万愿，人到了这个时候，只要能活着，身外之物没有什么舍不得的。

　　他当即说："黄兄，他要多少钱，才能放我出去呢？"

　　黄参议照旧叉开虎口伸出两根指头来。

　　李西沅哀声道："你就说个明白数字，别跟我比划了。"

　　黄参议一咬牙，说："八万大洋，拿了钱了事，他放你回家。"

　　李西沅倒吸了口凉气，扑通坐倒了，喃喃道："这可太狠了。黎星斗，是要我倾家荡产了。可太狠啦！"

　　黄参议察言观色，问："那，老兄家中到底能拿多少出来？我拼着性命，替你再转圜几句。保命要紧！"

　　李西沅扳着指头算了算，说："家中能拿出的还有两万，剩下的是上海花旗银行的存账票据，折合起来也只有六万多一点，再也拿不出了。你看在跟我儿子朋友一场的分上，救救我吧。他在财政部做官，日后总要见面的。"

"拿不出了？"黄参议佯作同情地叹息一声，良久不语。半晌之后，他站直了身子，说："老李，这件事因我而起，我就冒死替你去争一争，他不肯，我拼了这条性命，来陪你坐牢！"

李西沅无话可说，两眼垂泪目送他离开了监牢。

又两天之后，黄参议回话来了，黎星斗经他的担保斡旋，终于消了气，答应了六万大洋的赎身费。不过，有位朋友居间出力不少，全凭他的脸面，才减去了两万大洋，虽说厚恩不言谢，但礼数上还是要到的。他看李府已无余钱，就替他做主，应允了拿四太太手上那枚钻石戒指去答谢人家。

李西沅先是感激涕零，听他提到那枚戒指，笑容僵硬起来。不过，他态度未改，连声表示一切都由黄参议居中做主，他没有什么不答应的。得了他的承诺，黄参议拿出一张具结文书来，上面清清楚楚写明白了：

> 劣绅奸商李西沅，抗战期间，偷运军火，勾结敌人，本该议罪处死，但眼下正值军情吃紧时，该犯情愿以家产助饷赎身，非常时期，以非常措施应对，故同意该犯请求，着令其自愿献金银洋六万，抵充所犯各罪，释放回家。此款是李某自愿捐助，绝无其他原因。

李西沅盯着这条款看了又看，长叹一声，提笔写下了自己的名字，拇指蘸了印泥摁在名下。

有了这份具结，剩下的事情自然好办了。黄参议拿着它先去李府，勒逼四姨太交出了那枚戒指，拿回去波斯献宝般交给了黄太太，引得她惊喜翩连，那份兴奋劲儿，难描难写。

黄参议凭空得了一万块钱好处，外加这枚钻石戒指，快活得像只小鸟。他照旧施展这过手不空的伎俩，陪着李西沅出狱回宅，当庭收钱，现大洋悄悄地抬送到了黎星斗的公馆。那些在花旗银行的存账，着令军需处派干员办理，无非是要拖延点时间而已，没有取不来的。

且说李西沅吃了这平生唯一的大苦头，回到家里，延医请药，就此在病榻上缠绵，再难起身了。不过，他这是外示于人托病不起的假象而已。实质上，已经派人悄悄和财政部联络上了。

但李家少爷此时不在重庆，正在香港办理几笔海外华侨捐款的转账事宜。等到他回到重庆，拿到电报，得悉老子遭人算计，倾家荡产险些性命不保时，顿起无名之火。他一没有找上司哭诉,二没有向报馆揭露这支杂牌军的恶行,三没有向江苏省府抗议,只做了一件事:将原本拟定划拨给三战区的巨额开支勾销掉了。这掐人脖子的举措,于他是家常便饭,每次都是得了好处便放行。而这次却是只字不提,由得三战区的催款电报雪片般飞来,权当没有瞧见一样。他这手,是要卡得这些赳赳武夫们翻白眼喊救命,不然他们哪知道自己的厉害!欺负到李家头上了,胆子不小!

第 五 章

（一）

黄参议这次一石三鸟,在黎星斗那儿立下大功,出了一口夺妻之恨的恶气,还连钱带钻戒,得了两万大洋。这可是他平生所获取的最大数目的财富。钱被他另藏别处去了,钻戒亮闪闪地戴在太太手上,也不枉她当年在上海跟了自己的情分。但是关键时还得提醒一句,这东西藏好了,没事别拿出来显摆。搞不好,那可是倾家灭门的祸根。黄太太亲眼瞧见李府的下场,自然懂得其中的道理,只躲在卧室里关起门来把玩,连贾慧都不告诉。

不过,贾慧此时可没有心思理会这些身外之物。她关注的是猪鬃商人。

黄参议答应彻查此人之后,倒不食言,次日一大早吩咐干员去绿杨旅社走一趟,以非常时期侦查日伪奸细为由,对那刚入住不久的年轻男人进行了盘问检查。那人自称江南无锡人,在江北做猪鬃生意近三年,通过上海租界的一家贸易公司出口美国。业务多在郭镇、吕垛一带。那里近年来一直是国内最大的猪鬃交易集散地,收货经营的全都是无锡人。据说这是战略物资,眼下日本人占领了郭镇,生意暂时中断,静候形势变化再做理会。

得了这讯息后,黄参议也不含糊,马上发电无锡日占区暗中有往来的商行,请他们协同调查,核实身份背景和来意。这严查暗访到了节骨眼上时,突然黎星斗来了电话把他叫去,开门见山地质问为什么凭空里对绿杨旅社的新住客感兴趣?黄参议心中吃惊,忙回答说只是例行检查,并非专门针对此人。

黎星斗沉吟片刻,叮嘱他就此打住,不要再查了。据他们所知,这个人是从南京过来的,刚刚手持窦雪广的信件登门拜访过总指挥,来头不小,要小心提防。黄参议愣住了,心道原来是这么回事,幸好没有贸然声张或动手。不过,他是哪条路子上的呢?窦雪广此人闻所未闻,在汪政府内必然没有实力。他不会自讨没趣派人跑到吴尚来劝降的,除非是汪精卫,或者周佛海、陈公博等人,才有这个资格。再说,自己前不久也为黎星斗拉过一条熊克西的线,熊是周佛海的亲信,投汪时手里有税警团千把人为后盾,所以做到了江苏省主席的位置。倘若二黎过去，有枪有地盘有名望，至少是中央大员的级别了。

可惜黎星斗态度暧昧，这件事悬在半空里还没有着落呢。不过，黎星源既然接见了南京来的刘云，那么说明他和汪政府私下里也有接触，大家都是心照不宣地留伏笔，后面有的是好戏瞧。

他离开黎星斗公馆时，不觉出了一身冷汗。不过，他倒不为这次调查刘云的举动后悔，这也算是打草惊蛇、引蛇出洞的策略吧。他决定立即和苏州熊克西取得联系。熊上次遣派密使过江来，是秉承了周佛海的意思。这刘云的背景，可是要借机了解的。有了出处就不怕没来处。

当然，这件事他还要对贾慧进行盘问。她是怎么回事？跟汪伪方面的人有了瓜葛纠纷？似乎那个有共党嫌疑的林峰也掺和进来了，真是出人意料，乱成一团糟了。

他回到公馆，先去问老婆，问她知道多少贾小姐跟那个猪鬃商人的事情？黄太太所知不多，却不泄密，只是含糊着说这男人好像是贾慧的旧相识，大约还是抗战前的事情，有些男女间的矛盾。事隔几年后，莫名其妙地又在吴尚出现了，偏偏又装神弄鬼，摆出陌生人的架势来。是贾慧不放心，才托他来查一查的。这件事说要紧也不至于，权当是为女孩子排忧吧。

黄参议半信半疑，但从这贾慧身上，也找不出什么名堂。让他感兴趣的，是她目前的恋人林峰。黄参议认定林峰是共党分子，那他在这件事中扮演着什么角色呢？他对刘云的底细又知道多少呢？如果二黎和南京方面私下有秘密接触，一旦消息泄露被他得知了，那麻烦可不会少。他需要探探他的口风，但是又不能直接找他，只有借贾小姐这一条路走了。

他定下心，等到了无锡方面的回复，是有刘云此人，常年做猪鬃生意。但年龄和长相却大相径庭。真正的商人刘云，年约四十，在无锡城里有商号铺面，常年住在上海租界里，跟美国人熟络，专营猪鬃出口。目前，绝无可能出现在江北吴尚。得了这个信，他胸有成竹，让老婆在公馆里摆家宴，邀请这二人到场，诱饵就是刘云的讯息。

黄太太全然不知道丈夫的用心，欢喜地替他跑腿，提前一天去了学校，约了贾慧并叮嘱她带上林峰。回去途经绿杨旅社时，正好从住过的那房间窗户下走，情不自禁地抬头打量，恰好看到一个眉目如画，烫着卷发的女人正凭窗而立，嘴角叼着支香烟，俯看街头的人流。她心中嘀咕，这就是贾慧提过的那个刘某的女伴吧？她是久经欢场的老手，阅历甚深，一眼间就辨识出这个女子的特质来,不觉轻蔑地一笑,扬长而去。

次日黄昏,贾慧和林峰准点来到黄公馆。黄太太穿了件无袖露肩的旗袍,站在水榭亭阁里等候他们。桌上已经安排好了零食甜点,用来佐茶闲话。

贾慧进了门,就赶紧打听黄参议几时回来。黄太太瞧出她急不可耐的心情,笑道:"先坐着,喝杯茶水,天气眼见热了,梅雨季也快到了。"

贾慧掩饰说自己是在留意隔壁那些女人们的哭声。黄太太如释重负地说:"她们不闹啦,李老板放回家了。自然就不折腾啦。"

林峰一笑,说:"人被放了,钱也罚了,拿钱买命,财去人安乐,自然不会再用哭声来扰人清梦了。"

三个人一起笑了,坐下来品茶看夕阳西沉。黄太太瞅瞅贾慧,再望望林峰,不禁叹息,告诉他们自己昨天从绿杨旅社楼下路过,看到那个人带来的女人。那女子,临窗吸烟,目光动人,不是个贤淑良善之辈。假如她是这个人的相好或老婆,日后有罪受了。

贾慧觉得这句话很受用,是黄太太隐约将她来跟自己比较。不过,从某种意义上来说,他与这个人的分离,是自己亲手而为,是她抛弃了他。

但是,这些话她是不能在这两人面前乱讲的。恪守秘密的警惕,无时无刻不暗中提醒,千万不能失言。林峰听黄太太如此评价那个女子,并没有什么联想。他只是想了解刘益谦的底细。

黄参议心中惦记着晚上请客的事,特地提前返回。他于夕阳犹在时回到公馆,对于黄太太而言,是例外中的例外。她忙不迭地起身说糟糕,还没让用人去订菜呢。

黄参议洞察秋毫地说:"我就知道,所以刚才顺路已经吩咐过了。晚上,有菜、有点心、有酒,丰盛得很呢!"

贾、林二人没兴趣听他们闲扯,连忙请他坐下,问起查询刘云的结果来。黄参议摸了下左侧的浓眉,说:"查了,结论很简单,刘云不是刘云。"

贾慧和林峰相视一笑。

贾慧问:"不是刘云,又是谁呢?"

黄参议呵呵笑了起来,说:"这个不用问我呀。该你说实话了。他到底是谁?"

贾慧懊悔冒失地问了这一句,掩饰说:"我认识他时,他就叫刘云,却原来早就是假的。跟他一起的那个女子,怕是也跟咱们一样,不清楚他的底细吧?"

她一句话便扭转了自己被盘问的处境。黄参议刚要说话,黄太太掺和道:"那女人,怕是风尘中人吧?我昨天领教过了,瞧那做派,不是良家妇女该有的。也许他们是一对露水夫妻,在这吴尚城里搭伙行骗呢。"

黄参议的思路顺着那女人走了一截,猛然省悟。他可不想把这刘云真实的底细和盘托出。特别是有林峰在场的情况下。他又去摸另一条浓眉,说:"原来他认识咱们的乖佞女时,也用了这假名字。这个人本事不小啊,莫不成就是上海滩上的拆白党,浪到咱们这个小地方来了?那可得小心。"

黄太太一心要为贾慧掩饰,顺竿子说:"是啊,你们两个年轻人不知道上海滩青红帮的厉害。尤其是那些拆白党小标客,骗起女人来那真是花样百出,防不胜防。不知多少良家妇女栽在他们的手里,人财两空呢。"

林峰、贾慧装作糊涂,瞠目结舌。

这黄参议半信半疑,但他还不能轻举妄动,要等饭馆老板给他回信才行。在吴尚,他自觉是这方面的主事者,凭空里出了这么个年轻人,真是碍手碍脚,非得要弄个水落石出才行。

(二)

六月中,横跨长江中下游广袤地区的梅雨季节正式开始。这雨水时而倾盆如注,时而霏霏拂风,足足下了三天三夜没有停歇。吴尚城里各条河流全都漫到了堤岸的顶端,溢上了大街。这大水自北面来,从淮河上游高家堰决口直泄下河洼地水网。省府所在地被淹,大部迁向东北部。夏涝灾民们纷纷涌向吴尚。一时间,街头巷尾全是逃难来的下河农民。

黎星源下令边救济边疏散,在城内支起了若干的大锅煮菜粥免费发放,同时派部队遣送大批灾民出城向南,填充那些地广人稀的村庄,就地觅食落脚,等待灾后开荒自救。

大雨下了半个多月,灾民潮水般涌来,苏鲁皖部队大半囤积的军粮都耗费掉了。眼见这情形再延续下去,就要军民争食,皆不得食了。黎星源火速向三战区发出求援电报。可是,三战区那边也是束手无策。原先军政部批准拨发的军饷,已经多日未发,军需物资粮食,全都面临匮缺,若干个中央军嫡系主力都危机重重,哪里还有能力援助这支编入另册的杂牌部队呢?

二黎困守吴尚,坐吃山空,眼见情势不妙。那些聚集在城里的说客们,比往时更加欢腾。不但紧缠着二黎,甚至还将触角伸到那些纵队司令、独立旅长们的头上。形势比之于战时更加严峻。

黎星源和黎星斗紧急磋商后,以省保安司令部的名义下达了肃奸令,将业已列入名单的那些可疑人物全数逐出吴尚,用一艘小火轮载着送往镇江去,免得他们动摇了麾下各部的军心。

众人皆走,但唯独绿杨旅社里的刘云岿然不动。一是黎星源有了密令,二是黄参议存了心思。等这阵风波过去了,他还要亲自去旅社拜访这位身份暧昧且特殊的青年人。

此前,汪记江苏省主席熊克西,已然有密电送达,叮嘱黄参议要小心对待此人。他是持窦雪广的荐信来见黎星源的。窦某人是新近投奔过来的大员,虽然不能小觑,但未必会令黎星源破格接见并暗中保护,可能会有更大的背景起了作用。

黄参议心领神会,一阵子嫉恨、一阵子羡慕、一阵子失落。但至今为止,他仍然不知道这刘云的真实履历。其实刘云的来历,吴尚城里只有三个人清楚,都是以亲眷论,与他关系最为密切的。老婆黄太太、内侄女、未来的侄女婿,他被他们合伙蒙进鼓里,但他也对他们如法炮制,以其人之道还治其人之身。彼此,都只有半张底牌,可偏偏又不肯开诚布公地亮出来,合二为一,彻底弄清楚这个年轻男人的秘密。

刘云自从那天和林峰、贾慧在绿杨旅社迎面撞见之后,便深居简出,关起门来跟女伴花天酒地、胡天胡地。这叫凌青的女子,正应了黄太太锐利的目光,确实不是一个良家女子。她是天津人,自幼学唱大鼓,十七岁被一个青帮流氓头子强逼着做了外妾。日本人来了之后,这家伙参与了军统的一次暗杀活动,败露后被逮去枪杀了。她无所依靠,只得离开天津去北平,重操旧业,混迹于堂会、剧场,日子过得很是拮据。

去年初,有人托话来,说新到任的维新政府许老爷看上她了,想纳她入房,好带着四处去抛头露面、迎送场合。起先,她嫌弃老头子年龄太大,搞不好一两年就会弃世而去,二度让自己顶上寡妇的名声。但等见了人,发现这老家伙精神矍铄,身子板硬朗,不是个垂老待毙的样子,于是便改了主意。这位许老爷年纪老迈,床上的事自然丢功,但是舍得花钱,她有了挥霍的本钱,也就乐得如此了。

这样没半年,汪政府与维新政府同流合污。许老爷带着她南下,在南京政府里担当高位,有公馆有汽车,比过去更加气派了。在南京这地方,宴请迎送的场合太多,她陪着老头子几乎是天天出场。这些场合里,自然有少年得志的俊俏青年,舞会上频频碰头,想不发生些事都难。在这样的环境里,她千挑万选,最后跟这位当时名叫柳中恒、眼下化名刘云的勾搭上了。这位年轻有为的刘专员,是个单身汉,家道殷富,人漂亮又懂得情趣,不下三天,便将她乖乖地拥上床铺,颠鸾倒凤了。

她本是个年轻女子,守着个老头,房事空旷,得了这青年男人的出力卖弄,死去活来,酣畅淋漓。几度春宵后,就将名义上的丈夫丢在了一边了。许老爷年纪一大,对这些事有心无力,只得睁只眼闭只眼任他们去,只要不显在明处,保住颜面就成。他们暗中苟合,日子一久,便生了心思,嫁给他做明媒正娶的夫人。上个月,刘云一直暧昧的态度,忽然明朗起来,答应要娶她为妻,但前提条件是必须陪他去江北吴尚过一段安静的日子。她未加思考就答应了。于是俩人约定,分开离宁,先后去吴尚碰头聚首。她临行前哄骗老头,说要回天津一趟,料理家务,实质上是坐船过江后没有乘车北上,而是坐船东去,赶去吴尚和情郎会合了。

这几天,两人在旅社里纵欢无度,过的是神仙也艳羡的日子。正在有滋有味时,那位黄参议煞风景地来了。伙计小心翼翼地先附在门上偷听动静,然后敲门。刘云放开女人,坐起来穿衣开门。伙计告诉他有位黄参议前来拜望。刘云对此人似乎并不陌生,微微一笑,吩咐请进来坐。

黄参议走进自己的旧居,房间里整日不开窗户,一股子异样的气味,难闻却又撩人欲望。他瞟了一眼那个女人,请刘云下楼去说话。刘云欣然从命,穿戴完整随他一起离开旅社。在斜对面找了家茶馆,坐下来叙谈。

这两个人,一个在上海滩上蹉跎混迹,一个在曹县故里春风得意。没有这场战事,怕是这辈子都走不到一起。在吴尚这块全不相关的地方,他们戏剧般地相逢了,除了那些爱恨纠葛为的却是一个共同的目标,诱降二黎,成为在汪政府飞黄腾达的基石。但有一个不同点是,刘云对所有的事都了如指掌,装作糊涂。黄参议只能算是半知半解,他只想利用南京背景来跟这个年轻人作礼节性的沟通。

其实,黄参议这样做也是情非得已,熊克西方面的特使在他的引荐下见过了黎星斗,毫无结果。而刘云面见了黎星源,结果不明。但看他就此住下不走,便让人产生联想了。黎星源的态度,直接决定了苏鲁皖的未来。这个问题,所有的人都再清楚不过。所以这次见面,黄参议就是想探探口风,猜测黎星源的大致态度,熊克西那边也好有所答复,有所作为。

茶馆伙计见这一军一商来了,不敢怠慢,忙来殷勤地伺候,先上了壶上好的旗枪,一盘子新炒的瓜子、一碟绿豆糕。黄参议安详地望着这铜托焊锡的壶把、壶嘴,心中暗想这些茶馆里的用具,跟寻常家中所用的家什的区别。刘云既然是商人,那一定是要扮演好买卖人的角色。他从兜里摸出烟来,替对方点上火,等到瞧见黄参议鼻腔嘴巴里溢出淡淡的烟气来时,这才缩回手自己点燃。

抽掉半支烟后,他们进入了某种默契的状态。黄参议是主动者,自然要说话,他将剩下来的半截烟搁在桌边,任由烟雾袅袅,开口说:"郭镇是进不去了,猪鬃很难收到吧?"

刘云笑笑,说:"等等,总是有机会的。就怕没耐心,那可就麻烦了。"

"郭镇那边虽然是日本人占了,但我有法子能让你的货物进出自如。有没有兴趣试一下?"黄参议诱惑道。

刘云摇头,说:"我只信自己的路子,旁人的路子也许有陷阱呢?到那时岂不是人财两空?"

黄参议说:"这年头做生意,单凭一己之力,怕是寸步难行。事事有人相助,那才吃得开。"

刘云说:"有的事,有人相助是好事;有的事,反而会帮倒忙。这中间玄妙深奥着呢。"

黄参议将烟蒂弹在地下,用脚跟碾灭了,说:"原来是信不过我。"

刘云望着桌面的纹理,说:"一个素无往来的陌生人,突然找上门来,开口说要你相信他,你会信吗?"

黄参议不觉莞尔,反过来递烟给他,说:"熊克西是我多年的好友。我是税务官,他是税警团,合作得很愉快。他信我,你信不?"

刘云不露声色,仿佛对这个名字毫无反应,掸了掸尚未形成的烟灰,说:"我只识猪鬃,对识人一道,很不在行。"

黄参议说:"猪鬃是死的,人是活的。活人比较有趣。"

刘云却不同意,说:"那倒未必。猪鬃单靠外观就可以辨别出优劣好歹。人却做不到这一点。善人、恶人,单凭脸蛋眉眼是不作数的。"

他有意地在眉眼上加重了口气,用意明显,就是针对黄参议那一双浓眉而来。黄参议昨天下了气力,四处打听,终于弄清楚了窦雪广的背景,说:"是啊,窦雪广看人怕也不靠面相,就拿出了荐信给黎星源。"

刘云呵呵笑了起来,说:"在吴尚这块地面上,倒是什么事情都瞒不过黄参议,连窦雪广都知道。黎星源倘若知道了你对他如此关心,怕这个处长的位置是坐不稳了。"

黄参议不耐烦地拍了下桌子。伙计以为自己侍应不周,客人发火了,唱了一声喏一溜烟跑过来,提起壶替他们斟茶。他这样一插进来,倒让黄参议心里憋着的一口气消退了,改颜笑道:"龙有龙路,虾有虾道,在这吴尚城里,谁没有替自己留后路? 有的通汪、有的通共,有的通省韩,大家貌似齐心实质上已成散沙。如今,就靠着二黎的力道在撑持着。他们一旦动摇控不住局面,一切就冰消玉解了。"

刘云吸一口烟,缓缓地吐尽了,说:"黄参议把话说得这么明白干什么?人人心中都糊涂,就只有老兄一个明白人?"

黄参议说:"打开天窗说亮话,老这么憋闷着,劳神伤体。说实话,我原本是想动你的手,后来得知了你的来历,这才停下。倘若不看在南京方面,兄弟,你就别收猪鬃了,去拔毛吧。"

刘云不屑道:"我在绿杨旅社,里里外外恐怕黎星源早已密布下天罗地网,还劳你动手? 是有人下令你收手的吧?"

黄参议这算是碰了一鼻子的灰,恨不能不顾一切地将他抓去侦缉处,先吊起来打一顿才解气。但他是个圆滑只认利益的人,忍住了这口气,笑道:"少年人就是少年人,恃才自傲,来就来了,走就走了,何必强留在这里做别人的眼中钉呢? 这吴尚城中形势复杂,保不准有人想动你呢?"

刘云垂眼看着腕上的劳力士,说:"我在贵部的严密保护下,谁敢动我?"

黄参议冷笑,说:"譬如省韩呢? 譬如共党呢? 他们未必如二黎这样态度暧昧。格杀汉奸,那是名正言顺的事情。"

俩人这次会面,不欢而散。黄参议是个嗅觉灵敏的老狐狸,已然胸有成竹。他和刘云分手后,去了那家饭馆,叫了两样菜、一杯酒、一碗饭,先吃饱了,然后在一张纸上写下了如下一句话:

已与该员接触,语谈倨傲、态度生硬,疑为汪本人所遣。

他将这纸叠起来夹在钞票里,算是结账递给了老板,悄声嘱咐就发出去。老板点头,转身下楼去了。他看看时间还早,便坐到窗口,俯望着街道上的行人散心。这过程中,那些芸芸众生并没有给他提供什么灵机,他只是在反复地考虑着一个人——林峰。这个少校参谋,住在天井的那端,由他监视这个姓刘的年轻人,倒是简捷便当的。要不要利用他来达成自己的目的呢?他和刘云之间,不,应该是贾慧和刘云之间那点不为人知的过节,可以促成这一点。但他却举棋不定,陷入了踌躇之中。

(三)

黄参议查出的结果,使得贾、林二人都确信,刘云就是刘益谦,不存在容貌相近的可能了。林峰闲暇时,偶尔可以听到从对面传来的缠绵声,不禁暗暗生疑,总觉得此人来到吴尚,尤其是以这种放浪形骸的状态外示于人,恐怕不单单是为了贾慧,一定还有别的什么事要做。这个疑问,反而成了林峰最为关注的焦点。

于是,他决定瞅准机会,主动出击。他密切注意对面的动静,听到门响便假装出去办事,有意在楼道或门口邂逅他。有两次打了照面,对方面带谦和的笑意,像对陌生人一样客套地颔首致意。在第三次迎面时,林峰直接将他拦下,微笑说:"听说刘先生是做毛料生意的,这一带,似乎并不产毛货啊,倒想请教请教。"

刘云客气地淡然笑道:"不是毛货,是猪鬃,美国人用来做刷子,清理飞机军舰仪表用的。"

"噢,"林峰佯作好奇,继续说,"我以前在无锡待过,也认识一位刘云,大约四十多岁,也是做猪鬃生意的。难不成,这一行里有两个刘云?"

刘云眉开眼笑,说:"那个,是我的叔叔。他在上海租界贸易行里主持大局。我们收的货最终都从他的手里出口。我原来叫刘近,但因为叔叔早年在这一带收货,名气大,所以建议我用他的名字,时间一久就叫熟了,不改啦!业内好朋友区别我们时,就叫大刘、小刘。我是小刘,他是大刘。"

他面不改色,对答如流倒让林峰哑口无言了。看来这猪鬃商人刘云,是铁定要冒充到底的。林峰不再跟他纠缠,但是,这件事彻头彻尾透着诡异,他举棋不定,一时不知该如何应对。

随着城外洪水的泛滥，吴尚的局势更加地动荡了。黎星斗向三战区接连发电，请求兑现那笔用于省保安司令部的专款。可是三战区似乎没有拿到这笔钱，甚至连其他的款子都收不到了。

二黎无奈，在晓光寺召开高级军官会议，各纵队、各独立旅的头目们都赶来赴会，一见面就抱怨这场大水害苦了大家，不但指望秋后就地取粮成了泡影，而且还要分出一部分粮食赈灾。兵民争食，如今士兵的口粮已经开始逐步地削减，到了万不能再降的时候，激发兵变，那可是麻烦极大！

黎星源苦笑，说昨天已经和吴尚商会几个富绅商量过了，他们每家愿意再拿出八千大洋支援。这些钱要拿到敌占区去买粮，途中要过日本人的封锁线，路途艰险。他已经向省府三战区直接请求派粮，但他们的日子也不好过，好几笔巨款被财政部以稀奇古怪的借口拖延住了，正在托人疏通。唯一的指望，就是新四军那边，他们的辖区受灾情况轻得多，而且还是从日占区运粮过来的必经之地，所以，只能指望他们了。他和对方联系过，新四军方面愿意无偿提供两千担米面，以解燃眉之急。他已派人去接收粮食，并附上大洋八千，请对方施以援手派兵保护运粮队进出日军封锁线。

会场上，众将官们一阵议论纷纷。有人说到底最后还指望上了新四军，真是运气。有的在窃窃私语，南京方面的说客，左手拿支票、右手提军粮，站在门口吃喝，只要答应了易帜的条件，眼下的一切困难都会迎刃而解的。何必去舍近求远？

黎星源站直了身子，双手按在桌子上，继续说："当然，也有人说，咱们还有一条路走，只要投了汪精卫，粮饷军械都不愁了。但是，我要说这事短见，妇人之见！甚至还不如！咱们是个什么队伍？苏鲁皖游击部队。三万之众，居然为了填饱肚子就投降日本人，那将会成为千百年的笑话！我和副总指挥也将会被人画了像挂在城头上任人唾弃。为国家计，为百姓计，也为咱们老祖宗计，咱们不能这么做。眼下，我们只要还有一口饭吃，就要坚持下去。往日占区的运粮队，我已经安排出发了，新四军一定会鼎力相助的。他们还指望着咱们替他们守住吴尚这西大门呢。这是什么？是《战国策》中的纵横之学。彼此照应，免得唇亡齿寒。我们这支队伍没有了，对他们而言绝非好事。艰难时期，大家体谅着过吧。"

他这一席话，给大多数人鼓了把劲。程兴柱坐在前排，举手发言，报告说眼下大水淹没了新挖的壕沟，不能再驻军防卫了，请求防线后退，另筑防御工事。黎星源笑了起来，指着地图示意说那些壕沟又深又宽，再蓄满了水，每一道都成了小河，形成了密集的河网地带。只要在壕沟附近屯兵就可以了，日本人真来，怕是实力展不开，优势火力发挥不了作用，也是白搭。再者，新近发来的长沙战报，日本人没占到多大便宜，正在进退两难呢。南部旅团也是举棋不定，不知道是该南下还是西进。一切都得等主战场的战事尘埃落定后，才有可能。

听说军事压力减轻了，众人不约而同地松了口气。

黄参议坐在人丛里倒没多想，只惦记着那十几船李西沅被扣的粮食。如今，它们已被自己辗转运到了城外一个隐蔽地带囤积起来。眼下这局面，有两种选择，一是主动献出军粮，讨得二黎的欢心，可以谋求在这支队伍里进一步的发展；其二，假他人之手将粮食卖掉，赚个钵满盆满，坐在洋钱堆里开心。这样犹豫了半天，盘算了半天，决定还是卖掉粮食图个眼前的实惠。军中缺粮不是吗，有钱买不着粮，正好方便出手。有了钱，日后回到南京，再疏通汪政府那些上层人物，在那里谋划飞黄腾达才是真道理。

他们在殿堂里开会，外面廊下一众参谋侍从中，林峰正在凝神倾听。这场岌岌可危的战事没打响，洪水却代替枪炮将这支杂牌军弄得狼狈不堪。他今早从三十三师本部接到密电，长沙会战，国军以惨重牺牲抵挡住了日军的攻势。日方亦遭受重创，暂时无力发动大规模的进攻。双方正在转向相互据守的态势。重庆最高方面通令嘉奖参加长沙会战的各部将士，并宣称已经完成己方战役意图，此战以我军全胜而告一段落。

这正面主要战场上，日军受挫，近期大规模战事发生的可能已不存在。但是其他战场的态势因此变得复杂起来。据最新情报，日军在津浦路一线增兵，将要对苏鲁皖使地区的中国军队有所动作。关外的主力已经有两个旅团驰援南下。为应对军事态势可能的变化，四十五军亦将伺机转进苏鲁，相机支持苏鲁战区余部。目前，该战区尚有两个军、若干游击支队的番号。这本是重庆高层安置东北军余部而煞费苦心设立的战区，以于学忠为最高军事长官。但近一年来，该部屡遭日军清剿，又和友军摩擦，生存艰难。这个地带是威胁津浦大动脉的重要所在，日军大本营用意明确，不彻底拔除它，寝食难安。

所有的情报都显示，未来的形势不容乐观。吴尚西北已成泽国，但大水迟早是要退去的，到那时，以一马平川来抵御配备有装甲大队的南部旅团，确实不是易事。

会议散后，众将领各自赶回部队。程兴柱故意在殿外廊下放慢了脚步。林峰会意，边和其他人客套，边不动声色地走过去，依旧摆出场面上的礼仪，先行了个军礼，握了下手，满脸堆笑地寒暄了两句。

程兴柱的声音不高，所说的内容却让林峰大吃一惊。这是程兴柱刚刚在会场里无意中听身后的二纵队司令丁聚元和独七旅旅长低声私语中得来的。人人皆知丁是亲省韩派的，公馆里就住有省府的密史。但是，他对黎星斗又忠心耿耿，毫无背叛之意，只是老想拉着他倾向于省韩。可是省韩对待二黎又很不地道，这就使得他的处境很是尴尬。但尴尬归尴尬，他的两个宗旨，忠于黎星斗和倾向省韩也很难改变。

正因为这个缘由，黎星斗对他虽然有时不满，但却宠信不衰。丁聚元对独七旅旅长说："二位总指挥坐在台上充好汉，其实早就八面玲珑了。那个绿杨旅社里姓刘的小子，不就是南京方面派来跟总指挥接洽的？人人都留了一手，偏偏要我们死扛，岂不是笑话？"

林峰原以为他有军情密报，没料想会是这件事，先是吃惊，继而兴奋。他把握住分寸，点头一笑，又去跟另外的人套近乎去了。现在他面对黄参议，又有了些新感觉。

黄参议眯缝着眼，放声笑问："林参谋，局势又有新的变化，贵部将会有什么行动啊？"

林峰笑道："动手呗，长沙会战，我军挫了日本人的锐气，现在各战区都要趁此良机激励士气，主动反击了。苏鲁皖将会顺势而为吗？"

黄参议点着头说："顺势而为，自然是要的。二位总指挥自有良策，且看后事吧。"

刘云的汪伪秘使的身份，黎星源不避嫌疑地转告给了黎星斗。而黎星斗只将这件事告诉了手下两名亲信，一个是黄参议，一个是丁聚元。林峰得了这秘密，无异于手里掌握一把锋利的砍刀，是件称手又称心的兵器。

他离开晓光寺后，回到设在都天行宫的联络处，让卫兵去对街饺面铺子叫一碗盖浇面来。他将字条夹在钱里漫不经心地交给伙计，只说一句："不要找了。"

这铺子是新成立的吴尚行署地下联络点，专为他单独而设。有情报通知时，他叫人送面来；有情报回复时，面铺外面不起眼的角落放一把收拢起来的油纸伞。

通知了地下组织之后，林峰考虑再三，决定将这件事透露给贾慧。他认为，对她而言，这件事至关紧要。此人今非昔比，背景复杂得足以令她咋舌。

（四）

细雨连绵的下午，林峰来到了她的院外，拍打着院门。她在堂屋里匆匆应了一声，披一头湿漉漉的头发去开门。林峰从开门的一瞬间，就嗅出了她洗浴的气息，不由抱歉地一笑。

贾慧感觉到了这笑声的含意，微微脸红，请他进屋去坐。林峰拿了把条凳，放在檐下，望着院中雨下摇曳的花草，说还是在外面吧，外面透气，还有风，不让人烦躁。贾慧转身去取了条毛巾，边拧干头发，边陪他坐着，问他此刻冒雨登门的来意。

林峰轻声说："刚刚得到了一个消息，这个人，是南京方面派来的，似乎负有劝降的使命。而且，与其他说客不同的是，他没有被赶走，反而在吴尚城里长住下了。这事情透着古怪，难道他已经得到了某种保证，有把握在这里静候时机了？"

她漫不经心地问林峰，黄参议会不会已经知道这个人的底细了？林峰说极有可能，这件事是从丁聚元口中透露出来的，以黄参议最近跟黎星斗的亲近度看，丁还不如他呢。丁知道了，黄必然知道。但这件事事关重大，谁也不敢轻易越雷池一步。见面谈判是一回事，真要易帜投汪，是另一回事。这吴尚四周，除了日本人，还有省韩，还有新四军，可都不是能捺住性子坐看他们自甘堕落的主儿。韩德勤至少手里还捧着重庆的印信，挂着三战区副司令长官、江苏省政府主席的招牌。下属叛变，岂能袖手旁观？

贾慧笑了起来，说："提到了他南京方面的背景，我倒想起来了，老爷子据说也到了南京，四姨太透露的，怕不会是杜撰吧。"

林峰这倒迟疑起来，他只风闻许督军去了北平出任伪职，至于他是否南下，却没有确凿的消息。但这点一查便知。倘若他真的在南京，那么这中间就有好戏看了。他和刘某人的仇冤可不浅，丧子失女，一夜之间膝下空空，何等的凄惨？他会不报这个仇？

他们在雨幕如织的背景下谈论，思绪也跟着这随风飘荡的雨丝一样，没个准数。正在这时候，院门外响起了警察老崔的噪音："贾老师在家吧？请开门。"

贾慧开了门，老崔撑着把油纸伞，咧着嘴巴笑道："三个娃儿都没上学，就知道学校今天放假。有件事特地来跟你说一声。"

原来和那个曹三是酒友的酒鬼丁某，昨天早上断气死掉了。邻居在收拾他的遗物时，找到了两样东西，送到警局来。一把枪、一封信，都用细麻绳捆紧了，绑在床板的背面。枪装填了子弹，似乎是有所戒备的样子。那封信用油纸包裹，拆开来看时，上面歪歪斜斜地写了一行字：许小姐在吴尚教书。落款是曹三。想来，这两样东西都是曹三生前的遗物。至于什么许小姐在吴尚教书云云，让人疑惑不解，因为吴尚中小学里，只有一位姓许的教员，五十开外，说是小姐太过勉强了。因此，枪支上缴官方，信函留待存档。

林峰站在院门内檐下，听得清清楚楚，他毫不犹豫地叮嘱贾慧，先去警察局看那封信的原貌，再作理论。

是一封标准的信件，外皮封套、内里信笺一应俱全。贾慧刚看到信封，浑身的血液就像是凝固住了一般。一行歪歪扭扭的字迹：

　　山东　　　曹县北固街　　许府收

曹三这封信果然是要寄到老督军手里去的。他把这东西放在酒鬼丁某手里干什么，自己上街寄掉，岂不是更便当？假人之手，恐怕是别有缘故了。

贾慧说："真相大白了，他想出卖我讨赏钱，可是老天保佑我，让他及时死在了他人手里。就这么简单。"

林峰满腹疑团地摇头，说："我看，没这么简单。"

他们将信函重新交还给了警察，离开了警局。外面的雨势渐止，太阳放出光芒来晒得遍地里水汽蒸腾，贾慧热得难受，掉头去看林峰，一身军服马靴，不由得佩服，问："你不热？"

林峰笑道："我习惯了，一年四季都是这个样子。刚入伍时，三伏天里出操练站姿，靴筒里汗水没了脚跟，都不带哼一声的。"

听他这样说，贾慧油然忆起从前那个青涩少年林峰来，再想想那个躲在绿杨旅社里跟不三不四的女人鬼混的男人，不禁感慨人的变化真是难以预测。曾经儒雅文静的刘益谦，居然做了汉奸。这个稚嫩淳朴的林峰却成了坚定的抗日军人，彼此的差别，简直不可以道里来计。

林峰却仍然沉浸在对曹三谜底的分析中。他思索的是，曹三之死对谁最有利？一个念头在他的脑海里猝然闪过。他蓦然收住脚步，扭头望着贾慧，若有所思地笑了起来，说："曹三之死，你是最大的受益者。他本来要揭发你的，却连信都不敢亲手寄。这说明，他遭到了别人的威胁。他半夜想溜之大吉，是感觉到了危险逼近。有人杀掉他，阻止了他向老督军报信，实际上是在保护你，对不？"

贾慧不由自主地打了个寒战。她僵立在吴尚街口的槐树下，久久说不出话来。

倘若林峰的推断是真的，那么吴尚城里，自己的四周早已织下了一张大网，她在这里的一举一动，无时无刻不在监视之下。

但贾慧不愿相信这个推断。而且，这仅仅是推断而已，不是事实。她勉强支起身来，挽住了林峰的胳膊，说："管他呢，天知道会是谁，或者根本没有什么谁在保护我，都是咱们自己臆造出来的东西。"

林峰一笑，说："有个人惦记着，暗中保护，是好事啊。尤其是对你这样一个单身女性来说，那是求之不得的。不过，在我们没有重逢之前，这是件好事。但此刻，我却有很大的压力了。是谁在扮演这个护花使者的角色呢？"

他这样说的目的，与其是在帮她猜测分析，不如说是在旁敲侧击，让贾慧去考虑那些她不肯面对的事情。贾慧松开了他的手，看着他奇怪地笑，说："皇帝不急，急死太监。你的参谋角色，关键时刻就一览无遗了。是不是？"

林峰听出了她话里的不满和讥讽，付之一笑，不再多言。

（五）

其实，贾、林二人对神秘人物，都已然有了判断。不过，林峰是以主动积极的态度来面对，而贾慧则选择了逃避。

林峰是想借此促使贾慧当机立断，斩断与往昔一切的藕断丝连，完全彻底地站在自己一边。可是贾慧却变得优柔寡断。她理智上不相信这个险些命丧自己枪下的男人，会反过来庇护自己。但是，内心深处的某个角落里，似乎又依稀存在着那么一丝丝的期望。希望他仍然对她留有余地，泯却了仇恨，甚至爱意犹存。

林峰无论是在个人感情上，还是出于职责所在，都不能容忍这个化名刘云的家伙在吴尚城里招摇下去。他曾是他中学时的密友，青春期的情敌，如今是不共戴天的敌人。汉奸刘益谦，不，汉奸刘云，是他在心底对他唯一的称呼。他在吴尚，肯定不是自己所知的这短暂的时间，假如从曹三之死算起，至少三个月了。刘云目前的状态，足以让他疑心吴尚城里已存在一股不轻易为人所觉察的秘密势力。这是他们长期布局的所在，目的很明显，就是为了这支杂牌军队，为了这块地盘而来。眼下的亮相，是说明水到渠成了，还是狗急跳墙？林峰倾向于前一点，这更加令他忧心忡忡。

一天之后，吴尚行署转来一封敌工部的密令。寥寥一行字：静观其变，了解内幕，不到关键时刻，切勿打草惊蛇。他看了这指示，有些失望，但暂时也没有办法，只好等待第二封情报送出之后的反馈意见。

目前在吴尚，林峰手里可以掌控的武装，只有守卫联络处的一个加强排，约五十来人，装备精良，对他完全服从绝无二话。他要利用这点力量现组织一个应急分队，人数不用多，十五人即可。他设法假手程兴柱所部，配备了短枪若干把，以及足够的弹药，选出了一批枪法好，格斗能力强的士兵，在都天行宫后殿秘密训话，要求他们在吴尚本地开展便衣行动，将绿杨旅社这些重点目标严密监视起来，一切听从指挥，守如处子动如脱兔，用最简捷的方式处理那些需要清除的敌人。

贾慧每天从绿杨旅社对面街头过去时，总是情不自禁要抬头去看那扇窗口。那里时常在暮色垂降时才打开。一个眼神迷离的女人倚窗而立，娇艳而慵懒，手指间夹着支烟，只偶尔吸几口，其余时间都让它在身旁袅袅而燃，仿佛这不是解闷的东西，而是件用于装饰演戏的道具。残阳如血，一个美貌的女人，站在西式洋楼的窗口，俯瞰古老的街道，那是怎样的一个场景啊！

贾慧第一次路过时，便被这景象震了一下。刘益谦带了这个女人来吴尚，不会靠她来诱降二黎吧？或是利用她的姿色来羞辱自己？

贾慧胡乱猜测着回到家，胡乱喝着粥的时候，黄太太登门来看望她了。自从那天晚宴之后，连着好几天没有贾慧的消息，不免有些担心。她曾经是她的庶母，熟知她那次恋爱的过程，以及感情投入之深。虽然后来的变故不甚了了，但眼瞅着那位跟她海誓山盟过的刘公子另抱美人，招摇于街市，生怕贾慧受不了。

贾慧容颜憔悴，强作笑脸请她进去。黄太太进了屋子，先去檐下台阶上看那个炖在炉子上的粥锅，揭开锅盖，已经见了底部，隐然还有锅巴的焦香。再看看贾慧碗里剩下的粥汤，不由得笑了起来，说："这什么吃相？穷神吼吼的。

哪像个年轻的女孩子家!"

贾慧拿起碗筷,又接连扒了几口,说:"郁闷得慌,吃这个不痛快。"

黄太太笑骂道:"吃成个肥婆就爽快啦?遇上什么不顺心的事啦?是为了那个刘公子吧?"

她这一说,贾慧不觉泪如泉涌哽咽起来,先点头,后摇头。黄太太见自己一卦算准了,呵呵笑道:"这郁闷什么?你有林参谋,他有那个狐狸精,各不相欠。"

但贾慧却笑不起来,丢开碗筷,说:"今天,我从绿杨旅社楼下走,看到了那个女人,她——"

黄太太看她吞吞吐吐、欲言又止的模样,忽然明白过来,不禁又好笑又生气,啪地打了一下她的手臂,责怪道:"你怎么这样糊涂啊?你是什么尊贵的身份?要去跟这个下三滥怄气?比那个,你就是一百个加起来也不是对手。哈!人都喜欢上流,你却舍长取短跟她较劲下流,真不知道是吃错了药还是脑袋糨糊了!"

贾慧被她一通教训,回过神来,不觉有些羞恼。黄太太坐在一旁打量着她,忽然冒出一句来:"小姐,难不成你心里还没有把他放下?还恋着从前的事儿?"

贾慧听她如此问话,愣怔了片刻,随即摆了下手说:"没有,从前的事情早已忘记了。我现在有了林峰,岂不比他好?"

黄太太疑虑重重地说:"不对,你今天这样,不管是有心还是无心,都证实了一点,你真的没有放下。这可是危险的兆头。一个女人,在这样的关键时候,可要头脑清醒,把握住了。不然,这一脚滑下去,可是无底的深渊,再也回不了头了。"

黄太太这样提醒,贾慧一面否认,一面深以为然,一面还有些扯不断、理还乱的情结。她沉默了大半晌,想起一个借口来,问黄太太知不知道这个人的真实底细?黄太太惊讶,不是说他是个猪鬃商人吗?虽然冒名,但也可能是为了掩盖身世,就跟贾慧一样。

贾慧摇头,说:"我那位姑父糊涂啦?难道没有查出来,他是南京方面派来的人,要劝说二黎投汪呢。"

黄太太更加诧异,这一点,黄参议在家里从未透露过半句。她跟他婚后这几年来还真没见他刻意对自己隐瞒过什么。难道这件事关系重大,不敢泄露?

可是，这种所谓至关紧要的事情，连贾慧都知道了，岂不滑稽？她冷笑一声，说："这家伙，还真没跟我提过。是留了一手防我，还是防范你和林参谋？但这事情你都知道了，还一本正经地防个什么意思？真是没劲！"

她这样愤愤不平地说着，还不忘安慰了贾慧两句。贾慧一手垂在膝盖上，一手支住下颔，幽幽地说："眼下的事情，太乱！我直到昨天，才理出了个大概的头绪来。原来，他并不如我想象中的那样，存了歹毒的用心。就冲着这一点，我的心狠不下来。"

黄太太站起身来，正色道："小姐，不要再胡思乱想。听我一句吧，不要再跟这个人有瓜葛，好好地跟着林参谋。我是过来人，经历的事情多了，绝不会给你苦头吃。"

（六）

黄参议得到了苏州方面发来的情报。从几个侧面来验证那个化名刘云的人在南京的根底。首先，他姓刘，名叫刘秉衡，在场面上混迹的身份是清乡第二督导区的督导专员，刘专员。但这个职衔是虚的，清乡委员会主任就是窦雪广，下划的六个专区，都在地图上，目前并无落实的可能。众多专员们，只是支一份干薪罢了。他借这个专员的幌子，出没于各个场合，似乎并没有跟最高层接触的迹象。大家都只当他是个玩角，吃喝帮闲玩女人，并不太当一回事。

黄参议哑然失笑，这行径正是刘云在吴尚绿杨旅社里的真实写照。原来他在南京也是这个做派，一样不改地搬到这地方来了。这样的浪荡公子哥，谁对他委以重任，简直是瞎了眼睛。他就此对这个行止无状的年轻人报以蔑视的态度，着手进行下一步罗织罪名，敲诈鱼肉的工作。

这次，他看上的是住在城关大街外的黄老板。此人是做木材生意的，整个江北地区的木材都在他手里经营着。他本是婺源人，安徽、江西一带山林茂密，为徽商发财致富提供了无尽的资源。黄家老一辈躲避太平天国的战火，从江西到吴尚来，顺带着把木材生意也拓展过来。一年四季，顺江而下的一队队木排，大都是黄家本源记的山货。到了江边码头停留后，有的继续顺水路向北，有的则走陆路，路径虽不相同，但财源旺盛却是毋庸置疑的。他的财富不全在吴尚，江南有，江北有，上海也有，所以这条鱼儿一旦进网，收益决不在李西沅之下。

但是，再照搬以前的老法子是不成了。因为李西沅一事，黄参议早已声名狼藉，众商户闻之色变。但是，他还有一招可用，那就是硬碰硬，看看谁是石头，谁是鸡蛋。他已经派人在江边木排上做了手脚，打算故伎重施，搜出枪支来加他个私通敌方的罪名，捆送大狱，何愁不逼出银子来赎命？这样计划定后，说动手就动手，他提前安排手下夜里潜往江边蔡圩镇，做好了准备。

第二天一早，黄参议大摇大摆地率了一队人马，上路出发了。一行人刚刚到城南门口，突然有飞骑追赶上来，连声喊住他。黄参议疑惑着勒住马缰，掉头瞧去，原来是黎星斗的副官。他一头汗水，气喘吁吁地说："副总指挥，不，总司令，请你回去，有急事商议。"

黄参议急忙拨转马头，吩咐部下们去侦缉处待命，自己跟着副官一路赶往晓光寺。进了门，便见黎星源坐在办公桌后，似笑非笑地看着他。原来见了他总是挂着笑脸的黎星斗，此刻变了相，抬手在桌子上重重一拍，厉声喝道："来人呀！将这个惹是生非的家伙给我捆起来！"

黄参议不明所以，被簇拥上来的一伙人摁倒在地，双臂拢后，左三道右三道麻绳，绑得扎蹄一般。黄参议这才缓过神来，大声叫道："冤枉啊！冤枉啊！二位总指挥，我冤枉啊！"

黎星斗一脚将他踹翻，踩住他的胸脯，目光严厉地盯住他，说："你伙同冯某设计陷害李老板，敲诈人家六万大洋，犯下了这等重罪！李老板将诉状送到了重庆，三战区高层震惊，下令我们严查。你说，你是怎样和冯某勾结设圈套害人的？胆敢隐瞒一个字，我要了你的命！"

黄参议侧身横卧，两眼紧盯着黎星斗的脸。这件事陡然发作，着实令他料想不到。而且，事先黎星斗根本就没有跟他通气，一个照面就狠下痛招，先将他打蒙了。但是，以他的反应速度，不出三两分钟就迅速地清醒过来。一定是整治李西沅的事情东窗事发了。黎星斗无法庇护他，要拿他出来顶缸，但同时还将业已被抓的冯某扯出来，这用意自然是明显不过的，暗示他推诿冯某，转嫁罪责。

想明白之后，黄参议就地大哭，连声喊道："总座！二位总指挥！卑职勤勉办事，从不敢违抗军纪，鱼肉乡里的勾当，是稽查队干的，全是冯某一手操持，卑职全然没有参与啊！二位总指挥，卑职身受牵连，无以自辩，但请查清事实，如与我有关，情愿以死相抵！"

黎星斗咧嘴骂道："这宗案子我要亲自查！你知道自己惹下的祸事有多

大吗？李西沆的儿子在重庆财政部手握重权，身居要位，你们算计了他的老子，人家就算计我们三战区、苏鲁皖游击队。怪不得一连好几笔迫在眉睫的专款拖欠了下来，害得三战区拿不出军粮来救济我们，全是因为你们办事荒唐惹下的。这样的后果，枪毙你们三次都不够！"

黄参议终于明白过来，李西沆那个于自己有夺妻之恨的儿子李侍中，如今在重庆平步青云，高升了一步，手握财政大权了。自己本想报过去夺妻的一箭之仇，却不料捅了马蜂窝。这下子自己怕是在劫难逃了。

黎星斗怒喝手下先将黄参议收监关押起来，回过头朝黎星源笑道："大哥，想不到这家伙给咱们闯下了这灾祸。兄弟一定严办他们，让他们伏法认罪，使重庆方面消气解恨，早日放款。"

黎星源不置可否地笑了笑，说："这些事，你是要好好管管。这帮人糊涂到了这种地步，简直无法无天。地方缙绅录也不好好地翻翻。他儿子在重庆，是手眼通天的人物，又直接掌握着财权，去招惹他，岂不是自讨没趣？"

黎星斗明白他话里的意思，恨恨道："这个黄参议，还有冯某人，尽给我惹麻烦了。这次，是要要颗人头来镇镇邪气了！"

黎星源也不多说，起身来拍拍他的肩，说："是得拿个人头向重庆方面交差，至于拿谁的，你看着办，我就不管了。"

送走黎星源后，黎星斗回到休息室里坐下，连喝了两大杯茶水，举棋不定。这桩事众所周知是黄参议所为，受害人李西沆也向儿子点了此人的名。按理说，是得拿他的脑袋去平息众怒。可是，这个人是自己的得力部下，做事勤勉，头脑灵光，是误打误撞上了李西沆这块硬石头，运气糟糕而已。他有心想保住这个顶用的干才，寻思着法子找症结的根源所在。黄参议的生死一线，自然是捏在李西沆的手里。他如果肯松口，肯用冯某的人头顶缸交账，就算搪塞过去了。否则，无论怎样煞费苦心，黄参议都必死无疑。

他暗暗拿定主意，次日天黑之后，悄悄去了晓光寺后院墙外的监狱，探望已然魂飞魄散的手下。

黄参议被关在一个单间里，身上只剩下件衬衣，坐在木凳上发愣。听到脚步声，以为是狱卒，一动不动。黎星斗打发卫兵退出去，走到栅栏门前说："明知对方的底细，还要隐瞒上司，自寻死路。十颗脑袋都不够你丢的。家眷那边有安排吗？要不，我替你安置一下。"

黄参议听到了他的声音，如获至宝般一下子扑通跪倒，双膝交错而行到了栅栏前,从缝隙里伸出双手,死死地拽住黎星斗的裤脚,哭号道:"司令救我! 司令救我! 看在我殚精竭虑为你效力的分上,饶我一命吧!"

黎星斗叹了口气,俯身席地而坐,说:"我不想杀你,可是却不得不杀你。李西沅点了你的名,我想让冯某替你去死都不成。据说,你明明知道他儿子是有背景有来历的人物,却一意孤行,连我也蒙在鼓里,到底为什么?"

黄参议这下再也不敢隐瞒,老老实实说道:"不瞒司令,多年前在上海时,他儿子倚仗权势,夺了我的妻。我是在奉司令之命去李府设圈套时,无意中发现的。这样,就正好公私兼顾了,一来让他出血助饷,二来报了心头之恨。万不料,他儿子在重庆已成气候,竟能以财政手段反击,责任在我。但我并不是有意要瞒住司令,请您相信。"

黎星斗不免好笑起来,说:"乱七八糟! 一塌糊涂! 你原来跟李公子还有夺妻之仇。那么,你现在的老婆是后娶的?"

黄参议惨笑道:"这个老婆是我失意时在上海娶的。倒是个能同甘共苦的女人。万一我有不测,还望司令予以照顾。"他说这话时,眼中含泪,确实出自真情实感。

黎星斗注视着他悲戚的模样,说:"你死与不死,不在我,而在李西沅。你有法子能让他松口,我自然给你一条活路。说句实话,这次你捞了多少? 连同上缴的总数是多少?"

黄参议这时岂敢含糊,当即着实说了。

黎星斗笑了笑,说:"为了一万大洋,一枚钻戒,冒掉脑袋的风险也值了。"

黄参议身子凑前,说:"司令,在下的性命可不止这个区区的数目。卑职还能为司令效力,还能为司令、为苏鲁皖弟兄谋事。卑职不是酒囊饭袋,恳请司令留下卑职这条性命。"

黎星斗哼了一声,问:"你自己有办法说动李西沅放你一马吗?"

黄参议说:"有。"

黎星斗哈哈一笑,说:"你的脑筋转得够快。这么点工夫,就有了自救的法子啦?"

黄参议压低了声音,说:"有了司令的承诺,我就有法子。"

"那,你有什么法子?"黎星斗倒有些好奇。

黄参议露出一丝笑意,说了七个字:"强龙不压地头蛇。"

黎星斗咂巴了一气,点点头,站起身来,说:"那,你自己去走一趟吧。我派几个卫士护送你。盐商李府,大门朝南,人人都去得。"

（七）

黄参议早间出了家门,天黑后未归。到了半夜时分,突然有侦缉处的人跑来报信。黄太太如遭雷击,双腿一软坐倒在地,放声号哭起来。她心底有意无意地模仿了隔壁李府先前的套路,来了个彻夜长哭。

她对这件事情导致的后果,没有充分的心理准备。当然,更不知道丈夫和李家潜在的仇恨。她哭到最后,泪尽嗓干,茶饭不思,只得让个女佣去学校请贾慧来商议对策。在吴尚,她只有这么个有瓜葛的人了,说亲不亲,说近还是算得上近的。贾慧得了信,不明所以,跟同事调了课,急急忙忙赶到了黄公馆来。

黄太太将自己所知晓的事情原委大致说了一遍。贾慧皱起了眉头。这件事她和黄太太都无能为力,束手无策。黄参议不仅得罪了二黎,还又得罪了三战区以及重庆方面的要人,是自寻死路,神仙也难救。她坐在黄太太身旁,安慰几句后,只得又将希望寄托在林峰身上。他是军官,在吴尚算是有头脸的人物,即使暂时帮不上忙,了解清楚情况还是能够的。而且,由他出面与相关人士通融,还是行得通的。

今天林峰在联络处里办公,正口授电文向本部发报,泄露了一点南京方面有密使游说二黎的情况。正要松口气,却见贾慧找上门来。起初,他以为是为了刘云的消息,却不想是黄参议出了事,闯下了塌天大祸,性命即将不保。

他冷笑一声,说:"这个人,多行不义必自毙。这些日子,他在吴尚城里就没干过几件人事。敲诈勒索,栽赃陷害,无所不用其极,早已民怨沸腾。这次终于来了报应,活该!"

贾慧嗔怪地推他一把,说:"他虽然做了坏事,但是没有害你啊。你帮着打听打听,到底是怎么回事? 四姨太都给急死了!"

林峰两手一摊,说:"他几次三番要害我,你都忘掉了? 拿着那件独七旅的军服,满大街地搜我。要不是我见机行事,怕是已经死在他手里了。"

贾慧一时语塞,迟疑了一会儿,转而撒娇说:"你就看在四姨太跟我的面子上,好不好? 他死了,丢下四姨太一个人,日子可怎么过?"

林峰无奈答应了,拿起电话来先跟相熟的几个人询问了,又发了一份电文去三十三师本部请他们代为向三战区查询。

一天后，林峰从三战区打听清楚了，可此时这位看似身陷死地，再也无法脱身的黄参议，居然自己挣了条性命回来。

　　原来，黄参议与黎星斗核计完之后的当天晚上，天色黑透之后，黄参议和几个卫士就去了李府。临行前他在监狱里吃了一顿饭，喝了几两烈酒。黄参议拍着胸脯说今晚出去这一趟，正应了蒋委员长的话：不成功便成仁。运气好，就有命继续活下去，运气糟糕了，那这是断头酒、上路酒。不须等到司令下令，他在狱中自裁谢罪。

　　喝完酒后，黄参议穿上笔挺的军服，洗净脸，梳顺了头发，甚至还系了皮带，挂上卸掉子弹的空枪，在四名卫士的监押下，离开监狱直奔李府。他特意朝自己公馆张望了一下，依稀听到了老婆的呜咽声，心中一阵黯然。

　　李府管家提着盏灯笼出来瞅了瞅，被这门前几个荷枪实弹的军人吓住了，特别是当中这位黄参议，一身戎装，浑然不像是入狱受罪的样子。他小心翼翼地问他们的来意？黄参议说特地来会老朋友李老板的，请他进去回禀一声。管家转身进宅，跌跌撞撞地摸到后面书房向李西沅报信：天杀的黄参议非但没下大狱，还神气活现地带几个卫兵找上门来了。

　　李西沅一挥手说："不怕他，让他来书房，事情到了这一步，他还能翻天不成？笑话！"

　　黄参议一只脚跨进门槛，刚刚在管家面前的一脸从容顿时消失，改做一脸的哀切，隔着老远就双手抱揖，深深地欠下腰来，问候道："老兄，近些日子身体可好？"

　　李西沅冷笑说："我的身体没事，黄参议的身体怕是不太好吧？"

　　黄参议点了下头，说："是，眼见同僚徒作刀下鬼，心里难受，茶饭不思。老兄是明察秋毫。"

　　李西沅听他不说自己反提同僚，倒有些莫名其妙，但却不随他的话走，端坐在书桌前不动，冷眼看他如何说下文。黄参议看他没有疑问，倒也不慌不忙，自己拣了张椅子坐下，幽幽叹口气说："虽然在粮运的事情上得罪了你，心存不轨，可大家毕竟是熟人，都在吴尚这块地面上，二位总指挥又很看重他，老兄就放一马，留条性命再图报效赎罪，弥补过失。"

　　李西沅以为他是在替自己求情，不理不睬。

　　黄参议依旧耍太极，欲虚还实，欲实还虚，重新站起来，作礼施揖，说："冯队长上有八旬老母，下有六七岁的孩子，做了错事得罪了你，还望放他一条生路。"

李西沅这下终于听明白了,这黄参议是在给冯某求情,而不是为他自己。这下子,他惊诧加疑虑,再掺杂了好笑,在嗓子眼里似笑非笑地哼了一声。他这反应算是走进了黄参议事先预定的路数,连忙说道:"讲句实话,这冯队长是黎总指挥的心腹,似乎还沾了点亲,这次闯下如此大祸,得罪了李兄,是他有眼不识泰山。二位总指挥本想亲自出面替他求情,但心中愧疚,不便来贵府,因此托我拜访老兄求个情。他闯下的祸事,我负责妥善解决。所有没收款项如数奉还,分文不少。另外,再在醉仙楼摆上十桌宴席,邀请吴尚地方头面人物,给你压惊,挣回脸面。这样可否?"

李西沅听他说了还钱,丝毫不以为然,说:"本该我的,终究要归我。只要按照我惩办元凶的条款来办,都好商量。"

黄参议见他依旧不肯松口,心底有些着急,暗想婉劝已经到头,得改一下强硬方式试试。他重新坐下,一手枕在案几上,手指弹出了一连串清脆的声响,轻轻笑道:"冯某得罪了老兄,是他的不对,自寻死路也是活该。不过,我既然受了上峰的嘱托,有的话还是要讲清楚的。这吴尚在夹缝中生存至今,实在不易,全仗着二位总指挥运筹帷幄,巧妙周旋,才能维持这样的局面。重庆方面有意停了三战区转拨保安司令部的专款,无非是想替老兄报受辱之仇。可是,一旦吴尚局势因为粮饷匮缺撑不下去,苏鲁皖各部激成兵变,弹压不住局面,像老兄这样的富户,是乱兵们首当其冲的目标。真到那时候,就是蒋委员长过问也是无济于事。眼下,以大局为重,先求稳当,行不行?"

李西沅目光严峻,盯住他看了足足三四分钟,凛然道:"你这是在威胁我?"

黄参议笑了笑,说:"是实情,是实话。"

李西沅仰头靠着椅背,喃喃道:"这么说来,我这些日子所受的惊吓羞辱,就全是白受了?二黎情愿为了手下一条狗腿子,跟我跟重庆方面翻脸?宁愿酿成兵变玉石俱焚,也不肯惩戒部下?他们这么做,就不是二黎了,是二傻。"

黄参议听言辨音,凑前一步,说:"老兄只要手下饶人性命,其余的法子,都好商量,都好商量。你只管开口,只管开口。"

李西沅没理这个话茬,思绪忽然又飘得远了,悠然道:"这冯某与小儿昔日结下了梁子,其实也是做了件好事。那女人本就是个淫娃荡妇,在重庆又跟缉私总署的一个头头好上了,眼下怕是已经做了人家的填房夫人。这种女人纵不跟小儿走,也要跟别人走的,不是冯某关养得住的主儿。可冯某这个瞎了狗眼的东西,居然恩将仇报,狗咬吕洞宾,不识好人心啊!"

黄参议脸皮红了,赔笑道:"是的,是的,我一定捎话回去,让他反省。有什么事,您尽管吩咐,一定照办,一定照办!"

李西沅干笑了一声,说:"能有什么法子出气呢?叫他学日本人剖腹谢罪,他愿意不愿意?算了吧,死就不必了,但得依照我的一句话去做。"

"什么事,请讲。"黄参议心中暗喜。

李西沅手掌在椅子的扶手上拍了一下,说:"让那个戴着我钻戒的女人,后天晚上这个时候来这里。该我的东西是要还的,还得付利息。让她单独一个人来,明白吗?"

黄参议纵是再无耻,也没料到他这一招,眼眶立即红了,但还是强装笑脸颤声说:"明白了,我明白了,这就捎话回去。"

(八)

黎星斗不知道黄参议去李府怎么谈的,但居然让李西沅松了口,也算是给自己撑起了面子。虽然敲诈来的钱财也要物归旧主,但想到重庆方面那些失而复得的军饷、物资,多少也弥补了他心底的遗憾。只可怜黄参议,虽逃脱厄运,但代价惨重。

昨天凌晨,黄参议回到公馆,彻夜守灯的黄太太惊喜交加,迎上去一把抱住,嘤嘤地哭,泪水鼻涕糊了他满脸。但他却不敢面对她的关心体贴,闪避着她的亲吻。黄太太贴着他,絮絮叨叨地询问出事的究竟。他不想回答,只在心底酝酿着勇气,怎样才能将李西沅开出的条件跟她讲清楚呢?

眼见天色微微亮了,报晓的鸡儿早啼了,他再也压抑不住自己的委屈和对她的歉疚,哇的一声哭了起来。黄太太吓了一大跳,忙坐起身来,问他究竟怎么回事?他不肯说。黄太太着了急,双手扳住他的肩头,摇晃了几下,急切道:"什么事?到底出了什么事?"

黄参议止住哭声,展开双臂将她拢在怀里,大哭道:"我对不住你,为了保命,我对不住你,我——答应了他的要求,把你——"

黄太太全明白了,听他哭得如此悲恸,知道出自真心,也哭起来,死命地贴在他身上,连声说:"不要哭,不要被别人笑话,不能哭!"

清晨六点左右,黄太太用力推开丈夫,起身去梳洗妆扮,又从首饰盒里取出那只鸽蛋,挑在指尖上,赤足上床,依偎在他的身边,轻声说:"不要便宜了那个老家伙,让他刷你的锅底。"

整个上午,这对夫妇打破了生活常规,关起门来赤身相拥睡在床上。女佣们在外面得到了女主人的指令,傍晚时订一桌丰盛的菜肴,等休息整个白天之后,晚上好吃好喝。

眼看日影西斜,嗅到了厨子手艺烹调出来的味道,听到了用人们准备饭菜的脚步声。黄参议翻身坐起,擦干眼泪,改作欢颜,拦住黄太太的手,说:"去,我替你贱行。喝几口酒,就没有愁心事儿了。"

俩人相对苦笑,各自举杯无语而饮。墙壁上的壁钟钟摆来回扬抑,像是挥动着皮鞭驱赶着时间向前。眼见七点过去,八点过去,九点即将来临,黄太太放下酒瓶,扶醉而起,扬眉笑道:"不过是去逢场作戏而已。但是,你可记住了今天的仇恨,一定得记住!"

黄参议遣退女佣,扑通一声跪在她面前,双手执住她的衣角,郑重地发誓:"记着,我一定记着,我和李家的仇恨,又添上了一笔,等哪天时机成熟,我要灭他满门。"

(九)

目送妻子一步步走进李府之后,黄参议无法再在公馆待下去。他掉头向西,沿着街道漫无目的地走。心底只有屈辱和悲怆。在他此生的经历中,这次打击要远胜于几年前那次夺妻之恨。他们是半路夫妻,感情却非比寻常。这次她又是为了他以身偿仇,更让他感激涕零。从此刻起,惶惶不安的黄参议,尝受屈辱的黄参议,万般无奈的黄参议,荡然消失,更加阴鸷、心狠的侦缉处长黄某人再度归来了。

这一个白天,吴尚城里出了两件事,一是绿杨旅社附近猝然间响起了一阵枪声,路口打死了两个相貌寻常的男人,另有人负伤潜逃,警局巡逻队却没有抓到行凶者。第二件事,是北门外突然警戒,驻守城东的保安独七旅紧急调防,一部分穿城而过,由城外水路前行,抵达了与省韩驻军接壤的地带,占据有利地形,修筑工事。

黄参议以前所未有的激情,开始调查枪杀案真相。他推门进了旅社,正在柜台上打盹的伙计一抬头看是他,勉强撑起笑容来问候。黄参议自行坐下,冲着门外努嘴,问是怎么回事?

伙计唉声叹气地说下晚前砰砰啪啪打了一通枪,死了两个人,尸首运去了警察局,旅社里吓得走掉了几个客人,老板正骂娘呢!黄参议一凛神,问走掉了哪些客人?有那位收猪鬃的刘先生吗?伙计说有他,天还没黑,就拎着个皮箱出门了。但他是一个人走的,女客还在,大概已经睡觉了吧。黄参议笑了,他离开旅社肯定跟那阵乱枪有直接的关联。这开枪双方,哪一路是他的,交火的缘由又何在?他在旅社里坐了一刻钟,将出事时的情形细问清楚后,去警察局查验那两具死尸。

黄参议对验尸虽不在行,但主意是有的。他假装考核似的,让这警察依据职业经验,谈个大概。警察忙了半小时后,擦着额上的汗珠,说两个死者中一个当过兵,另一个不是。双方用的家伙倒是相同,清一水德式驳壳枪。当兵的那个年约三十,腿部有伤疤,是个老兵。年轻的这个细皮嫩肉,营养很好,是个游手好闲的主。

回到侦缉处,他下令值班的下属连夜行动,寻找刘云的下落。刘云是根指路的蜡烛,有了他,黄参议可以从容地避让危险。

这场枪战,林峰知道经过,却不明白缘由。他不在现场,但他组建的别动队里有四个人负责监视绿杨旅社。约摸下午四点左右,日头偏西时,绿杨旅社二楼的窗户开了,女子两眼惺忪地站在窗口,伸展双臂打了个哈欠。

紧接着,对面街口突然有了异常,几个像是做小买卖的男人,陡然间亮出家伙,横穿马路就要往旅社里闯。与此同时,有几个人从斜刺里杀出,抢先开火,先打倒了两个。对方立即反击,也撂倒了一个人。大街上顿时混乱起来,人人惊叫着争先恐后地夺路狂奔,拥挤的人流把这交火双方冲散了。等到众人走尽时,地上就剩下两具尸体和一串向北绵延滴去的血迹。

四个人分头追踪。但这两伙人溜得太快,吴尚城里巷道纵横复杂,没多远就丢失了目标,只好回来向林峰汇报。林峰也一时琢磨不透,想要袭击刘云的人是什么来历呢?新四军游击队?不可能,如果是他们,行署早就提前通知了。重庆方面的人锄奸而来?这倒有几分像。可是,这里不是省韩的地盘,出了事情二黎是不会买账的。弄不好,还要偏袒刘云。在吴尚闹市里进行这样的举动,纯属愚蠢。

林峰在事发后一个钟头,率了两个卫兵,亲自去绿杨旅社走了一趟。刘云的房间门是虚掩着的,他用指尖轻轻点了一下,门就悄无声息地开了。只见刘云俯身在床头收拾着行李。女人嘴边含着轻蔑的笑意,望着屋顶。二人全然没有留意到门外有人,正沉默之际,听到林峰笑吟吟地说:"刘老板,方才楼下这趟热闹,好像过年似的。何方神圣给你拜年啦?"

刘云猛回头,右手同时在摸什么,但发现是他之后,便停住了,呵呵笑道:"看来这世外桃源的名声也是徒有虚名,光天化日之下开枪杀人,如同家常便饭。君子不立危墙之下,我还是先避避。"

林峰嘲笑道:"走南闯北见识了那么多的大场面,几声枪响,个把条人命,就吓住你了?这胆子,还出来做什么生意?跑什么江湖?"

刘云摇头笑道:"走江湖就是要见风使舵,避险躲灾。要是硬扛着,早就活不到今天啦。"

林峰嗟叹道:"我自信记性还好,眼神不差。常常以为跟你老兄过去有些渊源。但看老兄这副精神气质,似乎跟我那旧友相距甚远。"

刘云面不改色,说:"那就是你认错人了。人的记性难免会出错。尤其是在这乱世间,有的人死了,有的人死而复生,有的人只剩下躯壳,内里充填的其他物什。所以,靠眼睛去辨认别人是错误的,得用心。用心,就会发现真相。"

林峰不再多说,吩咐两个便衣去旅社街口,盯住这个开溜的猪鬃商人。

与此同时,又有更重要的事件发生了。苏鲁皖游击部队开始大规模地调动。据属下报告,独七旅一个团正在急行军穿城向北,似乎新化那边,发生了重大事故。他情知事关重大,急忙跨马出门,赶往晓光寺探听军情。等到瞧见寺门外拴着的几十匹军马时,便知道二黎正在召开军事会议。他不便进会场,便在门外廊下跟等长官的参谋们闲聊,打听事由。

他们告诉他,日本人发动了进攻,但出奇不意的是,没有向苏鲁皖方面动手,而是向东北跃过水网地区,对驻扎新化的省韩进攻了。南部旅团动用了两个联队的兵力,又有汽艇的支持,水陆并进,正在和八十九军等部激战。据最新战报,该部守军在奉命掩护省府机关且战且退向东。目前由于事发突然,友军各部的支持极其微弱,无法解省府之困。二黎正在商议,发不发援军。林峰知道二黎和省韩之间的恩怨,此刻是很难指望他们去救他于水火的。即使救了,也可能引火烧身,非但起不了作用,还会引来日军的报复。

他在香烟纸上手拟了份急电,让卫兵飞速送回联络处,向本部报告。自己仍然留在会场,等候消息。一个钟头后,会议散场。苏鲁皖游击总指挥部的应对策略已经出台,派独七旅向北前进,接应省韩部分向南溃散的余部,第六纵队向北派出一个团,抢占有利地形,谨防日军挟势偷袭。独八旅留一个团守卫防区,余部向西靠拢,以便应付后面的危机。

林峰在散会的人群里四处找寻程兴柱,想跟他交换一下意见。不料黎星斗站在台阶上点名喊他进殿详谈。林峰无奈,只得随他过去了。黎星斗问林峰,三十三师有南下夹击南部旅团援救省韩的可能吗?林峰看着地图。摇头说路程太远,远水救不了近火。等不到他们赶来,省韩肯定守不住。南部旅团养精蓄锐已久,这次突然全力进攻,志在必得,完全出乎所有人的预料。没想到有着水网地势便利的新化城,居然是他们首选的攻击目标。

黎星源盯住地图揣摩良久,叹息道:"省韩若守不住新化,吴尚就岌岌可危了。南边是长江,无路可走,西、北两面都是日本人,只剩下东面一条路。可是,新四军跟我们并不是一条心。我苏鲁皖这三万兄弟,哪里吃得了他们的苦,只有自立一条路走,需要从长计议。我这就向三战区发电,请求与贵部南北合进,加上省韩余部,先行三面夹击南部旅团,拼死一战,夺回新化。"

林峰答应,回联络处后立即将他的意思告知本部以及相关单位,江北形势急转直下,诸镇皆失,沦陷区这些坚持抗战的国军部队即将无路可走。他离开晓光寺,策马回到都天行宫,即刻发电将这边的局势汇报本部,然后看看天色已晚,便让卫兵去对面即将打烊的面铺叫一碗肉丝面来。他想利用送面之际,向行署请示应对的策略。目前,行署正随游击队在北面的水乡活动,难保不会被卷入这场战事。

一刻钟后,面铺伙计端着托盘送来面。他将纸条塞在钱里交给对方。那伙计响亮地唱了声喏道谢,转身回去了。林峰心中依旧难安,再去地图上看态势变化,程兴柱的第六纵队目前全军驻守吴尚的西北角,正是南部旅团未来可能进攻吴尚的主要方向。这支部队,是党组织健全的一支队伍,难道就眼睁睁地看着它数面受敌,身处险境?他端起面来,飞快地吃完,决定连夜离城,去那边走一趟。

鉴于眼下局势紧张,又值黑夜,他索性率了别动队随行。将所有的马匹都牵出来,一行人从西门出城,沿着通衢大道快马加鞭。这样紧赶慢赶,到了柳村路口。突然前方枪声四起,交起火来。他心中一紧,勒住马缰侧耳聆听,分辨了一下枪声的密集程度以及武器型号。一边是德式冲锋枪和驳壳枪的声音,另一边则是清一色的驳壳枪。

他凝神细想了一下,叫声不好,随即命令部下全体子弹上膛,驱马慢行,等到接近交火处时,朝天率先开了一枪,大声喊道:"程司令,别慌,我们来了!"

前方右侧田埂边有人应道:"没事,这几个王八羔子,老子还对付得了。"

林峰听到程兴柱的声音,放下心来。随即下令全队开火与之配合,夹击那些半路伏击拦截的家伙们。那伙人黑暗中听得马蹄声响,不明虚实,边打边撤,消失在茫茫的夜幕中。林峰下马收枪,笑道:"我要去你的驻地找你,没想到你竟被人暗算。这样也好,既帮助了你,又省了不少路程,算是一举两得了。"

程兴柱站起身来,拍打着身上的灰土,说:"这帮人什么来历?算准了我会走这条路,够狠的。会不会是黎星斗起了杀机?"

林峰摇头,说:"这倒不像,眼下这节骨眼上,他们还指望着你这支劲旅打头阵,扼守门户呢。把你做掉了,这支部队不就散了?白白便宜了日本人。"

程兴柱哼了一声,说:"我也不相信,但一时找不出可能的对手了。"

林峰联想起下午时在绿杨旅社附近的交火,猜测道:"做掉你,对日本人是大大的有利。难道,是他们所为?"

程兴柱恨恨地吐了口唾沫,说:"像是他们做的。但这些人的底细我们却一无所知。躲在黑处里打枪,狗日的,够狡猾的!"

林峰一笑,说:"就冲着今晚的险情,你得有所答谢。给我一个排,到都天行宫驻扎。我想跟这帮子混蛋们玩一把,也算是替你出气。"

程兴柱一口答应了,明天就挑选精干人马过来帮忙。

林峰抓紧时间,转了话题,问他如何应对即将到来的战事?程兴柱笑了一笑,说无非是马革裹尸、战死沙场,没有第二条路可走。林峰默然。本来他是想让他伺机而为,不在战场拼光基本力量的。但,战斗一旦打响,局面就是不可控的。他这支队伍要替苏鲁皖游击总指挥部全军出力,虽然可惜了,可是这毕竟是在抗日战场,打日本人是没有选择的。

他打消了自己原先的念头和担心,只是挂念行署以及游击队的安全,请程兴柱派部队向东搜索,如果找到他们,可以秘密收容在军中,或者经由吴尚护送到新四军根据地。程兴柱一口答应下来。

(十)

清晨时分,黄太太在厢房里清洗身体。正当她在澡桶里闭目养神时,黄参议回来了。看到妻子眼泡浮肿、容颜憔悴，心疼且心痛，将她安置躺下，说："好好歇息。夫妻之间的事，大恩不言谢，日后为了你，上刀山下火海，半点都不会含糊。"

黄太太微微闭目，含笑道："别说那么多，咱们是患难夫妻，一切都是应该的。"

黄参议叮嘱女佣，做些滋补菜肴给她补养身体，自己又回了侦缉处。刚刚进门，就有手下来报，黎星斗要他去晓光寺。他正要走，那人拉着他附耳说了几句。他不觉笑了，问人在哪里？那人冲后面努努嘴。他立即转身，到了自己的办公室，只见一个眉清目秀的男人正仰靠在办公桌对面的长椅上打盹。正是猪鬃商人刘云。

他踱步进屋，将他叫醒，问他来了多久？

刘云揉着惺忪的双眼，笑道："穷途末路，来投奔你老兄，难道不收留？"

黄参议推辞道："道不同不相为谋，你到我门上来，何苦呢？"

刘云却摇头，说："咱们都是同道中人，你知道，我知道，南京的朋友们也知道。怎么，我暂时遇上些小麻烦，你就害怕受牵连了？"

黄参议一笑，问："什么麻烦？绿杨旅社下面开了几枪，死了一两个人，就吓成这样子，哪像是办大事的男人。"

刘云吸了吸鼻子，似乎伤风着凉了，说："形势正在逆转，你竟全然不知？熊克西算是白交了你这么个朋友了，真是丢人！我来这里，是告诉你，汪先生已经捺不住性子了，放手由日本人施展武力，这吴尚嘛——快了！"

他站起身来，拎起皮箱朝外走去，丢下一句话："跟我相处是容易的。换了别人，怕是不会拿你当道菜的。"他边说边走，旁若无人。

黄参议心中狐疑，但却惦记着要赶去晓光寺面见黎星斗，无暇再跟他纠缠。等他急急忙忙赶到晓光寺，见到黎星斗，这才明白了刘云所说一席话的含意。

黎星斗一见他，就指着吴尚东边这块空白地带，让他不能懈怠，迅速出城展开赋税预收的工作。眼下，大战将至，粮食、弹药都需要补充，没钱可不行。总指挥派出去的采购队伍，正在返程途中，在新四军地盘上，估计没多大问题，但不知道时间是否还能赶上。他要通过黑市，直接跟江南的捎客做买卖，将那些不见天日的武器通通买回来，再组建一个独立旅，用来防卫北面。省韩所部，已经撤离新化，日本人即将入城，斩断了吴尚向北和三战区的联系，彻底地孤立了苏鲁皖游击部队。眼下黎星源算是病急乱投医，江南那些捎客，都是忠义救国军的招牌，但他们手里有货。当初国军撤退时，许多隐蔽的军需仓库都由他们负责。他们人数少，用不了这许多的武器，于是就卖给友军。黎星斗曾经跟他们做过几笔交易，买了三十挺机枪、十二门迫击炮、长短枪支一千多条，足以装备一个团。现在，形势迫在眉睫，又只得如此。

黄参议接受了任务，赶忙回到侦缉处，召集人马。好在这方面他预先有所准备，半天之后，将众人派遣出去，到各镇、乡公所，贴告示催租税，顺带着从灾民中招募新兵，以作不时之需。但这次，他没有亲自下乡，办完了公事，换了衣服后，直接去了那家饭馆。饭馆老板一见他来了，惊喜交加，原以为他这次凶多吉少，出狱无望，正准备向江南报告，不想他这么快就恢复了自由。

嘘寒问暖几句后，黄参议不跟他扯闲话，开门见山地问苏州方面有信息没有？老板拿出两张字条来递给他，刘云所言果然不差，上面明明白白地写着：日本人将有最大行动，希望他在吴尚注意二黎的态度变化。即日，南京方面将有大员亲赴吴尚，希望妥善保证安全云云。

这下子，黄参议倒摸不着头脑了。南京方面派人过来，而且是大员，怎样的大人物？至今他还没露面呢，如何接洽？难不成此人还在半途中，尚未抵达吴尚。至于他来的路线，那是不用费心猜想的，必定是从太平无事的江南顺风过江，顺水而下，沿南关河直抵吴尚码头。

眼下，这条航道正值黄金时节，水大河深，吃水重的大轮船都趁势进来了，带着吴尚一带的富户离开此地，以躲避可能来到的战事。日本人向新化进攻，攻占此地后，利用长江天险对吴尚形成了半圆形包围，苏鲁皖游击部队孤立无援。与此同时，南京又有大员来吴尚，企图说降二黎。用的是文武之道，一张一弛。刘云今早来侦缉处拜访，陡然间提出合作，言语含糊暧昧。他与这位大员，是什么关系？

他一时也难辨是非，只得暂且作罢。但这外界形势的急转直下，却是对他越来越有利了。上次，他带了熊克西的密使拜访了黎星斗，这次会继续让自己使用这条线牵头吗？他要在这次谋划吴尚易帜的举措里拔得头筹。等吴尚成了南京汪政府的天下，那个李西沅以及他阖家上下众人性命，都是自己的盘中餐，板上肉了。就算他儿子在重庆做上财政部长，又奈他何？

第 六 章

（一）

贾慧对于外界的事情,知之甚少,大局变化更是一无所觉。她想拖林峰一起去黄公馆看望黄太太,顺带着卖个人情,表示自己也关心黄参议的安危,她当然不知道内里的详情。可是林峰心中牵挂着战事的发展,哪有心思陪她。他托辞不去,顺便告诉她,在日本人大举进攻之下,日后想要逃离吴尚,只剩下向东的一条路走。万一日本人从通州向西进攻,与扬州、镇江之敌对进的话,新四军和苏鲁皖游击部队都够呛。一旦新四军北撤,苏鲁皖就真的成了四面楚歌的孤军了。所以,必须加强双方的联系,保持军事上的互动。

贾慧听得恍恍惚惚,不甚了了,但是明白一件事,就是吴尚这些年来的太平日子,怕是即将到头了。战事避不开,躲不掉,她过去的那些逃亡策略,也通通都不管用了。万一遇上兵匪,清白难保是小事,性命都成问题。她默默地离开都天行宫,往自家方向走。

她心事上身,无暇再忌讳那个在楼上卖弄风骚的女人,夹着布包从对面街口过去。走着,走着,还是忍不住侧脸瞟了窗口一眼。一眼瞥去,两扇窗户半开半闭,视那女子的姿容,倒有个戴眼镜的老者,叼着雪茄烟露出了侧脸。

贾慧的心略噔猛跳了一下,下意识地低下头去,浑身发抖,几乎走不动路。但她咬牙坚持着向前迈出了几十步,在一家店铺凉棚下站住了脚。她假装买东西,悄悄朝来路窥测,看有没有人在后面跟踪。等到确信,他并没有觉察到自己时,这才稍微地放心。他们之间的仇恨,本该是万年沉积的冰层,永远也难化开的。一见面就必须是雷霆闪电、刀枪相向。可是,这个窗口的侧脸,却只让她意外不让她恐惧,难道自己早已准备好了迎接他的到来?

危险一个接着一个纷至沓来,而她却无法像以前那样,动如脱兔般逃逸而去,让他们寻不着自己的踪迹。战乱四起的嗜血年头,她注定是无处可逃了。好在,她不再是孤独的逃亡者了,她有了同伴。林峰、黄太太,在吴尚这座城市里顶得上用。而他和他,都是汉奸,至少在眼下,属于过街老鼠,处置他们比他们对付她,要名正言顺得多。

眼见锅里粥汤沸腾起来,她将锅盖虚担起,关小了风门,由着它慢慢地熬煮,自己去布包里摸出那把手枪,迎着夕阳瞄住了一个虚拟的目标,食指碰了下扳机,油然一笑喃喃地说:"我还有你,怕什么?"

粥喝到一半时,林峰来了。白天,他冷落了她。这会儿得了闲空,觉得应该来安慰她一下。他嗅到了米粥的气息,不由得动了馋虫,也舀了碗端在手里稀溜溜地喝着。

贾慧白他一眼,说:"男人喝粥没滋养,回去还是得吃一大碗面条填饱肚子。"

林峰喝得香,忍不住又去盛了半碗,正待入口,忽然听得贾慧幽幽地说:"老爷子来了,你知不知道?"

林峰一时没领会过来,盯住她看。

贾慧为他的迟钝反应感到恼火,说:"老爷子来了,督军老爷!"

林峰吓了一大跳,急忙放下碗,问:"你亲眼瞧见的?在哪里?"

贾慧说:"是亲眼所见。但是,在一个你做梦都想不到的地方。猜猜看?"

不知为什么,林峰眼前立即浮起了猪鬃商人的面孔,油然笑道:"难不成,他在绿杨旅社里住下了,也跟我成了邻居?"

贾慧毫无感情色彩地大笑了一声,说:"算你聪明,居然能想到那里。"

林峰却没有应她的话。这无意中得来的新信息,使得他疑窦重重的思路豁然开朗。街头火并,死伤两人,看来老督军和刘云,依旧是水火不容。也许,在南京时他们双方没有联系,一个位列中枢,一个是他人门下的走卒,无缘得见。而在吴尚这弹丸之地,狭路相逢了。

这一阵枪响,同时也昭示着另外一个事实:前下野督军,现在的南京伪政府要员许霆震,在吴尚这个看似狭僻的所在粉墨登场了,他的抵达和北边新化的战事,应该是配套实施的方案。这一文一武相得益彰,看来,汪精卫对这支杂牌部队是志在必得了。

贾慧对于林峰心中所想并不清楚,只是在奇怪这命运之手,像是跟她开了一个大玩笑。她扭头望着林峰,问:"你怎么想?"

林峰将竹筷在碗沿敲出一记脆亮的声音,说:"这出戏既然在吴尚搭台,主角们都已经开唱了,那就陪着走走、看看。眼下这出戏按照哪个剧本唱,可由不得他们。二黎,还有黄参议,未必就喜欢听这一口。你那位假姑父,还有堂堂督军府的四姨太都在这里,怎能不搅起一场风波呢?"

(二)

黄参议是走的熊克西的路子,投在周佛海的门下。如果策划二黎易帜成功,他的地位至少应该和熊克西平起平坐。到那时,一展抱负,有恩报恩,有怨报怨,有仇复仇,半点儿都不马虎。

他替黎星斗安排好了收缴赋税的一干事宜,忙里偷闲又做了监斩官,枪毙了同僚冯某,一时间搞得吴尚城里上下官员们惊诧莫名。一个身陷囹圄,眼见性命不保、为人耻笑的可怜虫,居然有如此强的力道复出,这印证了所有人的猜测,他是黎星斗的心腹,得力的干将,须臾不可离左右的帮手。他的地位显赫,重新为同僚们所侧目。但他一反以往的作风,不和任何人敷衍,在侦缉处里摆出稳坐钓鱼台的姿态来,静候来者入彀。

果然不出他所料,四天后,有客人登门来访。来者自称是粮商,从江南运来一批粮食想在吴尚出手,是熊克西推荐而来,想跟黄参议,谋个比较满意的价码。

他请来客及贴身随从坐下,借斟茶之机,细细地打量他爬满皱纹的脸以及满头银发,暗地里判断他的年龄,发出一声惊叹,说:"您这样的高龄,还不远长途跋涉来吴尚,真是让人敬佩。"

老者自称姓徐,含笑说:"这也是为生计所迫。赶鸭子上架,不得不为。不过,这次来吴尚的买卖确实不小,上百艘的粮船就停在江对岸的码头上,价码谈成了马上过江,一天之内直抵吴尚南官河码头。苏鲁皖的全体将士,吴尚一带的饥民,都将不再为饭食担忧了。"

黄参议表示明白,恭恭敬敬地问他在吴尚有什么需要帮忙?

老者想了想,说:"你尽快促成我跟黎星斗见面,生意要谈,不碰面,怎么好商量条件呢?"

黄参议心领神会,问他下榻何处?

老者略带三分炫耀的口吻,笑道:"绿杨旅社,二楼东二客房。我是借了一个朋友的地方,暂住而已。"

黄参议听他说出的是刘云的那间客房,心中既诧异又狐疑,犹豫道:"那位刘先生,不住那里啦?"

老者笑而不答。他不便再问，起身来送客。这难道就是苏州熊克西来信中所说的南京方面的大人物？以他这样的年岁，还能出远门操劳政务，也算是个奇迹了。想当年，怕也是一时的风云人物呢。他再想想刘云那几句话，一时忍俊不住，笑出声来。看来这吴尚城中的招安大事，与他无关了。他只是一个马前小卒而已，现在轮不到他说话了。

新化一失，军事态势完全恶化。二黎虽然久经战阵，但也明白吴尚已成绝地，开始做最坏的打算。他们俩先在彼此公馆里密商前途，能够公开说出口的只有两条，一是死战到底，二是向东投奔新四军。他们虽然各自心中对这两点看法不同，但也不瞒着手下将领，特地另选了秘密所在，将几个纵队司令、独立旅长召集起来，开会询问他们的意见。结果，所有人都反对投奔新四军，程兴柱为避嫌，也投了反对票，认为苏鲁皖部队的大多官兵，绝不可能在那样的环境里吃苦忍耐下去。部队真的过去了，用不了一个月，士兵们便会开小差走散大半，这支军心齐整的队伍，将会不战自溃。至于死战一途，程兴柱和丁聚元鲜见地态度一致，认为不狠狠教训日本人，他们会更加地骄横，必须以战止战。

摸清了众将领的底牌后，二黎也颇有同感，但要想在这两条之外再选一条路走，几乎毫无可能，除非降汪。但平心而论，他们俩都不愿意。犹以黎星源的心念最为坚决。他从同盟会开始，一路历经讨袁、北伐诸多战争考验，清誉在外，大半辈子的名声决不能毁于一旦。为了维护这个声誉，哪怕是搭上性命也是值得的。

他对黎星斗苦笑，说："实在不成，我率程、丁两个纵队守死吴尚。你率其余人马向东，经由新四军防区，投靠韩德勤，韩某人明里恨咱们，其实是恨我，重庆方面能给你个省保安司令，就是证据。"

黎星斗却不肯，说："大哥，我宁可跟你在吴尚城下跟日本人拼了，也绝不肯去投靠省韩。那是自取其辱，还不如一头撞死算了。"

黎星源想了想，说："这是咱们未雨绸缪，先行商议着。眼下最主要的还是如何守吴尚。六纵队我还是放心的，丁聚元亲省韩，而省韩西去如孤魂野鬼，居无定所，也绝了他的念想。其余几个纵队都算可靠，肯听我们的话，有的时候用江湖上的套路，可以笼络住人心。尤其是在这乱世间，什么主义、什么思想，都不如'兄弟'两个字有效。咱们苏鲁皖一帮子弟兄们，也得好好地表现表现，别让世人瞧扁了，说二黎只会做缩头乌龟。"

黎星斗摸着光头，大笑起来，胸中豪气顿起，说："我已经着令预收赋税，购买枪支,招募壮丁训练,再组建一个纵队。当前局势,走一步看一步吧。人算总是不如天算。"

黎星斗跨马回到晓光寺来,查询赋税收缴情况。电话打到侦缉处,要黄参议赶紧来见。黄参议得了信,带上新汇总的账册,去汇报进度。刚一见面,黎星斗就笑,告诉他三战区的款项已经拨发了,只是通向那边的交通已断,总指挥又要托请新四军放行。为了表示谢意,还得留一部分作为买路钱。不管人家收不收,心意总是要到的。这笔款项能到吴尚,是好事。但还在途中,难解眼前燃眉之急。

黄参议将手中的明细账册奉在他的面前,说:"都在这里,请司令过目。这一带富户少、穷人多,再加上灾民多,所以远远低于预期。对那些大富之家,因为刚刚出了李西沅这件事,也未敢轻举妄动,生怕再惹麻烦。"

黎星斗沉思着说:"不管他了,大难临头还顾这些? 拣几家没有背景靠山的先开刀,告诉他们,若是日本人来了,他们的家私全部完蛋,还不如捐一部分出来,帮我们抵挡住日本人呢。权当是花钱雇了咱们。咱们是他们的保安队呀,哈哈!"

他说得高兴,挽起袖子,露出了粗鲁的本色。黄参议连连称是,但他没有顺着这个话题继续聊下去,而是转了话锋,悄声问道:"司令,眼前这形势,对咱们可是大不利。二位总指挥下定决心,要在吴尚跟日本人血战到底?"

黎星斗沉默了一气,说:"不打又能怎样? 我们只有这条路走了,几万弟兄,死就死在一起吧。黄参议,你怕不怕死? 陪着我们死,肯不肯?"

黄参议一笑,说:"不肯! 有现成的活路不走,为什么非要想死呢? 司令,不只有死战一条路走。"

黎星斗侧眼藐视,问道:"你苏州的朋友又来啦?"

黄参议微笑说:"上次那个只是个捎信跑腿的,分量不够跟司令平起平坐、谈论天下大势。"

黎星斗拿起佛珠来,在指间飞快地捻动了十几下,又问:"那么,又换了有分量的人?"

黄参议点头,附在他的耳边说:"来了个大人物,已经到吴尚了。"

"大人物?"黎星斗疑问道,"汪精卫,还是周佛海、陈公博?"

黄参议说:"我不敢多问,但至少比熊克西要高几分呢。"

黎星斗闭上眼想了半天,缓缓地说:"大战将近,我却私下里会见敌方的要员,太不成体统了吧？再说,我还有心跟日本人比试比试拳脚呢。看看我手下这支队伍,能不能打,经不经敲？"

黄参议心底略有失望,低头说是,随即又加上一句："卑职是在为司令着想,并无他意。能与司令一起战至最后,绝不做软蛋！只不过是想不到那一步,何必轻言绝望呢？这位来客如何处置？我礼送出境,还是赶出去？"

黎星斗沉吟了一下,说："来者是客,我可以不见,但却不能失礼。你稳住他,等战场上见了分晓,再做理论。"

黄参议心中有数,这黎星斗是在两难之间,他未必想投汪,但也未必想跟日本人硬扛到底。只是对战事还抱有幻想而已。不过,他拒绝见客倒无所谓,只要他不彻底翻脸,逐走来人,那还是有机可乘的。他行了个礼,离开晓光寺,秉承黎星斗的意思,对所有属地的缙绅们来了个起底调查,归拢出十几家没什么靠山背景的商贾,准备再度施以雷霆手段,勒逼钱粮用以备战。

至于那位神秘的徐老先生,他秘密约见了一次,将黎星斗犹豫两难的心态详述了一遍。徐老先生默默地听完,笑了笑说："不到黄河心不死,不见棺材不掉泪。临行时,我已经有所预备了。不过我初来吴尚,暂时不走,等局势变化了再说。你在吴尚,也是一号人物,有些事日后用得着你,肯帮忙的话,将来少不了你的好处,明白吗？"

黄参议听他如此许愿,知道其中的分量,急忙起身来作揖说："老先生但有吩咐,不敢不从。"

徐老先生捧起茶杯来,喝了一小口,说："那个收猪鬃的人,你给我查查他的下落。好些年不见,怪想他的。这个人,我志在必得,明白吗？"

（三）

黄太太在贾慧发现老督军之后的第二天下午,得悉了这一消息。贾慧专程来告诉她的。她听了,情不自禁地打了个嗝,这种因以外惊吓而导致的嗝,极难止住,就此一直纠缠住她近四年的时光。这期间,延医问药前前后后不知花费了多少钱,也都只能暂停一两个月。心情稍有紧张,这毛病便死灰复燃,从此成为了情绪的标志性反应。

她吩咐女佣端来碗凉水,一口气灌下去却毫无用处,只得在抑制不住的呃声中询问贾慧,会不会是看走了眼。贾慧说自己这辈子什么人都可能看走眼,就两个不会,一个是老爷子,一个是他。可昨天,老爷子居然出现在他的房间里,那他会是怎样的处境呢? 前一天黄昏时,旅社楼下发生了一起火并枪战,死了两个人,第二天,老爷子就堂而皇之地出现在他的客房里,那岂不是——

贾慧无法再往下想。黄太太手抚胸口,死劲地捶打着,说:"这件事要确定也容易。跟老黄说一下,让他查清楚不就得了。"

贾慧迟疑:"那,用什么借口?"

黄太太想了想,说:"就用那个刘公子说事儿。是他走了,换了个糟老头子? 还是他和糟老头子共处一室? 算是个由头啦。"

贾慧忧心忡忡地说:"这些旧事,可不能让他知道。还有,更重要的一点,你的行踪千万别让他知道了。当年,你并不是光明正大地离开的。这一点,知道的人越少越好。"

黄太太柳眉蹙起,想起了当年在督军府所受到的非人折磨,和这个老男人的变态和狠毒,又恨又无奈。她抱着最后一点希望,说:"也许,是你认错人了呢? 不是他,该有多好!"

夏天到了晚上六七点依然亮堂,黄参议进了家门就开始脱军装,卸掉脚下的军靴,连喊吃不消。等他进了屋,换了短袖薄衣拿着蒲扇来凉亭里吹风时,才发现了贾小姐。他笑嘻嘻地招呼一声,挨着黄太太坐下,使劲地替她扇了两下,问:"还好吧? 比屋子里凉快。"

黄太太喝了几口绿豆汤,将凉着的那碗推给他,含笑问:"这两天公事忙吧?"

黄参议苦笑说:"哪里是忙,简直是三头六臂也应付不了。这吴尚的太平日子,也快到头了。日本人占了新化,江北的国军,就剩下苏鲁皖这些人了。日本人迟早是要来拔这颗眼中钉的。不知道后面的路该怎么走呢。"

贾慧佯作惊讶和不解,问:"姑父,哪有这么悲观? 我昨天从街头来,发觉绿杨旅社里多了不少外地人,冒出了许多新面孔。那个小拆白党没了踪影,倒换了个头发雪白的老头。难道老先生的见识还不如年轻人?"

黄参议听她漫不经心地这样说,冷不丁吃了一惊,抬眼望她脱口问道:"你认识他?"

贾慧摇头:"好奇而已。那一头白发,太显眼了。隔着十丈远都能瞧见。不仔细辨认,还以为是那女人套了白狐皮呢。"

黄参议夫妇不由笑了起来。

黄太太扯开距离，说："你就知道吃醋那个卖弄风骚的女人。现在，换成个糟老头子，天天亮相，哪怕是竖蜻蜓，你也无所谓了，是吧？"

贾慧装作害羞地笑，说："那个人走了，免得天天在这路口显摆。这个专骗女人的下三滥，死掉才好呢！"

黄参议对于刘云的所作所为也有些了解，知道他是个好色风流之徒，他昔日里跟这位贾小姐的瓜葛，应该属于男女间的琐事。当年，他对她是骗财，还是骗色，他不便问，清淡地笑着。

黄太太趁机追问一句："哎呀，那老头什么来历？别是收猪鬃的亲戚，也许是他爹呢？难不成他也姓刘，是位刘老太爷？"

贾慧吃吃地笑，说："叫刘风，风生云嘛。将来这刘云有了儿子，就叫刘龙，云从龙啊。"

两个女人肆无忌惮地开着玩笑，将问题抛给了黄参议。黄参议虽然无意卖弄，但还是说了一句："别瞎扯了，这老家伙的来历有些特别，你们女人家别乱打听。日后少在绿杨旅社这条路上走。前天，不是乱打枪死了人吗，子弹不长眼睛，远远避开了才好。"

他毫无遮掩地将危险说了出来。黄太太和贾慧对视一眼，便不再多问。眼看着围墙西边的红日坠沉下去，贾慧便说天要黑了，该回去了。明天放假了，得过了夏天才开课呢。这帮皮猴子，一定会满大街地粘知了，捉虫子，搅得一塌糊涂了。

黄太太送她出了公馆，回来后又问丈夫，这样神秘兮兮地干吗？那老头究竟是什么来历？黄参议便不瞒她，凑在她耳边悄声说："南京方面的大人物，不能提的。这里面是战是和，还没有个定数呢，我倒希望打不起来。这枪炮一响，玉石俱焚。谁肯白白地去做送死鬼？"

黄太太心中抽紧，油然叹口气说："那就罢了，这么说来那个收猪鬃的，也是——"

黄参议一笑，说："大神登场，小鬼让位，那是自然的事情。这仗只要不开打，和平解决，我们报仇雪恨的日子就不远。你等着瞧我的手段！"

他掉头朝李宅方向恨恨地瞥了一眼，一拳砸在石桌上。他只顾着发泄自己心里的愤懑，全然没有在意妻子的神色变化。黄太太心乱如麻，她从丈夫的言语中嗅出了一缕不妙的气息，为了将潜在的危险降到最低，叮嘱道："你的事情，自己忙就是了，别扯到公馆跟我的身上。这些日子，我心里烦得很，除了贾慧,其他人就别带回家来。两耳不闻窗外事,求个安静自在,好不好?"

黄参议以为她仍然耿耿于怀那件事,心里愧疚,又体贴地替她扇了几下风,说:"你放心,我再让你不清净,还算是人吗?你就在公馆里歇着,想怎么着就怎么着,要不,让你那位侄女儿也搬过来住,陪着你?这地方大,多住几个人也绰绰有余。"

贾慧回到住处,一身大汗。她放下澡桶,先放凉水,烧了开水后关起门来,舀了几勺进去,依照习惯脱衣下水。用陈年的老丝瓜囊裹了皂角,在皮肤表面轻轻地搓揉着,植物纤维所形成的摩擦,令肌肤格外地受用,不一刻,浅白色的皮肤已经泛红。

她抬脚跨离澡桶,先赤身坐在摆放衣服的长凳上,暂歇了片刻。正当她伸手去拿衣服时,北侧厢房门口有个男人轻声笑道:"出水芙蓉,果然不差。"

贾慧闪电般从衣底抓起了手枪,对住那里。那门口已经有支黑洞洞的枪口抢先对准了自己。但男人没有开枪,走了进来淡淡地说:"慢了一拍。许小姐,还是慢了一拍,这些年你没有长进啊!我就知道你不会变的,你在二十岁时就是这样了,以后三十岁、四十岁,也还是这样。收起枪吧,咱们好好聊一会儿。"

他信心十足地先放下了手枪。贾慧犹豫了片刻,垂下枪来,手忙脚乱地穿衣。这人好整以暇,端详着她,笑道:"殷红如花,美人依旧,十年一梦伊人来,倒好似这里不是吴尚,而是在曹县了。"

贾慧穿上衣服,脸色躁红,猛然重新举枪对准他,厉声道:"你再说这些轻薄的话,我就打死你!"

这人哈哈笑了几声,双手揭开胸前的衣襟,心窝处亮出一个伤疤来,说:"别拿死来吓唬我。蒙你亲手所赐,我已经死过一次了。"

看着这伤疤,贾慧闭上了眼,二度垂下枪来,说:"你走吧,我没什么跟你说的了。"

那人却走近了她,在条凳上坐下,说:"我来,是有话要跟你谈。"

贾慧将枪口顶在他的腰间,问:"你是谁?我凭什么跟一个收猪鬃的陌生人说话?"

刘云似乎不以为然,说:"把门打开吧。这屋子里热得很,我都想在这里洗澡了。"

贾慧一脚挑开门,示意说:"滚出去,这地方容不得你这种人玷污了。"

刘云将条凳搬到了廊外天井里,在晚风中悠然合眼,说:"这年头,谁比谁干净? 贾小姐。"

贾慧冷笑:"这年头,谁还能比你脏? 刘先生,请吧,不然我去叫警察了。"

刘云摇头,笑道:"你不会去的,叫来了也是白搭。我是什么人? 他们其实心里都有数。谁敢乱来?"

贾慧冷笑道:"你是个汉奸,不要脸的汉奸。"

刘云哈哈一笑,说:"说到汉奸,我的资格可没有令尊高。充其量,只是个小汉奸。令尊许督军,才是大汉奸! 而且做汉奸还做得走马灯似的,从北平做到了南京,又从南京摸到了吴尚。这份劲头,令人钦佩啊!"

贾慧哼了一声,说:"对不起,你们这伙人我全然不认识。左一个汉奸,右一个汉奸,不要脏了我的耳朵。请便吧,我这地方是干净的,恕不接待汉奸。"

刘云懒洋洋地点起根烟来,左右打量这院中的景致,最后将目光停留在花坛里开得茂盛的花草植物上,冲她努嘴说:"看着干净,其实肮脏。那泥土下三尺,怕是蛆虫白骨,难看得很呢!"

贾慧一颗心猛跳起来。这个男人对自己的一举一动都了若指掌,甚至连那个夜行客葬身花坛之下的秘密也洞察细致,这表明,果真如她所做的最糟糕的设想,他在吴尚不是一天两天了,而是至少半年。这半年她夜不能寐,被窗外古怪的声音所惊吓,正是这个人在搞鬼。眼下,鬼已现身,她平素里的惊惧化为了愤怒,恨恨地跺脚,说:"滚!"

两人在院子里,一个嬉皮笑脸要赖皮,一个冷若冰霜,屡次逐客,正僵持之际,门外传来隔壁李嫂的声音:"贾小姐,傍晚时学校门房路过这里,捎来封信。你不在,就丢我门口了。快开门吧。"

贾慧说:"待会儿我来拿。"

李嫂说:"我这就要出门去了,两三天都不在家。你快点开门收了吧。雇的船已经在码头等了,我得下乡去。"

贾慧无奈,只得先去开了院门。李嫂将信递给她,眼光却麻利地朝里面瞅了一眼。这一眼不打紧,霎时惊得脸上失色。这个年轻男人,正是那个领着伙飞檐走壁的强人的头目。这次他已然登堂入室,成了贾小姐的座上宾了。贾慧觉察到她的神色变化,想问一句。但她却已惊惶不安地一溜烟去了。

贾慧心中疑惑,再低头看这封信,信封表面只有"贾小姐收"四个字,字迹

娟秀,似乎是出自女人之手。她拆开信封,抽出信笺展开一看,一颗心又吊到了嗓子眼。那上面正书着一行字:

我已抵达吴尚,下榻绿杨旅社,你来?或者我去?

她无力地叹息一声,将信笺塞回信封,望望那正对花坛做细致观察的刘云,说:"菜齐了,人满了,可以吃了。你是不是觉得这样很有趣?刘先生。"

刘云撇了下嘴,说:"狗咬吕洞宾,不识好人心。你真的相信你在吴尚能够销声匿迹,无人查找得出来吗?天真!一枚日本炸弹就将你的行迹暴露了。要不是我当机立断,把那工兵插在了荷花缸里,你还能安安静静地在这里待下去?"

他这一句话,主动地揭开并印证了贾慧和林峰对于这一连串事情的判断。但贾慧举一反三,走到花坛边,恨恨地伸手指着花草根下的泥土,问:"是你的手下,对不对?"

刘云点头笑道:"何必耿耿于怀。他为他的鲁莽唐突付出了代价。每个人都会犯错误,但是付出了相应的代价也就算了。我也是,你打我的那一枪,是我为自己的错误付出的代价。你至今还记恨我,那就是完全没有必要了。我死过一次,你居然恨一个因你死过一次的男人,真是不可理喻。"

他再度亮出了心脏处的伤痕来,走近了她。贾慧瞧见了那伤口的残痕,不由自主地往后退,他却步步紧逼。贾慧被他挺着胸膛堵在了廊下的死角边,无处可避,绝望地闭上眼亮出枪指着他,高声喊道:"再靠过来,我就一枪打死你!"

刘云仿佛看穿了她的底牌,依旧将胸前的伤口凑上来,抵在她的枪上,柔声说:"你再打死我一次。我至死都不怪你。"

贾慧双腿发软、手上乏力,指间一松,那把精巧玲珑的手枪啪的一声摔落在台阶上。这一下清脆声响,对正处于暧昧状态中的他们,没有任何影响,但却惊动了外面的来客,少校林峰。

贾慧只顾看信忘记关紧院门,林峰跨门槛进来,只见那人正将贾慧逼在死角里,欲行不轨的态势显露无遗。他不假思索,愤怒地斥骂了一声,以百米冲刺的速度直线猛扑过去。

刘云见他闯来既惊且怒,收住向贾慧的去势,转身来迎。他的本意是想借着情形,说几句话来激怒他,令他铩羽而去。可没想到林峰一个照面就是拳脚齐动。一个是行伍军人,一个是浪荡公子,一经交手高下立分。林峰三拳两脚将男人打得鼻青眼肿,扑通一声摔下台阶,在天井里连着打了几个滚,嘴角流出血来。

林峰抬腿正欲再用马靴狠踹他两脚,却被贾慧拉住了。她噙着泪拦腰抱住他,带着哭腔喊道:"让他滚,让他滚远点! 我再也不想见到他! 让他滚!"

刘云悻悻然爬起来,抹去嘴边的血迹,颔首笑笑,说:"林参谋的拳头硬,领教了。来日方长,咱们改天再会。"

贾慧蹲下身子,去地上捡起手枪,掩面抽泣。林峰将她拉起来,进了堂屋,却发现了屋里余香犹存的澡桶,咬牙切齿地骂道:"这狗东西,刚才就该打死他!"

贾慧挣开他的手,在门外的条凳上坐下,收起了枪,绝望地说:"这个人是打不死的,打死了又活过来,像是邪鬼附体了一样。能不能找个地方,避开他呢?"

(四)

黎星源所担心的局面,眼下已经形成。南部旅团小野联队攻占新化,尾随省韩向东近一百里地才停止追击。省韩余部七千余人,战死、失散、被俘近两千人,就此式微,只能栖身于大东沟这样的僻乡山野,勉强维持着江苏省政府的招牌,苟延残喘。

吴尚目前已成孤城。通州、太兴的日军向北向东逐步推进,前锋一度抵达黄桥。新四军一师所部先撤后进,在镇北二十里地打了一个漂亮的伏击战,以优势兵力歼灭了日军一个中队。日军在黄桥的驻军势单力薄,只得向太兴方向回撤十五里,寻求主力支持。这场小规模的战斗表明,日本人及汪伪视吴尚为势在必得。吴尚半年前还处于群雄割据当中,有纵横捭阖的空间,眼下却要单独面对强敌,前景堪忧了。

黎星源在公馆接连召集了自己的心腹部下开了两次会,提出了弃城别走、死守待援两个方案。结果都不堪行。让城可以,别走,去哪里? 近一年来的变化可见,几乎所有的县城重镇都已经落入日本人之手。那些遍地生根的友军,如今也已风光不再。重庆方面为东北军特设的苏鲁战区,在于学忠的统率下,接连大小十余战,损失惨重。于本人亲率精锐卫队突破重围,仅以身免,已然前往三战区。苏鲁故地，眼下已不复为己有。重庆方面发出电令，撤销苏鲁战区，所遗各部，统由三战区统辖，于学忠改任中央军事参议院副院长，即将飞赴重庆就职。战事如此，无法可想，只有每天几封加急电报，恳请三战区发援军，与苏鲁皖游击部队会攻新化，重新打通和三战区总部的交通线。必要时，弃守吴尚奔新化，逐步退向北面，不至于被日本人四面包抄，无路可退。但三战区对于吴尚的局势也是爱莫能助，所辖各部，一面要跟日军周旋，一面还要救援接应于学忠所部。三十三师正在和日军僵持，掩护苏鲁战区余部南撤，损失不小，实在是无力再作大规模进攻了。

黎星源的情绪低落，想亲自出马再度往东一趟，会晤新四军高层，看看他们对于苏鲁皖游击部队的前景有无协助之心或者好的建议。但新四军方面的回信却让他希望落空。眼下攻占新化的日军，正在向东南推进，舍省韩而不顾，前锋直抵盐城。同时，阜宁的鬼子也向南进攻，南北夹击新四军军部所在地。

放在更大的战略态势上看，长沙会战未能达成目的的日军大本营，改正面进攻为后方清剿巩固，逐一对重要地区进行扫荡。江浙是鱼米之乡，盛产粮食，工商业发达，成为清剿计划的重中之重。这次进攻，秉承的是占领县城、控制集镇，最后达到总揽全局的目的。无论是国军还是新四军，都是清剿的对象。在这样的形势下，新四军方面全力为反扫荡做准备，自然无法分心来回应黎星源的会晤要求。

黎星源明白这其中的轻重缓急，坐在公馆里喃喃地骂了一句："小鬼子看样子是腾出手来了，不问青红皂白，见人就咬，真正成了疯狗了。跟狗斗，还真得依靠咱们自己手里的打狗棒。指望别人，毫无用处。"

他思忖良久，打电话到六纵队司令部，要程兴柱来自己的公馆，有要事相商。程兴柱刚从新化方向赶回来。他依照和林峰商议的计划，不但派兵去北面寻找行署以及游击队的所在，甚至自己还亲自出马前往，结果在缪家湾得到了信，独七旅前天下午，曾与一支小股武装短暂遭遇。这支队伍随即脱离接触向北逃逸，结果与日军前哨部队撞上，打到傍晚时生还者所剩无几，趁着夜色逃离了。据独七旅传出的消息，这支队伍是新四军游击队，现场有击毁的电台，不排除有重要人物随队行动。

程兴柱上了火，急忙赶到交火地点，重新掩埋了尸体，从现场搜集的证据看，这支几十人的队伍就是行署所在的游击队。但行署主任等主要领导并不在死者中,估计他们已经安全突围了。但他们此刻会去哪里呢?南去吴尚,有独七旅等部严密防守;向西是日军的地盘,更不可能;只有一条出路,撤往根据地方向去了。他们这一走,自己和林峰与新四军总部的联络就中断了,这条线在如此重要的时刻,决不能断,必须尽快恢复。

他正准备借故前往吴尚,却不料黎星源先打电话来召请。于是赶紧安排了军务,率了一个排做卫队,快马加鞭赶赴吴尚。他进了城,没有去黎星源公馆,而是先折道都天行宫去找林峰。林峰正在接受三十三师本部的指令,开始焚毁一些重要的往来电文和文件,以防战事突然措手不及。这庙内硕大的圆鼎香炉内,浓烟滚滚,士兵们守在炉子的四周,忽然看见程兴柱进了庙门,立即齐刷刷地敬礼问候。这里头有一半是六纵派过来帮忙的人。

程兴柱找到林峰,告诉他,游击队以及行署在城北遭遇敌军,陷入重围,损失惨重,大概只有两三个领导幸免于难,撤往根据地去了。他必须利用城内地下组织重新跟总部接上头,否则,关键时刻没有上级的指导,很难把握。

林峰叹口气,这次游击队误陷重围,是吃了情报传递不及时的苦头。倘若能够及早得到通知,或向西去程兴柱驻地,或向东靠拢根据地,都不会有这样惨痛的损失。他将尽快通过手里这条线,跟上面取得联系,并要求开通电台,以便二十四小时传递、接受情报和指令。

程兴柱在都天行宫逗留了约摸半个钟头,转而赶到了黎星源的公馆。黎星源开门见山地告诉他,可以再扩充两个团的兵力,武器直接从南官河码头一个秘密仓库里提取,这批物资,是他历年来积攒下,用作不时之需的。眼下要派上用场,自然是好钢用在刀刃上。假设把这两个团的建制算上的话,六纵队近万人,算得上是苏鲁皖的第一劲旅,跟日本人较量还是拿得出手的。

程兴柱避重就轻,先表示感谢,然后报告说正在开挖堑壕,该灌水的灌水,该置备火力的置备火力,加固了主要工事,调整了兵力部署,就等着动手了。

黎星源对这些琐碎的事情倒不感兴趣,让他派干员在驻地和吴尚之间寻个地方用来屯驻训练这两个团的人,算作是预备队,可以分批地补充到各部去。他摆出恳切的姿态来,拱手说:"外面都谣传你是共产党,我倒不以为然。是又怎样?不是又怎样?你首先是我苏鲁皖第六纵队司令,是不是共党分子,都得打日本。我绝对相信你不会做临阵动摇的懦夫。"

程兴柱笑了笑,说:"感谢总指挥的信任,我们做部下的,在前头冒死出力,无非是为了党国,为了长官。这往下的局面,是战是和,都没个定数。二位总指挥的心思,卑职愚钝,难以猜透。但是军令如山,谨遵不怠。"

黎星源微笑道:"你这是在暗示说时至今日,我和总指挥心意未决吗?别的话我就不讲了,但有一句你听仔细了,不管日后形势多么困难,我绝不做汉奸投降日本人。你是否也要答应我一件事呢?"

程兴柱挺起胸膛,说:"总指挥这句话,卑职谨记着。但有吩咐,绝对服从。请您示下。"

黎星源伸出手,按住他的肩头,说:"日后不管形势如何,你必须跟着我。我若有意志动摇的举措,请你动手取我的首级向重庆方面请罪。人人都说你是共党分子,我也有几分相信。但看在抗日大业上,请不要弃我而去,弃苏鲁皖众弟兄们而不顾。"

他说出如此的重话来,不由得程兴柱不感动。他眼中油然湿润了,站起身来,向他行了一个军礼,说:"总指挥的话,我一字不漏地都记在心里。为抗日计,为总指挥计,也为苏鲁皖众兄弟计,我愿意跟随总指挥,誓死效力!"

(五)

黎星源单独召见了程兴柱,黎星斗在公馆里听黄参议汇报之后,抚膝长叹:"这一仗总指挥是铁了心要打,不打不行。临阵之际,鼓动猛将替他效力,是必须的做法。六纵是苏鲁皖的头等劲旅,打得好可定吴尚的平安,打得不好,吴尚危在旦夕。这件事,咱们可不能落了后,从江南新购的那批装备,抽调二十挺机枪,迫击炮六门,以保安司令部的名义送到六纵去,用行动说话,支持程兴柱。"

黄参议点头,小心翼翼地又问了一句:"大战将至,不知道对那些南京方面的重要人物如何安排,是逐是留?"

黎星斗笑笑,说:"旁人都不管他们,我何苦做恶人?你派人名义上保护,实为监视,看紧他们就是了。翻不了天的。"

黄参议呵呵一笑,探出他的底线,便不再提此事。吴尚地区,以及苏鲁皖游击部队、各保安旅,人人皆知,要跟日本人硬干了。城里不少老百姓自发地送了布鞋、鸡鸭到军营去,几户巨富人家也纷纷再度捐出银洋来。只李西沅闭门不出,半文钱也不吐。黄参议此刻不去惹他,只在造账册时留下一笔,写了这个吝啬家伙的嘴脸。

目前,南京或者也可以说是苏州方面委托的事情,因为局势陷入了僵局。黄参议决定以执行黎星斗命令为由,去绿杨旅社旧地,拜访这位徐老先生。旅社伙计告诉他,老先生自打来了之后就待在屋子里,很少出来露面。不过,他的随从倒是不少,里里外外地将他伺候得无微不至。黄参议又打听猪鬃商人的踪迹。伙计压低了声音,笑嘻嘻地说他走了,腾出房间来给这位老先生,顺带着连那个女伴儿都让掉了。黄参议愕然,这倒是让人意外,这个刘云葫芦里卖的什么药?敢情客房和女人都不是他的,都是他预先给别人预备的?

他带着好奇上了楼,礼节性地敲门。里面传来那个女人的声音:"是谁啊?"

黄参议自报身份。门吱呀一声开了,只见徐老先生坐在张靠椅上翻书,眼皮稍稍提起,瞅了他一眼,说:"正好,我有件事要你去办。先坐坐吧,惠芬,去给黄先生倒杯茶。"

女人应了一声出去了。黄参议心底窃笑,但听此老的口气,又像是使唤久了的,难道,他们原本就熟?这更加奇怪了,这女人跟刘云、跟徐老先生,到底是个什么关系?

徐老先生指间夹了张纸条递过来,说:"本地学校里有一个姓许的年轻女教员,大约二十六七岁,个头中等,相貌还算端正,就是脾气倔不肯让人。查到了,跟我讲一下。"

黄参议接过纸条来,算是领了命。这吴尚城里有一所中学,两所小学,私塾若干,查一个姓许的年轻女子,那是手到擒来不费气力的事情。他问老先生,战前在哪里做事?老者一笑,说这把年纪早就不能做事了,躲在家里享清福。这次,是多方劝说才出山来的。无非是收拾收拾这因战乱而千疮百孔的局面,为老百姓谋个出路。黄参议又说以他现在的身份,可以揣摩出多年前的风采来,不知道他当年是同盟会还是北洋政界中的要人?

老者不肯跟他这样绕圈子,直截了当地说:"都不是。我是两淮巡阅使,坐镇淮上的霆威上将军,难道你没有听说过?"

黄参议恍然大悟,原来他姓许不姓徐,许霆震这个名头还是颇为响亮的。在北平维新政府里做过第三号人物,北平和南京合流后,他代表北方势力南下赴宁,地位显赫,足以和周佛海、陈公博等人平起平坐。只是他不是原来党国一系中的人物,一时还真想不起来。他在这大战将起时跑到吴尚来做说客,甘冒危险,倒是出人意料。

老者在椅上晃悠了两下，说："二黎是铁了心要抵抗到底，还是依然三心二意？既想依靠这三万乌合之众抗衡日本人，又不愿人马耗光，想试探我们的底线？汪先生的脾气，好东西拿到就拿，拿不到，就毁掉，谁也别想得到。我看，他们不吃些苦头，是断不能幡然悔悟的。我就在这里，坐看苏鲁皖损兵折将。等到烂摊子不可收拾时，我再出来收拾说话。"

黄参议无话可说，先行告辞。出了门，将那张写有姓氏、相貌、年龄等大致情况的纸条交给随从，让他送到侦缉处安排人员去各个学校查询一遍。自己看看天色已晚，便回公馆去了。

进了公馆大门，就听到老婆和那个远房侄女儿在亭子里撒饭米粒儿喂鱼，闲聊着什么。他先招呼一下，两个女人看到他回来了，忽然就不吭气了。贾慧埋头盯着水面，似乎有点不好意思。黄太太说："她从今天起就搬到公馆里来住了，陪我解闷。等过了夏天，再回去。"

黄参议笑道："这可求之不得呢。你老一个人，时间久了是会闷坏的。有个人来陪陪，是件大好事啊。她住哪里，你安排好了，可别委屈了人家。"

黄太太笑了一声，说："她是我的亲戚，又不是你的，难道这点亲疏远近我还分不清吗？"

黄参议吩咐开饭，贪个凉意，依旧在亭子里。几杯辛辣的酒水下肚，他想起刚刚受托的事儿，便趁着酒劲儿问道："贾小姐，打听一下，这几所中小学的老师，你都熟悉吧？"

贾慧点头，说："就那么几个人，基本上都认识。"

"有没有一个姓许的，中等个子，大约二十六七岁，长相不错的女孩子？"

贾慧脸上微微变色，说："这倒没留意，似乎中学里有个姓许的，不过五十开外了。别的嘛，就没印象了。"

黄太太也警觉起来，问他查点这个干什么？黄参议说是一个老先生托自己办的事情。

"这老先生什么来历？"她们几乎是异口同声地问。

黄参议眨了下眼，说："绿杨旅社的老邻居了，托我帮忙而已。"

贾慧点戳一句："怕是新邻居吧？"

黄太太更是开门见山，追加一句："大概就是住在咱们客房里的那个老头吧？听说那个姓刘的收猪鬃的年轻人搬走了，让给他住了？"

黄参议没想到她们对旅社内外发生的事情了如指掌，不禁摇头笑道："这年头什么事情才算秘密呢？不错,是这位老先生托我查的。我顺便问问而已。"

他漫不经心地夹菜就酒,不再聊绿杨旅社的琐事。但身边的这两个女人却是惊诧和疑虑交织在一起。特别是贾慧,她决定搬到黄公馆来住,一是为了避开那个刘云的纠缠,更主要的是畏惧威胁要登门拜访的主儿。按理说,老爷子对她的下落应该是再清楚不过了,何必再假手于黄参议呢？难道,此举别有用意？

黄太太担忧的是,黄参议被老督军拉扯得太近,将自己暴露出来。她的底细,刘云不知道,林峰估计也不熟悉(除非贾慧告诉了他)。她比之于贾慧,安全些。但是,怕就怕他们谁顺着贾慧这条线找到自己。因此,趁学校放假之机,将贾慧请到公馆里来住,就是借此消除掉她在吴尚的踪迹,让外人无迹可寻。

(六)

南部旅团对苏鲁皖游击部队第六纵队的进攻,是从上午八点日头爬升时开始的。襄吉本人亲率卫队抵达前线督战。为了这次进攻,日军大本营特地从山东抽掉出藤田大队南下参战。这支部队在微山湖地区长期驻扎,有丰富的水网湖泊作战经验,并配备有汽艇。南部还特地将长期珍藏的装甲战车大队派上前线,作为开路主力,领头掩护步兵向前冲锋。

在前沿阵地,程兴柱督率部属提前赶修了堑壕水网防御体系,起了效果。日军铁甲战车被阻止在深而宽阔的堑壕前,改装在车顶的重机枪凭空里向对面目标扫射,打得地面浮尘扑腾、草茎横飞。

程兴柱站在前沿阵地的掩蔽所,用望远镜察看敌军行进的情况,命令所有的官兵都不准还击,静待其变。日军前哨部队无法向前,只好沿着堑壕去寻找它的尽头。沿着壕沟渐行渐远,拉开了一条长长的横线。程兴柱下令,预先埋伏在堑壕对面的神枪手们,瞄准各自的目标,一齐开枪。

五分钟后,但见草地里站起一个人来,挥动手上的三角红旗,只听得一阵枪响,沿河而行的日军士兵们栽倒了二三十个,有的翻下了沟壑,尸体在水面半浮半沉。那些原本挺胸而行的日本人纷纷匍匐,眨眼间趴倒了一大片。装甲车上的机枪立即报复性地扫射,但却无计可施。

又半小时后，日军的工兵部队赶到，在轻重火力的掩护下，开始铺设舟桥通道。装甲车依旧打头阵，缓缓地沿着桥面越过了这宽度已然超过寻常河流的堑壕。士兵们躲在装甲车后面，亦步亦趋。

等到五座浮桥搭成，大队的日军人马抵达，分五列纵队顺桥而行。程兴柱下令隐蔽设置的几门大炮瞄准了那挤满了人车的浮桥轰击。这小小的炮群一个齐射，炸飞了其中一座，桥上人车俱毁，浮尸累累，伤者哭喊一片。听到这边的响动，日军炮火开始捕捉方位，开始反击。这次，南部旅团不但用上了本部的炮队，甚至还从友军调用援手。炮火之猛烈、密集，远远出人意料。接近堑壕埋伏的部分六纵的士兵被炸死炸伤不少，神射手一下子折去大半。至于择地埋伏的几门火炮，也被击毁了两门。

程兴柱下令，前部回撤至第二道防线，同时放芦丁河水进入第二道堑壕，不出半小时就又形成第二道更长更深的障碍，形成了对敌军的有力阻挡。日军故伎重施，再度以火力掩护工兵开路，继续向前推进。但这次，六纵预先埋设的大量地雷起了作用。沿着敌军抵达的岸堤成片成串地爆炸，日军工兵死伤狼藉。日军攻势稍停。但后面汽车很快运来了几十只橡皮筏，从两侧下水，架起机枪边射击边向中央靠拢，企图一部分借此架设浮桥，一部分直接登陆对岸。这时候，程兴柱下令，迫击炮专门攻击水面上的浮舟，机枪火力封锁河岸。对面岸上的敌军也以火力回应，一时间打了个旗鼓相当，对峙不下。

两个钟头过后，日当正午，天空一片湛蓝，半点云彩都没有，原野间的温度飙升到了近四十摄氏度。早间战死的尸体，开始有苍蝇盘旋，空气中隐然飘荡着腐臭的气息，夹在硝烟里令人反胃。交战双方的枪声渐渐稀少，仿佛在为稍后的交火做准备。

但这平静只不过延续了几十分钟，随后日军阵地上炮声大作，几百发炮弹落在六纵的阵地上，炮弹坠落后并没有爆炸，而是开裂成几块碎片，散发出一阵淡黄色的烟雾，顺着风势向东蔓延。烟气所过之处，官兵们惨叫、咳嗽，双手掐住脖子丢开武器，躺在地上打滚抽搐。

程兴柱猛省过来，连忙招呼快用潮布捂住口鼻，敌人发射的是毒气弹。未曾嗅到毒气的人们急忙撕下布条去蘸水弄湿了，缠在脸部防护。不少因为来不及赶到附近水源的，没走几步就中毒倒下了。这次毒气弹攻击，使得苏鲁皖至少折损五分之一的兵力。程兴柱挡住忍不住想退出阵地的部下，鼓励说，鬼子不过三板斧而已，熬过去就是胜利，直接真枪实刀地干，怕他个屌！快！

快！快！跟老子杀鬼子去！

此刻虽然风向于六纵阵地不利，但是风速大，没多久毒气就过去了。程兴柱大喜，立即下令组织敢死队，趁着对方沉溺于毒气弹所带来的喜悦中时，予以反击。敢死队人人背一把大砍刀，手执德式冲锋枪，腰胯手榴弹，集结在最前沿。但等着这边仅剩的几门炮开了火，几十架迫击炮相与呼应，无数轻重机枪交叉射击掩护，就沿着先前挖开的隐蔽旱道，潜伏前行，杀入敌阵。

这是六纵的精锐，最好的武器、最充足的弹药、最勇悍的士兵，带着最凌厉的杀气，冲锋途中仅有少数人倒下，其余众人发一声喊，手中冲锋枪吐着火舌，眨眼间撂倒了大片的鬼子。他们这次反击出乎敌方意料，程兴柱率主力趁势向前，收复了先前一道被攻占的防御阵地。这一仗，从早间九点打到了下午三点多，双方死伤狼藉，血流成河，但硬是打成了平手。

二黎率卫队在六纵阵地后十里观战，看得惊心动魄，扼腕叫好。

黎星斗喃喃道："这个程兴柱，真能打，早知道就早用他了。哪里需要那样婆婆妈妈的！"

黎星源虽然高兴，但却冷静谨慎，说："胜负未定，先不要将话说满了。他们都是在徐州会战中跟日本人干过的，不可小觑。"

黎星斗除下军帽，笑道："妈妈的，看得兴起了，我带个警卫排上去，跟程兴柱一齐干上一把，出口鸟气。这闲了许久没仗打，真是闷死人啦！"

黎星源含笑道："你去六纵指挥部，但不要再上前。我这望远镜里看得清楚。只管看，不准动手，切记！"

黎星斗吆喝了一声，带着自己的卫队，沿着交通壕一路向前，赶到了程兴柱的指挥部。看见他一身硝土，不禁揍他一拳，笑道："这一仗结束，老子手下的其他部队都交给你训练，如果七个纵队都有这样的战斗力，怕他个鸟的南部旅团，就是个师团来，也不惧他。战况眼下如何？"

程兴柱指着前面鏖战的地方，汇报说夺回前沿阵地后，日本人反攻了两次，又占领阵地，我方正在反击，部队伤亡不少，目前右翼如果有援军的话，今天集中兵力有把握稳住阵地。夜里，再派敢死队夜袭，摸过去跟他们来个白刃战。大家伙儿刀法练得精熟，对破日本兵的拼刺很有把握，该拿鬼子的脑袋试试了。

黎星斗双手搓了两搓，问："夜间我代你指挥，成不成？"

程兴柱连连摇头，说："总指挥刚刚来电话吩咐过，你只管观战，不能插手。苏鲁皖的弟兄都指望着你跟总指挥呢,可别有个闪失,不好交待。"

黎星斗笑骂一句:"乌鸦嘴,老子是福将,大大小小上百次战斗都没负过伤。部队还沾了我的福气呢,在南昌城下逃过了一劫。算了,不肯我就回城去了,明天早早来听你的捷报。"

半途中,跟一个熟面孔迎面相遇,定睛一瞧,笑问道:"林参谋,你也来观战?"

林峰敬了个军礼,说自己是奉命前来观摩战事的,研究南部旅团的战力和战法,为日后在其他战场上的碰面做好准备。黎星斗拍了他一下,心中暗想恐怕是为新四军日后跟南部旅团打交道积累经验吧。但他嘴上却笑道:"你靠后隐蔽,咱们可不能让你这样的客人出安全问题。瞧瞧我,想去干他娘的一下,结果被总指挥下令阻止了。当兵的听到枪响,心里急着呢。"

林峰目送他从交通壕离开,快步赶到前沿指挥部,了解了战况后,说:"看看,还是你老哥能耐,把一支杂牌部队调教成了一支劲旅,连南部旅团这样的甲等部队,也顶住了。"

程兴柱咂了下嘴,说:"别的都好,就是鬼子的毒气弹厉害,光这一样,就让我部千人失去了战斗力。这伙畜生,亏了这里是水网密布,水源随手可寻,不然,整个部队怕是要垮掉了。不成,夜里得狠狠地教训他们一下。我这里有个连是由老西北军的人组编的,人人刀法精熟,夜里摸过去肉搏战,狠搞他一下子。这次夜袭,我亲自指挥。"

林峰听着眼馋手痒,恳切道:"那,我也跟去瞧瞧。我的刀法一般,但拼刺还可以。那年守邮城时,我亲手挑死过日本人两个曹长、五六个士兵,战绩还说得过去。"

程兴柱摇头,说:"你就在我指挥所歇息吧。明天天亮了,再明刀明枪地跟鬼子干。"

林峰哪里肯,说道:"我这次来,是行使总部提出的保护你的职责,这支队伍有实力,你是主心骨。你可不能有闪失。我必须寸步不离!"

程兴柱无奈,便没有坚持,说:"那,你必须跟着我寸步不离。"

林峰大笑,一口应承下来。

俩人走出掩蔽所,找了点瓜干酒就着两块风干肉脯,一包花生米,边喝边聊,等候时间。下面的敢死队重新编排,有近战特长的官兵们,分成了八个小队,每队设队长一名,队副两名,以便随时替补。每个军官士兵都发两个鸡蛋、两个馒头、二两烧酒,蘸了盐酱就着下肚,养精蓄锐。

对面的几百米外,隔着堑壕是日本人新修筑的简易阵地,沙包装填了泥土,垒成了一字长蛇,架起机枪警戒,再往后的宿营区,遍地是搭起的行军帐篷,士兵们席地围坐在一起吃喝。一天的鏖战令他们倦态横生,昏昏欲睡。

这会儿,旅团长南部襄吉中将正在距离前沿阵地八里外的神女庙召开军事会议,检讨白天的战事,下令炮兵重新集结,等扬州方面的增援部队抵达后,组建成一支达到师团规模的炮兵群,形成对于苏鲁皖方面的摧毁性打击。另外,他和航空十四联队联络,请求明天上午九点整,派遣轰炸机群抵达战场,从空中打击苏鲁皖的防御纵深。各步兵联队必须冒死进攻,对当面这支顽强之敌予以沉重的教训,力争此战过后,重创乃至全歼该部,令敌军其他部队胆寒,不敢再做无谓的抵抗。

(七)

与此同时,南京汪伪政府要员们云集在新成立的军事委员会里,关注江北吴尚的战事进展。一辈子很少穿军装的汪精卫,全身披挂,清秀的面目中平添了几分杀气。秘书拿着刚刚从日方参谋部转抄来的战报,向他汇报:

今天南部旅团正式开始对吴尚守军展开全面进攻。当面之敌的番号为苏鲁皖游击部队第六纵队,该部号称二黎麾下第一劲旅,司令程兴柱,大学生,参加过国军,队伍溃散后拉起一股队伍,投奔了黎星源。他的政治面目不清,但有明显的亲共倾向,其部队也被怀疑有共党组织渗入,士气旺盛,装备精良。二黎对他们表面上恩宠有加,暗地里小心提防,利用其守卫西北部,屏障日本人的进攻。今天,激战一个白昼,证明传言非虚。由于此地水源丰富,再加上风力较大,日军的毒气弹未能起到关键作用。双方攻守相当。日方损失近千人,估计对方伤亡近三千。南部中将正在部署下一步的进攻方案,力图从根本上歼灭或摧毁该部的实力,为南京政府招降二黎的计划,打下牢靠的基础。另据有关情报显示,吴尚城内有新四军地下组织活动,名为三十三师驻吴尚办事处的代表林峰,实则共党嫌疑很大,曾经参与谋划数月前独立七旅兵败。现在,在吴尚地区活动的共党游击队,误入小野联队的防区,根据缴获的电台文件,共党吴尚地下行署也在其内,除少数主要头目逃脱外,悉数被歼。

汪精卫默默听完,转而去看地图,心情矛盾。他属意苏鲁皖这二万人马,已不是一天两天的事情了,特别是这次在一个白昼里能够和南部旅团斗了个旗鼓相当的第六纵队,令他眼馋。可是二黎却要凭借这支部队跟日本人抗衡,不肯来降。要他们就范,就必须折断他们的梁柱。从这个角度上看,不消灭第六纵队,就不能达成战略意图。

他叹息一声,说:"一支劲旅,白白地被日本人消灭了,可惜。不过,不借此机会打痛了二黎,他们是不会轻易就范坐下来跟我们谈的。咱们的许老督军,在吴尚可好啊?"

周佛海笑道:"好,好得很呢!听说他在距离二黎公馆不到两里路的旅社里住着,天天坐拥美人看天下呢。可不是件让人艳羡的事情?"

汪精卫笑了起来,问:"老人家有雅兴呀,还携妾出行?"

周佛海摇头。陈公博一笑,插话道:"他的如夫人是先到吴尚去的。老许是闻香访美人。"

汪精卫省悟过来:"原来他请缨出马,不仅仅是为了招降二黎,还有另外的目的。老谋深算,果然用心良苦啊!"

几个人齐声一笑。这时,大厅西侧进来个佩中将军衔的壮汉,向他们立正行礼,笑道:"在苏州听得江北炮声隆隆,我心痒得很,赶到南京来拜望主席,庆贺大计告成,胜利在望了。"

汪精卫指着地图,说:"熊主席,你来看看,我建议先打韩德勤,拿下新化,再逼降二黎的计划战果如何?"

汪记南京政府主席熊克西原是税警纵队第七旅旅长,忠义救国军第二路军司令,战败后被俘降汪,收聚残部两千多人为汪政府摇旗呐喊,得到重用。他受周佛海委托,安排旧日熟悉的黄某携妻去吴尚投奔二黎,作为眼线,是南京方面重要的情报来源之一。听说讨伐二黎的战役开始了,他迫不及待赶来南京,一是探听虚实,二是要在汪精卫的面前表功。此刻站在地图前,详细看了会儿地图,大拍马屁道:"汪主席妙计一出,这二黎安能不败?迟早是要束手来降的。我预先祝贺,主席麾下又将添劲旅了。南京政府大旗下,各方豪杰必将纷纷来聚,未来前途,不可限量啊!"

汪精卫很是受用,感慨说:"蒋某人误国,该打时不打,不该打时偏偏要硬撑,这不,山河破碎,生灵涂炭,我等也是不得已为之,替国家计百姓计,勉为其难了。但愿二黎能够理解我的苦心,来助我一臂之力。咱们重整山河,以和平换战争,是功在千秋的大事啊。"

众人齐声应和称是。熊克西又去看了战报，说："这程兴柱的六纵解决了，一切就快了。在下甘为马前卒，替主席去一趟吴尚，我在那里有不少朋友，盼望您也是很久了。"

汪精卫说："许老督军已经在吴尚静候局势变化了。二黎对他是既不见面也不逐客，大家都心照不宣。等着这一番交手后的结局呢。到时候，你可以去吴尚走走，做我的私人代表。许老是政府代表，你们一公一私，配合起来肯定是相得益彰了。"

熊克西受宠若惊，连声说："能够代表主席私人去吴尚跟二黎见面，是我的荣幸，定当不辜负主席的重托！"

周佛海也笑道："熊主席做这个私人代表是最佳的人选。主席英明。"

陈公博却冷不丁抛出一句话来："可是，窦雪广窦主任呢？他跟黎星源私交很好，他去的话，方方面面都好说话。而且这次我派干员去吴尚，持的就是窦主任的荐信。"

他这样一说，倒让汪精卫踌躇不定起来。从实际情况看，窦雪广的荐信确实起了作用，但窦某人的地位是个障碍。以他的声望，不足以显示出南京方面的诚意，而许督军是昔日里全国闻名的人物，他当年割据两淮，游离于直奉两系之间，拥兵自重不肯俯首他人，虽最终兵败于北伐军手下，但也是黯然下野的枭雄。日本侵华战争发动后数年，他瞅准了形势才出来押宝在日本人这边，先去北平，再南下就职，其名望足以代表南京政府了。

汪精卫稍作思考，便拿出个两全之策来，吩咐陈公博让窦雪广再写一封言辞恳切的劝降信，表面只讲昔日的故旧情分，以情动人，暗地里示之于势晓之以理，对黎星源有所触动就行了。

陈公博无奈，不便再坚持，应承下来。

（八）

正当南京方面认为战事已经稳操胜券，开始密商招降事宜时，吴尚方面的战事却不是他们想象中那般顺利。

夜半时分，月色清朗，田野间清风习习。八支夜袭小队静坐在宽达十余丈的堑壕边，等候堑壕内蓄积的河水从南北两侧新开的几十处缺口向附近干涸的池塘、水渠、河道流淌干尽，然后在堑壕底部铺上木板，悄然穿越。到达彼岸后,他们根据地面的标志,揭开伪装物,找到了通向日军宿营地的地道入口,鱼贯而入,直趋敌营。大约在凌晨两三点时,汪精卫、南部襄吉等一干要人分别在各地不约而同地进入梦乡时,一场意料之外的杀戮开始了。

夜袭队从隐蔽的地道出口出来,先将附近的日军岗哨摸掉,然后按照预先定下的目标,八个小队分头齐动,悄无声息地进入敌营。先头几个穿着敌军军服的人趁其不备,将露天里席地而坐的士兵干掉,掩护后续的人手撩开帐篷,对里面熟睡的官佐们动刀,一时间犹如砍瓜切菜一般,酣畅淋漓。

担任警戒的巡逻队万没想到,敌人会摸到身后的营地里发动袭击,闻声赶回来,两下里交火。敢死队仗着出奇不意的优势,照旧是见人杀人,巡逻队开了几枪,又怕伤及自家人,受形势的挟制,只能拼命地吹哨唤醒那些睡得死沉的官兵们。

这边的枪声,引起了后面军营中驻守日军的警觉,纷纷提枪整队,赶过来增援。这边夜袭的六纵官兵,也不与之纠缠,近的就以大刀玩白刃战,稍远的就用驳壳枪扫射,手榴弹招呼,总之,打光身上所有的弹药后才撤退。

日军营房里一片火光,众人乱成一堆,鬼哭狼嚎,谁也料不到对方竟能如此神出鬼没,根本无法组织抵抗和追击,白白损失了几百人后,这才稳住阵脚。可夜袭者已然消失,无迹可寻了。

这一战,成果辉煌,程兴柱和林峰都随队出去耍了一趟,各自斩杀收货颇丰。他们回撤过堑壕后,下令放水。顷刻间,汹涌河水倒灌进来,再度将坦途变成了险阻。程兴柱有些懊悔,应该将鬼子耳朵割回来,好算清对方的损失。

粗算起来,杀敌约五百多人,缴获官佐军刀七把,军旗一面,武器若干。天亮时二黎驱车赶来,先行祝贺,随即向重庆、三战区、省府报捷:苏鲁皖游击部队第六纵队等部,经一天一夜激战,痛歼日军南部旅团近两千人,毙杀佐级军官多名,战绩斐然。消息一经传出,整个吴尚城乃至江北平原都欢欣鼓舞起来。

经此夜间重挫后南部襄吉急匆匆赶到前线,从望远镜里眺望远处的第六纵队阵地,冷笑良久。他下令召开军事会议,将损失惨重的部队全部撤下去重新整编,后面的预备部队调上来接管阵地,并再度和空军联络,将原定的轰炸计划延迟四十八小时。与此同时,他下令新化方面的小野联队向西进攻,先行攻击当面之敌,调动敌方的军事部署。

小野联队奉命向独七旅发动进攻。第一轮攻势,就将独七旅前沿阵地拿下,第二轮攻势,将独七旅的一个团全部消灭,独七旅稳不住阵脚,向吴尚方面败退。幸好独八旅一部及时增援,两家合二为一,才勉强挡住了小野联队的进攻。黎星斗赶往城北地带督战,但两个保安旅已然抵御不住一个日军联队的冲击,连连后撤。无奈之下,黎星斗只得乞援于六纵,调一个团从侧翼进行反击,将小野联队前锋击败,乘胜向北十余里,重新占领了丢失的部分阵地。

黎星源急调南边的守军北进,卫护六纵的右翼,全军总动员,准备对南部旅团作全力反击。全军正在集结,大部分均已到位,准备由六纵领头,形成尖刀之势捅破日军防线,其余纵队从左右包抄,对当面之敌形成分割包围,聚而歼之。

这时,突然有紧急军报抵达,原驻江阴的日军山本联队今天清晨,分乘多艘船只渡过长江,已在墟口镇登陆。原驻墟口沿江防卫的部队,已然调往主战场,吴尚的南面留下了巨大的空缺,形势危急。黎星源心中焦急,急令部队回防,抢占关键地区先行拒敌,等西边战线告捷,再图歼灭该股来犯之敌。

次日上午八点,二黎抵达前线,下令全线反击。苏鲁皖部队同时向南部旅团发动进攻。六纵一马当先,越过障碍向日军阵地冲击。不出一个钟头,已经占领日军前沿阵地。正待继续向前扩大战果,这时,南部旅团在第二道防线后面设置的强大的炮兵阵地突然开火。

这支炮兵部队有备而来,弹药充沛,齐射不断,不出半个钟头,就将六纵的几门大炮摧毁,将攻上本部前沿阵地的六纵先头部队全数炸光。又二十分钟,日军第十四航空联队的轰炸机在战斗机群的护送下,抵达战场,重点对六纵阵地以及运动部队进行狂轰滥炸,并作贴地扫射。六纵霎时间伤亡惨重,不得不放弃所占领的敌方阵地,后撤回来。

南部旅团在火力上占据了压倒性优势之后,毫不放松。第一轮轰炸结束后不过半个钟头,第二波的进攻又开始。新的装甲车队投入了火力协同作战,掩护着工兵铺桥,步兵向前推进。第二批日军飞机从扬州军用机场飞抵战场只用了不到十分钟的时间,继续执行空中压制任务。

在这样具有陆空优势配合的敌军猛烈攻击下,擅长阵地战对抗的六纵损失极大。程兴柱被弹片击中,左臂受了重伤,犹自死战不退,想再度组织反击。但林峰竭力阻拦,在这样具有压倒性火力优势的敌人面前,死战硬拼是没有用的,必须保存有生力量,才是正确的方法。程兴柱头脑稍稍冷静下来,命令前沿部队交替掩护逐次撤退,向后方预设阵地转移。他要了黎星源的电话,请求后方增援,补充兵力和武器弹药。

黎星源正在后边观战,情况一清二楚。昨天的胜利喜悦此刻早已荡然无存。他同意了程兴柱的后撤请求,派了两个团接应他们。然后下令在城西十里铺召开军事会议,商量目前急转直下的恶劣形势。程兴柱所部退却到了十里铺稳住阵脚,重新部署兵力。盘点之下,九千余人的部队,剩下不到五千,两天一夜的激战,折去了大半的兵力。他战前有败绩的心理准备,但却没想到损失会是如此惨重,忍不住流下泪来,说知道不该硬拼,可是有什么办法阻止鬼子呢?总不能白白地将吴尚送给日本人吧?林峰安慰他说,这一战,南部旅团也损失不小,虽败犹荣。目前硬仗是打完了,下一步就要考虑改打游击战了。再硬拼下去肯定不行。

程兴柱问他有没有组织上的指示。他摇摇头,告诉他行署遭遇了敌人之后,电台损坏、人员失踪,城里的地下组织只能派人出城向东去根据地寻找总部,汇报这边的情况。但路途遥远,一时半会儿还难以联络上,眼前只能靠自己了。

南部旅团前哨部队尾随后撤的六纵追击,在刁庄和对手的断后部队短兵相接,展开了白刃战。前天夜间偷袭敌营的那支敢死队,约摸两个营七百余人,被委以掩护全军撤退的重任。这次又使出了威风。他们当中不乏刀法专家和拼刺高手,一经交锋,趁着两股人马绞缠在一起的便利,大开杀戒,到处是日本兵叽里哇啦的哭喊声。肉搏战大约持续了一个钟头,枪声寥落,日军大队死伤二百多人,后撤下去。敢死队也不穷追,象征性地放了几枪后,回身追赶大部队去了。

这次殿后部队的凶悍战力,让误以为六纵已然溃不成军,再难组织有力抵抗的日军大感意外。南部在旅团指挥部得悉前锋部队败绩消息之后,恼火异常,正想调动骑兵大队出击。这时,南京参谋本部来电,鉴于目前军事攻势的战果辉煌,特令停止进攻,善后事宜,由参谋本部以及南京汪政府协调实施。他丢下电报,知道军事进攻奏效后,政治招安的手段要派上用场了。好在,本部完成了战略意图,全军可以就地驻守,调整休憩了。下一步的行动,要看吴尚城中那两个司令官的态度了。

（九）

吴尚城外的枪炮声，超过了节庆时通宵的鞭炮爆竹声响的十倍、百倍。城中的居民们心情也随着战事发展而跌宕起伏。先是听到六纵和敌方势均力敌，稍稍心安。然后听说六纵打败日本人，顿时欢欣鼓舞。但第三天，望见天边飞来飞去的日军飞机，听到了远胜往日的炮火和爆炸动静，又悬起心来。最后，前方失利的噩耗传来，部队损失大半，正在撤回。整个城里便一片唉声叹气。不断有人离城去乡下投亲靠友，以免在战火临头时送掉性命。

贾慧搬进了黄公馆，这中间，她悄悄去都天行宫找了一回林峰，偷偷告诉他自己的藏身处。林峰觉得这样也好，老督军、刘云这一老一少，都不是良善之辈，能避则避。但黄参议这边也得小心提防。

贾慧和黄太太在院子里静听着城外交战的动静，暗暗替林峰担心。前线败绩传来，黄参议回家时，脸上竟漾起了欣喜轻松的笑意，以事后诸葛亮的口气声称，早就知道了二黎梦想利用武力来抗衡日本人是根本不靠谱的事情。无数次交锋的结果明明摆在那里，多少中央军嫡系劲旅都打不过日本人，上海、南京、武汉、长沙，几次重兵集团对抗，都落在下风。这下仗打完了，二黎的指望也算完蛋了。下一步只有议和，白白搭进去多少条人命，换来的还是和谈。这吴尚弹丸之地，无处可走。除了投汪，再无第二条路可走了。

黄太太是个夫唱妇随的女人，觉得丈夫的话有道理，打不过就讲和算了，自家的富贵不断就成。而贾慧到底是个知书识礼的女性，又受了林峰潜移默化的熏陶，所以对黄参议嗤之以鼻，说打不过就投降，那么重庆政府早就没有了。若是蒋委员长跟日本人讲和，哪里还有汪精卫的份儿？这岂不是南京方面自相矛盾的说法。不久前听说长沙打了一个大仗，日本人也没占到便宜啊。她就不信，区区这些日本人能把全中国都占了？老天有眼，多行不义必自毙。

黄参议笑了笑，说自己原先比她还激进呢，但眼下形势如此，谁能有回天之力？贾慧反唇相讥，眼下形势如此，日后形势如何呢？未必永远都是日本人占上风吧？黄参议却说日后的形势，也要根据眼前的形势判断。从现在往后瞧没有出路了，只有走和平救国的路线，少死些人，老百姓休养生息，比什么都好。

贾慧却不信，日本人占了偌大的中国，哪个地方是太平之所？他们草菅人命，为所欲为，拿中国人不当人，与其日后被慢慢折磨死，还不如当下痛痛快快地跟日本人干一场，虽败犹荣。在这点上，林峰是条汉子。

黄参议笑了起来，说："你中林参谋的毒太深了，他是共党分子无疑。你以为新四军是真心抗日？看不出是别有企图吗？"

贾慧却为林峰辩护，他是不是共产党自己不清楚，但他明摆着的身份是国军三十三师联络官，是堂堂的党国军人，眼下他不会躲在城里议论投降，正在前线浴血奋战呢。

黄参议碰了一鼻子灰，但也不生气，摇手说："算了，不争辩了，有些事情你们女人是不懂的。走着瞧吧。"

此刻，正是天色将暗时，酷热无风。他草草地吃了一小碗米饭，啃了一根鸡大腿，准备出门办事。这时，门外有卫兵吆喝一声："什么人？"

有人答应道："老朽姓许，是黄处长的朋友，来登门拜访的。"

黄参议听出了来者的声音，油然脱口道："督军来了，这么晚他来干什么？"

与他几乎同时听出来人口音的黄太太和贾慧同时脸上失色，不约而同地站起来，转身便走。她们离开凉亭，沿着曲折回廊向屋里走去。

外面的来客许老先生刚刚踏进一只脚来，抬头望见了这两个女子远逝的背影，稍一愣神，却似乎又不敢确定，自嘲了一句："人老了，眼花了，看人看物都是旧时的景象。"

黄参议赶上前去招呼，说："还劳老先生屈尊光临寒舍，真是过分。该着我去拜望您才是。"

许老先生摆了下手，笑道："尘埃落定后，我才出来呢。不过年纪大了，一个人出门不方便，还得累人搀扶，真是麻烦。"

他身后门角处转过一个娇媚的丽人来，笑吟吟地说："你这一路上，比我快多了，还说我搀扶你呢，岂不是笑话？也怪我穿了高跟鞋，在石板路上真不受用。"

她踏地有声地走进园子，惊讶道："这地方真不错，有假山、池塘，夏天肯定好避暑。那旅社里，靠一张吊扇吱吱呀呀地转，让人睡不好觉。"

许老先生似乎觉得她这样说话不礼貌，示意她过来搀住自己，去凉亭上吹吹风，然后问一句："家中女眷这大热天的，别闷坏了，一起出来乘凉吧。"

黄参议念起妻子的叮嘱，便笑道："贱内身体不适，让她的侄女儿照顾着呢。都是不见世面的人，上不了台面的。"

许老先生微微颔首，说："吴尚的战事告一段落了，接下来是坐到谈判桌上的时候了。我需要一部电台，直接可以跟南京方面联络。你代为办理，密码本是汪先生亲手交给我的。吴尚的事情，他极为关注。临行前，周佛海也跟我提到你。不简单，办成了这件大事，后面是一条光明坦途，可期可许呀！"

黄参议立即答应下来，他在饭店老板那里有一部定期开机和苏州方面联络的电台，使用不算频繁。这时候拿出来给老先生作为专用电台，是说明他们已经成为一个整体了。那个刘云，自从来侦缉处拜访之后，就再难发现他的踪迹了。侦缉处的手下们四处查询，却没有结果。他对此颇为好奇，便低声问了一句。

许老先生面无表情地嗯了一声，双手扶住拐杖，说："他不参与谈判，随他去吧。谁有心思理会这些闲人？"

黄参议不经意间，瞥见他身旁那个女人脸上飞快地掠过一丝鄙夷的笑意，这笑意稍纵即逝，本以为无人觉察，却不料被黄参议刹那间捕获到了。

黄参议不动声色，接了许老先生的话，说："是的，我随便一问而已。眼下形势如何应对，需要在下做什么，请一并明言。"

许老先生说："你尽快安排我和黎星斗见面吧，他这次怕是巴不得要跟我碰头了。"

黄参议答应道："我明天一早就去晓光寺跟他见面，今晚，他要去黎星源公馆商议军务，怕是不方便找他。"

许老先生冷笑道："军务？败军之将还敢言勇？我出马，就是打消他们最后一点幻想，最后一丝顾虑的。天下大势如此，螳臂挡车之举，是自不量力。你们苏鲁皖这几万人马，命都捏在老夫的手里呢！"

贾慧和黄太太一直密切注视着凉亭里的一举一动。黄太太被老督军唐突来访吓得失魂落魄。幸好贾慧已经有了心理准备，虽然紧张却不慌乱，半架半搀住她拖进了屋去。

此刻细看情由，暗自思索，她猛然间明白了一件事，悄声说："那女人是他的，不是他的。"

黄太太听懂了，啐了一口："这小子，作孽呢！"

贾慧顿时红了脸，恨恨地骂道："真是个畜生！"

眼见着黄参议送客，屋子里的两个女人又出来，在凉亭坐下，摇扇驱赶着蚊虫,佯作陌生,问这一对年龄相距悬殊的男女是什么来历。

黄参议竖起拇指来,说那老者就是赶走了刘云并取而代之的许老先生。那女人嘛,是他的侍妾。黄太太脱口说难道这姓刘的之前是背了这老头子私通他的小妾?黄参议点头说大致是这么回事。但有一样不明白,老先生似乎对这女人并没有痛恨不满。旅社伙计说这一老一少两位男客先后住同间房,唯独这女人没变,难不成他们之间达成了默契?

黄太太愈发地觉得匪夷所思,以老督军的脾性,怎么可能?他当年是何等暴虐的性子,碰上这等事,早就拔枪将那小子和这女人毙掉了。这些年未见,他容貌未改,难道性情发生了翻天覆地的变化?

贾慧的羞怒渐渐不能把持了,转身走出凉亭,站在那端的廊檐下,说:"管他呢,这些人本来看着就古怪,不像正经人。咱们再说,就更没劲了。"

(十)

第二天一早,贾慧就见到了劫后余生的林峰。在日军铺天盖地的轰炸中,他的左肩、后背都负了伤。贾慧有些心疼地摸着白色绷带,劝他别往心里去,胜败乃兵家常事,休养好了,重新来过。

林峰苦笑说再打怕是难了。这一仗结束,吴尚估计是守不住了。二黎只剩下两条路,或走或降。他来这里,是想跟她郑重地商量一下,吴尚已不是久留之地,前途渺茫。不如她跟他离开,去东边。

"去东边?"贾慧重复了这三个字,问,"是去投奔新四军?"

林峰点头。贾慧却觉得这个提议太过唐突。她对共产党、新四军的了解仅限于传闻。她站在水榭曲廊里,踌躇再三,还是婉拒了林峰的要求。跟他离开吴尚之后的日子,是无法预测的生活。在未知的环境里,和陌生的一切打交道,这几年在吴尚的安稳,使她不愿意再去漂泊无定了。再加上眼下跟黄太太住在一起,她是她天然的盟友,又有黄参议这层关系的庇护,她还想在吴尚周旋下去,不到最后关头,绝不离开。

林峰心中失望,他的担心如今变成了现实。从根子里说,她没有真正倾心于自己,从面子上看,她对于参加革命成为同道中人,有着天生的隔阂。可是,对于一个女人,他还能有怎样的奢求呢?期望她跟自己一样舍生忘死地去跟敌人战斗,建功立业?他叹息一声,转身欲走。

但贾慧叫住他低声说:"老爷子昨晚来过这里。我们及时避开了。他跟黄参议谈了什么不清楚,但是,似乎他们之间早已熟悉。"

林峰恍然醒悟,握了一下她柔软的手,道声珍重,转身离去了。贾慧的提醒表明黄参议也是一个和南京方面存在着千丝万缕牵连的投机角色。老督军是南京汪政府的中枢要人,又有北方势力全权代表的身份,住在吴尚城中,摆出一副姜太公钓鱼的姿态来,看似胸有成竹,其实应该是他在吴尚有内应,这个内应角色,一直隐藏很深,不轻易被人发觉。昨天,这个人得悉了前线军事上的挫折后,公开地亮出了姿态。如果这个推断成立,那么苏鲁皖游击部队和汪伪、日本人的关系,从军事对峙走向谈判桌,已是无法挽回的趋势了。

面对这样新的形势变化,该作如何应对呢?去往根据地的交通员还没有消息,也不知何时才会有消息。但没有上级的指示,或者在等待上级指示的日子里,他们还是要将工作做下去。其中最重要的一点,就是力求延迟并阻止南京方面的谈判。以免他们做出让步,结成城下之盟,成为万人唾骂的汉奸。

但这件事,他自己一个人无法做主,还必须跟程兴柱商量。此刻,程兴柱在城西十里铺补充了两个团的新丁,重新部署了防线,并派出小股部队对日军进行夜间袭扰。黎星源特地到他的军中,送来一批武器,叮嘱他小心,持重待援。他和黎星斗已经联名向重庆方面、三战区急电求助。但目前,不止是苏鲁皖游击部队一家在和日本人交手,目前在三省之地,日本人集中兵力汹汹而来,意图明确,无论是国军还是新四军,都陷入到苦战当中。据悉,新四军军部已经突围离开盐城,正在向北转移。最严峻的时刻,就在当下。

程兴柱问黎星源,是否存在跟日本人或者南京方面谈判的可能?黎星源说有谈判的可能,谈判也是军事策略的一部分,可以拖延时日,可以麻痹对手,是必要的政治手段。程兴柱笑了笑,又问道:"总指挥,苏鲁皖有没有易帜投靠南京方面的可能呢?"

黎星源神色凝重地摇头,说:"苏鲁皖绝不会投降日本人,战至一兵一卒,决不投降。我承诺过你,一旦发现我企图投降,你随时可以取我的项上人头,向重庆方面请罪。"

程兴柱听他再次承诺,稍稍放心,送走他后,随即开始重整军备,意欲再度和南部旅团交手。这时候,林峰到了,俩人走进帐篷屏退卫兵,悄声商议了一会儿。程兴柱对于林峰所带来的消息并不怀疑。黎星源亲口许诺不会投降,谈判只是手段不是结果。但结果如何,心中也不能确定。林峰建议,密切监视可能的谈判进展,如果苗头不对,先行出手将敌方谈判代表刺杀,阻止并破坏掉可能不利的结局。程兴柱想想,觉得他的担心和应对手段值得一试。林峰建议他不要长期住在军中,应该经常回城,便于探听情报,关注局势的发展,也便于迅速制定实施刺杀计划。必要时,甚至可以以兵变来达成目的。

他们相约关键时候以暗语在电话里沟通,然后匆匆分手,以免被他人的耳目盯上。回到都天行宫,林峰发电报向三十三师本部报告了战后吴尚城内的最新动向。本部回电,目前三战区是日军重点进攻的目标。各部均遭受攻击,激战正酣,已然无法对吴尚苏鲁皖等各部给予军事上的援助。为谨防不利的结局,他可在必要时率联络处撤出吴尚城,改去周桥镇第二十一保安旅驻地,密切监视吴尚、新四军、日本人及汪伪的动向,及时向本部和三战区汇报。林峰明白这不利结局的含义,就是二黎投靠汪伪、替日本人效力,转过头来对付仍在抗日的同胞。

林峰已然心生杀机,杀机一动,便再难止住了。

第 七 章

（一）

二黎欲走和平路线,投汪降日的风声,在吴尚城内街头巷尾流传开来,又随着这城中聚散的过客传播到了更遥远的地方。隐藏在吴尚与外界联络的多部电台,也正以无比快捷的速度向各方传递。一时间,上至重庆下到战区、省府,都有耳闻。随后各处的电报又雪片般发来苏鲁皖指挥部和保安司令部质询这一流言。

诸事皆没有开端眉目,却惹来这样的名声,二黎心里郁怒无比,特别是黎星斗,拍桌子摔杯子怒骂。说自己拼着性命跟日本人血战,却有人暗中搞鬼,传这样丧尽天良的谣言,真是歹毒无比!难道真的要逼着自己带着手下的弟兄们,自杀性地冲向鬼子的阵地打光为止,才算表明心迹?

黎星源沉思半天,说:"有人栽赃陷害咱们,犯不着生急。我们以苏鲁皖游击指挥部的名义,发一个誓死抗日到底的通电,也好堵死这些乌鸦嘴。"

黎星斗倒消了气,反问一句:"这电文发了,就没有回旋的余地了,大哥。"

黎星源摇头,说:"有,我还留着呢。这三万弟兄,第一条就是要有出路。我不会把出路给堵死的。"

黎星斗半信半疑。只得依他所言,着令幕下文笔,起草一份通电,在重庆方面质询后三小时,正式对外拍发。这一份电文,同时被各方势力收悉。重庆方面无语,南京方面却引发一阵骚动。

日军参谋本部与汪伪政府联络,要求汪精卫放弃收编这支杂牌军的幻想,由南部旅团会同周边各部,全力进攻,将二黎及其部署消灭在吴尚地区。眼下,日方已经是忍无可忍了。汪精卫急忙回复,这件事还是要按照预定方略办,已经通过武力达成战术目的了,目前正是不战而屈人兵的最佳时机,却丧失了忍耐,岂不是前功尽弃?眼下,南京方面的秘使已经在跟二黎作沟通了。一份分文不值的电报,无须动怒,他安抚了日本人,又急忙指令吴尚方面的代表,抓紧时机和二黎加紧接触,并在必要时出示这份日军本部的电文,以示形势之危急，以及南京政府对于他们的殷切期盼。

绿杨旅社里，许老先生收到了黄参议转来的这份电文，望望他说："你替我想法子联系黎星源见面谈谈，他是主心骨。"

黄参议无法与黎星源直接搭话，思来想去，觉得还是要通过黎星斗比较方便、妥当。于是，暗中将老先生的意思转达给黎星斗。黎星斗有些为难，他感觉黎星源不会投降日本人，但若自己出面跟对方接洽，会不会惹他生气，以为自己生了二心呢？

黄参议心中窃笑，已然将这位陷于穷途末路的副总指挥、保安司令的心思揣摩透了，他提示一句："总指挥不是通过窦雪广的荐信见过南京方面的人吗？你的面子，大过了窦雪广吧？"

黎星斗思忖再三，想出个法子来。他让黄参议立即去绿杨旅社，请这位许老先生手书一封求见二黎的信函，再由自己转呈给黎星源，首先撇干净自己的嫌疑。黄参议见他这样瞻前顾后，全不似往日里的豪爽气度，心底不悦。但也只能如此了。

可是，他人到了旅社，却不见了老头，甚至连他身边的女人也不见了。于是忙问伙计和负责守卫的士兵。他们说老先生携女人向东去了，坐着黄包车，有五六个保镖样的人前后卫护，已经走了十来分钟。

黄参议猜不出这位老先生的去向，又不愿待在旅社里久候，于是干脆决定尾随其后去找一找。这小小的吴尚城，他们能走到哪里去呢？他下了楼，率了几个卫兵一路沿街打听，走走停停，最后拐过一条街角时，竟在一处他熟悉的地方寻着了老先生的踪迹。

在贾慧的门前，老先生坐在车上向隔壁邻居打听着什么。那个中年妇女大概是告诉他，贾小姐出门多日，去向不明。老先生一脸的严峻，似乎是为这次造访不遇而心情不悦。黄参议猜不透这其中的关系，盘算了一下走过去，招呼问他怎么到这地方来了。

老先生闻声掉头，问他是否认识她。黄参议微笑说这位贾小姐在吴尚城，也算得一个名人了，有几个不认识她？老先生哼了哼，叹气说如果有几天不露面的话，她大概已经离开吴尚了。那中年妇女迟疑了一下，说有个姓林的少校，还有一个年轻人——

老先生打断了她的话，说："去都天行宫，也请黄参议陪同，一起走走吧。"

黄参议更觉茫然，同行之际，便询问他与这位贾小姐的关系？老先生冷冷地回答,这小女子跟自己有些渊源,自己也有快六年没见过她了,她在吴尚可好?

黄参议心机颇深,听他的口吻,便开始为自己的老婆担忧了。他不知道这位前督军跟贾小姐的确切关系,但从气氛和态度上瞧,看得出是来者不善。他必须守口如瓶,先保住秘密,再试探他的来意,以作周旋。于是,便虚与委蛇,笑说这么个女孩子,知书达理、容貌又美,自然不乏追求者,林参谋是国军三十三师联络官,就是其中之一。他们关系不错,应该算是在恋爱吧。但不知,这位贾小姐是不是他的亲眷?老先生点了下头,也不细说,径直赶赴都天行宫。

林峰正在煞费苦心地研究刺杀许督军的计划,盘算怎样才能做到置之于死地又不引起连锁反应,加剧形势的恶化。说实话,杀一个下野督军容易,但既不能将事态恶化,又能拖延时间,却是极难做到的。他脑子里翻来覆去地研究,正值精疲力竭的时候,忽然卫兵报告,黄参议陪同一个白发老者前来拜访。他吃了一惊,立即猜出了这个所谓白发老者的身份来。老督军来这里干什么?于公于私,他跟他之间都没有瓜葛,当年在家乡曹县,他与他的女儿交往,他认识老督军,老督军却不认识他。再者,老督军来吴尚招降的是苏鲁皖游击部队,不是国军三十三师。彼此应该是无话可说的。可他偏偏来了,他心中猜测着这不速之客的来意,以及黄参议陪同的含义,迎出门去。

只见黄参议抢先一步,拉着这老者的手介绍:"这位是许老先生,这位是林参谋。"

说话之时,他飞快地眨了下眼。林峰隐约有了点数儿,敬了个军礼。老督军上下仔细打量了他一气,点点头说:"是个军人的模样。这丫头找来找去,还是找了个当兵的!"

林峰一愣,没料到这个老头儿见了面劈口就是这么一句。这已经表明,他已经知道自己跟他女儿的关系了。从口吻上看,他似乎并没有表现出多大的恨意来,甚至语气中夹带了些失落和不屑。但林峰没有应和他的话,挺直着腰板,凝视着这个已然列入自己即将杀戮名册中的老朽,平声静气地问道:"请问老先生,您是谁?"

(二)

贾慧婉拒了林峰提出的带她去东边新四军根据地的要求后,心底陷入矛盾当中。黄太太看出了她的痛楚和不安，感同身受，轻轻地抚她的后背，悄声提议说："要不，我们先离开这里，不是要打仗了吗？咱们暂时避开，等这里杂七杂八的人都走了，再回来。"

"那——去哪里呢？"贾慧迟疑地问。

黄太太说："去苏州吧，那虽然是日本人地盘，可是形势比这边安全，老黄有朋友在那里做官，借个地方暂避几个月，问题不大。咱们走了，这里打仗也好和平也好，都跟我们无关了。现在的吴尚，只有往江南的路是通的。再不走，也许就走不了啦。"

贾慧同意了，感觉这个提议比林峰的想法更适合自己的处境。

商量妥当后，等到黄昏后天色冥暗时，贾慧悄悄地回住处去。收拾行李和必要的随身物件。草草地料理一番后，拎起那只跟随自己多年的牛皮行李箱，推门出屋，正欲从檐下穿过去院门。

这时候，忽然院墙下有个熟悉的声音笑道："许大小姐，又要出逃啦？你这回可想好了往哪里跑？离了这吴尚，哪儿才是你藏身的地方呢？"

贾慧闻声一惊，转身来看，只见刘云徐步走到堂屋门前的木凳上坐下，手执一把纸扇来回扇动，一副悠闲的模样。

她冷冷地说："这天下，我哪里都去得。用不着你担心。"

刘云摇头道："依照眼下这情形，天下虽大，也无你的容身之地。你只有留在吴尚这一条路可走，别无他想了。贾老师，不，许大小姐，无论是哪种身份，你都只能留在吴尚。在这里，把你我的账都算清楚了，日后自然是光明大道。"

贾慧放下箱子，狠狠地盯住他，说："好吧，有账就算，我们之间的账，上次没算清楚，这次可得弄明白了，死而复生，可不是什么让人喜欢的好把戏。"

刘云乐不可支，像是几乎要笑得岔气一般，倚着廊柱连连捶胸，突然爆发出一阵惊天动地的剧烈咳嗽，足足持续了近三分钟，咳得他上气不接下气，好不容易才收住口，抚胸作痛苦状说："我这毛病，就是蒙你所赐。稍一受凉就会发作。你这个狠毒的女人！那天冲我开枪的样子，真是——美极了！世上再难寻第二个。"

贾慧听他咬牙切齿地说着，突然峰回路转来了末尾那句，不觉一愣，啐了一口说："那一枪打在左胸，你怎么不死？"

刘云哈哈一笑，手指右胸，故作神秘地说："告诉你一个小小的秘密，我的心长在右边，我自己都没有留意过。这是救治我的医生告诉我的。在医学上，我叫镜像人，你这一枪打中的是镜像中的我。所以只给我留下了肺病，没能夺去我的性命。许大小姐，是上天让你这一枪只能伤我，不能害我。所以，咱们之间的姻缘没断，你跑不了，还得做我刘家的媳妇，天意已定，想跑是跑不掉的。"

贾慧顿时气羞难当，掉头便走，可是已然迟了。院门口冒出两个陌生汉子，分左右守住了出口拦住了她的去路。她转而沿檐角向旁边走，一只手探入布包，去摸出那把精巧的手枪。可是，廊柱后闪出个人来，斜刺里出手，一把将包拽走，她拿捏不住那把枪，啪的一声掉落地面，随即被那人捡起，手法熟练地卸下弹夹，将那一粒粒子弹抛落在石阶上。贾慧顿足怒骂了一句，无法可想。

刘云站在廊下又是一阵笑，说："许大小姐，故伎重施是愚蠢的，你就认命了吧。这枪不响了，帮不了你啦。你就依从了我，从今晚起咱们圆了房，我去街上买些红烛，春宵一刻值千金啊！"

他一副潇洒倜傥的劲头，飘然走过院落，站在她面前，俯首在她的耳边低吟了一句："这黑夜，我拥你入眠，再不需要阳光。"

这一句是他们欢好无间的标志，是刘云盘划已久，用在她身上最为犀利也最得力的一招。

可是此情此景下，他算错了她的心态。她不假思索，趁着这个男人的面孔凑近自己的便利，使足了气力，愤然抽了他一记耳光。这耳光响亮、清脆，犹如空荡荡的庭院里放了个爆仗，院内外都能听到。刘云猝不及防，眼前顿时金星闪耀。贾慧奋力推开他，捡起砖头来欲砸，却被他的两个手下劈手夺去。刘云如梦醒一般，抬手作势要打。但扬起的手臂画了个弧线，手掌触及她光滑的面颊时，变为了抚摸。

他怜爱地在她的脸上摩挲着，叹息说："这许多年了，我还记着咱们好时的情形。算了，让你白打了。将她捆绑起来关进屋里！"

（三）

刘云居然躲在自己的住处！这个藏身之处，真是巧妙，非但黄参议想不到，林峰也想不到，甚至老爷子也想不到。她离开这里去黄公馆暂住，目的用意是对的，但这时候贸然归来自投罗网，是巨大的失误。他抓住了她，关押在这里，想达到什么目的？纯粹是想借这地方藏身，还是利用她做诱饵，将那些与她有关的人尽数一网打尽？

她凝神关注着窗外的动静，刘云在这座小院最里面的正间堂屋里，这进房子左右两侧是厢房，彼此有廊檐相接，空隙处是院墙。这两侧院墙，通向盐商李西沅那边，高耸壁立，难以攀爬。通向李嫂的那边的墙高尚属寻常，防君子不防小人。但让贾慧意外的是，偏偏刘云会舍易取难，利用两副软梯悬挂在半空里，自如地出没于李府宅邸和自己住处之间。那李府宅深屋广，大约是难以觉察到有人会以自家后园和邻家小院作为栖息地的。

刘云自从擒获了贾慧，再未踏入这间房子半步。时而在院落里踱步，时而在堂屋里歇息，若有所思，若有所待。等到暮色微亮时，他换了件外套，悄悄借道李府出去了一趟，约摸半小时后返回时，手上顺带了只油纸包裹的粢饭，让手下送到厢房里给贾慧吃。贾慧看得真切，忽然明白过来，刘云原来是从李府进出的。他莫非已经跟那个盐商沆瀣一气，成了同伙？她愈发地感觉到不可思议，正待说话，不料院外有人敲门喊着她的名字，是林峰。

贾慧心里一急，张口欲喊，提示谨防院内有埋伏。可是身边的看守抢先一步，将她手里的半截食物就势塞入她嘴里，再用布堵上。这软糯粘连的粢饭，令她无法出声，只瞪大了眼，差点噎死。但院内的刘云等人，也不应声，拔出枪以廊柱、窗台为隐蔽物藏身警戒。

外面的林峰似乎也没有进屋的意思，高声唤了几声之后，便不再敲门。又过了约摸十分钟，刘云示意手下去院门前，从缝隙里探看虚实。结果，外面来人已经离开了。刘云松口气，挥挥手让手下散开，自己进了屋，坐在贾慧的面前，将那块布解开，似笑非笑地端详她，说："林参谋来看望你，惦记着你。可惜了，你不爱他，他做什么都是白费力气，哪怕为你死了，你都不会爱他，对不对？你爱的是我，不管我怎样对待你，你的内心深处依然是爱我的，一辈子都改变不了。"

贾慧两眼仿佛要喷出火来，死死地盯住他俊秀的脸庞，咽下了嘴里剩余的食物。这个男人所说的每一个字，都像鞭子一样抽打在她的心上，却又辩驳不得。他说的是实话。她只恨自己那一枪没能打死他，或者掉过枪口来打死自己，也就能一了百了。

刘云温柔地贴近了她，将她的双手依旧拢到身后去，边用麻绳捆绑，边亲吻她的耳垂、面颊，边悄声地说："你的脾气太暴躁了，得捆紧了，不然再瞅空打我一枪，那可就没的救了。等我忙完手里的事情，咱们就可以天长地久地守在一起了。你舍不得杀我，我也舍不得害你，我们是一对冤家，不是冤家不聚头，这辈子该守在一起的。"

贾慧被他重新捆好了，丢在床边，扭过头去默默地流泪，不愿意被他看到。林峰在院外叫门，一定是去过了黄公馆，知道自己一夜未归，黄太太肯定心中焦急生疑。他来叫门，应该能猜到自己眼下的处境吧？他如果心中有数，那么此时应该在做营救自己的准备。他细数过院中这些人，连同刘云一起算大约五个，对付他们应该不成问题。可是，万一他并不认为自己仍在家中，而是猜疑被他人绑架到了别的地方去了呢？这样一来，麻烦可就大了。

她暗自做着几种猜测之时，隔墙李嫂家正在杀鸡，那只鸡先在丝瓜架子下扑腾，被捉住后就高声尖叫。李嫂骂骂咧咧地下了刀，鸡在咽喉处的闷哼被冲涌而出的血流阻止了，只剩下尖锐爪子在砖地上细微的拨拉声。

再接着，隐隐有几下轻微柔软古怪的声响传递过来。没等她回味这声音的来由，便有几声枪响震耳。院子里扑通连声，有人操着曹县的家乡话叫喊咒骂着翻墙过来，直奔厢房，踢开门伸进枪来左右比划，等到确定无人时，才提高嗓音问一句："你是大小姐？大帅让俺来接你回去。"

贾慧如坠雾里云中，茫然失措间被请出屋子，只见院内伏尸数具，另有几个人持枪在各处搜寻未果后，扯着架软梯指着隔壁李府，说那龟孙子翻墙溜掉了，真他妈的手脚快。贾慧明白，刘云再度逃脱了一次袭击。可是，听口音和话意，来者是督军府的人，跟随老爷子日久的部属，这大帅、大小姐的称谓，听起来如此熟悉，却又恍如隔世。她叹了口气，心里清楚，自己是才离狼穴又入虎口了。

但这伙人开枪救了她之后，并没有远走，出了院门后将她扶上预先准备好的黄包车，沿街走了一段路之后，拐入小巷，看似漫无目的转了一大圈，直到中午时分才又转折回头，最后停在她住处东边的一道巷子里，从李嫂家的后角门进去了。

她内心猜疑地跨进院子。李嫂双手捧着只砂钵从厨房里出来，微笑着招呼道："贾小姐来了，今儿给你准备的午饭是炖鸡，洗洗手准备吃吧。"

贾慧嗯了一声，依照往昔的习惯去井边木桶里舀水洗手，进了房内，在自己惯常的位置上坐下，先拿起汤匙尝了口汤水，平稳住心情。这时候，她陡然明白过来那个首次从本地邮局寄来老爷子亲笔信的中年妇女是谁了。她 ·直猜测是黄太太（四姨太）所为，结果竟然是她！

李嫂安排她坐下吃中饭，那几个救她脱困的人早已走了，一声没吭。贾慧默默地喝了一碗鸡汤，吃了一根鸡腿，扒了小半碗饭，站起身来抹抹嘴，问她隔壁的事情是如何收尾的？李嫂说警察来过，拖走了尸体，询问了自己情况，自己说贾小姐出城探亲五六天了，这是座空宅。贾慧苦笑一声，借她这院墙一用，也学那些人的样子翻墙回去，将自己收拾好的包袱和手枪带出来，离开李嫂家向都天行宫走去。李嫂依照常情，只是一声笑，任由她走掉。这一夜来的脱险和遇险经历，仿佛做梦一般。

林峰正在研究吴尚地图，特别对绿杨旅社附近纵横交错的巷区，用红蓝铅笔将它们一一区分标注。谁也不明白他此举的意义。甚至还有人以为他是在为日后吴尚城破后打巷战做准备呢。

贾慧疲惫不堪地走进了林峰的办公室，倚在门上松了口气，说："你这个人，为什么还在这里？"

林峰抬眼见是她，赶忙过来，问道："你果真是在自己屋里？我没猜错吧？"

贾慧点了下头，哭起来，双手按住他的肩头，浑身颤抖。她这番失态绝非伪饰，而是出自内心。她在吴尚的遭遇，以这次所受惊吓最深，也以这次脱身最险。将她的全部尊严和矜持尽数丧失了。那个刘云，不，刘益谦，简直如同魔鬼一般。

林峰抚拍着她的后背，挥手让看热闹的士兵们走开，让她坐下，说："我疑心你在家里有不便之处，所以想了个法子，让人送信去绿杨旅社。但是，收信人刚到，你住处的枪声已经响了。我率人赶到时，院子里除了那几具陌生的尸体外，并没有新的发现。我估猜，你已经被人救走了。不是黄参议的侦缉队，就是老督军的手下。前者的可能性大一些吧？"

贾慧摇头，说："是老爷子，他的手下都操着曹县乡音呢。"

林峰这下子啧啧称奇，自己刚刚通风报讯，他已经抢先动手了，出手如此神速，简直不可思议。贾慧揩掉脸上的泪水，说："不是你通知他的。他在我的隔壁早已设下了眼线。这一算来，该当有——快五年了。我说奇怪呢，李嫂夫妇几乎是跟我同时来吴尚的。他们的戏演得真好，跟我若即若离，每天还替我代火午饭，锱铢必较。结果，哈！是老爷子派来的。我这些年就没有逃脱过他的监视。他为什么不让人一枪打死我？"

（四）

　　黄参议谋划黎星斗和南京特使见面这件事，在吴尚城内苏鲁皖游击部队众将领中，还是一个秘密。但其中多数人已经知道了绿杨旅社里暗藏玄机，那位猪鬃商人和新来者之间离奇的老少交臂，诡异的女人交接，都是酒桌上闲谈的话题。成为眼下严峻形势里众人仅有的几个有趣话题之一。这个话题，有故事、有男女、有隐私，放到太平时节也足以引人津津乐道。

　　黄参议也掺和在大伙儿中间谈笑风生，极尽香艳猜臆之能事，但一转身趁着无人之际，便向黎星斗禀报了那位受他指令暗中保护的南京特使的最新动向，并不动声色地揭示了来人的真实底细。黎星斗行伍出身，入军籍早，对于北洋旧事也知道一些。当他得知来者是许霆震许督军时，不觉笑了，说："冤家路窄，原来是他。"

　　黄参议一惊，问："莫非司令跟他熟悉？"

　　黎星斗竖起了大拇指，说："总指挥跟他是战场上的熟人，邵伯湖一战，总指挥是北伐军先锋，这许督军是孙传芳五省联军的干将，这一仗咱们把这位两淮巡阅使打得惨败，七八万人马溃不成军，他就此带着金银珠宝马不停蹄地逃回曹县老家去，通电下野了。从此之后销声匿迹。想不到多年之后，他会成为汪精卫的特使来招降咱们。这真是天道轮回，三十年河东，三十年河西，一言难尽了！"

　　黄参议叹息说现时里沉渣泛起，乱糟糟的局势把这些人都从水底翻上来了。可是形势比人强，英雄好汉拗不过天时，顺势而为是天道，逆势而为是自寻烦恼。

　　黎星斗沉思了许久，迟疑着说："这件事恐怕还得总指挥出面接洽，我出面谈，不方便，也不名正言顺。"

　　黄参议提醒一句："司令，仅仅是见个面而已，不是正式谈判。你先摸摸对方的底牌，也好和总指挥商量对策。若是强硬不见，对方或许再有新的军事行动，咱们连拖延回旋的时间都没有了，那才是麻烦。慢慢地来，争取时间是目前的紧要所在。"

　　黎星斗捻动佛珠，又想了想，说："先聊一聊是可以的，但不能去我公馆，也不能去绿杨旅社，选个第三地吧。听说你那个公馆环境不错，就去你那里。"

黄参议心中暗骂这个狡猾的家伙,嘴里却一口应承下来。他先和黎星斗商量定了时间,再通知了绿杨旅社里韬光养晦的许督军,然后一溜烟赶回家去,跟家里两个女眷商量,让她们帮着料理招待客人。但回到家时,发现黄太太已经收拾好了行李,正在等贾小姐回来,次日一早就想坐船离开吴尚。

这下子,他着了急,连说暂缓一缓,等明天晚上帮着把一件要事办好了,再走不迟。或者,这件事一成,她们根本不需要离开吴尚了。黄太太奇怪,问办什么事?事已至此,黄参议也不隐瞒,告诉她明晚约了那位前督军和副总指挥在自家公馆见面,不是正式谈判,只是家常闲聊,为免席间尴尬,有两个女人在其中周旋,融洽气氛,对促进日后的和谈,大有好处。

黄太太一口回绝,连说不能,她早已是身心俱疲,不愿再揽进这些繁琐事务。黄参议很着急,说只是吃顿饭而已,一切也都与她无关,仅仅是陪吃个把钟头,而且又有贾小姐陪着,不会烦神的。但黄太太态度坚决,不肯答应。黄参议无奈,正自束手无策时,贾慧提着包袱进了门。看到了她,他如释重负,连忙请她过来把这件难事说给她听,让她劝劝姑妈。

贾慧听说了这件事,蹙眉考虑了片刻,笑了起来,说:"姑父着急干吗?这件事好办,依着姑妈的性子,由着她散心去回避就行了。我来做陪客。不过,咱们说好了,你别说我们的亲戚关系,改个称谓就成。"

黄参议大喜过望,立刻答应了,指指她笑道:"你是小学教员贾小姐,是外人。"

贾慧和黄参议达成协议后,去了黄太太那里,直接告诉她,明天晚上宴请宾客时自己来作陪,让她先行避开。黄太太惊疑,问她为什么答应,难道会以为老爷子人老眼花,认不出她来了?

贾慧轻蔑地一笑,说:"他人老眼不花,怎么可能不认识我这个宝贝女儿呢?我改了主意,就是要堂堂正正地跟他见面。事已至此,我不怕他。但你不行,必须让一让。"

黄太太愈发地糊涂,追问缘由。贾慧便把自己昨晚回去取行李时遭遇的经过详细地告诉了她。当她听到贾慧隔壁的李嫂,竟是老督军多年来安排的耳目时,不禁倒吸了一口凉气,说:"这可糟糕,万一认出我来怎么办?"

贾慧安慰她,李嫂是本地人,只是老爷子花钱在吴尚雇的眼线而已,并不认识她。黄太太稍稍安心,但随即又害怕他们父女在酒桌上碰面后,会将自己的秘密暴露。贾慧抓住她的手,郑重地发誓,以自己的性命为担保,绝不泄露半点。

黄太太苦笑,说:"绕来绕去,还是逃不过这个老家伙。这就是命,听天由命吧!"

次日中午,黄太太指挥女佣将家中事务料理得差不多之后,离开公馆,找了处僻静的地方暂歇,等着晚宴散后,黄参议来接自己回去。安置好老婆,黄参议马不停蹄地安排晚间的宴席。这样的天气。在凉亭里设桌置酒是最佳选择。为此,他特地让人在亭子上方挂了两盏气死风灯,用来增加光线。菜肴全由饭馆订送,酒是从陈德兴酒坊沽来的老陈汤,是吴尚一带极上等的佳酿。美酒、佳肴,又有贾慧这样的美貌女子相陪,想来,今晚的宴席一定是主宾融洽,尽在掌握中了。

他预备停当,又派人去绿杨旅社跟老督军招呼一声。他自己则再次去了趟黎星斗的公馆。黎星斗午睡方醒,正在喝茶提神,看他到了,便悄声附耳挑明了,这件事他上午跟总指挥提了,总指挥并不反对,只叮嘱要小心应对,切忌风声外泄。黄参议赶紧保证,今晚晚上全是家里人,而且,他们所商议的事情,是务虚之言,不会将事情赤裸裸地放到桌面上来。黎星斗点头,瞧他神色紧张,不禁一笑,让他先行回去,自己绝不食言,保证晚上七点天色微暗时出门,准时抵达黄公馆。

黄参议得到了黎星斗的保证之后,彻底地定了心。他回到公馆时,贾慧正在凉亭上指挥女佣们将预先洗净的瓜果青蔬用纱笼罩盖住,防尘防虫。他问了问她姑妈的情形,贾慧说这阵子姑妈的精神头不是太好,恐怕是西医中所说的神经衰弱,得好好调养。等忙完了这件事,干脆送她离开吴尚,好生休息。

黄参议自然同意,坐下来又问起她跟许督军有何渊源。贾慧面无表情,摇了下头说,待会儿见了面,就知道了。黄参议一想也对。

黎星斗比许诺的时间提前了半个钟头。进公馆后,就在凉亭上歇息。

贾慧拣了只削好的鸭梨给黎星斗,他们彼此认识,不用介绍。黎星斗微笑,说原来贾小姐也在黄参议的公馆里。贾慧说天气太热,世面又乱,索性就在这里避暑了。她一语双关,将今早自己住处的几条命案一语带过。黎星斗本想问及此事,但听言辨音,姑且也就一笑了之了。

黄参议送来井水浸过的手巾,递烟上茶,前前后后地忙。刚刚安定下来,另一位客人携着那妖娆的美人儿也踏进门来。黄参议赶紧过去,将他迎入凉亭,替二人介绍:"这位是黎司令,这位是——"

他稍一迟疑,贾慧竟接上了一句:"许老督军。"

黄参议一愣,随即点头称是。

黎星斗站起身来,与这位声名赫赫的前军阀握手致意。老督军抱拳说黎司令、黎总指挥,是这地面上的尊神,自己来吴尚有些时日了,老想入庙拜神,可惜一直没有机会。他说这些话时,对于方才陡然间插话点明自己身份的贾慧视而不见。

黎星斗回了一礼,说:"前一阵子军务繁忙,实在是心力交瘁,直至现在才略有些闲暇。督军是军界前辈,久仰大名无缘得见,今天一见,果然是精神矍铄,不减昔日威风。"

老督军欣然就席,那女子挨着他坐。贾慧坐在他的对面,左边是黎星斗,右边是黄参议。女佣们将饭馆刚刚送到的菜肴端上桌来。老督军神色平和地应邀提筷夹菜。黎星斗在吴尚住了几年,对本地特产的一些菜品熟悉,顺便说了几句它们的来历。老督军品尝几口,称赞果然是美味,不过自己年岁大了,在饮食上要注意节制,能品出滋味就行了,比不得黎司令正当壮年,是建功立业的好时光。黎星斗一笑说,自己也是精疲力竭,走下坡路了,比不得几年前的劲头。

老督军却不以为然,拿自己的经历举例。他四十来岁时,在张勋营中任协统,作为前队攻打刚刚光复的金陵。战事胶结不下时,亲率麾下两千余人阵前倒戈,加入民军合力将张勋击败。自此之后,就在沿江驻军拱卫南京。后来风云变幻,局势动荡,他周旋于各方势力之间,成就了一番霸业。所以,黎星斗这年纪,迈向人生顶峰的脚步才刚刚开始呢。黄参议附和说四十岁不老,正当盛年,据此参照,也正是黎星斗振翅高飞、平步青云的大好年华。

他们三个男人,从年龄入手,心照不宣地议论着。两位陪侍的女宾也如法效仿,从年龄入手开始较量起来。贾慧的心思本来是放在这位须发银白的老父身上,察言观色,冷眼看他有何异动。不料,老人家也学了刘云的招数,彼此见面后,来个宛若陌路。许督军和许大小姐,在黄参议的府上同席,又有黎星斗作陪,本是件有趣的事情。但他们父女装出的这冷漠姿态,却使得其间的趣味荡然无存。

男人们此刻的话题是从军、事业、天下,女人们这点上牵扯的却是醋意和倾轧。女人开口自我介绍说:"我姓凌,凌青,你是贾小姐吗?"

贾慧内心极度鄙视，不屑于跟她搭话，但出于礼貌又不得不应，略略颔首说了一个字："是。"

　　凌青笑道："我以前天天看到你从旅社楼下的街上走，有人说你是这地方数一数二的女子，有学问、有容貌，百里挑一，我早就想结识你了，但一直没有机会。"

　　贾慧冷冷地笑，不吭声。

　　这女子等候了一阵子，见她不理睬，心里有气，冷不防抛出句话来："贾小姐，今年有三十岁了吧？三十岁看上去依旧这样年轻漂亮，简直是奇迹！"

　　贾慧情不自禁地深吸了口气，心底怒骂了一句贱货，但脸上却漾起笑容来，说："我今年三十八岁，一晃眼就四十了。依着凌小姐的容貌，叫我一声姑姑也不为过呢。不过，你看上去岁数不大，但却能做事。尤其是服侍人，年老的年少的，都游刃有余。"

　　凌青听她这样揶揄自己，却仍然是笑脸满面，说："女人吗，会服侍人，尤其是服侍男人，那是天经地义的事情。不然，嫁不出去熬成了老姑婆，虽然嘴上被人尊敬一句，但没人宠着、呵护着，终究不是个事儿。"

　　贾慧忍俊不住，笑道："那窑子里的婊子，多的是人疼，有意思吗？"

　　凌青掩口而笑，竟微微点头表示同意。

　　这两个年轻女人在桌上唇枪舌剑，来来去去都是说些让人瞠目结舌的话。男人们虽然都在议论天下大势，各怀心机，可这些话在耳边飘来飘去，终究是听得到的。黎星斗飞快地捻动佛珠，心底窃笑。黄参议责怪地望着贾慧，暗示她不可唐突来客。只是老督军，还是置若罔闻的样子。

　　贾慧对于黄参议的示意毫不理睬，微抬下巴，转而朝黎星斗嫣然一笑，提起酒壶来给他斟酒，笑嘻嘻地说："司令多喝点酒，这凉亭上清风习习，吴尚城里再没有比这地方更适宜纳凉避暑了。"

　　黎星斗大笑，说："贾小姐不过二十四五岁，怎么充起老来啦？我上次吃饭时，本想介绍程司令认识的，但你跟林参谋来了，我就不便多说了。眼下，林参谋还在吴尚吧？"

　　他直截地挑明了，用意是在挺贾慧的腰杆。但老督军却眉目耸动，悄悄附耳在他耳边问一句："那程司令，是不是六纵的程兴柱？"

　　黎星斗点头。

　　老督军便不再问，将话题一扯而回："我这次来，特地带了两件薄礼，敬献给司令。其中一件，是轻易不能示之于外人的。你可以拿去跟总指挥参详参详。我这个人向来是无所谓的，只做顺水推舟的事，绝不逆势而为。"

他从怀里掏出一张折叠的纸来，递了过去。黎星斗接了，就着烛火和月色瞄了一眼。上面是日军华东派遣军参谋部的一份密电，要求汪政府放弃招降的主张，集中南部旅团等部，合力消灭苏鲁皖游击部队。

黎星斗将电文收起来，神色淡然地道声谢。老督军对身边的凌青嘱咐了一句，让她起身去敬众人的酒。凌青遵命，拿起杯子提着酒壶，先从黎星斗起竟是马不停蹄地连干了三杯，面不改色，徐徐坐下。

黄参议叫声好，侧脸看了贾慧一眼。贾慧一笑，也如法炮制，走敬了一遍酒水。当她替老督军斟满杯中酒时，手隐约还有些抖动，撒了几滴出来。老督军手扶酒杯，浑然不觉，倾身向前，跟黎星斗谈起这吴尚的风土人情来。直到贾慧手端酒杯轻声提醒一句时，才转过身来拿起杯子，凝望了一眼其中酒水，一口饮尽了。

贾慧去敬黄参议时，他借着碰杯之便，悄声问："他不认识你？还说什么跟你有渊源，要拜访你，怎么回事？"

贾慧笑道："我没说过认识他呀。你自己去打听吧。"

黄参议无奈，但眼下情形已经达到目的，无须节外生枝了，只在心底存了这点疑虑，留待日后解决吧。

黎星斗谈笑风生，和老督军又互敬了几杯酒，直到月上枝头，夜色深沉时，才尽兴而归。黄参议派卫兵护送老督军先行，自己陪同黎星斗回公馆，将老督军预先写好自己还没来得及呈送的那封请求和黎星源会面的信交给了他。

黎星斗接过信，在掌心拍了一下，说："这封信，加上那电文，我可以去跟总指挥开门见山地商议了，久拖必然生变，预先防备才好。"

黄参议连声称是，一路陪同到了公馆后，这才别去，往那僻静处接老婆黄太太。他想跟她一起参详参详贾慧和许督军之间的关系。这层关系，假如对自己有利，无疑是又一大收获了。

（五）

次日上午，黎星斗去黎星源公馆，大略地讲了昨夜的经过。黎星源先问这次会面是否保密？谨防抓不着黄鼠狼反惹了一身腥。黎星斗说分道而去，分道而散,又没有他人在场,基本上是可靠的,应该不会泄露。但是这两份文件,请他先行过目。

黎星源先看了求见信,笑了笑,说:"他见了你,就等于见我了。我们是彼此不分的。"

但当他看完那份日军参谋部门的电文后,脸色峻然,知道它是针对自己和黎星斗联名所发的那份坚持抗战的通电来的,轻声骂道:"狗日的日本人,图穷匕见了。不过,我猜南京方面拿给我们看,说明他们已经制止这一计划。他们对于咱们这几万人马是垂涎三尺啊。军事、政治手段无所不用其极。重庆方面刚刚有了电报,眼下形势大为不利,日本人在正面向西、向北都无力再攻了,反过来清剿后方。无非是想做长期占领的打算。我们指望不上援军了,他们也指望不上我们反攻收复沦陷区的国土了。只让我们'相机行事'。这四个字,让人好生为难。相机? 这两张纸就是机,但让我们行事,是何等的困难。"

黎星斗也觉得为难,眼下的选择无非是两条路:死战,或者投降。是这几万人全数完蛋,还是自己和黎星斗的名节、苏鲁皖游击部队的名誉,都将堕落地狱而不复超生? 左右选择都不能,但两害相较取其轻的话,只有结城下之盟,投汪加入所谓的"和平运动"这条路可走了。他迟疑了半天,试探着说了一句:"大哥,我有句话想说。"

黎星源似乎明白他的意思,苦笑说:"你是想说留得青山在,不怕没柴烧吧?"

黎星斗点头。黎星源摇头说:"我的想法和你有些不同。我还想在战和之间,再找出第三条路走。明白吗?"

"走第三条路? 不战,不和? 这个可能性微乎其微。"黎星斗犹豫道。

黎星源微微一笑,说:"方法是想出来的,路是走出来的。咱们好好想想,总是会有路可走的。"

黎星斗似乎意识到了点什么,问道:"大哥,莫非你有法子可行?"

黎星源点点头,说:"你先别急着问,我的想法还不完备,得仔细推敲。这样吧,许督军那里你可以跟他敷衍,再争取点时间。眼下,时间是最宝贵的,能拖一天是一天。不到最后,绝不亮出底牌。"

二黎会晤结束后,黎星斗没弄清楚这位大哥葫芦里卖的什么药,但从言语上分析,他的态度已经有所转化了,从不肯接触变为默许自己代表他跟南京方面周旋，难道，他真的有第三条路可走？

黎星斗回到晓光寺，召集部属开会。两个独立保安旅外加两个纵队司令全都到会。他大致地了解了一下三边的情况，得悉日本人目前按兵不动时，舒口气让他们加强休整队伍，补充兵员、物资。这次血战后，三战区终于将重庆方面的拨款转发到位，又能够从江南黑市上买一批武器弹药回来。但因为入江门户墟口镇被日本人占领了，所以运送的船只该从独八旅的防地绕道抵达南官河码头，多耽搁了两天的时间。重庆方面用于组建保安司令部的款项所购买的军火，按照事先的约定，是要重点照顾程兴柱的第六纵队。但黎星斗考虑再三，一支枪一粒子弹都没有给六纵，全数拨给了自己的心腹部队。但是世上没有不透风的墙，他前脚分掉了军火，后脚其余三个没有分得一杯羹的纵队就知道了。另两个纵队司令去找黎星源论理。程兴柱却是单独去了保安司令部，直接面见黎星斗。

黎星斗知道他的来意，一面客气地招待，一面跟他兜圈子。程兴柱开门见山，点明主题，问这批新从江南黑市上购来的军火，为什么不按照承诺，首先补充给六纵？他们在前面拼死跟鬼子干，后方却连起码的军需都补充不上，岂不令人心寒？日后，还有谁肯再出力卖命？黎星斗早已想好了说辞，解释说这批枪支，都是低价买的过去地方保安团的装备，陈旧不堪，给保安旅用还凑合，但六纵是瞧不上的。下一批物资才是为六纵订购的，属于原国军十八师仓库里的货色，清一水的德式装备，机枪、冲锋枪，都跟六纵原有的装备衔接，拿得上手使。这批军火非他莫属，尽管放心，请他回去耐心等候。在属下几个纵队中，孰轻孰重，他还是分得清的，没糊涂到那一步。

程兴柱被他这番话暂时稳住了，一时也没有其他法子可想，只得回城里新安的住处歇息。这时，林峰佯装路过，跟他碰了头。林峰将自己预先设想的计划叙述了一遍，想利用老督军和刘云之间的关系，来个借刀杀人，最好由着他们两败俱伤，这样南京方面也无法迁怒于二黎，还得重新派遣特使过来重新谈判，这样既赢得了时间，又能锄奸以警示那些动摇分子，是一举两得的计策。

程兴柱思量，这策略好是好，但是如何能挑起两个汉奸的内讧呢？林峰一笑，说自有妙计。据他所知，这二人之间有一段陈年宿仇，眼下又夹着些利益攸关的事情，利用它们做文章，不愁此计不成。前天他已经巧用了一次，收效不错，将导火索点燃了，现在要做的就是牢牢掌控局势，借机行事。程兴柱大喜，表示如果有需要，自己可以直接派兵支持。林峰想了想，说城内无须烦劳了,但如果在城外,六纵的野战部队还是得借用的。

林峰的打算是,借用许督军和刘云昔日的杀子之仇,现时的夺妾之恨,再加上贾慧的因素,让他们鹬蚌相争,自己好坐收渔翁之利。那天,贾慧被困,本来他可以率便衣队动手。但转念一想,别生一计,赶往绿杨旅社报讯,由着老督军跟刘云火并,自己再出面收拾残局。但没想到不等他讯息送到,老督军已经动手了。这说明,老督军对于刘云的行踪是心知肚明的,根据他的现场勘察,老督军这次没有手下留情,乱枪齐下,刘云仅是侥幸逃脱而已。而贾慧能够全身而退,获救脱险,更为自己的猜测提供了证据。老督军目前并没有对付这位昔日掌上明珠的打算。丧子之痛后,思女之情自然会浮上水面,这是人之常情。

这一变故后,他派人密切监视贾慧住宅周边的情况,猜想刘云这半年来进出此地的路径,心底不由得对盐商李西沅的豪宅起了疑心。倘若,刘云是以这座宅邸为据点的话,还真是能做到神不知鬼不觉。

李西沅与黄参议的过节,几乎人人皆知,但他会暗中跟刘云合作,与南京方面暗通款曲吗?这种局势下,这些人为保住身家性命和富贵,暗设退路,依靠重庆老蒋也好,暗中和汪伪交往也好,都属正常。如果这次变故后,刘云依然潜身李府,那么他可以巧妙地引祸水西延,让这里成为两个汉奸的葬身之地。他们之间,火并而死,才是设想中最完美的结局。

当贾慧将许督军与黎星斗的会见告知林峰后,他吃了一惊。南京方面表面上派出的是一位白发苍苍、行将就木的老朽,实际上却是一个老谋深算、心计慎密的老狐狸,想要跟他较量,想稳操胜算,可不是件容易的事情。

这会儿,眼见少校军官进门,黄太太笑说:"跟林参谋道个别吧,咱们后天一早启程,老黄都安排好了。"

贾慧点了下头,目送她回屋去了。林峰进了凉亭,除下军帽扇了两下风,问:"四姨太心思重重,莫非又遇上了不顺心的事情?"

贾慧摇头,说:"她比我幸运多了,不在漩涡中心。"

林峰趁黄太太不在,忙问黎许二人见面的详情。贾慧也不甚了解,只是老爷子恳请黎星斗转交黎星源两张纸而已,其余的话题就是打太极了。林峰心想,这是二黎和南京方面私下里见面的开端了,得立即将这个情报送出去。像这种谈判,一旦启动,达成某种妥协是非常快的。眼下唯一可以用来延迟这个进程的办法,就是抢先动手对付老督军。

临别之际,他叮嘱贾慧,要她把刘云借隔壁李西沅府邸潜藏的事告诉黄太太,借她之口转告黄参议。在他看来,黄参议跟这个盐商之间的宿怨,也是可以利用的一张牌。打出这张牌后,他要做的最重要的事,就是瞒住贾慧。他锄奸可是对她负有杀父的冤仇。虽然她和父亲之间怨恨颇深,可血缘亲情是最难琢磨的东西,还是小心谨慎为上。

(六)

贾慧依言将消息传递给了黄太太。黄太太听说李府和刘云是这种关系,心里有些不踏实,等到黄参议回来,便在床榻上转述给他听了。

她这一说不打紧,却让黄参议吃惊不小。李西沅和刘云有关系,就意味着,他已然搭上了南京方面的船。一方面,他倚着重庆方面儿子的权势,令二黎为之侧目;另一方面,他又有汪伪这张牌可打,两厢结合起来,这根基愈发地牢靠了。要报冤仇,了却耻辱,简直是不可能了。不行,必须在这些成为既成事实前,阻断这个可能。他躺在床上,在黄太太摇动蒲扇带来的微风里,思忖了半夜,想出个对策来。

第二天上午,他去晓光寺面见黎星斗,称有密报,说李西沅宅中有省府方面的眼线,正在收集二黎通汪降日的证据,装备向重庆方面告发。幸亏自己眼明手快,查出了端倪。眼下,正是和南京方面接触频繁的时候,可别事情还没办成,先惹了一身臊气,就得不偿失了。

黎星斗本就对反扑自己一把的李盐商心存芥蒂,再经黄参议这样轻轻浇上一勺油,心底的火气腾腾地上升,喃喃骂道:"他妈的!老子要援兵、要军火、要粮食,全都没有,反而派人来盯我!这个老家伙,是得整治了。你派人暗中埋伏,将这宅子监视起来,有身份不明者出入,立即逮捕严刑拷问,看他究竟掌握了多少咱们的秘密。切记!凡是有外人来他宅中,有进无出!给我牢牢地封死了。等我们目前所处的困境过去,再做理论。"

黄参议讨得他这柄尚方宝剑后,便又打听黎星源对此番接触的反应。黎星斗叹口气说:"总指挥正在酌量利害得失,他想走出一条两面光光的道路来。难啊!"

黄参议心下深以为然。当下日本人大兵压境,势在必得,黎星源这种想法是太过天真了。不过,南京方面大约是不会容他如此犹豫的,必然要使出手段来催逼。

他离开了晓光寺，一路去了绿杨旅社。此刻时间尚早，老督军凌晨起来转悠了两圈，吃了点东西，天亮后又上床，正睡得昏昏沉沉，被他登门叫醒，赶紧起床来擦汗揩脸，询问来意。

黄参议瞟了他身边的侍妾一眼，假意请他去附近的饭馆吃早茶，品尝一下本地有名的蟹黄包子。黄参议要了楼上临窗的座位，沏了上好的明前春茶。眼见周边清净下来，黄参议开口便说，老督军来吴尚之后，刘先生突然间就没了踪影。不过，他失踪之前，曾经去侦缉处小坐了半个钟头，说了两句不尴不尬的话。他不明白这些话的用意，想再问明白时他已经走掉了，搜遍吴尚城就是寻不着。

老督军笑了笑，说："狗嘴里吐不出象牙来。"

黄参议摇头，说："他让我跟他合作，还说其他人来了，就没他这么好说话了。说的这个'其他人'，是指您吧？"

老督军未置可否，淡淡道："人与人都是好相处的，只不过是看彼此间投不投缘。事实证明，他跟你无缘，咱们有缘。这小子年龄不大，太过精明，行为又不检点，是个早夭短寿的面相。我不看好他。"

黄参议记起那起交火事件，心领神会，笑道："是啊，他算是见机快的，但是老天不会总是让他得手的。脚底抹油的，哪天滑倒了，可就热闹啦。"

老督军摇摇手，说："不谈这个人，煞风景。还是谈谈二黎的态度吧。"

黄参议却坚持补加了一句："听说，他如今潜藏在本地一家大盐商的宅子里。就在我公馆隔壁。那户人家宅广人稀，钱粮殷实，莫非他是有所图谋？"

老督军来了兴致，问："那人什么来历？"

黄参议悄声说："有个儿子在重庆，据说是孔祥熙的红人。这刘云，莫非想脚踏两条船？既想替汪先生做事，又要讨重庆方面的好，玩个两面光光，吃得开？"

老督军沉吟片刻，点头说："那好吧，你发个电报给熊克西。我嘛，写一封信派人送到南京去，交给周佛海。他是陈公博竭力推荐的人，想必是这条线上的。他自甘堕落，要走回头路，那也由不得他了。"

黄参议明白他话里的意思。自己发电熊克西，转汪精卫。他的信作为旁证，这两厢里印证参照下来，刘云那小子，就是浑身长满嘴，也难以说得清楚了！坐实了他的罪状，李四沅与他再有瓜葛，便也添了杀身之祸。

之后，黄参议借黎星斗的密令，派出人马突然间将李府前后出口悉数封锁起来，美其名曰"形势紧张，为防兵变特意派人保护李西沅阖府上下的安全"。李西沅坐在家中，凭空里碰上这个变故，惊疑不定，派管家来找黄参议打听情由。黄参议先是装糊涂，趁势又从管家身上查探，说街头人心惶惶，匪类杂陈，近期有没有什么形迹可疑的人在府中进出，谨防是盗匪踩点，伺机而动。那管家知晓主人跟这位邻居之间的事情，心里就不大把他当回事，暗加提防，只当他是主动讨好主人，想了想说平时也没有什么人进出，只是四姨太有个远房表弟，在南京大学读的是土木工程，建议说后园子里可以建一个花厅，用水磨石子、彩色玻璃、西式的百叶窗，别有风貌，让老爷闲暇时有个静养的去处。所以，经四姨太一力鼓动，老爷同意下来，他带着匠人进进出出地忙活着施工呢。

黄参议心中一动，追问道："四姨太的表弟，是个三十岁上下的俊秀男子吗？"

管家说是。黄参议心里有数。至于如何处置，一要等许督军的主意，二者，他还想施展借刀杀人的手段，借贾慧之口放出风去，让林峰知道，汪伪特使刘云潜伏李宅，和黎星源密商吴尚易帜的事宜，进展迅速。

贾慧明天一早就要坐船离开，陪黄太太一起去苏州。临行前，必须让她捎到话。他存了这个心思，赶在晌午后匆匆回了一趟公馆，果然见贾慧正为明早的出行做准备。他佯装赶回来见太太，说吴尚这边仗估计打不起来了。接着，他不无懊悔地说还以为许督军就是汪政府的特使呢，原来是利用他的名望做幌子，转移外界的视线，包括昨晚跟黎星斗来家宴闲谈，都是掩护刘云办事的。如今事情已成，免了这地方的战火蹂躏，大伙儿又能弹冠相庆，岂不是皆大欢喜？眼看和谈启动，巴巴地跑到苏州去，其实是得不偿失，还不如留在吴尚好呢。

他又假作关心，问贾慧这次离开，林参谋知不知道？贾慧说他知道。不过暂避一时，也不是多大的事儿。

黄参议加上一句："你这一走，空留林参谋饱尝相思之苦，是件心狠的事情。该向他道个别。"

黄太太不便拂了他的美意，也劝说一句。贾慧考虑了一下觉得临行前似乎是该跟林峰见个面，因此也就丢下手里的事情，去了趟都天行宫。

林峰利用贾慧，将刘云藏身李府一事假黄太太之口，转达给黄参议，想的就是坐看汉奸内部倾轧，好从中借势得力。此刻见贾慧来，心中高兴，不免要询问一下黄参议的反应。贾慧随口就把黄参议刚刚说的那些内容告诉了他。

林峰听说，心中吃惊不小。如果真的是这样，那么自己的谋划就全然错掉了。若再不果断行动，坐失良机导致吴尚拱手交给了日本人，几万苏鲁皖将士易帜成为汉奸部队，这简直是犯罪！他无论如何也接受不了，说了一句："看来，这盐商李府藏污纳垢，是个祸害，得想个法子锄奸杀贼了！这个刘云、不，刘益谦的死期快到了。"

贾慧见他听了自己一席话之后，面露杀意，不禁吓了一跳，问道："这个黄参议的话，当真？"

林峰摇头，说："宁可信其有，不可信其无。而且这个家伙在吴尚为害不浅，咱们是得除掉他了。早这样做了，你也未必会去苏州，对吧？"

贾慧脸上一红，既想点头，但又似乎觉得不妥。

（七）

次日天明，贾慧和黄太太早早地由黄参议率卫兵亲自护送，抵达南官河码头，登上了南去的客轮。黄参议送她们进了客舱，再三叮嘱到达苏州需要注意的方方面面。

等到了墟口镇时，远远望见日本人的膏药旗高高悬挂着。轮船照常靠岸，有人上岸去通过翻译交纳给守关的日军少尉过路钱。这是自从日军进占墟口后，双方商谈好的交接方式，以保证航道的通畅。正当船方代表以为可以回船继续航行时，那少尉神色严厉地叽里呱啦又说了几句。翻译官也板起脸来，说日本人要登船检查，据密报有两个女人是奸细，必须扣留。船方代表一听，着了急，正待阻拦，但日本人已然动手。一队士兵持枪上船，少尉招手叫过来一个穿对襟绸衣的年轻男人来引路。

这男人笑吟吟地登船、进舱，目光扫视，落在贾慧和黄太太身上，悠然说道："贾小姐，黄太太，咱们又见面了，真是人生何处不相逢。苏州去不了啦，还是上岸来陪我回吴尚一趟吧。那么有趣的一个地方，二位怎么舍得离开呢？"

贾慧和黄太太忽然瞧见刘云进得舱来，立刻就明白了。这个被大家疑心藏身李宅的家伙，早已离开吴尚，在这里张网以待呢。她们相视苦笑，默然无话，只得随他登岸。

此时,黄参议刚刚从轮船行得悉,他的宝贝老婆和贾小姐在墟口镇被日本人抓走了,领头的是一个年轻的中国男人。自己想借刀杀人,孰料对方反将一军,先发制人,让他投鼠忌器。黄参议左思右想,心神大乱,一时不知该如何应对。想到贾小姐和林峰的关系,觉得他反倒是自己可以磋商对策的人选。

这时候,林峰正在研究渗入盐商李府内的锄奸计划。鉴于黄参议已经派兵将李府围得水泄不通,如果派遣一支精干人马,从贾慧的住处翻墙进入李府,将他杀掉,力求做到神不知鬼不觉。但是,倘若他果真如黄参议所透露的是谈判特使的话,宅内肯定有他自己的护卫,以及二黎派遣的保证他安全的部队。要想近他的身,非常困难。而要想引他现身,只有一个良策,那就是利用贾慧引蛇出洞,只可惜贾慧已经去了苏州,远水不解近渴了。

正计较间,突然见黄参议脸色难看地跨进门来,不禁讶然,问了一句:"黄参议,你这是——"

黄参议沮丧地坐下来,两臂伏桌,轮流用拳头捶打桌面,说:"刚刚收到的消息,今天上午,贱内和贾小姐所乘坐的轮船在墟口镇河口,被日本人拦截了。她们被一个年轻的中国男人带队抓走,生死难料呢!"

林峰惊愕不已,问道:"此话当真?"

黄参议带着哭腔说:"千真万确,我正托朋友查问这件事呢!明摆着,这是姓刘的王八蛋干的,他就像是一条浑身滑腻的毒蛇,不钉死了七寸都不成。"

林峰奇怪他怎么凭空里产生了这样仇冤来。他不是上赶着引狼入室,要替南京方面效力吗,怎么摇身又变?那刘云会有如此狗急跳墙的手段?以他对于贾慧身世、黄太太根底的了解,这件事倒像是另外一个人做出来的。想到这儿,他倒有些怀疑黄参议信息的准确性。

此刻她们身在何处呢?墟口镇,还是吴尚?这个疑问,黄参议跟林峰的看法却是一致的。是刘云也好,老督军也罢,两个女人都得送回吴尚来,放在眼皮底下,让他们猜得着,见不到。

黄参议恨不能马上就派出人手,在吴尚城里挨家挨户地搜找她们的下落。林峰劝他稍安毋躁,考虑一下,为什么刘云会突然间狗急跳墙?他捉了黄太太和贾慧,会让她们就此杳无声息吗?黄参议手抚下巴,思忖良久,陡然间省悟过来,竖起食指来说:"明白了,我派兵将李府前后封锁了,打中了他的七寸。他是为此才铤而走险的。"

约好了有消息及时通气,黄参议告辞而去。林峰再三衡量,还是觉得老督军出手的可能性大。他想起前天这位白发长者跑到都天行宫看望自己,欲言又止、意犹未尽的情形,灵机一动,觉得自己也可以如法炮制,以其人之道还治其人之身,亲自去登门拜访。

这几天,他在绿杨旅社的客房一直空着,无暇去过宿。但今晚却是要走一趟的。他看看表,时间是晚八点,不早不迟,正是从容散步而去的最佳时机。

这时候,街上行人稀少,但各家各户都关起门在院中纳凉。说笑声从院墙里传出来,给这看似寂寥凄清的街头平添了几分喧嚣的色彩。林峰独自回味着往日里天黑之后和贾慧挽臂散步的情景,心中一阵惘然、一阵悲伤。所有的事情,都从那个刘云在吴尚露面之后,开始走向了难以言说的暧昧和隔阂。有时候,他甚至想倘若没有这个人的介入,他也许早已跟她暗结连理,或者缔结婚约了。这大概就是常人所说的缘分、劫数吧。

林峰进了门,也不跟他绕圈子,行礼之后,问候道:"前辈您好,承蒙关照去都天行宫寻访。咱们是邻居,都在一座旅社里,恐怕您未必清楚吧?"

老督军示意他坐下,说:"林峰少校,三十三师住吴尚联络官,三战区在江北平原的耳目,还有风声传说你是共产党地下分子。总之,在这个小县城里,你是一个异数、另类,跟那些杂牌军的干部们都不一样。眼下,三十三师在哪里呀?正在跟小野师团作战吧?这个甲种师,参加过淞沪会战、徐州会战,如今实力大减了吧?"

林峰听他如数家珍般揭露了自己以及三十三师的底牌,知道他早已做足了功课,算是有备而来,当下也不客气,说:"我在三十三师做少校参谋,负责和苏鲁皖游击部队联络协调。但形势转折至此,可能近日将会撤离吴尚了。这一进一出,其中的内情您比我清楚吧。"

老督军手掌轻拍椅把,慨叹道:"一将功成万骨枯,我是不忍见生灵涂炭,才冒着暑热出这趟远门的。其中的苦衷,难以对人言说。你我眼下应该是道不同不相为谋,此刻来登门,有何见教?"

林峰点点头,笑道:"督军说得对,从公而言,我们确实是道不同,但私务上,还是有句话要讲。据我所知,贾慧小姐今天上午乘船前往苏州途经墟口镇时,被日本人拦截了。有人假日军之手,将她劫持,这件事跟您有关吧?"

老督军屏息片刻,吁了口气摇头说:"我枯坐楼中,对这些外面的琐事,所知甚少。你找我查询,是找错人了。"

林峰怀疑：“前辈，古语说虎毒不食子，如果此事是您所为，可要三思而行。”

老督军哼了一声，说：“不是我，便是他，何必多问！”

林峰听出了话意来，不便再多问，起身告辞。老督军也不送他，由着凌青去关门。凌青关门回来，冷不防问了一句：“那个什么贾小姐，就是黄公馆里咱们见过的那个？”

老督军没睬她，合上眼似睡非睡，喃喃地说：“这小刘在吴尚，还有其他住处吗？”

凌青冷不防听他提及这个人，慌张起来，但又不得不应，含糊道：“有吧，但我不太清楚。”

老督军依然闭着眼，像是梦呓般继续道：“天气太热了，你出去吹吹风，顺便看一下，人是否在他手里。在与不在，看了知道就成。”

凌青没想到他会指派自己办这件事，迟疑了一下，问：“是要我查探？”

老督军轻轻地发出了鼾声。

（八）

凌青在内室换了身深色的薄衣，找了块薄毯替老督军盖好，出门时环伺了四周的动静，下楼后趁着夜色一路走了五六分钟，再拐入巷子里，东绕西拐，确定背后无人之后，这才踏上真正的路途。她利用巷道的便捷和隐蔽，穿过半个吴尚城，来到了一户不起眼的人家，轻轻敲门。里面的人从门缝里窥视了一下便开了门。那人让她随自己进屋，挪开箱柜，将看似天衣无缝的板壁分开一条通道来。在地底一片潮湿的地砖上举着油灯向前笔直地走了很久，重新上到地面来时，已在一片黑压压的建筑群内了。

刘云正背着手在出口处的院落中踱步，听闻动静转身来看，见是她到了，不禁又惊又喜，一把抓住她的手，问：“你怎么来了？”

凌青哼了一声，说：“丢下我一个人不管不顾，这时候还好意思问？”

刘云呵呵一笑，说：“我这是为你着想，老家伙不顾年迈来蹚这潭浑水，还没见面就来了个下马威，要不是我有所防备，那天怕是连性命都保不住了。我走时，不是跟你说过吗，老家伙拿你没什么法子。他来这地方，起居饮食全要仰仗你照料。”

凌青啐了他一口，说："都是你出的好主意，你们这两个男人，真是一对王八蛋！"

刘云笑着纠正道："他是王八蛋，我是让他做王八蛋的。不可混为一谈。"

凌青长叹一声，幽然说道："这老东西都追到这里来了，还有什么地方是他去不了的？"

刘云冷笑："你以为他是寻你来了？他来吴尚，是为了两件事。一是要替汪精卫立下奇功；二是要解决掉他这辈子当中的最后的遗憾。这两件事办成了，他死都瞑目了。"

这下子，轮到凌青冷笑了，她以洞悉内情的姿态，淡淡地问："其实，他的遗憾跟你差不多，就是那个女人吧？我此刻就是为这个来的。"

刘云一惊，问："什么意思？"

凌青说："那少校邻居刚刚来串过门，老东西开了口，让我来瞧瞧。他只想知道她在不在你手里。"

刘云傲然笑道："老家伙也有软下脾性来求我的时候？走，我带你去瞧个新鲜的。"

刘云带着凌青到了一座小院，门扇洞开，里面的椅子上，用麻绳拴牢了两个女人，正是贾慧和黄太太。刘云喜滋滋地在凌青的脸上亲了一口，笑道："贾小姐，黄太太，都聚齐了。什么黄参议、老督军，都在我的掌心里蹦跶呢，再难脱身了。你回去后跟老督军讲，一切尽在我的掌握中，让他放心，全力以赴跟二黎谈交易，大功告成之日，这二位自然会物归原主的。我嘛，在南京诸位大员面前显摆下本事就足够了。"

林峰返回都天行宫，正到庙门时，目光习惯性地朝街对面那个面铺瞄了一眼久违了的信物。一把桐油纸伞挨墙依靠着。这把伞，在他的记忆里消失了许久，自从吴尚行署误入日军防区损失惨重后，再未出现过。

他几乎抑制不住内心的兴奋，不知不觉向那边走了几步，随即猛省过来，摇头自嘲般笑了笑。进了庙后，他吩咐勤务兵替自己去面铺叫碗脆鳝面来，自己则翻阅了一下凌晨值班室送来的电文：本部三十三师援救东北军余部已获成功，日军追击部队已经被阻止。驻守黄桥的第十一保安旅，在接防后不到十天，便遭太兴日军的进攻，撤出了该镇，正夺路向省府靠拢。日军业已重新占领黄桥，正向东向南展开部署云云。

这样的局势,对吴尚苏鲁皖游击部队而言,确实不是好消息。黄桥是吴尚东南边的重要门户,此地一失,日军东线可以从这里扑向吴尚,独立八旅是守不住的。倘若南部旅团再同时配合协同,这一战是凶多吉少了。

他正想去地图前查看地形,面铺伙计捧着托盘进来了,他示意连托盘都放下,半小时后来收碗拿钱。伙计唱个喏走了。他端起碗来先咬了几口油炸得酥脆的鳝鱼条,四顾无人时,揭起托盘,从底部抽出纸条来,上面写了一行字:

尊重并信任黎星源的选择,暗中打击敌伪奸细在吴尚猖獗活动,支持根据地反扫荡的胜利。

对于第一点,很有些奇怪。尊重和信任?难道黎星源会不负期望,坚定地站在抗日阵营里?黎星斗呢?他的选择会与黎星源一致吗?二黎会在这危机重重的形势下反目,分道扬镳吗?他不敢肯定。黎星斗和黎星源的合与散,是这支部队生存与覆亡的关键。这个道理不但他明白,苏鲁皖游击部队下属各部的军官、士兵们也都明白。但上级既然表明了态度,他只有遵从指示,至于打击汪伪汉奸的活动,这一点跟他的打算不谋而合。眼下,他做的就是这件事。

（九）

黄参议这两天接连向苏州方面发了三封电报,要熊克西和日本人斡旋,查清墟口镇渡口被掳去的妻子及其侄女的下落。熊克西回电,已与吴尚南线指挥官小林正一联队长联系,此举乃配合南京方面的行动,所捕人等,已被南京富民代表秘密押运至吴尚。执行这一行动的,是南京政府特工总部的人。想来,黄太太她们并无大碍,只是借此策略,促进谈判进程而已。

黄参议骂了一句,抓了自己的老婆和她的侄女来促成二黎的易帜?简直是放他娘的狗臭屁!不过,这个刘云的身份也由此浮上水面。原来他的清乡专员是个虚衔,实质上却是特工总部的干员。这次他来吴尚,是替老督军保驾护航的?他又急电苏州,要求熊克西托周佛海出面,责成丁默邨或者李士群下令放人。自己在吴尚一手促成和谈,却被同一阵营里的人如此对待,简直是是可忍孰不可忍!难不成,是用自家老婆当人质,监控他办事?这——也太过分了吧!

他愤愤不平地发了电报，心中这一股子邪火无处发泄。想到许督军，索性一不做二不休，直接去找他诉苦，请他直接和汪本人联系，敦促这个胆大妄为的家伙先行放人。

他一路赶到了绿杨旅社。老督军才起床，拄了根拐杖正要下楼。在楼梯口迎面碰上，以为他此刻来是有急事，不料竟是来诉苦的。老督军打发走侍妾，坐在躺椅里，听他絮絮叨叨一番说，皱起了眉头，说："我这就写信，您用我的名义直接发给汪长官说，这吴尚谈判正在紧要关头，他没本事为和谈出力，却来干这煞风景的蠢事，真是一个成事不足败事有余的蠢材！"

俩人商量好，通过南京方面向刘云施压，迫其放人。用绝密频率发出了电报，本以为就此毋庸担心了。谁知道当天下午，南京方面就有了复电：已令相关人员保证二位女客的生命安全，给予生活优待，静候和谈成功，政府定有重金补偿。

黄参议大失所望，将电文送到许督军眼前，带着哭腔说这难道就是自己替汪先生卖命的下场？连自家妻子的安全都保不住？老督军也觉着奇怪，细细酌量了一气，悄声说："咱们办咱们的事情，有了这份电文，量他也不敢对尊夫人无礼。反过来，倒束缚住了他的手脚，咱们心照不宣，暗地里动手，你最好拉那位都天行宫的林参谋下水，有他掺和进来，事情就好办多了。借他之手，除掉这个讨厌的家伙。我可以从侧面做些事情。"

黄参议自然听得懂他的意思，与此同时，再联络林参谋出手，毙杀汪伪特使，这台面上闹腾，正好为许督军和二黎的秘密商谈做准备。

老督军本以为利用刘云和那李府的秘密关系为借口，套他一个脚踩两条船、首鼠两端的罪名，将他除掉。孰料，局势一下子倒悬了。但此间唯一的收获是，揭露了刘云和七十六号特工总部的真面目。他有这层背景，那倒是要重视的。汪精卫麾下缺少军队，但做秘密工作的角色却着实不少，不能忽视大意了。目前，只有按照这个法子走了，以二黎抗日军队的名义来搜查他，才是上佳之策。

黄参议辞别了许督军，赶往晓光寺。黎星斗正在看编练壮丁的方案进度。见他来了，连忙招手喊他过来，指着统计名册问他前次洪水泛滥时，安置在吴尚南部就食的几万灾民，怎么抽丁时，却只有这么寥寥千把人？黄参议颇为无奈，解释说这些人是逃荒来的，大水退去后，自然要回去。而且，谁都知道吴尚方面要开仗，只有东边是太平地界，所以都纷纷向东迁徙了，原地落户的也就挑出这么些人。一个团的编制而已。

黎星斗哀叹一声："咱们名义上对外号称有三万之众，实质上经过这场血战，六纵折去五千多，二纵在南边也损失了千把，独七旅、独八旅在北边跟鬼子交手，死伤溃散了近三千人，眼下手里的可用兵力，只有两万出头了。后备兵员补充不上，怎么办？"

黄参议凑上前，急声道："司令，不能再打啦。照这样子，再打一仗，咱们就真的完蛋了。汪精卫要的是这支队伍，没了队伍，咱们几个人站在吴尚城头，人家才不稀罕呢！"

黎星斗叹息一声，说："是不能打了。总指挥也明白这道理。可是他幻想以拖待变。这可能吗？汪精卫不傻，南部襄吉也不笨，他们会坐等咱们恢复元气，或者援军四集时才动手？关键就是一点，他不肯做汉奸，可是谁愿意做汉奸？我堂堂的中将保安司令不做，上赶着去做二尾子伺候人？是形势所逼，没的选择了！"

他这番感慨，黄参议自然明白，平白无故谁肯跨出这一步？自己在之前的宦途上走得跌跌撞撞，最后落魄沪上，成了个一文不名的小人物。趁着这场战争，才谋求这个出人头地的机会。其实何止他自己，那南京政府里高高在上的几个首脑人物，不都是如此吗？汪精卫跟老蒋争了几十年，最终还是依靠日本人才如愿以偿，另起炉灶。这时对自己以及二黎来说，是一个天赐良机。照这样的形势发展，日后偌大的中国，是没有老蒋的座位了。一切都将在汪精卫的主导下重建。所以，见机的快与慢，也是大有讲究的一件事。如果重庆政府崩溃，那纷纷改弦易辙的人将会多如牛毛。到那时候，他们能捞到点残羹剩饭就不错了。保不保得住性命，还很难说呢。

他接上黎星斗的话茬，说："司令，得当机立断，否则，优柔寡断，必受其乱。"

黎星斗咬住嘴唇，深深地吁口气，说："这件事，我必须对总指挥仁至义尽，决不能独自行动。他的真实想法，我如今也摸不准。这不战不和之间，那第三条路是什么？"

黄参议一番劝说，最终在二黎的兄弟情谊、江湖义气间碰壁。不过，他从黎星斗焦躁不安的情绪中，想出了一个妙计，嘴边微微翘起，露出一丝狰狞的笑意来。

（十）

南京,汪精卫公馆里,从吴尚先后发出的几份电文,经拆阅后都放置在客厅的茶几上。其内容分成三个部分,一是由陈公博转来的,二是周佛海转来的,三是许督军发给汪精卫本人的。周佛海转来的是潜伏在黎星斗身边的黄某人的电文,揭露了南京方面密使刘云在吴尚和具有重庆背景的盐商李西沅秘密交往,有脚踏两条船的嫌疑。另一方面,黄参议已然洞悉二黎及麾下各级军官的想法,有必要在军事上予以重压,彻底粉碎其抵抗的信心,替他们扯下那层遮羞布来,大事可成。

许督军的电报,弹劾刘云擅自行动,针对自己人大打出手,却无一功于诱降二黎,非但未能助其一臂之力,反而几乎坏了大事,险些激怒了黄参议撂挑子不干,亏得自己多方劝慰,才使得他忍住羞愤继续效力。

陈公博转来的是刘云的来电,声称许督军闲坐旅社,只顾着拥妾享乐,全无和二黎谈判的心思,并与黄参议沆瀣一气,狼狈为奸,他已断然出手绑架了黄某的妻子以及许督军的女儿,以此为要挟,勒逼他们加速和二黎谈判的进度。另,他已经和重庆方面某财政高官李某搭上线,李父愿意跟南京方面合作,力争让儿子归顺汪先生,为和平救国出一份力。

这些电文内容互相攻讦,形成了二对一的局面,让汪、周、陈三人大伤脑筋。但从切实可行的角度出发,无疑黄参议和许督军的意见极具价值。而且,许某人是从北平来的代表,投靠日本人较早,他的立场是毋庸置疑的。但这个刘云是李士群担保的干员,手段心机都是上上之选,应该不会有二心。不过,这些电文里意见分歧虽大,但还是有一个共同点的,不管互相如何诋毁,目的却聚焦一点上,尽快完成招降二黎的计划,让驻吴尚的苏鲁皖游击部队易帜,为南京政府所用。

汪精卫抓住了重点而罔顾其他,左右看看另外俩人,问:"对于吴尚二黎,我是够客气的了。可是他们还不归降,是继续施以军事压力呢,还是任由他们这样拖延下去?"

周佛海说:"已经动过干戈了,再打,恐怕这支队伍就被消灭了,不打的话,又不能为我所用,那样的话还不如打掉它算了。"

陈公博冷笑:"汪先生,军事手段并非就是大打出手。难道就没有威逼胁迫的手段？”

汪精卫沉吟道：“让南部佯攻，还是步步紧逼，将他们围死？这不太可能。万一他们夺路向东，跟新四军合作，我岂不是替他人做嫁衣了？”

陈公博俯首盯住地图看了半天，用拳头砸了一下，说：“要不，就学希特勒的战法，用飞机轰炸。”

汪精卫眼前一亮，这倒是个好主意，以飞机轰炸的威慑力，从天上做文章，既形成威胁，又不会损耗这支部队的实力，切实可行。他当即拨通了华东派遣军总部的电话，向畑骏六大将请求空军支持。

日军驻华东派遣军与第十四航空队司令横山正部通气，制定出了轰炸吴尚的计划，以轰炸为主要手段，达到心理震慑的效果，省却了动用地面部队的麻烦，威逼当地驻军投降。航空队参谋小山石二三小时内就拿出了计划，每天派出三架轰炸机，分上下午两个波次抵达吴尚上空，执行轰炸任务，所携炸弹只对准非军事目标，先期执行以一周为限，如未达到效果，再延长一个星期，轰炸机数量再增加一倍，力争达成战略迫降的目的。

次日上午九点，中断数月后日军对吴尚县城的轰炸继续开始，三架轰炸机，四架战斗机护航，从城市西边的地平线上现出身影来。抵达吴尚上空后，对准房屋密集的居民区俯冲下去，投下了六枚航空炸弹。巨大的爆炸声响起，烈火浓烟滚滚，一片凄号哭叫声。然后三架战斗机也俯冲下来，一通扫射后掠过房屋上空。

轰炸大约进行了一刻钟的时间，炸毁房屋二十余间，炸死平民十五人，伤四十余人，比之于以前那次空袭的损失要严重得多。

黎星斗愤懑不已，站在院中拔出手枪来对着飞机连开数枪，打光了弹夹才罢手。他这几近失态的反应，让站在附近的黄参议瞠目结舌，不敢多说一句。这次轰炸，黄参议是预先知情的，并提前通知老督军发电报将几个重要目标报给南京方面，以防误炸。眼前，黎星斗暴烈发作，他又担心这样的行动会适得其反，令二黎怒极生变。

他心中忐忑，去见老督军商量对策。老督军是惯经战阵的，轻松一笑，说这样的反应是正常的。倒是黎星源老谋深算，没有表示，才是劲敌呢。不过，轰炸才刚刚开始，再炸他几天，这位黎司令、黎副总指挥的情绪就没有这样激动了。轰炸的目的是什么？是让他俯首帖耳，结城下之盟，不然白费这些气力干什么？

黄参议心领神会,旋而又担忧起妻子的安危来。她眼下不知道被那个混球囚禁在哪里呢。日本人的炸弹又不长眼睛,万一被误伤了,那可怎么是好?老督军说这个小子肯定跟她们藏在同一个地方。他不会拿自己的性命开玩笑的。

黄参议听了老督军的劝,稍安勿躁,先行离去。走在路上时,看到街头慌乱骚动的人群,以及手拎包袱忙着逃难离开的居民们,心中不由一动。日本人的轰炸,也许就是一个千载难逢的机会。他可以借机对李西沅下手,扔上几堆集束炸弹,对外称是日本飞机投弹命中了李府,岂不是正好?他一阵兴奋,快步赶去侦缉处,但左看右看,似乎能为己所用,并能替自己保守秘密的心腹亲信没有几个。他发了一阵子愣,转念想到了老督军那些彪悍的属下,何不借来用用?第一,他们是外地人,不知道自己和李西沅的冤仇底里,只管做事;二来,他们动手还可以消除嫌疑,降低日后暴露自己的可能,是个一举两得的好法子。除掉李西沅,还需借兵行事。

下午,当天的第二次轰炸又开始了,依旧是三架轰炸机、两架战斗机,由西向东。这二番空袭,出乎所有人的意外,六纵预设的机枪阻击阵地,还没来得及反应,六架飞机已然从头顶掠过,直奔县城去了。照旧是投弹、扫射,再掉转头回去。

敌机回程,程兴柱指挥机枪开始对空射击。敌机编队猝不及防,一架轰炸机中弹后冒出一股子浓烟,摇摇晃晃向西,勉强逃走了。这下,程兴柱既高兴又惋惜,下令在前沿伏下暗哨和电话,一发现敌机露脸,就迅速通知,以便狠狠地干它几架下来,杀杀鬼子的骄横之气。

这样做好了准备之后,机枪阵地枕戈待战。第二天上午九点整,果然前面哨位报告,有日本飞机出现。阵地上立即忙碌起来,摩拳擦掌准备动手。却不料,日本飞机先行派出了八架战斗机打头阵,仗着机身轻捷小巧,抢先俯冲下来,对机枪阵地先行展开了三个轮次的扫射,阵地上的人无处隐蔽,被击中倒下了一片。扫清障碍危险后,日军轰炸机登场,一个波次依旧去执行轰炸吴尚的任务,另一波次的飞机对六纵机枪阵地俯冲做密集投弹。几十枚重磅航空炸弹将阵地掀了个个儿,几乎夷为平地,阵地上的人员、武器损失殆尽。

（十一）

盐商李西沅本是被炸弹惊吓过的人，知道这东西不辨敌友是非，落地就炸。而他这座宅邸从天空俯瞰，是再明显不过的目标了，需要万分提防，但却又难以提防。

叫过四姨太来，问她那位南京来的表弟有什么消息没有？四姨太说日本人看似狂轰滥炸，实质上是有挑选的。李府这地方人家做了记号，不会丢炸弹的。他半信半疑，天黑之后又叫来管家，让他仔细留神南京亲戚的举动。管家悄悄告诉他，刘先生已经将府中藏的两个女人弄走了，难道他也是心中没底？

李西沅听了默坐了片刻，低声吩咐管家去准备船只，他想去城外避风，他在城北十里外处四面环水的庄园。

管家愣了一下。据他所知，姓刘的有一已经将两个女人抢先运到那里了，但四姨太拜托他帮着隐瞒，他不敢多话。

一墙之隔的黄公馆里，已然杀机重重。黄参议瞅准了机会，要抢在日本人空袭之前，解决掉他的仇人。

黄参议从老督军处借得八条汉子，都是腰插双枪能翻墙越户的主儿。借着夜幕掩护，先行藏在黄公馆里，半夜时，他的十来个心腹也悄然抵达，一行人静待时机。

凌晨三点，他下令动手。按照预先的布置，先有人翻墙入户，解决掉守门的家丁，开了角门。他率一众人等杀气腾腾地闯入李府。这次，他们是早有准备，人人佩枪，同时又都口衔利刃手提麻绳，逐院逐户地拿人。李府中的家眷下人都在酣沉梦中，哪里防到会有这样的剧变？只能束手就擒。

黄参议事先有过侦查，知道府里的人都聚居在前面几进，后宅只有两个值守防盗的护院，无关紧要。于是，没费多大气力，就将除了李西沅、四姨太外的所有人都集中在两个院子里，勒令管家来辨认计数。那管家为求保命只得一一查点，结果是整个李宅阖府上下三十余人，悉数在押。

黄参议心底有数，将他提到另外一处地方，逼问四姨太亲戚的下落，还问他知不知道刘云还绑了两个女人？这管家心思活络，马上嗅出了其中的意味，忙不迭地招供。

黄参议一听老婆居然这两天一直在自家公馆隔壁藏身，不由得心急火燎，恼羞成怒，拔出枪来抵在管家的脑门上，恨恨地说："这座宅子，前后左右都被军队封锁了，这姓刘的怎么可能带着她们来去自如？"

管家吓得屁滚尿流，哭喊说这宅子有条秘道通外面，是李家当年为避匪盗时预备下的，出口在天禄街东侧蓬莱巷里的一座小宅子里。那宅子的后墙外，就是稻河，可以转乘小船出城。黄太太以及大小姐，被刘云从这条逃生路线弄到城外的李家庄园去了。他愿意带他们去寻找。

黄参议拐过屏风，站在红木质地精雕细琢的大床前，俯看这光滑丝被下的人形，当即笑道："鸳鸯交颈死方休，李老板雅兴，真是让人羡慕啊！"

他的声音令惊醒的李西沆陡然打了个寒噤。他睁开眼，邻居黄参议冰冷的眼神正对着他的印堂，霎时心生不祥的预兆。

他坐起身来，问："你怎么在这里？"

黄参议大笑，说："今天，我非抢非盗，是堂堂正正地来报仇的。识相的，拿出钱财来消灾灭祸。不然你们满宅子的人都逃不过这一劫。"

四姨太这时也被惊醒了，惊叫了一声，将头藏进被单下面。黄参议伸手抓住一缕露在外面的头发，将她揪出来，狞笑道："李太太，说说你那位远房表弟吧。他是南京大员，还是你的姘头小白脸？今天的祸事，是你引狼入室带来的，怨不得咱们了。奉黎司令的密令，在防区内格杀汉奸，无须再上报待复。非常时期，我有先斩后奏的权力！"

李西沆明白过来，这黄参议又是假公济私，连忙觍起脸来，就势跪在床头作揖，哀声恳求道："黄参议，黄处长，这一切我都不知情，那个姓刘的，是她引入府的，说是远房表亲，在南京方面有熟人，日后万一形势有变，可保平安。我哪里知道他就是什么南京方面的大员啊！"

黄参议用食指挑起四姨太的下巴，左右端详，笑道："这小刘儿，是个风流浪客，四姨太跟他春宵几度啊？竟将他引入府里，给咱们李老板戴绿帽子，对吧？他绑架了我老婆、侄女，也曾藏在这里，管家就是人证！想抵赖是赖不掉的，这种事情，就是闹到了重庆老蒋面前，他也庇护不了，别说你那个小人得志的儿子了，今天，我要替党国除掉你这个汉奸！"

李西沆在床上磕头如捣蒜，连声说："我愿意拿钱赎命，拿钱赎命！"

黄参议一笑，对四姨太说："那枚钻石戒指，内人一直惦记着呢。我不饶他，但你这么个千娇百媚的女子，可舍不得杀了，干脆到我的公馆里做个二姨太吧。我升你两级，肯不肯啊？"

四姨太正在犹豫,李西沅竟先替她答应了,死命地掐她的大腿。四姨太缓过神来,连声答应着,下了床快步去梳妆台前将首饰盒子捧过来,里面的钻石戒指和其他的上等首饰都递到他手里,说:"全都送给黄太太,不,姐姐吧。我甘心做小,服侍你们。"

黄参议也不客气,伸手将盒子里的钻戒首饰等一股脑抓了,塞进口袋里,命令门外等候的人将他们捆起来。接着,在他所预知的日军轰炸之前,下令老督军手下的人先从秘道撤离,返回绿杨旅社。自己的那些手下,则留下来开始清理。他们将原本聚押的李府中人,四处分散,并对所在的房屋堆柴浇油,把院内准备好的手榴弹分成了几捆,拧开保险待用。一众人等坐候西边天空出现异样。

偏偏日本第十四航空队的轰炸机群因为天气原因,迟飞了半个小时。这半个小时内,黄参议心中焦急万分,生怕日本人取消了轰炸计划。他在院子里来来回回地踱步,直到树顶上瞭望的人远远看到了日机的影子,向他打手势报讯,这才如释重负。

他一挥手,下令各院中人按照事先的计划,一旦日机投下炸弹,他们就将集束手榴弹丢进人群引爆,以日军的轰炸来掩护自己的屠杀。他亲自去了李西沅的卧房院内,亲手将李西沅和四姨太背靠背死绑在一处,将三颗手榴弹固定在他们中间,凑在李西沅的耳边,说:"这下子,你儿子收不着你的全尸了。"

李西沅被堵的嘴里发出一阵含糊的声音,身体剧烈地扭动着。四姨太被这临死前的恐惧所笼罩,瘫软下去,连带得丈夫也倒做了一堆。

上午九点三十分,日军对吴尚的第三天首轮轰炸开始了。第一枚炸弹对准了府前街中山塔。一声巨响,将街口不及闪避的商贩和居民吞没在烈焰里,死伤无数。紧接着,李府中传来几声巨响,但见火势熊熊,浓烟滚滚,竟是烧成了一片火海,喊叫声此起彼伏:李府被炸了!李府被炸了!李府被炸了!

整个吴尚城,俨然已变成了人间地狱。

第 八 章

（一）

苏鲁皖游击总指挥部内，一片死寂。所有高级将领都奉命留在部队，时刻预防日军地面部队的进攻。二黎坐在往日济济一堂的会议室里，面前孤零零地放着烟灰缸和茶杯，茶水已经喝干，却没心思再加水，烟灰缸里堆满烟蒂。

黎星源转过身，仰望着后面的巨幅作战地图，许久之后，才长长地叹息一声，喃喃说道："你可以约见那位许督军了。谈就谈吧。"

黎星斗一凛神，问道："大哥，你决定啦？"

黎星源点了下头，拿出一封事先已经拟好的电文来交给他看。黎星斗仔细瞧去，上面写着：

> 重庆军事委员会，并呈委员长：苏鲁皖游击部队深陷日军包围，所部伤亡惨重，在此绝境前，多次请求增援未果，为幸存的将士计、为吴尚百姓计，无奈出此下策，留一部与日为媾和伪降，静待时机反正，重归党国；另一部撤离吴尚，以水泊湖荡为掩护，继续与敌周旋，暗中配合，待形势有利时，重返吴尚，重振旗鼓。如同意以上事宜，请予复电，急盼。苏鲁皖游击总指挥部总指挥黎星源，副总指挥黎星斗。

黎星斗嘿了一声，丢下电文，说："大哥原来所说的第三条路是这样的。好是好，只是兄弟分手，让人难舍。"

黎星源说："你可以先行和许督军接触，我在这里静守重庆方面的电文，假如允许的话，就依计而行。"

"那，不允许又怎么办？"黎星斗追问一句。

黎星源苦笑道："照旧依计而行。"

黄参议正在侦缉处里撰写日军今天轰炸导致的伤亡损失报告。日军共投炸弹十四枚，其中三枚命中盐商李府，将这座豪宅南部的人口聚集的几个院落夷为平地，李府主人李西沅以及阖府上下三十余口，死于轰炸以及随后引起的火灾，实为吴尚数十年来未见之惨剧。

写完了报告，他正自得于自己的手笔，突然间接到了黎星斗的电话，让他去约见绿杨旅社的许督军，以他的住处为地点，七点正式开始谈判。他心中一喜，日本人的飞机轰炸果然奏效，逼得二黎接受现实了。他立即丢开手边的其他事务，全力以赴做好今晚首度谈判的准备。

他先去绿杨旅社，转达黎星斗的意思。老督军带着并不确定的口吻问道："这么说，二黎愿意和谈啦，不是敷衍老朽吧？"

黄参议郑重地说："今晚七点，就在寒舍，挑开天窗说亮话。您静候多日，终于云开见日了。早些了结掉吧，这天天有飞机在头顶上扔炸弹的日子，谁也不想再持续下去了。"

回公馆的路上他突然想起一件事来，转而奔都天行宫去了。

林峰对二黎与汪伪方面即将开始谈判自然是一无所知。但从军事角度判断，像这样规格的空袭轰炸，苏鲁皖方面坚持不了多久，吴尚的老百姓更是如此，接下来将会发生什么，他隐有所觉。要么，是二黎撤出吴尚，恳请新四军的帮助，双方合力打开一条通道，由此向东投奔依附几成光杆的韩德勤，局促于比吴尚狭小得多的贫瘠地区，听天由命，自生自灭。要么就此投靠汪伪，参加所谓的和平运动，由一支抗日武装沦为汉奸队伍，助纣为虐，为天下人所不齿。他想到了新近收到的上级指示，尊重并信任黎星源的选择。难道，他去做汉奸卖国贼，也要如此吗？除非，上级有十成的把握确定，无论处于什么境地，他都不会降日投汪。谁能替他打这个包票呢？

他正对自己面临的局面伤神烦恼时，黄参议登门，送来一个最新获知的情报，李府遭受轰炸之后，他奉命救援，从瓦砾堆里找到了奄奄一息的管家，管家在弥留之际向他透露，那个四姨太的表弟，带了两个女人转移到李府在城外的庄园中去了。

林峰半信半疑，但黄参议解释说，自己在南京方面有一些位高权重的熟人，曾经委托自己照应这个刘云。可是这家伙是个白眼狼，非但不知恩图报，倒反过来咬了自己一口。本来，他想使出全力来对付他的，但眼下的形势，日后苏鲁皖游击部队的出路尚属渺茫，为防二黎态度有变，翻脸不认人，他不便亲自动手，只有借林峰之手去办这件事了。虽然眼下他们的动机不同，但目标却是一致的，救出黄太太和贾慧。即使捅出娄子，那二黎也拿林峰没有办法。

更何况,这局势恶化下去,无论是作为三十三师联络官还是其他暧昧难言的身份,他都会离开吴尚远走高飞。倘若没带上贾小姐,岂不是要遗憾终生?

林峰犹豫了一下,觉得黄参议的借口倒是说得过去,并不讳言当前严峻形势下二黎屈服投汪的可能。而且,最后一句话实实在在地打动了他的心。

黄参议又说自己虽不便出面,但是可以派人协助并提供李氏庄园的详细情况。眼下那座四面环水的孤岛,已经被部队四面秘密围困住了,只准进不准出,如果林峰动手,这些人都可以归他调遣。

林峰考虑了一下,答应下来。送走黄参议后,去找程兴柱借兵。

程兴柱在轰炸结束后,正赶进城来面谒黎星源,请求出兵向北,全军进攻新化,放弃吴尚。两三万人局促在这弹丸之地,四面皆敌,只有束手挨打的份儿。还不如孤注一掷,倘若能就此击破小野联队,进占新化城,重新恢复和三战区的交通线,那么部队可战可退,远比当下的险境要安全许多。

黎星源心底明白程兴柱所谓向北进攻,恢复和三战区交通的托词下所隐藏的真实目的。那就是向北进攻,加入新四军的战场中去,减轻新四军方面的军事压力。这一招在他看来纯粹是跳入井中救人,胆气虽壮,却是臭棋。但他没有将这话挑明了,只是让程兴柱全力休整部队,话中有话地说:后面的日子怕是比眼下要艰苦许多,跟着他要有吃苦、吃大苦的准备。程兴柱只当他说的是下一步战事的艰巨,心里顿时有了慨然赴义的准备,大不了全军都战死在吴尚城下罢了。

(二)

黄参议来吴尚多时,以今晚最为荣耀,特意不顾暑热,换上了笔挺的军装,衣冠楚楚地陪在黎星斗左右,内心里为自己能够操控这支杂牌部队的生死存亡而自鸣得意。

许督军沿着黄参议精心划定的路线,到了黄宅。

黎星斗在亭子里吃半只鸭梨压火,见谈判对手到了,便丢开它迎出凉亭去。俩人在水上曲廊里二度握手致意。许督军见亭子里只有黎星斗,不见黎星源,心中只当他们依旧分别扮演台前幕后的角色,也不生疑,拱手笑道:"黎司令,请代向总指挥问好,我来吴尚也有一个多月了,看来,咱们注定要在这盛夏时节把事情解决掉了。"

黎星斗继续啃了几口梨，笑道："是啊，夏天太热，大家火气都大。大概要到秋天，才能心平气和一些，岂不更好？"

许督军说："汪先生在南京，翘首期盼，就等着吴尚的好消息呢。咱们可不能让他久候。"

黎星斗一笑，说："他都等了三两年了，还在乎这三两个月？"

许督军说："此一时，彼一时。那时候，是时机未到，眼下正是瓜熟蒂落，倘若过期了，任由它落地腐烂，岂不是暴殄天物？"

黎星斗将梨核往亭外水中一扔，说："果子熟了，空口白牙地也是摘不到的。还是先把南京方面的条件摊开来说说。"

许督军对于汪精卫开出的招降条件，早已烂熟于胸，当下也不兜圈子，直接将它摆在了桌面上。如果二黎能够易帜投向南京方面，南京政府将授予上将军衔、第一集团军总司令、中常委、江浙清乡委员会主任，清乡部队总司令、军事参议院院长等职位。苏鲁皖游击部队改编为第一集团军，原纵队司令改任中将师长，所有军饷、粮饷都由南京政府解决，各级军官均有升迁和赏金。这支军队将会是汪政府最为倚仗的武装力量。

黎星斗思量了一下，大致跟以前那些说客透露的情况差不多。但是，这些条件与黎星源无缘，自己一个人担当，倒是有些累赘。他细想了一气，又去拿起只鸭梨来，边吃边说道："你的条件讲了，该我提了，这就叫做漫天要价，坐地还钱。你不要放在心上。"

许督军呵呵笑道："谈判桌上，一切都可以谈，司令有话，请直说。"

黎星斗开出了自己的条件。一是虽然易帜，但仍驻吴尚，防地不变；二是日本军队撤回，恢复战前的原状；三是日军不得有一兵一卒进入吴尚；四是苏鲁皖内部是战是和，内部自行解决，南京方面不得擅自插手；五是即刻由江南运送粮食来接济吴尚军民。

许督军听了这些条件，沉吟了片刻，说："我一定全部转达，但决断权不在我手里。一切都等汪先生的意思。"

黎星斗将第二只梨核扔进池塘，捻了几下佛珠，说："行，就这么着吧。咱们都亮了牌，何去何从，那是汪主席的事情了。咱们俩在这里强撑着也没什么意思，各自忙事情去吧。"

许督军笑道："我是受人之托，转达情况。司令还有什么事情赶在此刻忙碌？"

黎星斗笑了起来，说："整军备战。我这个人做事，一是一，二是二，绝不对他人报以幻想。"

许督军脸上隐隐变色，竖起了大拇指，说："好汉子，直来直去，我喜欢这脾性。最讨厌那些只在肚子里藏花点子，其实不敢担当的家伙。"

谈判的首个回合就此结束，短暂但实际，没有虚话，全是硬板实实的条件。此后大约四个钟头，谈判的详情由黄参议掌控的电台发往南京。半夜里，这封密电将汪精卫从睡梦里惊起了，他爬起身离开卧室，去楼下客厅里，从机要秘书手里接过电报来，就着灯光仔细看了两遍，仰面朝屋顶出神。

黎星斗的条件，远远出乎他的意料。如此看来，这支杂牌军的易帜，也就仅仅是易帜而已。在军事意义上毫无用场，但政治意义上呢？

与此同时，黎星源在公馆特设的电台里，收到了重庆方面的绝密复电，上面寥寥一行字：

危急时刻，准予便宜行事，望诸位曲线救国，保存实力，伺机反正。

黎星源如释重负，站起身来在屋子里走了几个来回，喃喃自语道："苏鲁皖有救了，苏鲁皖有救了，我黎某有救了，几万弟兄们有救了。吴尚的老百姓也有救了。"

蒋介石近日正在商讨应对处于沦陷区内的大批军队的出路问题。日军自长沙之战后，转而对后方清剿。而陷落在那里的各支部队，遭受日军进攻，无力支撑，纷纷来电求救，远隔千里之地，实在拿不出什么法子来救他们于水火之中。心中只恨这些人为何没有共产党的本事，在敌后能够发展壮大。这些人都是几年来跟日军作战时溃散或者后撤的杂牌部队，成分复杂，打着重庆方面的旗子，实质上天高皇帝远，个个都成了割山称雄的草头王。指挥调动他们很难，但伸手要起钱粮来，却是一个比一个上劲。现在，他们的生存成了棘手的问题，最后的出路，还得由他来定。像吴尚二黎能发来密电请示，已经是好的了。有些人跟日伪勾结，有奶便是娘，早就将他这个委员长忘在脑后了。不过，除了少数关键地区的部队需要并能够予以救援外，他也是无法可想，与其让他们给日本人消灭了，还不如任其自便。这些人投靠了汪精卫，协同日本人在沦陷区里能做什么？自然是要对付八路军、新四军，权当是执行自己的秘密战略意图罢了。

想到这里，他有些释然，甚至觉得他们这样的选择，是代自己解决了一个难题，从今而后，他再也用不着为筹集供养他们的军费发愁了，他将这个包袱累赘一股脑地抛给了汪精卫，由他去想法子养活这帮子人吧。不过，他对于黎星源所报的应对方案还是抱了几分赞赏的意思。这位老同盟会员，北伐军名将，关键时刻，保持了气节，又有灵活变通的办法，上对得起党国，下对得起士兵，在政治上又立于不败之地，倒是老辣圆滑得很。若不是他有亲共的嫌疑，这等人物，比韩德勤之流高明多了，日后有机会还是能用的。

（三）

吴尚城东北有一条运盐的河道，历年来，河上走的都是盐船，往来的都是运盐的挑夫、船夫，因此有了一个不雅的名字卤丁河。这条河在临近县城十二三里的地方，宽阔水深，和一个湖泊相连，湖中心，有一处地势高的所在，历年来疏浚挖河的泥土将它逐步垫起，俨然成了孤岛形状。上面建造了一座庄园。这地方因为地处狭僻，不为人所关注，是一个可以避灾躲祸的世外桃源。

半夜时，林峰根据渔民的讲述以及李府管家的交待，决定带队伍迂回到庄园北面。他先让几个士兵打前站打开庄园的大门。

与此同时，守楼的人也觉察到了外面的危险，向下面连打了几枪，厉声询问。林峰高声问他们的头目刘专员呢？请他出来说话。楼上人大笑，说刘专员自有公干，怎么会在这里等他？他这次可是失算了。

林峰一惊，问道："他去哪里了？"

楼上人答："他去哪里，怎么会告诉我们？必定是你想不到的去处。"

林峰心系贾慧的安全，又说道："他丢下你们在这里做替死鬼，自己却脚底抹油溜掉了。你们还想为他卖命吗？"

楼上人大笑："有这两个女子在我们手里，我们自然有活路。"

林峰冷笑："那好吧，咱们定个君子协议，你们放了那两个女人，我放你们离开，绝不食言！"

楼上人哈哈一笑，说："就这么办。你们在码头给我准备两条船，一条放女人，一条给我们，离开河岸后十分钟，你们再去接她们。行不行？"

林峰只得答应。当即下令在庄园大门外的码头口布船，撤去楼下的围困。果然，三五条汉子下楼来，枪顶着憔悴不堪的贾慧和黄太太，向着庄园大门退去。

等到约摸十分钟左右时,林峰亲自上船,在后面追。这伙人为了赶紧逃命,果然践约,将两条船之间的绳索砍断,一路奋力划水,飞也似的脱离了这片水域。

等到林峰他们赶上了,只见那木船在水中央随波横斜打转,赶紧搭靠上去,解开她们的绳子,急问刘云的下落。贾慧正待回答,那远处河岸传来一阵阵密集的枪声。林峰明白过来,这伙劫匪以为逃脱了罗网,却不料跟黄参议戒严的部队碰上了,怕是没有活路可走了。

贾慧赶紧告诉他刘云前天就离开了庄园,说是有件大事要办,办妥了,就能一劳永逸地解决吴尚的问题了。林峰先是迟疑,有什么事情能够如此关键?随即倒吸了一口凉气,说声糟糕。这所谓的大事,难道是跟二黎碰面?自己从下午起,就忙于安排救人,疏于监视二黎的动向,难道是中了调虎离山之计?他隐约觉得,此时此刻自己身处在一个错误的境地。无暇多想,火速带着两个女人返回吴尚,直奔黄公馆。

黄参议听说老婆获救回来了,急忙一溜小跑到门前,就着烛火抓住黄太太的手,左看右看,不禁流下泪来,说:"你总算回来了。刘云这个王八蛋,真是死不足惜,宰了他没有?"

林峰留意他的神情,刺探一句:"他不在那里。这位特使在跟二位总指挥商量要事吧?"

黄参议摆手,不容置疑地说:"不可能,他在城里是过街的老鼠人人喊打,我在城内密布眼线,只要他敢公开露面,性命就保不住了。再者,他想见两位总指挥,难道还绕得过我这个侦缉处长?"

林峰想想也对,可心底依旧疑惑。

黄参议心中高兴,不想再跟他纠缠多说,使了个眼色,笑道:"这次失手,想必她们都记住了这个教训。这乱世间,哪里都不可靠,只有自家男人身边最安全。林参谋,还有乖侄女儿,这一番挫折后,该明白了吧?对不住了,我自家的女人自家宠惯了,你们自便吧。"

林峰和贾慧对视一眼,不禁笑了起来。林峰揽过她来,说:"我送你去都天行宫,咱们互相照应着。对不对,黄太太?"

黄太太含笑说:"随你们住哪里。有了空就来这里坐坐。夏天里黄公馆是个避暑的好去处。"

走到三岔路口时,他吩咐手下护送贾慧先走,自己拐个弯去附近的程兴柱住的地方走走,想从他那里得到一些线索。

凌晨四点左右,天色渐亮,街头早起的人们已经不少。只见这处宅子院门虚掩,他心底暗自生疑,先拔出枪来,抵住门板向后猛力推开。霎时间,里面的情景将他惊呆了。院子里,横七竖八地躺着几具尸体,都身着六纵的番号。庭下廊柱前,程兴柱倚柱而坐,浑身是血,惨不忍睹。

林峰叫声不好,冲了进去。他这一刻终于恍然大悟,原来刘云是率人来偷袭程兴柱,意欲折断苏鲁皖游击部队的这根顶梁柱,也是迫降二黎的有力举措。

他垂下握枪的手臂,心情沉重地站在程兴柱的面前,默不做声,两眼中不觉涌出泪水来,长长地吁了口气。背靠廊柱的程兴柱突然微微睁眼,笑了笑,声音微弱地说:"林参谋,男儿有泪不轻弹。你哭什么?"

林峰吓了一跳,急忙蹲下来端详他的脸,检查他的伤势,发现他身中五刀,都在要害附近,却偏偏没能要了他的命。当即不由得惊喜交加,连声招呼卫兵快点过来帮忙,他还没有死!

(四)

六纵司令程兴柱遭袭的消息传遍了苏鲁皖游击部队。黎星源大发雷霆,他在僵死之局里另辟蹊径的妙计中,准备带走的部队就是六纵。这个时候,程兴柱居然遭到了暗算,看上去就是针对自己这个计划来的,不由得他不疑心黎星斗。黎星斗比他更焦急,一心要洗脱这个嫌疑,表明心迹,命令黄参议全力侦查。

黄参议未经深究,就拿出了一份报告来,意图杀害程兴柱的主谋及实施者,就是那位曾经持着窦雪广的荐信来吴尚拜望黎星源,尔后又长期留居吴尚的刘云。他是汪伪特工总部在吴尚地区的特派员,专门从事暗杀、绑架行径,目的在于破坏并挑唆苏鲁皖下辖各部的关系,以达到不战而屈人兵的目的。黎星源看完了这份报告便不再多想,只是问黎星斗,南京那边有没有回电?黎星斗说还没有,自己提出的那些个条件,恐怕汪精卫一时难以做出决断。正好可以拖延些天数,好让自家这边能从容些行事。

黎星源叹口气,说:"能拖一天是一天,弟兄们聚了这些年,天下没有不散的宴席。是到分手的时候了。多叙叙兄弟间的情谊，为日后反正重聚做准备。"

黎星斗笑道："大哥不必担忧，只要汪精卫应了我的这些条件，吴尚还是我们的，但等时局变化对咱们有利时，即刻反正重归党国阵营，那是举手之劳。"

黎星源摇头说："造化弄人，只能走一步看一步。想得太远是不济事的。"

但黎星斗依然乐观，胸有成竹地认为只要南京方面承认了这些条件，他就有办法将吴尚打造成铁桶阵，用汪精卫的银子和军火来养精蓄锐，再回过头来对付他。这叫做以彼之矛攻彼之盾。

黎星斗的算盘，自认为打得精明。但黎星源对此并无信心，那南京方面的诸大员，哪个不是人精，还能看不破这其中的机巧？二黎商谈之时，南京那边，除了汪政府几个大员都参与讨论商议外，日本军方也派员列席了会议，一个是华东派遣军参谋长柳原中将，一个是第七旅团长南部少将。

会议中，几乎所有人都反对接受黎星斗提出的条件，这样的条件，对他们而言，几乎等同于戏弄。不驻军、不听调，要他们这伙人来干什么？其中尤以周佛海反对最烈。他认为这支杂牌部队已是无药可救，不如就此驳回所列条款，还是由日军武力解决。

南部主动请缨，有把握在三天之内，会同友军围歼这支部队，以震慑其他负隅顽抗的敌军。

陈公博思忖再三，不无惋惜地表示这吴尚二黎是不知变通的蠢人，覆灭当头，还要强撑门面，非得将自己的身家性命丢在江北这块地面上吗？周佛海建议，再打一仗，给予他们惨痛的教训，让他们失去决一死战的信心和胆量，不敢再做困兽之斗。

汪精卫手里把玩着一支派克金笔，沉吟不语。等到大家都亮明了态度后，抬起头左右看看他们，微笑说："我的意见，同意他们的条件。现在的形势，我是要这支杂牌部队亮明自己的态度。态度决定一切，只要他们表了态，后面的事情，就好办了。一切都可以迎刃而解。精诚所至，金石为开，我的诚意定能换得他们的效忠。"

此话一出，举座皆惊。汪伪政府各要员不便反对，但与会的两个日本将官却不肯了。南部站起身来，说："汪主席，我的部队弹指间就可以消灭他们。他们是无路可走的败军，为什么要再三让步？"

柳原赞同他的看法,说不能开这个先例。日后如果其他人都是抱着这样的态度来效仿,那贵政府还有什么颜面来维持占领区的统治?

汪精卫笑了几声,请他们稍安勿躁,说:"两位,前面的军事行动已然告一段落,时机已经成熟。为了达到这一目的,双方都已死伤不少精锐之士,我的主张,既省却了贵军的损失,又能得到尽可能的军队来降,这是个皆大欢喜的事情。我只要吴尚城头升起南京政府的旗帜,一切就都算落实了。这支实力犹在的军队,日后将成为你们的友军、助手,化敌为友,难道不比兵戎相见要好许多吗?"

南部想起前几番恶战,脸色潮红,声色俱厉地说:"这支支那军队,对皇军犯下了不可饶恕的罪行,我要将他们全部消灭掉!"

汪精卫不以为然,说:"这件事,我已经在电话里跟畑骏六大将反复讨论过了,他已经同意我的意见,为了避免付出更多的代价,二位将军,不要意气用事。"

他抬出了派遣军司令官的牌子,柳原与南部无话可说,只得悻悻然坐下。会议就此以汪精卫的意见为主导,达成一致,同意黎星斗提出的全部条件,复电即刻发往吴尚。由许督军告知二黎,并催促他尽快商定易帜时间,签署文件。届时,南京方面将派要员赴吴尚,与许督军一起为二黎的归顺设宴庆祝。

黄参议接到了回电,欢欣鼓舞,立即将南京方面的意见转告给黎星斗。黎星斗听到这个消息,既没有表现出兴奋,也没有沮丧。沉默了一气后,指示黄参议代表自己与老督军商议易帜归顺的文件。他这两天心烦意乱,不想多过问这件事。黄参议见他如此反应,心中疑虑,问了一句:"总指挥对于这件事的态度,有没有改变?"

黎星斗摇了下手,说:"他委托我全权负责,我只有硬着头皮顶上去。这些闲话,你就别管了,一心一意去做吧。"

黄参议又问一句:"盐商李府被日本飞机轰炸绝了户,我代为料理了丧葬后事,但他的家产细软,不知该如何处置?"

黎星斗不客气地撸了下袖子,说:"非常时期,先行造册充公吧,正好襄助我们的军费开支。有句话说的好,是你的终究是你的,飞到天边还得飞回来。你觉得呢?"

黄参议赞道:"是这么个理,司令一言中的,精准无比。"

黄参议探得了黎星斗的最终态度,离开晓光寺,半途上看到独八旅的部分队伍正穿城向西进发,步履从容,不像是奔赴前线参与战事,更像是一次寻常的调防。和谈将成之际,这样的军事行动意味着什么?他心中狐疑,当下去查探,结果出乎意料。原来,吴尚驻军从昨天开始陆陆续续开了东西调防。独八旅向西,逐步接管六纵的防地,六纵移交防区后,向东接防独八旅的地盘。这是怎么回事?二黎这个调防举措,让黄参议猜不透底细。难道,是程兴柱性命不保了,为防六纵哗变,将他们调离?可是,这向东不正和新四军根据地相近吗?要么,是二黎心中和意已决,避开这支劲旅,做出姿态来。这似乎也不像。一但他们易帜投汪的决定漏了风声,岂不是更容易兵变投共?

他正为这个变故疑惑难解时,只见少校林峰骑着快马穿街而过,急匆匆向西去了。看行色像是有急事在身。他心中一动,眼下这关键片刻,这个暗藏的共党分子,会做出怎样的事情来呢?大功将成之际,黄参议可不想节外生枝,招来麻烦。他心中计较已定,将老督军从绿杨旅社请到黄公馆或者李府里去住。那里至今依旧处于军队的严密包围下,足以保证他的安全。

（五）

林峰策马过街,去告诉程兴柱刚刚从面铺联络站得到的消息:二黎已经与汪伪特使秘密展开密谈,情况紧急,必须展开针锋相对的行动,锄奸杀贼。程兴柱听了大吃一惊,挣扎起身,去地图前琢磨片刻,拍了一下桌子,恨声说:"怪不得下达调防命令,将独八旅放到了城西,原来是想开门揖盗。也罢,六纵既然到了东边,大可以拔营起寨,投奔新四军去。这一路上坦途无阻,谁也拦不住。"

林峰提议他可以再去会会黎星源,挑明了这件事,看他的反应。从调防的迹象来看,二黎降敌似乎没有必要将六纵放到东边,难道他们就不怕这支亲共的部队会借此良机兵变投共吗?这一招棋,看来还得详加思量。

程兴柱命令卫兵去叫来黄包车,他要面见黎星源,当面问个清楚。

贾慧在庙北侧的一间临时辟出的厢房里,才稍稍恢复了一点精神。庙里的军官士兵们都认识她,知道是林少校的女朋友,大家心照不宣,眼看她和长官的关系又近了一层,怕是离谈婚论嫁不远了。

林峰忙着,只有天黑后才来看她。说起这几天从墟口到李府、再到那个孤岛庄园的辗转历程,贾慧的目光里杀机重重,找出自己的袖珍手枪来,让林峰想法子去给配齐了子弹,自己要拿着它亲手杀掉那个无恶不作的混蛋。好在这种枪是勃朗宁系列统配的子弹,在国军装备里并不难找。林峰没费气力就搜集了十几发,一股脑全给她,心中却盘算着送她去根据地,正好用以防身。

此刻,恢复了精神的贾慧正将子弹填入枪内,打开保险,瞄准了紧闭的木门,试手感。林峰推开门,屋里屋外同时吓了一跳。贾慧忙不迭地垂下枪口。林峰心有余悸地拍了下胸口,说:"吓死我了,可不能这样乱来!"

贾慧松口气,收起枪说:"给我几个兵,我要找到他!"

林峰摇头,说:"他比兔子跑得还快,这次是功败垂成。若是在庄园里逮住了,就省了许多的麻烦,那该多好!"

贾慧不信,说:"他不是特使要谈判吗,抓住这一点,还怕他飞上天去?"

林峰无奈地笑,说:"据我所知,谈判已经开始了,但他却杳无踪迹。难不成,他躲在二黎的公馆里? 这绝不可能。"

她一时也想不清楚,迟疑着说:"这个家伙是够狡猾的。怎么老是让人猜不透他的想法和做法呢? 最近几乎每件事都跟咱们的判断相反,可真是邪门了!"

她这一句感慨,倒给始终不着边际的林峰提了个醒。因为刘云的诡计,使得他们的判断跟实际真相相左,如果这是一个规律的话,那么在兵法上就叫做"示之以左,实在其右"。如果遵循相反的思路来思量,自己眼下正在猜疑刘云与二黎谈判,实质上,他没有干这件事。那么,他在吴尚地区扮演的是什么角色呢? 他这次主动出手,难不成是替另外的事情打掩护? 倘若这个谈判正在进行,而谈判者又不是他的话,汪伪特使只能落到一个人身上——许督军。

他恍然大悟,在自己的脑袋上狠拍了一记,懊恼道:"怪不得呢,上当了!他,黄参议、老督军,合谋在演戏。我怎么没有留神呢。"

贾慧看着他这如梦方醒的反应,似有所觉,问了一句:"难道,咱们上当了?"

林峰抬手指指她,说:"你被他利用在吴尚营造扑朔迷离的气氛,转移我们注意力。黄参议在配合他做局,他几次主动到这里来找我,都是别有用心。也是我大意误信了他,忽略了老爷子。他不是树大招风的幌子,不是假公济私来吴尚追杀女儿的恶毒父亲,也不是挟私怨挽回颜面来追讨小姜的糟老头子。他是汪伪的特使,刘云所做的一切,都是在掩护他。唉! 我想拖延局势的进展,延缓二黎与南京方面媾和想法,恐怕已经晚了。不行,必须当机立断,挽回损失。"

贾慧站在门外廊檐下,望着林峰匆匆上马,率人出庙去了。她木然望着游移的光线和阴影,忽然,一个念头让她猛然省起,林峰匆忙离开,似乎是下定了决心要去办一件大事。会是什么大事呢？一定是冲着绿杨旅社的老爷子去了。贾慧回身进屋,取了那把上满子弹的手枪,掖在宽松的袖管里,快步离开了都天行宫,赶往绿杨旅社。

（六）

黎星源一眼瞅见程兴柱的神色,便知晓了他的来意。先请他坐下,沏茶上水果,询问他的伤情。程兴柱说伤倒不打紧,无非是歹徒想暗杀自己,以方便他人行事,搬掉与汪伪和谈的一块绊脚石而已。自己命硬,两次遭人偷袭都没有死,看来上苍还是关照他这样热血卫国的汉子的。

他这番话直截了当地,甚至将隐藏的苗头对准了黎星源。

黎星源微微一笑,说:"你大难不死,必有后福。我说过你不但是一名骁将,还是一位福将。苏鲁皖有你在,我心里就有底。日后,要加强警卫,别再给人可乘之机了。"

程兴柱喝了口茶,抹抹嘴唇,说:"挨了一两刀,倒没什么大碍。我听说苏鲁皖游击指挥部已经开始跟汪伪方面的特使谈判了。吴尚城易帜在即。有这么回事吗？"

黎星源摇摇头,说:"我至今并不知情。至少,我本人没有以任何方式与南京方面接触。这一点,依旧与上次我的誓言承诺同样郑重。你若发现我本人或者我同意他人以我的名义做这件事情,你可以不客气地开枪打死我。我个人,绝无投降的可能。"

程兴柱见他态度如此坚决,依旧存有疑惑,又问:"那么,为什么要将我的部队调访到吴尚以东?"

黎星源叹息说:"你这个人,真是粗心。难道就看不出我的良苦用心？当下形势如此,要做好应对的准备。我调六纵在东,就是将苏鲁皖的部队重心东移,内中用意还用再说吗?"

程兴柱思量一下,说:"你是想往东走,经由新四军的防区,去投奔韩德勤？"

黎星源摇头说："错了，我要下乡打游击。你届时愿意跟我走吗？"

程兴柱站起身来，直起腰板，说："如果总指挥坚持抗日，在下鞍前马后，誓死随从。"

黎星源按住他的肩膀，语重心长地说："我不止一次跟你讲过，在抗日的前提下，你我不离不弃，难道短短几天就忘记了？好好回去休息，养好身体在水乡里打游击，风餐露宿，需要一副好身板。"

程兴柱离开黎公馆，仍然是疑虑重重。黎星源信誓旦旦如此，又透露了打游击的准备，让他无话可说。但是这依然不能解释当下正在暗中进行的和谈。难道，是黎星斗在办这件事，而黎星源被蒙在鼓里？绝不可能！这不是二黎行事的风格。

他在归途中拿定了主意，假如黎星源违反了他的诺言，自己就率部向东，投奔新四军根据地。

林峰已经等了一会儿，正心急火燎。见了面一把拉住追问他跟黎星源谈话的内容，程兴柱便原原本本地相告。林峰分析了一下，说由程兴柱出面，派兵包围绿杨旅社，逮捕老督军，将他押到六纵的兵营里去，审讯到底是怎么回事。黎星源不是有过承诺吗，来个拿他的矛戳他的盾。

程兴柱当即亲率警卫排一路直奔咫尺之遥的绿杨旅社，但这次，他们失算了。客房已是人去屋空。老板说许老先生已经退房搬走了，是黄参议亲自来接的。

林峰得知，大叫不好，黄参议这样大张旗鼓地来绿杨旅社接人，可不是什么好兆头，恐怕这秘密谈判已经有了结果，他们需要将老督军保护起来，以防意外。这种情形下，他们必须沉着冷静，不能乱了阵脚。程兴柱即刻出城，掌握部队，见机行事。林峰返回都天行宫，向根据地发电，汇报当前情况，再度请示应对措施。同时，密切地派人关注城里二黎公馆以及黄公馆的动静。

就在程兴柱率部下冲入绿杨旅社时，贾慧正坐在街对面的茶馆里，目送程兴柱率部属悻悻然离开绿杨旅社，起身来往黄公馆方向走去。她想老督军应该在此，她必须去好好见见这个老父亲。她袖中藏枪，早已将几年来东藏西躲的惶惑和恐惧都忘干净了。

黄公馆以及附近的街口，果然比往时改了氛围。岗哨林立，肃杀森然。贾慧在第一道路口被阻拦了一下，到了公馆门前，又被二度挡住。不一刻，黄太太急急忙忙将她接进了宅子，关上房门拍着胸口说："老天，你怎么还敢来？老爷子被老黄请进了隔壁的李府，这可比在身边落下一颗未爆的炸弹更加可怕。我想避开，可是老黄死命不让。上次去苏州不成反而给他惹了麻烦，这次是无论如何不肯放我走了。可你好端端地，来这里做什么？"

贾慧坚定地笑："我想见见他，当面揭穿这个伪君子的面目。"

黄太太惊惧地盯住她，问："你当真不要命了？他找了你这么久，怨恨未了。你还敢送上门去？"

贾慧凄凉地一笑，说："又不是没见过面。更何况，他们都能默契配合了，这样的仇冤都能咽下肚子，我还怕什么？怎么着我们也是父女。"

黄太太连连摇手。贾慧洞悉她的心思，说："放心吧，我不会透露你的秘密。而且还要替你遮掩。难道，这一点你都信不过？"

黄太太流下泪来，说："我其实跟你一样，从骨子里想开了。我不怕他，但是万一因为我的事，他对老黄不利呢？"

贾慧冷笑："黄参议跟这位督军大人亲密得很。他们在做一些天大的买卖，还在乎你这鸡毛蒜皮的小事儿？"

眼见贾慧坚持，黄太太只得让步了。两人出了房间，去凉亭上透气吹风。此刻，距离上午九点日本人的轰炸，已经过了五六个钟头。城内着弹处的人家哭声一片，其余不相干的人则各自吃饭喝酒，议论时局，等候着明天上午日本飞机再次光临。人心惶惶已几近麻木，几乎人人都有了坐以待毙的绝望感。

黎星斗责问黄参议，既然条件都已经谈好了，为什么日本人还要如此咄咄逼人？黄参议解释说这空袭轰炸，是不能戛然而止的，现在比之于前几天，早已宽松许多了。今天一共才来了两架飞机，各扔一颗炸弹走路，算是敷衍了事了。黎星斗说一颗炸弹也不能扔了，双方都达成了协议，只剩下一个文件签字和履行步骤而已，再因这点事儿酿成事变，一切可就都白费气力了。黄参议连声称是，表示马上去找许督军，请他致电汪主席。

黎星斗摸着脑门坐下来，压低了声音说："黄参议，这次吴尚易帜如果成功了，你在南京方面可算立下了大功一件。我猜，日后你怕是不会留在我这里了。你离开吴尚另有高就之后，还会记得我们吗？"

黄参议从他的话中听出了弦外之音，若是放在过去，一定会吓出浑身的冷汗来，但现在却毫无惧意，点点头说："司令，咱们在这吴尚城中聚首，也是缘分。我本是个穷困潦倒的人，落魄异乡，承蒙司令厚爱，委以重任。恰逢这时局剧变,为司令计,为众弟兄们计,我无奈之下做的这点事情,既是在救人也是在自救。在苏鲁皖这一年多的时间,是黄某人终生难忘的日子。日后无论走到哪里,都将铭记在心。"

黎星斗挥了挥手,打发他走了,苦笑了两声,自言自语道:"大家都束手旁观,就看我一个人在台上演戏,这出戏还不能唱砸了。真是赶鸭子上架,让人活受罪了。"

（七）

黄参议回到公馆,想洗把脸再去面见许督军,转达黎星斗的意见。进了门,竟远远瞧见了贾慧坐在凉亭里,心里有些警惕,疑心她是替林峰来探听消息的,装作不经意地来问了林峰的好。贾慧似乎不感兴趣,说他不知道在忙些什么,自己一个人住在兵营里,里里外外都是些粗男人,还不如回家去住呢。黄太太趁势挽留,说她一个人住那里是欠考虑,回家还不如留在这里呢。外面有卫兵守着,安全没问题,而且两个人做伴也有个照应。贾慧顺水推舟也就答应下来。

黄参议心中想反对,但碍于老婆的面子,也只好作罢。好在和谈已近尾声,就剩下签字了。窦雪广作为汪精卫私人代表,已经从南京出发,沿镇江、扬州一路直奔吴尚而来,也不过就是两三天的路程。这一个小女子,还怕她翻天不成?

贾慧重新在黄公馆落脚。当天黄昏时,趁着黄参议去晓光寺面见黎星斗,在黄太太的陪同下,捧了一只盛满水果的篮子,出了门转到隔壁李府角门外。

守门的卫兵阻拦,但黄太太说这是黄参议吩咐的,送点水果给许老先生润喉,这位小姐就是奉命送水果的。

老督军被黄参议安排在了原主人的书房。这地方有书、有禅床、有御女的用具,他一下便嗅出了前居者跟自己气味相投。黄参议奉命来找他说停止轰炸的事情。他说刚刚收到密电,窦雪广已经带了文件上路,顶多再炸两天就算了事了,啰嗦也无用,让二黎收拾人马准备迎接易帜检阅吧。

打发走了黄参议,老督军端起一碗井水镇过的莲子糯米羹来,刚刚尝了两汤匙,却见外面院门一开,女儿许婷婷手提竹篮,徐步迈上了青石台阶。进得门来,将篮子放在案头,说:"黄参议说你喜欢水果,特地让我送来的。你尝一个？"

老督军侧过身子，去案头摸到一件玉器，捏在手心里把玩，说："回去替我谢谢黄参议，知道我老人家还有几颗牙，咬得动这些东西？"

贾慧冷冷地说："捎口信给黄参议，那是举手之劳。不过捎信给刘益谦，或者刘云的话，就没我什么事了。你可以派这位姨太太走一趟，她熟门熟路。"

老督军没有应声，腰板笔直。

贾慧跨前一步，悄声说："许督军，刘公子，居然沆瀣一气成了伙伴，说出去，那简直就是一个滑稽笑话。世间会有这样的事情发生，其他的就不必想象了。我很想听听这其中的故事。"

老督军嗓子里闷哼了一声，依旧没有理会。

贾慧见他保持缄默，心下的气恼愈加强烈起来，从他的身后绕过案几，转到他的正面来，怒目而视。老督军漫不经心地打了个哈欠，终于开了口，说："我不想看见你，带上门，滚出去，滚得越远越好！"

但贾慧却迅疾地抬起了手，将那把捂得热乎的手枪顶在了他脑门中央，低声说："别再跟我摆什么督军大人的谱儿！我不怕你，现在我连死都不怕，还怕你？"

老督军的额头被这坚硬的枪口硌得生疼，但却没有退缩，努力地向前倾斜，与这支枪形成了近三十度的锐角。他两眼聚焦，盯住这乌黑的枪身以及女儿白皙的手指，喃喃地说："拿一把枪来吓唬七十岁的老头，真的是愚蠢到家了。你这个蠢丫头，除了火暴的脾气有些像我外，没有一样遗传我的血脉。我怎么——会有你这样的女儿，上天造物，真是荒唐！"

贾慧听他开口称自己女儿，心底一软，几乎把不住持枪的姿势，就在她软弱的一刹那，督军伸手在她的腕部一握，变戏法样卸掉了她的枪，倒转枪口来顶在她的太阳穴上，两眼几乎要喷出火来，一字一句地说："如果不是在吴尚，如果放到一年之前，你的性命就到此为止了。你真让我失望。这些年一点长进都没有，还是一个自以为是的蠢东西！"

贾慧紧闭上眼，泪水却夺眶而出，形成了两条垂直淌下的淡白清亮的白线。她禀性里所有的弱点，都被父亲一一点破。是的，她不得不从心底赞同父亲的评价，甚至开始痛恨起自己来。为什么要几次三番地自取其辱？为什么不果断地狠下决心，即使在吴尚，她也有诸多的机会。几个刘云，都经不住横下心来的贾慧。她摇了下头，带着三分乞求的意味，说："你开枪吧，打死我以解心头之恨，为哥哥报仇。我绝无半句怨言。"

老督军勃然大怒，调转枪身来，用枪柄在她的脑门上重重敲了一记，顿时鲜血迸流。他毫不手软，骂道："你这个给许家带来灾祸的扫帚星，丧门星，还有脸再提你的哥哥，你不配提他，半点都不配！"

贾慧手捂额头，鲜血从指缝间流淌下来，模糊了她的视线。她原本就虚弱的身体，哪里经得起愤急中的一击，就此昏晕过去。

老督军此刻显示出了与他衰老年纪极不相符的敏捷来，迅速伸手将她拖住，就势一转安置在那张湘妃竹编就的逍遥椅上，转身唤侍妾凌青前来帮忙。他坐下来，生了会儿闷气，再瞧瞧缴自女儿手中的那把勃朗宁手枪，古怪地笑了一声，让人去知会黄参议，贾小姐要在这里小住几日，不要费神来找了。

（八）

汪精卫的私人代表要来，目前，苏鲁皖游击部队各纵队司令还蒙在鼓里。尽管市面上有传言，但是二黎摆出的姿态哄骗了所有人。日本飞机轰炸的次数日渐稀疏，三面围逼过来的日军部队也出奇地安静，甚至还有少数地方出现退却的迹象。这似乎预测，吴尚从岌岌可危的边缘，重又回到了太平之地。

林峰对贾慧的行踪并没有太过在意，只猜她又去了黄公馆。他此刻全力在侦查许督军的下落，最后根据城内军队警戒的状态，终于将目标锁定在李府。可是，另有消息透露，是黎星斗觊觎里面的巨额财富，以保护为由想占为己有。更有风声流传，李西沅之子已经在重庆获悉了父亲死于轰炸的消息，怪罪于二黎，二黎为逃避失职，做出姿态来准备给星夜从重庆潜回吊唁的来人看看。

总之，三种说法，将许督军潜居李府的真相遮掩起来，同样只有二黎和黄参议清楚内幕。但是，还有更秘密的消息，连南京方面绝大多数人都不知情。江浙清乡委员会主任窦雪广，以汪精卫私人代表的身份已经抵达镇江，准备稍作停留后，经扬州前往吴尚。这条线，舍近求远，为的就是掩人耳目。

贾慧被父亲那一记敲打，体力不支昏晕在地。等到醒来时，天色已亮，屋子里还掌着灯，凌青坐在她的床头，正用奇怪复杂的眼神俯看着自己。她抬手一摸,有厚实的纱布包扎了。

凌青暧昧地一笑,说:"是我替你裹的,手艺怎么样?"

贾慧努力地想起来,但被凌青用力按住了,说:"老爷子吩咐,你就在这里休息,哪儿也不能去。等恢复了身体再问你话。"

贾慧放弃了挣扎。凌青似乎是真的奉命看护她。到了次日天黑之后,凌青实在无聊,在屋子里蹑手蹑脚地踱步,喃喃骂起人来,只是不知道在骂谁。这样又过了一两个钟头,她放轻了脚步,悄悄走到蚊帐前,低声唤道:"贾小姐,贾小姐,你醒醒。"

床上的贾慧依然沉睡。凌青她放下心来,将两扇房门合拢好,轻轻地出了院子,去外面透气散心去了。借着月色,在曲径回廊中穿梭来去。突然一间屋子里一个熟悉的男声让她停住了脚步。

凌青侧身靠在廊柱边,只听得刘云侃侃而谈:"老爷子,我用令千金作为一张王牌,揭来翻去,弄得这伙人神魂颠倒,全然将您这一面城头的大旗忽略不计了。我这明修栈道暗度陈仓的妙计,还算高明吧?"

老督军咳嗽一声,说:"整件事做得还算不错,但也还是有瑕疵的。黄参议向周佛海和汪先生重重地告了你一状,也逼着我表态。如果汪先生没有坚持的话,这出戏就演不下去了。你平白无故地去惹他老婆,岂不是画蛇添足?"

刘云一笑,说:"这个女人是自投罗网,我总不能只捉令千金放她走吧?这斧凿痕迹也太重了。不过,这女人跟令千金走得很近,不知道是什么原因,她们是冒牌的亲戚关系,恐怕黄参议也蒙在鼓里呢。"

老督军哼了一声,说:"黄某人你不要再去沾惹,他是周佛海的人。再加上黎星斗对他宠信有加。这次招降易帜,他在其间居功至伟,我想,日后汪先生是要重用他的。这时候结下这个梁子,毫无意义。"

刘云语带嫉妒道:"这个蠢材,居然就骗取了黎星斗的信任,这黎星斗也是个蠢猪,一对蠢货! 我们费劲心机,绞尽脑汁,骗过了共产党方面的地下情报站,才将这件事办妥了。他坐在那里不动不摇,竟然占大功为己有,这年头还有天理不?"

老督军说:"你也不要太得意、太张狂了。谦受益满招损,你的名字就是这个意思,难道还不懂? 我为了招降二黎,殚精竭虑,耗费了多少心血? 连小妾都借给你了。你在我的面前,就不能恭敬一点?"

刘云笑道:"岳丈大人,我的丈人老爷,这个女人是你从天津买去装门面的,还真当姨太太使唤了? 我当初在南京负荆请罪,蒙您三刀六洞消解了往日的仇冤,我就发过毒誓,日后必定入赘督军府,跟令千金多生几个儿子,先续了督军府的香火,还了许家的血脉。我替您养老送终,难道您都忘啦?"

老督军叹口气,说:"我想起死去的儿子,恨不能即刻就拔枪打死你。可是打死你,又有什么用呢? 我堂堂的许督军,最后不能成了无后的光棍。唉! 这丫头不知道你我之间的事情,若是明白过来,肯不肯嫁给你,还是个未知之数呢。"

刘云自负地笑道:"岳父大人请放心,对她,我是太了解了。她心里有我,负疚于当年为兄复仇打我的那一枪。我只要挑明了真相,她就能跟你父女间重归于好,到时候许刘两家联姻,皆大欢喜!"

老督军的情绪有些低落:"只怕她得悉了真相之后,未必肯听你我安排。再者,她与那位林参谋关系密切……"

刘云大笑:"老爷子,那姓林的不过是我掌心里的虫子,笼中的小鸟,他那三十三师联络官的身份,吓唬二黎是可以的,对咱们是屁用没有。吴尚一旦易帜,我抢先一步就要解决他和程兴柱。程兴柱或可率部投共,他怕是插翅难逃!"

老督军沉默了一气,叮嘱道:"你要小心仔细了,各个环节都不能出差错。我这里有士兵保护,安全无忧。你名义上还被苏鲁皖方面通缉,别失手了才是。"

刘云肃然,说:"我明白,待会儿就出城,赶往镇江,争取明天下午与窦雪广碰头。他这一路东来,谨防生变,我必须亲自负责他的安全。"

老督军似乎还有话想说,但迟疑了一下,没有开口。

屋外廊柱下,凌青早已是七窍冒火,羞怒交加。她怒喝了一声,推开门冲进去,扑向刘云,双手揪住他的衣襟,骂道:"你这个畜生,负心的王八蛋,丧尽良心,把我当做什么? 你把我当做什么了!"

刘云冷不防她进了屋,做贼心虚,一时做声不得。老督军坐在躺椅上,怒声呵斥她放手,不要乱来。凌青连带着也对他愤恨起来,扭头骂道:"我是你什么人? 你凭什么使唤我? 你这个老王八,绿头乌龟,老王八!"

屋里正闹得厉害,屋后廊下转出个人来。依稀月光下,映照出头上那一块包裹着的纱布。

（九）

作为汪精卫的私人代表，窦雪广带着三分不满的心情离开了南京。本来招降这件事，首功该落在他身上。但汪政府内部几个手握重权的核心人物，把那个来自北平的许督军推上了前台坐镇。二黎归降，是日本人的枪炮逼迫的，不是他这个过气督军的功劳。这一点，最令窦雪广不以为然。按他的计划，由自己出面跟黎星源摊派细谈，此刻，吴尚已然是南京方面的地盘，那三万人马将毫发无损地成为汪精卫的队伍，何至于今日这样残破不全？

他在镇江原省政府东侧的一幢洋房里住下，等候来迎接的刘云，从陆路经由扬州马不停蹄直奔吴尚，成就他的功勋。但在临行前的这个深夜，他的大限到了。

他和镇江地方官员以及日军石野师团长共进晚餐后，送走客人，上楼休息。睡到了半夜时，有两条人影从盥洗室通向外面的下水铁管爬上来，用螺丝刀撬开了窗户把手，悄无声息地摸进了卧室，借着窗台上依稀的月光，奋然出手。窦雪广仅仅来得及睁开眼，在视觉里留下杀手模糊的身影，就此一命呜呼。两个刺客将人头塞进事先准备好的包里，赶向附近的瓜洲码头。码头上，早已有汽艇等候，接到他们登船，便立即启航向东疾驶而去。

星夜从吴尚赶来迎接窦雪广的刘云，没有见到他最后一面，只看到他那具无头尸体浸在血泊里。日军宪兵队里里外外地侦查，几条纯种狼犬在现场嗅着气味，暴躁地吼叫着。

窦雪广之死对刘云打击不小，对南京方面，影响也是非同小可。汪精卫正在筹划将二黎这三万之众整编成军，在日占区内逐步接管城镇，推行落实自己的施政方略。这一下突变，实在是料想不及。窦雪广，他是准备在日后重用的，将他和二黎一起来充实军事，减轻周佛海、陈公博等人对于南京政局的影响，削弱他们的势力。不想有这样的闪失。汪精卫立即下令，封锁窦雪广的死讯，只准以急症死亡对外发布消息。至于吴尚招降事宜，立即由身在吴尚的许督军代为支持，所列条文由其代签，即刻正式落实。至于窦雪广的丧事，等他的尸身运回了南京后，由政府方面进行隆重的祭奠，给他一个勤勉奉公、积劳成疾的名声下葬。同时，他严令丁默邨、李士群等人全面进行侦查，窦雪广的死因是否涉及了吴尚易帜，还是跟其他方面有关。

刘云深知,窦雪广之死,和吴尚易帜有直接的关系。有人想借此阻碍和谈进程,杀一儆百。他在窦雪广遇刺后的第三天,飞速赶回吴尚,其时,窦雪广的首级并一封信函,早已并呈苏鲁皖游击副总指挥黎星斗。

黎星斗急忙拿着它们赶到黎星源的公馆。

黎星源跟窦雪广是旧交,看了信的内容后,揭起盒盖来,叹息一声,将信笺也塞回盒里,吩咐卫兵拿去荒地里找个地方埋掉。

黎星斗问他猜得出是什么人干的这勾当?

他摆摆手,让他不要再追查下去:"这件事,只能造成两个后果。一,延缓十天八天的时间,南京方面重新派个人来。二,不再派人来了,许督军就此代表汪精卫签字,授以大权,这件事就算成了。加速了谈判的进度。"

黎星斗一惊:"这么说,许督军怕是就来我的公馆了。我得赶紧回去。"

黎星源送他到了门外,叮嘱一句:"如果真如我所说,咱们就预备亮出底牌了。到时候,谨防风声泄露。我担心会场里会有争执的。"

（十）

窦雪广一死,计划有变,黄参议赶紧放下手里的一切琐事,全力协助许督军,在最短的时间里,重新拟定有关文件,并交给黎星斗。黎星斗见他前来,便猜出南京方面是按照黎星源预测的第二个应对方案来办的,心中不由得佩服,又有些隐隐的遗憾。他翻阅了文件条款,自己所提的条件全无遗漏,便带着文件赶往黎星源公馆,将文本交给他最后过目。

黎星源忽然又见他登门,马上明白了,长叹了一声,知道汪精卫已是不顾一切,等不得了。这难看的吃相,令他从心底鄙夷,当下冷笑一声。黎星斗也不多说,将文件递给他阅览。他摇了下头坐下来说:"我不碰这东西,劳烦兄弟替我念一念吧。"

黎星斗知道他的心思,暗地里有些不以为然,但他既然想完全撇清,那也没法子,只得陪他坐下,一行行断断续续地照本宣读。等他费尽气力将其中大意说清楚后,黎星源微微合眼,久久地不吭声。黎星斗静候了一气,却发现他眼中隐含泪花,不由得心中一酸,喊道:"大哥,你这又何苦?"

黎星源抹了下眼睛,斟酌了片刻,说:"你将上面苏鲁皖游击总部、省保安司令等字样都划掉,只说黎星斗等愿意投向'和平运动'。咱们走了这条路,不要辱及党国，日后伺机反正，也能够得到重庆方面的谅解。"

黎星斗点了点头，又问："其余的，都没有问题了吧？"

黎星源也点头，说："可以了，你就以此为据办理吧。没有必要再知会我。明天上午，召集全体高级干部开会，我要宣布这件事，然后部署拟定的行动方案。"

黎星斗察言观色，知道他心中难受，但此刻他无暇再陪他伤感，拿起文件来，匆匆返回。黄参议在他的公馆里正焦急等待，见他回头，忙不迭地迎上去，问询黎星源的态度。黎星斗一笑，说："他没有什么态度，一切都是我在操办。你将文件内所有涉及苏鲁皖、省保安司令的字样全部删掉，只标注上我及麾下官兵即可。"

黄参议惊疑地问："难道总指挥不参与易帜？他还有什么打算？"

黎星斗摆了下手，说："不管他了。我全权处理所有事务。这块地面上，大部分人马都跟我走，你慌什么？"

许督军听了修改意见，脸色微微一变，笑道："到了关键时刻，黎星源终于亮明态度了。汪先生在南京时，对这一点也是有所预料的。随他去吧。苏鲁皖的三万人马，七个纵队，他只有一两个纵队可用，其余的都是黎星斗的亲信。咱们不稀罕他，由着他去投靠韩德勤吧。在那边寄人篱下，也不是件惬意的事情。"

黄参议持谨慎态度，问这件事需不需要向南京方面请示？许督军摆了一下手，说："汪主席在上次电报上说明了，授予我便宜行事的大权。这件事，我代为做主，一切遵照黎星斗的意思修改，改好了，咱们一起去签字，签了字，木已成舟，他就得发电弃暗投明，向南京政府投诚，加入汪先生的和平运动。这一步趟出去，九牛也拖不回头了。哈哈哈——"

这一天之间，黄参议在李府和晓光寺之间，来回走了若干趟，忙前顾后，终于将这份正式文件拟定。双方预定明天下午四点在晓光寺签字，签字之后二十四小时内，黎星斗领头，率手下众将正式宣布投靠南京政府，加入和平救国运动。

（十一）

林峰收到上级电报：二黎和苏鲁皖游击部队与汪伪的谈判已经无法逆转，

这样的时刻,程兴柱和六纵安危成了最为重要的事情。全力保证程兴柱及六纵的安全,静待局势的变化。如果事态恶化,不排除该部脱离苏鲁皖,东进易帜加入新四军的可能。

他特地去了东门外六纵的驻地,向程兴柱转达上级的指示。程兴柱忧心忡忡地告诉他刚刚得到命令,明天上午在晓光寺召开军事会议,各纵队司令、独立旅长必须到场,不得缺席。会议的时间选得蹊跷,万一是商议投降日伪的事,就地扣押了自己,六纵群龙无首,那可就不妙了。

两人相对而坐,一时间也无计可施。

林峰沉吟说要不,先急电请示上级,由他们定夺?程兴柱迟疑,上级远在苏北,时间上已然来不及了。林峰叹息,说恨不能自己代他去一趟晓光寺,参加这个凶险的会议。

程兴柱闻言,眼前一亮,笑道:"你这话提醒我了,你不用代我去开会,你替我坐镇六纵,代理指挥,队伍有了主心骨,还怕什么?有你在这里,他们在晓光寺纵有歹意也是没用。"林峰击节叫好,当即答应下来。

回到都天行宫,林峰匆匆安排部下烧毁新近和各方的联系电文,掩藏好密码本,做好撤离吴尚的准备。然后,去后面厢房看望贾慧。贾慧额头的伤势比想象中要轻。

林峰瞧瞧这个僧舍低矮的屋檐,说:"这地方太过郁闷了,久住下去,对健康有害。你这阵子脸色比以前差了许多,不如换个环境吧。"

贾慧问:"去哪里?"

"向东,去新四军的根据地去。那边的风光比这里,大有不同。去了,你就明白了。"

"那,你也去?"贾慧又问。

林峰摇头说:"我这边的事情未了,暂时怕是不能陪你。"

贾慧幽然叹息,说:"我这边的事情也没有了结,就此离开吴尚,心里实在不甘。等我们都将手里的事情做个了断,再去吧。"

林峰强笑道:"这个当然要尊重你个人的意愿。不过,明天你得换装跟我出城,留在城里不太安全。等过了明天,你再回来。"

贾慧猜测说:"明天,城里又要出大事了?是火并,还是日本飞机要来轰炸?"

林峰摇摇头,握握她温软的手掌,说:"别想这么多,好好地睡一觉。明天早起，我们去城外透透新鲜空气。"他掸了掸膝头的灰尘，起身欲走，却不防坐在床边的贾慧伸手悄悄拽住了他的衣角。只见她双颊微红，目中含情，默默地凝视着自己，似有所待。他心神一漾，情不自禁地弯下腰去，在她那略显苍白的嘴唇上吻了一下。贾慧抬起头来，主动地吻他，双手由颈部向下滑移，抚摸着他宽厚的后背，低语呢喃道："别走，留在这里陪我。我，真的很孤单，你陪陪我。"贾慧今晚是存着心思想将自己的身体交给他，就此断绝了与父亲和刘云的一切瓜葛，从此将自己的命运托付给这个男人。

林峰被她这番主动的姿态，诱惑得意乱情迷。这是他意中人从未有过的亲密邀请，也是他这些年的思慕。他下意识地去探摸她丰硕的乳房，想一遂多年来的相思和心愿时，巡夜更夫的竹梆啪啪地响了。

这清脆的声响，立即将林峰从欲望深渊里拖拽回了现实的世界。他想起了明天要做的那些重要事情，猛然警醒过来，说："明天是个至关紧要的日子，我得全力以赴，抓住这点时间，仔细地思量可能出现的变故和应对之策。"

第 九 章

(一)

程兴柱进殿时,二纵司令手搭天篷朝西边眺望,开玩笑说,要是日本飞机这时候飞过来,往大殿里扔两枚炸弹,那苏鲁皖今天可就土崩瓦解了。程兴柱笑了笑,去看手表,正值上午九点,湛蓝的天空一丝浮云都没有,正适合飞行轰炸。但日军飞机至今没有露面,难道日本人也知趣识相,不来打搅?

黎星斗四下里看看,七个掌握部队的司令、旅长全都应命来到,心中稍安。他开口说道:"各位,今天的会议非常重要,事关咱们整个苏鲁皖游击部队的出路、几万弟兄们的生死存亡,所以大意不得。为防意外,我和总指挥的意思,大家都先将佩枪交出来,等散会后各自再取回。"

台下人为这个提议惊讶不已。黎星源站起身来,解枪交给卫士。他亲身做了示范,其他人也就不好再说什么,也跟着效仿,由卫兵记录后拿去殿外。

黎星斗挥手示意关上殿门,掉头朝黎星源看看,笑道:"各位,这就叫做关起门来说亮话。我与总指挥应对眼下的困境,商议好些日子,拿出了几个方案,请大家逐项参详讨论。第一个:我方趁日军尚未对吴尚合围,撤出吴尚穿过新四军防区,去投奔韩德勤。"

台下众人交头接耳,都不同意,甚至连丁聚元这样的亲韩派也大摇其头。眼下东北边的局势,比吴尚这边也好不到哪里去。日本人的扫荡不但针对新四军,韩德勤所部也遭受打击,正在勉强支持。甚至有消息说他本人已经离开省府驻地,将指挥权交给他人了。苏鲁皖游击部队长途跋涉去投他,搞不好到不了目的地,路上就会被日本人或者新四军给吃了。

"第二个方案:死守硬战,直至全军覆没。"这一条,说起来壮烈豪迈,做起来难。大家有抗日之心,却无必死之志,坐以待毙,谁都不愿意。眼下的形势,一味蛮干不但害了自己,也害了吴尚的百姓。

黎星斗又拿出第三个方案:与日伪讲和,投靠南京政府,保存这几万队伍毫发无损。这个提议,众将中三成人反对,两成人同意,五成人不吭声。反对者旗帜鲜明,与其投降日本人,那还不如赌一把,按第一条方案呢。

黎星源站起身做手势平息了下面的议论,说:"我和副总指挥还商议了第四套方案,其实是两个方案合二为一。一战一和,走的一条看似险恶,实质上却是两利万全的策略。不瞒诸位,前些日子副总指挥秉承我的意见,和南京方面的特使谈判,最终,汪精卫答应了副总指挥的所有条件。第一,日本人停止进攻,恢复战前的态势;第二,我方依然驻守吴尚,只象征性地易帜,南京方面不得调我军离开吴尚;第三,我军所有给养、军饷,均由南京政府提供。大家对这些条件,有没有意见?"

台下众人大半不语,另有少数人愤然不平。尤其是程兴柱,他所担心的情况终于发生了,一时间怒愤交加,站起身来责问道:"请问总指挥,你对我的承诺呢?"

黎星源说:"程司令,黎某的承诺依然有效,且听我往下讲。这件事非同小可,岂是我和副总指挥可以擅自定夺的?我已经将本部所处的严峻形势电告了重庆方面。重庆方面做出如下部署:黎星源率六纵及教导大队撤离吴尚,以苏鲁皖游击总指挥部的名义继续坚持抗日。黎星斗率余下部队伪降汪伪,待局势好转之后,择机反正。一句话,就是一家人,兵分两路,打两样旗号,实质上还是旧有格局。"

他此言一出,台下的所有人顿时都瞠目结舌。他这个方案,简直令人匪夷所思,说是妙计,确实煞费苦心;说它不好吧,又找不出什么毛病来。当前的局势,除此之外,也没有更好的法子可想。最关键一点,作为苏鲁皖部队的主心骨,他肩上依旧扛着抗日的大旗,对外可以遮羞。而且,这又是经重庆方面同意的计划,也只能如此了。

程兴柱这时才领会到他这良苦用心,原来将六纵东调,是要让自己率部随他下乡打游击,从这一点上说,他是愿意的。可是黎星斗降汪,自己居然身在这大殿之内参与其会,不能不说是个耻辱。

底牌全部亮出后,场内众将全部默认了。接下来,就是商议方案的施行进程。散会后,后勤处负责调集城内外的船只,运送六纵及教导大队离开吴尚。下午两点,黎星源正式出城,沿运河向北,进入里下河水网地区,在那里坚持。他走之后,再由黎星斗知会汪伪方面的特使,正式签字,通电易帜加入南京政府。

会议开了一个半钟头,散会后已近中午。程兴柱临行之际,受黎星源特别叮嘱，三十三师联络处不宜再驻吴尚，最好随六纵一起撤出。程兴柱深以为然。

六纵防地上，林峰心急火燎地等候着。远远瞧见程兴柱一行归来，心里一阵高兴，忙问会议内容。程兴柱脸色沉重地说："你得赶紧向上级报告，吴尚剧变。苏鲁皖游击部队分兵两路，一路由黎星源率六纵和教导大队以原来的旗号下乡坚持，其余部队，由黎星斗率领，易帜降汪。这个计划已获重庆方面的批准，吴尚城就要变天了。"

林峰陡吃一惊，没料到会是这样的结果。他以最快的速度将吴尚城中事变的情报交给地下联络站，叮嘱他们赶紧向根据地报告。与此同时，他也将这个情报报送三十三师以及三战区，自今天开始，江北国军失去了最后一个县城。随后，在六纵部队的协助下，他们将几部电台拆卸装箱上车，离开这驻扎了两年之久的所在，前往六纵驻地与程兴柱汇合。

（二）

黎星源在街上边走边向两边的百姓们作揖，目中噙泪。黎星斗等人簇拥着他出了北门，抵达河口码头。一艘木船已然在岸边等候。黎星源拉住黎星斗，向前走了几步，轻声叮嘱说："兄弟，我在乡下你一切都不要牵挂，但在这里千万要小心行事。脾气不可暴躁，有紧急军情，可以电台联络，你在这里应付汪精卫和日本人，比我的处境要凶险百倍，千万小心了。"

黎星斗流下眼泪来，说："大哥，一路顺风，吴尚的一切尽管放心，乡下生活艰苦，你要保重身体，再见！"

他收腹抬头双足并拢，举手敬礼，身后众人立即效仿。在他们的目送下，黎星源登上木船，解缆升帆启航，沿着卤丁河顺流而下，消失在夏季里遮天蔽日的芦苇荡中。

黎星斗长长地吁了口气，转过身来，苦笑道："诸位，总指挥下乡坚持抗日去了，咱们还得在这里敷衍汪精卫和日本人，我丑话说在前头，咱们一定要心齐，心齐了，大家都能得到保全。谁他妈的变了心，祸害弟兄们，我黎某人绝不放过他！"

众人精神一凛，齐声应道："司令放心，我们一切唯司令马首是瞻！"

许督军安坐在李府,静观事态发展。刘云失踪两三天后,重新坐在了老督军的面前。

老督军见怪不怪,问道:"窦雪广之死有了眉目吗?"

刘云叹口气说:"这件事,成了无头悬案。我估猜是军统干的。老窦也真是的,从南京来吴尚,在镇江逗留干什么?想借此跟汪先生讨价还价?也罢,他这一死,反而促成了事情加速。"

老督军干笑道:"事态是加速了,但与我们预计的不同。黎星源带走了程兴柱的六纵和一个教导大队。黎星斗率着不足两万人的队伍易帜。二黎合谋,首鼠两端,演了这么出双簧戏!"

刘云倒吸一口凉气,问:"汪先生居然同意了?"

老督军说:"汪先生对这件事的意义看得比实质更重要,黎星斗是中将省保安司令,牌面意义不小。咱们办成了这件事后,秉承南京方面的意见,你还得保持秘密身份,暗中看紧这支杂牌部队。"

刘云本是想抢在易帜签字前赶回来,风风光光地亮明身份,不料被打了一记当头棒,也只能委屈地抱怨一声:"老爷子,我这鞍前马后地替您效命,总不能白忙活了吧?"

老督军微笑说:"你的作用,南京方面是清楚的。这件事成了,有功人员密报上你排在第一。还不称心?你还年轻,需要有耐心,懂吗?再者,我女儿还在这里,你得找到她。"

刘云只得从命。窦雪广之死,对他形成了沉重打击,本来,他在南京的一切全靠他父亲的旧部窦雪广居中调节,甚至包括他和老督军的仇冤都是借此抹平的。窦雪广和他同样都是郁郁不得志之人,却在即将大功告成之际,暴死镇江,难道是天意?

(三)

黎星斗正式率部投靠南京政府,就任汪伪第一集团军上将总司令,并兼江浙清乡部队总司令、军事参议院总参议。通电一出,舆论大哗。这是抗战以来,华中地区首次大建制部队的投降事件,之后,那些孤悬在沦陷区内,进退维谷、生存艰难的国军部队,纷纷紧随效仿。

"曲线救国",这个出自重庆方面的词汇风行一时,并创造了历史上的一个奇观——本国伪军超过了侵略军的数量,又与中央政府暗中勾连,在沦陷区内清剿对付共产党军队。这个局面,是二黎伪降时始料未及的。

两个月后,日本派遣军参谋部以及汪政府联合召开军事清剿会议,邀请黎星斗参加会议。黎星斗托病不去,改派伪二师师长丁聚元前往扬州。这次会议部署的军事任务是:黎星斗所部以及新近投降的几个保安旅,会同南部旅团一部、驻通州的三木联队、驻太兴的川崎大队,全面展开对江北、苏中地区的扫荡,配合山东方面小林师团的秋季攻势,为巩固后方奠定基础。

丁聚元开完会,正要返回吴尚。不想被许督军挽留。

丁聚元本是苏鲁皖军中亲韩一派的人,但省韩败离新化后,对他再无益处。他无奈之下,随黎星斗易帜,正处于忐忑不安当中。这时候,像许督军这样的南京政府要员请他吃饭喝酒,心中提防却又推辞不得,只好从命。

三巡酒后,老督军取出个皮匣子往丁聚元面前一推,说:"听说你一家老小都带在身边,家里的开支费用肯定不少。汪先生体恤将士们的辛劳,让我特地转交给你,你且收下。"

丁聚元揭起匣盖来,里面竟装了六根黄灿灿的金条,不禁吃了一惊,意欲推辞。老督军截去他的话头,说:"这只是些见面礼,别无其他,你放心收下。黎星源在吴尚治军过严,属下大多手头拮据,人所共知。这乱世之中,笼络部属,单靠口头空话是没有用的。"

丁聚元心底犹豫,既贪这金条,又恐怕它们附加了条件,低声说:"无功不受禄,这东西,我不能收。"

老督军笑道:"放心,我知道你们的关系,绝不让你为难,做违背誓愿的事情。日后,在军饷、物资方面,我会让相关方面对你多加关照的。"

丁聚元稍稍放心。

老督军问:"丁师长对于这次军事扫荡计划有什么想法?你估计黎星斗会派哪支部队参与行动呢?"

丁聚元迟疑道:"他的亲信四个师是不会用的,只有我和四师最有可能担负这个任务。"

老督军点头,说:"二黎的心思,其实大家心中都明白。走投无路之际,耍花样来应付我们。一个在外扯大旗,一个在内伪作投诚,都在等待机会,对吧?"

丁聚元暗惊,不置可否。

许督军继续说："形势到了这一步，再不省悟，就真是糊涂了。这两个月来，倒戈来投的国军已不在少数。仅这苏北一带，一夜之间易帜的保安旅就有六七个，降将如云。汪主席力排众议，答应了黎星斗的一切条件，难道他不明白这其中的名堂？哼哼，他们伎俩虽有，却不明大势，就犹如高山上水库开闸，黎星斗是那个开闸的人，这闸门一开，山洪汹涌而下，想再关闸，那是比登天还难了。说句实话，这天下形势，谁有回天之力？只有汪主席！重庆老蒋日薄西山，再无翻身的可能了。"

丁聚元额头汗珠直淌，头顶上缓缓转动的风扇叶子，驱走的是热气，却挥不去他心头的惊悚。他强作笑脸，说："老先生，眼下的事，是走一步算一步，有弄假成真的，也有弄真成假的。你说呢？"

老督军笑道："我这是说黎星斗，不是说你。你的境地，更是糟糕。你是亲省韩的，二黎并不拿你当自家人看，早有猜忌之心。如今，你不另寻靠山，难道真想在这区区弹丸之地，沦为他人砧板上的鱼肉吗？我今天请你吃饭，是想指一条明路给你走。"

丁聚元试探地问："您的意思是——"

"死心塌地投靠汪先生，他黎星斗是集团军司令，你日后也可以做，大家都有机会。时机成熟时，我保举你做第二集团军司令，去浙江、去安徽，那里才值得你一展宏图。"

丁聚元内心挣扎，悄声说："老先生，我是江湖中人，'道义'二字还是要讲的，我不能违背了誓言。"

老督军不耐烦道："谁让你违背誓言、违背道义了？我没有，汪先生也没有！我说的是日后的事情，不是当下。你慌什么？"

丁聚元点头，问："那么，老先生当下有何指教？"

老督军说："这次军事会议，是向东向北围剿新四军根据地。倘若是你领兵的话，不要顾忌实力损失，做得好出了彩，到时候那几个保安旅都调归你节制，成立第二集团军指日可待。前提是，必须首战卖力，懂吗？"

丁聚元终于明白了今天这小宴的目的，无非是要自己对新四军不要手软，他本就在郭镇之战中吃过新四军的苦头，对于他们下手，还真是无所顾忌的。

老督军把玩酒杯，说："你在吴尚，有事需要帮助，有人可以助你一臂之力。他抽空会去找你的，你留意即可。我知道你军务繁忙，今天就不多耽搁了。"

丁聚元起立拱手，说："有劳老先生费心，你叮嘱的这件事，我一定铭记。"

（四）

日伪气焰嚣张，凭新归降的伪军配合，出动了两个联队，从三面向新四军根据地进攻。吴尚方面，不出老督军所料，由丁聚元率部向东，担当正面主力。这一路，丁聚元将黎星斗临行前小心谨慎的嘱咐丢在脑后，耀武扬威、长驱直入。

新四军方面此次部署，是以地方队伍应付伪军，主力迂回向北，歼灭新化方向的日军竹村大队，震慑余敌。孰料，这伪二师在丁聚元的指挥下，竟是格外卖力，深入根据地腹地，烧杀抢掠。地方民兵损失惨重，急电请求主力支援。但主力另有伏击计划，无法抽身，只得忍痛通知他们北撤。

第三天，日军竹村大队作为左路主力，进入了新四军预设的伏击圈，时机已然成熟。守株待兔的主力部队迅猛出击，将行进中的竹村大队截为三段。竹村中佐率部向吴尚方向逃逸。但向南不过五六里路，便又遭到了苏鲁皖游击部队第六纵队的阻击，死伤不少，只得掉头向东拼死突围。结果，在撤逃途中，被尾追的新四军主力赶上合围，全军覆没。竹村中佐被乱枪击毙在水田里。

日伪的左路进攻惨败，其他敌军闻讯立即回撤。但丁聚元的伪二师进入根据地太深，仅仅一个团逃出，余部被新四军主力回师四面合围，一举全歼。丁聚元侥幸逃得性命，奔回吴尚见了黎星斗，双膝跪倒抱头痛哭。

黎星斗冷笑，说："我让你去应付场面，你他娘的倒成了拼命三郎，一眨眼的工夫队伍就没了，光杆司令的滋味很好受吗？"

丁聚元擦泪说："司令，这一路全是民兵游击队，打他们就没费气力。我贪图着拿下这一大块地盘做咱们的防区，就没及时收手，才吃了大亏。"

黎星斗啐了他一口，说："做你的白日梦！新四军那么好打？摆明了是张开了网引你进去。别人不钻这个圈套，偏偏你要钻。结果，人家毫发无损，只我们这一路，丢盔卸甲，一败涂地，成了笑料！"

丁聚元打死了也不敢讲，这一仗是在许督军的撺哄下打的。自己贪小失大，惹来了麻烦。他回去后做了三件事：做损失报告；秘密联络许督军请求弥补损失；就地招募拉夫补充兵员。日后，他再不干这种折本买卖了。

新四军粉碎了日伪进攻,挟大胜之威,对伪军黎星斗部发动了突袭,给这个在抗战困难时期带头率部投敌的汉奸,予以沉重打击。也借机杀杀投降的邪风,振奋抗日军民的士气和信心。

黎星斗以及麾下各级军官,都没有料想到,新四军会在激战之后,不顾疲劳奔袭吴尚。黎明时分,城内众人仍在睡梦中时,城东一带突然枪声大作,该区守备的伪二师余部不及抵抗便被缴械,新四军前锋部队急行军半个钟头直抵吴尚城下。

黎星斗从被窝里爬起来,刚接了一半电话,副官率着几个卫士冲进卧室,急声催促说新四军已经突破东门进城了,请他立即转移。

黎星斗这一梦方醒,就丢掉了吴尚城,不由得跺脚大哭,拔出手枪来说:"我不走,我就坐在这里等着新四军来杀!"

副官着急,提醒一句:"司令,总指挥不在吴尚,他们不会投鼠忌器的。更何况咱们已经易帜,快走吧!"

几个人不等黎星斗答应,搀扶着他换鞋去了后宅花园,找来两张椅凳,叠拼起来,将黎星斗推拉着翻过墙头,终于救得他离开了公馆,取近道直奔城南,趁新四军还没有合围,从水关乘船出去,逃奔墟口。

新四军奔袭吴尚,两个钟头占领了全城。这一猝然变故,各方都未能料到。黎星斗逃到墟口伪三师驻地,急电黎星源,请他出马斡旋。汪精卫获知这一情况后,先询问黎星斗的下落,随后联系日军方面,要求南部旅团尽快协助黎星斗收复吴尚。南部襄吉得悉了黎星斗不战而弃吴尚之后,下令驻扬州的部队集结,向东移动,准备经由莲花镇向吴尚展开反攻。原驻莲花镇的伪四师会同伪五师向南,与黎星斗汇合,从西南方向攻击吴尚,形成钳形攻势,将新四军聚歼于吴尚地区。

吴尚城重新陷入到岌岌可危当中。

(五)

吴尚之变,最为着急痛心的人是栖息于水乡腹地的黎星源。黎星源给新四军军部接连发了两封电报,解释黎星斗率部易帜的真相底里,一再强调他是伪降,已获重庆方面同意,仍然可视为友军对待。请求他们得饶人处且饶人。

新四军军部署名陈毅的复电写着:鉴于吴尚已经被二师占领,黎星源可以直接与该部联络,商量善后事宜。他看了电报,略加考虑,决定请一个人代表自己前往吴尚,和新四军接洽。此人正是有着共党嫌疑,不,几乎可以确定为共党分子的三十三师联络官林峰少校。

林峰不便推辞,也想看看新四军主力拿下吴尚后的面貌。临行前,他去看望程兴柱。程兴柱前两天率部拦截了竹本大队,正嫌不过瘾,没想到新四军如此神速地进占了吴尚,隐然有了率军易帜的想法。托林峰捎信给二师首长,转达自己的愿望。

贾慧随林峰在这水乡里住了一个多月,吴尚的消息完全闭塞,不知道易帜后老督军和刘云的去向。她要借此机会回去,彻底弄个明白。

木船在曲折的河道芦荡间左拐右绕,最终进入卤丁河,顺风挂帆。不久,远处吴尚城楼隐约可见。船在北门外码头停泊后,守卫码头的士兵前来盘查。林峰奉上黎星源的亲笔信,要求面见城里的最高首长。负责码头守备的军官检查了他的证件后,指点他们进城后去晓光寺会面。

沿街走到天禄街附近时,贾慧说想要回去看看自己的住处。林峰明白她的心思,安排了两个人护送。

新四军指挥部暂时沿用了黎星斗的家当,将军用地图、囤积的物资收缴装船,运回根据地。军区参谋长、二师副师长黄庄,是进攻吴尚的前线总指挥。这次不费气力拿下吴尚,主力部队并没有进城,正忙于恢复根据地,重新设置吴尚行署、派遣游击队、训练民兵,谋划扎根于吴尚城外广袤的平原地带。

黄庄早已请有关方面核对过林峰的身份,一见面便握住他的手说:"林峰同志,欢迎你。你这次来,正好可以与重建的地下组织接上头。黎星斗投降日伪,又甘为马前卒疯狂进攻根据地,我们对他必须加以教训,目前的结果,他是咎由自取。"

林峰对于吴尚易帜的情况所知甚详,当下便将其中的内幕以及黎星源的请求和盘托出。黄庄笑了起来,说新四军无意在这里死守硬拼,等城里缴获的物资军火抢运完毕,就撤出吴尚。但若黎星斗再不幡然悔悟,在汉奸这条道路上走下去,他绝不会有好下场。在这一点上,黎星源倒真值得尊重。蒋也好,汪也好,反共的面目是一致的,在这点上,蒋汪是一丘之貉。

林峰深以为然,便提起程兴柱要求率部归队的请求。黄庄却不同意,关于这支队伍,军部早有指示,鉴于黎星源在黄桥战役中的支持,再加上他自己又能洁身自好,在关键时刻与黎星斗分道扬镳。共产党不能做釜底抽薪不够朋友的事情。程兴柱是共产党员，只要这支部队能够抗战到底，心中保持红色，不论在怎样的环境里，都是抗日的队伍。他请林峰转告程兴柱，六纵留在黎星源身边，保护他的安全，坚持抗日，这是主要的使命，一定要不折不扣地完成。

林峰茅塞顿开，说："首长，我明白黎星源的良苦用心了。他为什么要带六纵走，而不带自己真正的亲信部队二纵。此人老谋深算，他知道程兴柱一定不会跟随黎星斗投降汪伪的。所以，他倚重六纵下乡坚持，我方碍于旧日的情面，就不能不维护他的脸面。他是将自己变成了一根绳索，缠住程兴柱啦。"

黄庄大笑，说："你的说法也对。不过，我们更看重的是他这面旗帜不能倒。苏鲁皖游击总指挥部还在嘛，有人有枪，甚至还有一块游击区。眼前严峻的形势下，像他这样的国民党将领已属难得了，不能强求。有他在，至少让一批像他那样立场的人能够看到希望，不至于投降而成为我们的敌人。"

林峰离开晓光寺去找贾慧，却意外碰到了贾慧和黄太太。

林峰问起黄参议的近况？黄太太摇头，说自己在公馆里听得街头一阵枪响，眨眼间满大街都是新四军，苏鲁皖的人一个都瞧不见了，像是变戏法一样。林峰笑说明天兴许又像变戏法一样，新四军又都不见了，这满大街重又是苏鲁皖的人了。

黄太太惊喜地问："你是说，新四军要撤走？"

林峰点头。贾慧问他走不走？他说自己自然是要走的，留在这里，名不正言不顺。

贾慧叹口气，坚决地说："我不走，那个人也在吴尚，不知道藏在哪个角落里呢。我得报仇，不走了。"看黄太太的神色，林峰知道贾慧的消息都来自她。

林峰着急，说："没必要在这时候冒险，他恶贯满盈，不会有好下场。"

黄太太劝道："你们两个争执也没用。刘云留在吴尚是个祸害，城里的黎星斗，城外的黎星源，迟早要除掉他。他知道的太多，又是那样的身份，谁不防他？老黄说，这个人不得好死。"

她的话让林、贾二人茅塞顿开。不错，刘云是南京方面埋藏在这里的眼线耳目，二黎演出的这出双簧戏，怕就怕被人在关键时刻揭了底，所以，要想这戏唱得精彩，这等不速之客，必须予以铲除。

（六）

日伪军正以钳形攻势扑向吴尚。

上午十点，黎星斗已经从黎星源的密电里知悉详情，亲率直辖的独立旅赶往吴尚，要抢先进城，以示克复之功。其余各师，各自接管原先的防区，并做出追赶新四军的态势来。一路上，他连电文都命令黄参议拟定了：黎某亲率本部劲旅诱敌深入，重创新四军主力，收复吴尚城。

部队沿着南官河两岸急速前进，黎星斗坐在汽艇里，从舷窗眺望远处隐约显现的吴尚城墙轮廓，得意地笑道："大哥跟新四军的交情，这时候显出分量来了。不过，我对新四军也不薄。这次骤然翻脸，一定跟丁聚元有关。这小子自己吃亏不算，还把祸水引到吴尚来了，真是害人不浅！"

黄参议对其中的隐情，猜得出一二。吴尚易帜前后，老督军暗中笼络各师师长，金银钞票送得不少。这一招，已然将二黎商定的计划破解掉三成。他是一手促成易帜的人，对这件事自然是乐见其成，但对于黎星斗本人似乎又有些负疚。他决定不参与其中，等吴尚这边的事务一了，带上老婆走路，就此断绝了跟这支队伍的关系。

突然间，黎星斗大骂道："他妈的！怎么挂起了膏药旗？日本人比老子还快？"

黄参议吃了一惊，举起望远镜朝吴尚南门城头望去，果然有一面白底红心的膏药旗插在城头。远在莲花镇西的日本军队，怎么会抢在他们之前进城呢？黎星斗下令船只提前靠岸，亲率卫队登陆向前，查探虚实究竟。

半个钟头后，副官赶回来报告，城头上那杆旗子不是鬼子插的，南门并没有日本人的踪影。黎星斗哼了一声，不知是哪个龟孙子装神弄鬼，当即率马队加速前行，先行入城。

进城后，他和黄参议正要去晓光寺，检点损失，却不防北边路口一片喧哗，街头行人四散奔走，他正想派人去查看，却见街道尽头转出了一队日本兵，扛着三八大盖，刺刀上挑着膏药旗，排成两路纵队，翻毛皮鞋在石板地上踏出了整齐的咔嚓声。

日本人真的到了吴尚！他急忙派人过去问，对面的翻译说，这是日军南部将军亲率的宪兵队，刚刚进城。南部本人正在北门城头等候，请黎将军前去。

黎星斗恍然大悟，方才那挂在城头的膏药旗是个幌子，有人在暗中帮助日本人争取时间，抢先入城。他很清楚日本人进入吴尚意味着什么，无奈之下，只好让黄参议陪同，去见南部襄吉。

　　西门附近几条街同样杳无人迹，吴尚居民从未见过日本兵，家家关门闭户，躲起来烧香拜佛哀求保佑。胆子稍大的人从门缝里窥到了黎星斗的部队，这才有点放心。

　　黎星斗上了城楼，只见一个日军少将坐在城楼里，据案喝茶。此人一双狡黠的眼睛看过来，叽里哇啦说了几句话。翻译说，南部将军说李司令慢了一步，这收复吴尚的首功，已经被第七旅团捷足先登了。

　　黎星斗一阵愤怒。他从城垛俯瞰，清楚了虚实。原来随南部入城的日军，只有二三百人，全部乘坐了汽车和摩托，怪不得能占得先机。看来他们有备而来，事先知道新四军撤走的风声。

　　他走过去坐下，说："原来南部将军是跟李某赛跑，你拿汽车比我们一双腿脚，胜之不武吧？算了，我替你接风请你喝酒，这酒喝完了，恭送将军返回扬州。"

　　南部摇头，说："我率部助你收复吴尚，难道就没有一席安身之地吗？"

　　黎星斗也摇头，说："根据协议，贵军不得在吴尚驻兵，白纸黑字写着，怎么好抵赖？"

　　南部轻蔑道："贵军无能，两万人马居然守不住这弹丸之地，是皇军替你夺回来的。"

　　黎星斗冷笑："你们日本人倒会捡便宜呢。这不费一枪一弹的交易，是把黎某当三岁小孩哄吗？"

　　南部拍桌怒吼道："黎司令，你见过日本皇军一枪不发就拱手让出战果的先例吗？"

　　黎星斗也拍了一下桌子，提高声调回敬道："老子有两万之众，就在这城里城外，你这几百号人，还不够老子吃一壶的。"

　　南部怒极，情不自禁地去摸枪套。一个日军少尉在他耳边嘀咕了几句。他的脸色先红后白，片刻间转怒为笑，既像是解嘲又像是缓和气氛，说："不过，眼下还是要祝贺黎司令收复失地。地盘乃是区区小事，你们的防区日后不会局限于吴尚的。我们已经和汪主席达成协议，占领区内的皇军要抽调参加新的战事，后方治安，还得倚仗你们呢。"

黎星斗见他突然变了口气,猜测属下队伍已经占领了莲花镇,截断了对方的后路。他大笑起来,说:"是的,是的,黎某一定替汪先生守好这块地盘。请你们放心。"

南部沉吟了一下,站在城头左顾右盼,手指西门外两里地矗立于树丛中的那座关帝庙,说:"那么,我就向黎司令讨一块地方,安置部下。那里驻一个宪兵队如何?你不会怕我这点士兵吧?"

黎星斗素来是吃软不吃硬,看他变了口气,又提出不入城,只驻城外关帝庙,有些迟疑,望望身边的黄参议,征询他的意见。黄参议正被他们这一通较量吓得两腿发软,生怕黎星斗一怒之下,跟南部翻脸。这时候借着气氛缓和,便连使眼色,示意他同意。

黎星斗说:"好吧,念在你们这趟奔波,就给块地方让你们住。你们可仔细了,没事就在城外待着,别惊吓了老百姓。"

南部脸上掠过一丝得意的笑意,端起杯子来将茶水一饮而尽,说:"好,一言为定。"

(七)

让黎星斗不安的是,南部本人也留在了这里。日本人架起电台、接上电话,俨然将司令部设在了吴尚。

黎星斗愤恨难消,下令彻查吴尚城里给南部送信的内奸。内奸是谁?吴尚只有两个人心知肚明——蛰伏在城外水乡里的林峰;城内打点行装准备离开的黄参议。

黄参议回到公馆里,见着贾慧,心头诧异,询问她这些日子的行踪。

贾慧半真半假地告诉他,刘云借老督军之手陷害自己,幸亏自己知道李府的暗道,瞅准机会逃了,一直等到老督军离开吴尚,她才敢出来见人。

黄参议早已断定她与许督军之间有瓜葛。贾慧谎称自己幼时曾是许督军认下的干女儿。这次在吴尚见面,老督军念起亡父的旧情,想携她去南京,她不肯。没料到老督军听了刘云的挑唆,想让她嫁给刘云,她坚决不从,拂了他的心意。这老先生翻脸不认人,还有几分顺者昌逆者亡的跋扈劲儿。

黄太太帮腔说如今刘云的靠山走了,是得狠狠地教训他一顿了。黄参议心底暗笑,如今刘云已成了过街老鼠,只有投靠日本人这一条路可走了。南部这次出人意料地迅捷行动，与他有直接关联。临走时将他做个人情，卖给黎星斗，大约也能换回一笔丰厚路费。

黎星斗听说刘云是南京方面派遣暗藏在吴尚的耳目，又是给日本人通风报信的罪魁祸首，气顿时不打一处来，马上就要全城缉拿他。但黄参议力劝他不宜兴师动众，应以其人之道还治其人之身，不留痕迹。

黎星斗觉得很有道理，便委托黄参议去处置。黄参议哪里肯揽这事，话锋一转，建议让外人去做。黎星斗疑惑，问什么人？黄参议挤了下眼，说让共产党去处理他，岂不是更好？黎星斗问他如何跟新四军通气？黄参议一笑，找新四军还不容易，发份电报给总指挥，他身边就有现成的。

黎星斗如醍醐灌顶，笑道："还是你行！说实话，你就别走了吧，我升你做中将参谋长，如何？"

黄参议婉辞推托，说自己临行前为总司令做一件除却后患的事情，算是报答他这一年来的知遇之恩。黎星斗是个爽快人，也不强人所难，立即说着军需处拨三千块大洋给黄参议做路费以及安家费用，江南江北隔着条江而已，大家可以常来常往，做个长久的朋友。

他既出妙计，又袖手置身事外，而且还得了这么大好处，心里说不尽的得意。

黄参议离开晓光寺去街口浴室，脱衣下池，浸泡在热乎乎的水里，舒坦到极点时正想开口唱几句，突然有人拍了下他的肩头，说："黄参议，搓个背，留些泥垢在吴尚做纪念。"

这声音浮滑但不失清亮，一下子让黄参议凛神，正是许久不曾露面的刘云。

黄参议将脑袋枕住青石池沿，半闭着眼说："好久不见了，你老兄终于从下面浮上来了。"

刘云语带酸意，说："恭喜你呀，不日就要高升了。把我们这些朋友都抛到九霄云外了。"

黄参议一笑，说："我这算什么？你才是后劲无穷呢。等你再立下几件功劳，诸功齐赏，丁默邨李士群他们都要让你三分呢。"

刘云说："李士群刚刚接任江苏省主席，熊克西调南京军政部，南京政府的人事变动，难道你还不知道？"

黄参议一惊，这个消息他确实不清楚，这么一来，自己去苏州的事情怕是要泡汤了,但不知道熊克西新职务的虚实,是升了职?还是由实缺转为虚职?他赶紧起身准备离开。

刘云却拉住他,说:"咱们都是小角色,由不得自己做主。我劝你,还不如就在这吴尚城干一番事情,让日本人青睐。有了日本人支持,还怕南京方面不给交椅坐?"

黄参议干笑道:"容我好好想想。照你这么一说,去留问题,还真的棘手呢。"

<h1 style="text-align:center">(八)</h1>

黎星源收到吴尚发来的密电,意思明朗:

> 吴尚内奸刘云,勾结南部入城,强驻关帝庙,请派干员返城,先行毙杀之。

南部居然能够率宪兵队肆无忌惮地抢先赶到吴尚,黎星源简直难以置信。但是,调查了先前他们反攻吴尚的军事部署,顿时恍然,南部调伪四师离开莲花镇向南集结,表面上是对吴尚形成了致命的钳形攻势,实质上已留伏笔。

日军留驻关帝庙,兵力虽有限,却在他们内部楔下一根钉子,无形中将黎星斗易帜条件中最关键的条款给废除掉了。加上南部本人亲自于卧榻之旁监视,他们便再也不能高枕无忧了。

他心情沉重,拿起电话来打给程兴柱,转述电文,请他设法派精干人员潜入吴尚,除掉深藏在吴尚内部的奸细。

程兴柱吃惊不小,琢磨一下黎星源的话,这解决刘云的最佳人选,看来非林峰莫属了。

林峰刚去了吴尚一趟,本以为诸事顺利,没想到竟是这样的结果。听说刘云扮演了如此的角色,不由得咬牙切齿,说早知道他是这等祸害,那天就该亲手将他给掐死了!

程兴柱说:"黎总指挥已劳烦了你一趟,不好意思再开口,打电话给我,想请你二进吴尚城,锄奸灭邪。我看,先向上级请示,看同不同意我们介入此事。"

请示电报发往新四军敌工部后,当晚就有了回复,上级同意行动,并已通知吴尚地下组织配合。林峰立即行动,率了支十人左右的精干小分队,带上黎星源的亲笔信,乘船连夜赶往吴尚城。

一行人上岸进城后,果然感到气氛有异。这座城仿佛在一夜之间蒙上了层晦暗不安的色彩。林峰先安排和地下组织交通站接头,自己则直接去了黄公馆,趁着四周无人,从后院翻墙而入,去和贾慧见面。贾慧回来后一直住在这里。

房门半掩,贾慧正半倚半睡在一张湘妃竹编的躺椅上。林峰仔细端详她的睡态,觉得妩媚动人,在她侧旁的面颊上轻吻了一下。这一吻不打紧,贾慧蓦然惊醒,袖中紧握的手枪闪电般抵在他的胸口。

林峰悄声说:"是我。"

贾慧定睛道:"你怎么才来? 害我白白守了一夜。"

林峰笑问:"你怎么知道我会来?"

贾慧朝那边一努嘴,说:"他说的。"

林峰笑道:"你这个姑父,倒是主意一个接一个。他和刘云之间,又生了仇冤?"

他们携手去黄参议夫妇的卧房,敲门招呼。

黄参议正搂住老婆呼呼大睡,听得这声音,懒洋洋地睁开眼推了一下黄太太,说:"起床吧,你那个乖侄女婿来了。"

黄参议披衣起身跨出门来,左右打量林峰,点头说:"星夜行动。对这位刘专员,你的杀心比我重啊!"

林峰淡淡道:"一个人自绝活路,已属不易。但像他这样变着法子求死的人,更是少见。"林峰看着他们夫妇,又问:"黄参议,什么时候动身履新职啊?"

黄参议皱了下眉,说:"行程略有变动,我大概要去南京了。"

林峰笑容里夹杂着不屑。

黄参议浑然不觉,说:"林参谋,想在地洞里找一只耗子出来,并不容易。但要想逮他,只有一种方法:用诱饵引他出来。"

林峰闻言将目光转向贾慧。贾慧稍微有点脸红,但笼在袖中的右手却紧紧地捏了一下枪,毅然决然地点了下头。

（九）

吴尚西门外关帝庙,在全城居民的眼中,俨然已成鬼域,所有的人都不敢从它的附近过。其实驻扎的日本宪兵队,平日里都不出门,只在庙里的空地上操练。

先占为胜这一步棋得手后,南部对刘云青眼有加,他们相约今晚密议,南部吩咐勤务兵准备酒食招待,并让翻译过来。

刘云建议,既然在吴尚有了落脚地,做看客并不是最佳的选择,南部要先行施展手脚,逐步收拢缰绳,将黎星斗这支部队套笼于手中,为己所用。

南部很感兴趣,问他有什么想法。

刘云微笑,说有两个方法可以做到。一,利用当前的形势在吴尚召开军事会议,调集黎星斗及其他新降的各部,再派日军配合,重点围剿黎星源;二,将第一集团军麾下几个师分拆调开,诱以香饵,各予防区,将这些师长们都扶植成为独霸一方的草头王,骄气一旦养成,自然不会对黎星斗唯命是从了。这叫做釜底抽薪,让黎星斗被架空,沦为光杆司令。

南部面有喜色,连声道:"妙计! 你的计划很妙! 我后天就召开军事会议,任命黎星斗为这次行动的总指挥,让他去对付黎星源。"

次日,南部襄吉依计而行,向江北所辖各部日伪军发电,在吴尚召开军事会议,商议下一步清剿作战计划。不久,镇江、扬州、吴尚、新化、静江、江堰各地的日伪军头目云集吴尚城。

黎星斗无法借故推托,只得勉强去参加。南部借口关帝庙地方狭小,将会场选在晓光寺,堂而皇之地进了吴尚城,黎星斗眼见鸠占鹊巢,心里窝火,在会议前夕,当着前来参加会议的几个心腹师长在公馆大发雷霆。众人一起劝他压住火气,小不忍则乱大谋。

黎星斗无奈,长叹一声,说:"我情愿去乡下,跟总指挥在一起。这吴尚城,真的是不能待了!"

南部襄吉眼见左右席上坐满了昔日的对手,不禁心中得意,说这次会议是汪主席委托自己代为主持的,一是调整防区,二是继续对占领区内的敌军予以肃清。

南部的防区调整方案,对于簇集于吴尚周边的苏鲁皖几个将领来说,是件天大的好事。他们一下子就向外扩展到了周边的几个县。特别是前期作战损失惨重的丁聚元,除了有重金招募部队外,还将两个保安旅纳入了他的序列,再许以通吴清乡专员的职位,俨然可以与吴尚分庭抗礼了。

黎星斗心有疑惑,日军将占领的地方划让给他们,难道是借此机会转交防区,集结兵力另有图谋?

南部留意他的神色,话锋一转直指敏感话题:苏鲁皖游击部队最高长官黎星源,是你们昔日的上司。此人冥顽不化,不知天时,没能和大家一起投效汪主席,甘为无处容身的孤魂野鬼。前次围剿时,他竟敢配合新四军参与对竹本大队的阻击,罪不可恕。现在,到了清算债务的时候了,由黎星斗任总指挥,指挥麾下各部,从东、西、南三面,向北进行清乡扫荡。北面新化方向,由小林联队出击,四面合围,务必一战歼灭之。

黎星斗强压心中怒火,挨到会议结束。南部刚一走。黎星斗除下帽子,声色俱厉地说:"诸位,日本人要对总指挥下手了,你们当中有谁想扛这块牌子,可以去做,我绝不阻拦。但是,替日本人做了之后,我估计他的脑袋在脖子上也待不了几天了。"

众人齐声说:"总司令,我们都听你的号令,绝不敢对总指挥有歹心。一切请您拿主张。"

黎星斗挥了下手:"拿什么主张,都在你们自己的肚子里,还需要我说吗?"

众人先是默然,随后不知是谁领头笑了一声,大家都不约而同地哄然大笑起来,晓光寺内原本肃严的气氛为之一变。

(十)

按林峰的计划,贾慧搬回旧宅,重新拿起绣花布包,以惯常的姿态出没于吴尚街头。吴尚城内,风景依旧,除了驻军衣衫改了颜色,别无不同。

她隔壁,李嫂一如既往地买菜煮饭。不同的是面向贾慧那边的矮墙,有两块青砖被撬松了,随时可以抽出,监看院内动静。林参谋及两名得力部下,就栖身其中,等候着目标的出现。

一连三天,没有任何的动静。其间,黎星斗和日本人在晓光寺里开会的内容,林峰抢在日伪动手之前将情报送抵程兴柱手里。

程兴柱正在驻地厉兵秣马,操练队伍。得讯后,立即与黎星源印证情报、商讨对策。黎星源决定亲率教导大队向东转移,靠拢新四军根据地,程兴柱则率六纵全军向北,跳出伪军的合击圈,张开口袋伏击新化城出来的日军。

且说由黎星斗领衔的伪军清剿部队,从吴尚、江堰、静江三个方向出动,其中吴尚和江堰两路,都是原苏鲁皖游击部队的人马。特别是丁聚元,刚刚吃过苦头,又久知六纵之能,再加上故旧袍泽之谊,大家心中默契。前哨派出几个连,分散了做戏样向前推进,稍有风吹草动就避让,根本不肯接战。只新化一路,是小林联队所部派出的两个中队,左右相距十几里齐头并进,并派飞机侦察助战。

但是,这次军事部署看似严密,实质上假象颇多。伪军各部表面上看都已抵达攻击位置,但都只是小股部队虚张声势而已。程兴柱的六纵根本没有分一兵一卒来应付他们,而是提前一夜突前三十里,借水乡芦荡之便,埋伏在新化城外。

上午九点,日军两个中队出城,不紧不慢地向东南进发。等到中午时分,离城已近二十里,见友军方向没有动静,便停止前进,宿营吃饭。突然间四下里枪声大作。张网以待的程兴柱抢先动手,将南部日军一个中队包进了口袋里,扎紧了口子。不少日本兵连枪都没有来得及拿起,就做了临饱的饿死鬼。余下的人在军官的指挥下,迅速四散开,就地还击抵抗。但对手早已抢占了有利的地势,装备精良,以逸待劳,出手既稳又狠,不消一个钟头已然死伤狼藉。

新化城中的驻军听到城外动静,派出部队增援。但却被对方预伏的部队所阻,连续几次进攻,不能越雷池一步。而与此同时,其余方向各路的伪军互相约定了似的,一齐朝天开火,打得不亦乐乎,以显示四面皆有战斗,无力相互支援。

这一通热闹,到了下午两点多时才告结束。扬州方面敌机几次意欲助战,但双方队伍绞缠在一起,无法投弹扫射。这一个伏击战打得干净利落,日军被歼一个中队,其余参战的各部伪军,纷纷谎报伤亡数字。

南部襄吉惊怒交加,指挥各处日本驻军出动,裹挟着附近的伪军马不停蹄地反扑过去。但六纵已经向东悄悄从丁聚元的防区北侧穿过,尾随提前转移的黎星源总部,进入了新四军的防区,再难寻觅踪迹了。

黎星斗正和部下在晓光寺里装模作样地开战役检讨会,关起门来猜测此刻黎星源及六纵的所在,嘲笑南部此举是偷鸡不成蚀把米。正谈笑间,两扇木门轰隆一声洞开，一队日本兵夹道卫护南部大步进了殿内。

南部手扶刀把，狠狠地盯住黎星斗，厉声喊道："黎司令，你耍滑头！死啦死啦地！"

黎星斗心底的火气腾地烧了起来，挥手拍案回骂道："小鬼子，老子难道怕你？一点规矩都不懂吗？"

南部两眼冒火，就要拔刀，与会众人一窝蜂地冲过来拉劝，南部身后的原田中佐明白眼下的处境，赶紧附在上司耳畔低语了两句。南部的脸色稍稍缓和，将刀把一甩，说："这样的作战，我不想再看到第二次，你们小心一点。"说完头也不回地离去了。

黎星斗骂道："妈的，老子不受这个狗日的鬼子的气了，干脆把他们解决掉，咱们就地反正吧！"此言一出，部属们面面相觑，都不同意，纷纷劝说眼下形势不好，三战区的日子都不好过，还是得静待时机成熟才是。

黎星斗甩手道："算了！不提这个了，散会吧，你们先回防区去整顿队伍。我再提醒一句，咱们面临的形势险恶，大伙儿不抱成团，那是挺不过去的。你们都记住了。"

第 十 章

（一）

黄参议对于这场战事很是漠然,他心里牵挂的是南京高层的人事变动给自己带来的影响。失去了原先待遇丰厚的职位,他便将目标盯在了财政总署,请熊克西代为疏通关系,但运作此事需要时间。他还得在吴尚地面上耐心等待。

如今,汪精卫做了黎星斗的财神爷,给枪给钱替他养兵蓄锐,想来也是件赔本的买卖。不过,黎星斗想要再反水,也轻易不能办到。他下面的人已经在这个问题上动摇了,除非时局再有天翻地覆的变化。但在1941年的秋天,看来是毫无希望的。

黎星斗叮嘱黄参议小心从事,抓紧时间先将通向南部关帝庙的眼线斩断。这场结果称心的围剿行动,却打断了锄奸计划的进程。林峰什么时候才能返回吴尚来一展身手呢?

贾慧作为诱饵,每天从学校到公馆往返两次。这天,她刚走到一处杂货铺前时,忽然有一个陌生人转过身来,低声问道:"您是贾老师吧?"

贾慧停步点头。

那人做个手势,请她到路边说话。来人脸色肃然,提了下手里的药包,说:"林参谋打仗时负了重伤,生命垂危,乡下难以医治,我们刚刚将他送进城来。他想见您一面,请您跟我走。"

贾慧吃惊不小,顿觉腿脚乏力,匆匆忙忙地跟在这个陌生人的身后,穿街越巷,来到一间茶叶铺子门前。掌柜老板视而不见,任由他们穿堂进了后面的宅院中到了店后院内,那人揭起门帘掉转头咧嘴笑道:"贾小姐,请进吧。"

贾慧看到他这笑容,心头一紧,转身欲走。后面闪出两个人来,拦住了去路,逼她进屋。她无可奈何,硬着头皮拾阶而上跨入屋内。

刘云坐在张靠背椅上,手捧茶杯微笑着看她。

她摇了下头,恨恨地问:"你还没死?"

刘云微微合眼,说:"你一听说他受伤了,就不顾一切地赶来。我很失望。知道吗,我宁可这次抓不住你,也不愿意看到你为此来自投罗网。我不能再对你放任自流了。作为你的未婚夫,秉承你父亲的叮嘱,即日起就对你严加管束,择日回南京成婚,在此之前,斩除一切后患。"

贾慧鄙夷地吐了一口唾沫,骂道:"像你这种畜生,我巴不得你早点死,让这世上干净些!"

刘云说:"你不该这样对我。我不欠你什么,你却欠我一条性命。我这个人向来恩怨分明,许督军愿意我生个儿子来顶他那个死掉的儿子。我和许家的杀子之仇,已蒙他老人家的恩准,一笔勾销了。而你我之间的账,却不得不算清楚。"

贾慧冷笑,说:"算账?咱们各人各账。他饶了你的杀子之仇,我却要报杀兄之仇。只恨那一枪没能打死你!"

刘云哈哈大笑,说:"你哥哥自己找死,关我什么事?我不过是跟日本人合伙做点烟土买卖而已。他仗着自己是省府派下的禁烟专员,千方百计要置我于死地。我是迫不得已才杀他。只不过,你当时自己糊涂,误以为他因为生意上的恩怨要害我,抢先通风报信。妓院里一通乱枪,好不过瘾啊!堂堂的督军公子,省府缉毒专员,就背着跟人争风吃醋的名声,死在了烟花柳巷。蠢女人,我刘某是什么人?会为了一两个婊子出手杀死未来的大舅子?"

六年之后,贾慧得悉了杀兄的真相,内心的震惊、愤怒、绝望,刹那间一起涌起,她手里的绣花布包啪啦一声掉落在地上。刘云检查了一下她的布包,里面除了梳子和两件女人体己的东西外,别无其他。于是从身后拍了一下她的后肩,说:"别想走啦,就在这里歇息着。等我办完事情回来,就带你去见你的老爹。他可正等着我们的消息呢。"

(二)

林峰于战后第五天潜回吴尚。吴尚城中,一片死寂。黎星斗所部几个师都已经离开吴尚周边,各自前往新划分的防区。伪第一集团军的地盘已经比旧时扩大了三倍多。

他入城之后,去黄公馆找贾慧,却得到了她失踪的消息。

林峰判断,她是落在刘云手里了。可刘云眼下藏身在吴尚的哪个角落呢?

他一面请城里地下组织帮助寻查，一面再利用黄参议的权势，大张旗鼓地在城里搜查，实行佯动。只要刘云被惊动了，就会露出蛛丝马迹，马脚一露，就有机可乘了。

这样折腾了三天，没有任何的收获。黄参议不免心中狐疑，难道刘云躲在城外关帝庙里，受日本人的庇护？

但林峰不认为刘云会带着贾慧躲进关帝庙里。在当前的形势下这样做，一来，是在日本人的面前示弱；二来，带着贾慧目标太大。他认定，刘云一定是将贾慧藏在城里，藏在他们根本不会去搜查的地方。

黄参议受此启发，在吴尚地图上仔细地研究，将搜查完毕的地区逐一划去，就剩下孤零零的几处地带：隔壁李府和自己的公馆、二黎以及几个师长的公馆、绿杨旅社里的军官客房。

他迟疑着在绿杨旅社上点戳，说："难道是这里？"

林峰不置可否，上午九点，林峰接到了吴尚地下组织转交来的两封密电，一是程兴柱转发的三战区的命令，内容是：

> 据悉日军将有大规模的行动，各地驻军开始将防区转交给伪军接防，向各港口地区集结兵力，希密切注意其动向。

另一份是黎星源发给黎星斗的电文：

> 抓牢队伍，不可为敌所用，分化瓦解，关键时刻，可以杀鸡儆猴。

他再三研究黎星源的电报，明白他的良苦用心，不禁叹息。他对于二黎的分工角色充满了疑虑。黎星源如果留在吴尚，以他的谋略和经验，不至于会有后来这一连串变故。但，抗日这杆大旗，又非黎星源来扛不可，黎星斗一介武夫，不懂政治，更不谙人性的弱点。这份电文，内容正确，但黎星斗怕是做不到统揽局势了，这支杂牌军，分崩离析的兆头隐约可见。

他点着了电文，看它在火苗的炙烤下蜷曲成灰。但黎星源三个字却未烧尽。林峰捡起它来，陡然间出了一种异样感觉，冷笑道："好小子，专在匪夷所思处落脚，这次看你还能不能逃得了？"

当林峰将自己的判断告诉黄参议时，他立即恍然大悟，笑道："在这吴尚城里，想要找个不被人搜查的地方，除非二黎的公馆。这个家伙选它来落脚，高明！"

两人细加酌量，决定先行侦察黎星源公馆的虚实动静，确定了猜测后，再做决断。与此同时,他还抽空调查了三战区交待的任务。日军驻江北一带的部队有收缩的迹象,将部分占领区交由伪军接管。南部旅团等部集结的队伍虽然逐步向西开拔,但并没有远离吴尚,根据传言,他们是在等候海州港口的运兵船队抵达。他们出海要去哪里?

答案揭晓,是在两个月之后。林峰和绝大多数人一样,根本无法预测重大事件发生,整个世界的战略格局将为之改变。当前所有抗日武装面临的前所未有的艰难处境,也即将为之一变了。

(三)

刘云看住了贾慧之后,依然沿上次的路线,进了关帝庙。南部正在廊下郁闷,见他来了,也不客气,直指他的主意低劣,不但没能达成目的,反而折损了皇军一个中队。

刘云尴尬笑道:"将军,这次皇军付出的代价是大了点,但这代价并没有白付的。至少,我们能够看清黎星斗的真面目。这次围剿战役,他和黎星源勾结,里应外合。下一步,我替你想出一招来,不知您还信任我吗?"

南部抬眼看他,将信将疑。

刘云说:"这一次咱们悄悄地干,将他们都蒙在鼓里。黎星源不是指望着黎星斗给他通风报信吗? 他以为咱们的一举一动都躲不开黎星斗,咱们这次还就要躲开他。我建议,迅速组织第二次清剿战役,由皇军单独行动,出其不意,将黎星源所部合围歼灭。"

南部叫了声好,快步进屋,去军用地图前研究了一下,胸有成竹地提笔画出了几个箭头,叫来参谋长原田,口授电文做出如下部署:

> 新化城驻军山本大队出北城迂回向东,绕过程兴柱所部抢前占领并切断该部向东的退路;本部两队分两路向东进发,阻断吴尚与黎星源所部的联系,野村旅团两个大队接防新化城,一个大队直接向南,发起正面进攻,约定了统一进攻时间为后天凌晨四点。那一刻,天刚微亮,正是聚歼黎星源所部的最佳时间。

密电接二连三地发出。这些电波指示着日军开始在吴尚城东、西、北三个方向,交织起一张杀气腾腾的大网来。吴尚城外的黎星源,城内的黎星斗,都对这悄然逼来的危险惘然不觉。而率手下正在严密监视黎星源公馆的林峰，犯了一个错误：只着重细节，忘记了大局形势。

（四）

其实，黎星源心中丝毫没有一点懈怠和喜悦。根据诸方面的情报显示，当下的抗战局势，并未好转。日军攻占浙西，国军被迫弃守，江西告急。江西一失，整个湖南、湖北战区也将陷入岌岌可危的险境。

眼前周边的情况，国军地方部队几乎都随着这股易帜潮流投汪。与此同时新四军借着这一形势，主动出击，纵横淮海，将根据地游击区水银泻地般铺展开来。

他面对地图思量半天，觉得当前苏鲁皖游击部队所活动的这片区域太小，数千之众游弋其中，不能做到游刃有余。根据情报，新化城中的小林联队，所剩兵力无几，守一座城市虽够，但周边的乡镇地带，无力控制。他们与其坐困在这里，还不如先动出击，攻占下几个重要集镇来养兵，要比在水荡里饱受蚊虫叮咬强许多。

他请来程兴柱商量此事。刚一开口，程兴柱便呈上了一份作战计划，稍稍一翻，俩人不由得相视而笑。原来英雄所见略同，他正是想趁着小林联队元气大伤之时动手。

程兴柱的计划，是以沙沟、许窑为目标，兵分两路而动。程兴柱率军突袭沙沟，拿下之后，兵锋直指许窑之南，做出进攻新化城的架势，震慑小林联队不敢出城增援，然后由黎星源从容取下许窑。有了这两座集镇在手，再控制住周围的水乡平原地带，和吴尚的黎星斗暗中遥向呼应。南部就是生了三头六臂也没了法子。

这个计划既能解决眼下的困境，又能彰显他们的抗战决心，还能鼓舞黎星斗等人的信心，不至于沉溺于汪伪的利诱，由伪降沦为真降，一举三得。

次日一早，天还未亮时，程兴柱下令各部动身启程。部队在悠扬的军号声中集结，分两路向沙沟镇进发。

程兴柱率六纵司令部随左翼行动，部队向前走了约摸五六里路，陡然发现不远处路口出现了影影绰绰的人影，当即派人搜索。哨兵出去不过几十米远就发觉异常，立即开枪射击。这枪声划破了拂晓时的宁谧，回荡在水乡平原的上空。

对面而来的,正是从吴尚西边星夜穿插过来的日本军队,正在搜寻程兴柱所部的位置。程兴柱正要出击进攻沙沟,冷不防和这股鬼子兵碰上,不明虚实,迅速抢占河堤、树丛边等有利地形,予以抵抗。程兴柱亲率卫兵冲到前沿,举起望远镜观察对方,辨闻火力,不禁吃了一惊。正要下令部队改变方向,往黎星源所部的路线靠拢。但听得那边枪炮声犹如炒豆般响了起来,到处是水鸟惊飞,凄厉的啼鸣声被这遍地的交火声所掩盖。

程兴柱马上明白过来,这不是跟下乡扫荡的敌人偶然相遇,而是日军有预谋的进攻。西、南两个方向,都发现了敌人,那么东北两面会有敌军合围吗?他立即下令殿后部队派出两路侦察哨向北、向东快速搜寻,一旦发现异常就鸣枪示警。当下唯一的退路,就是向东撤退,谋求新四军方面的接应。他派通信兵骑快马往南,向黎星源报告当前形势,约定一个半钟头后在向东五里地的吴加舍汇合,全力向东突围。

先头两个连损失惨重,边打边撤。程兴柱派了一个营接应并断后,炸断了几条河上的木桥。全军抵达吴家舍时,黎星源见到他,第一句话就是日本人哪来这么多的兵力?这次日军的进攻,事先一点迹象都没有,看来是处心积虑。黎星源心中诧异,这次日本人进攻,吴尚方面的黎星斗一点风都没有透过来,难道他们也被蒙在鼓里?

俩人综合手里所有的情报,决定向东突围,同时急电新四军方面请求接应。依然兵分两路,谁先冲出去,对空打三发信号弹报讯。这种野外遭遇战,靠的是勇气和迅雷不及掩耳的速度。一旦日军修筑并巩固了工事,那就麻烦大了。

但向东走了不过六七里,就和日军干上了。这支鬼子是从新化城出发,路途最远,走的是一个弧形路线,绕到了程兴柱部队东侧,切断了与新四军方面的交通。由小林联队长亲自指挥。该部屡遭败绩,小林大佐为雪前耻,发疯似的指挥士兵向前猛攻。

黎星源指挥部队奋力抵抗,不肯后撤,就此吸引日军主力来攻,做了必死的决心。正鏖战时,眼见远处有三发信号弹掠过空中,划过淡淡的白痕,心中一喜,知道程兴柱那一路突出去了。他拔出腰间的手枪,大喊道:"弟兄们,加把劲!程司令已经率部突围了。咱们不能落在后面。打退眼前的这股小鬼子,就大功告成啦!"

他虽这样鼓励，心中却明白，程兴柱冲出去了，自己所部眼前突围的可能更渺茫了。他横下心，将手上所有的兵力全部部署在河汊、垛田的高处，借助芦苇、树丛就地抢筑简易工事，要在这里血战到底，成仁报国。

正在这时，日军背后突然枪声大作，一队人马斜刺里杀出，清一色连射武器，火力凶悍。黎星源一听枪声，兴奋地挥舞了一下手，喊道："援兵到了！程司令杀回来了！弟兄们，冲啊！"

黎星源一身泥泞，握住程兴柱的手，说："多谢！我已经准备在这里成仁，没想到你还能回来救我。"

程兴柱指挥部队掩护黎星源向东撤退，亲自带队断后，接应包围圈中的余部赶上，边战边走。

日军好不容易将黎星源包围，自然不甘心。其余各路的日军都改变了进攻方向，齐头并进，全力向东追赶。与此同时，又有飞机赶来助战。程兴柱断后的部队自然成了轰炸攻击的主要目标。

轰炸机投下十几枚航空炸弹，制造了一片火海后，又开始俯冲贴地扫射。密集的机枪子弹将散乱在芦苇丛中的士兵们齐刷刷成片地打倒，惨不忍睹。程兴柱在河岸边背倚柳树，端起捷克式轻机枪，对准日本飞机，奋力还击。他和树立即成了醒目的目标。又一轮敌机扫射，航空机枪子弹奔跑跳跃着，宛如横曳在地面的一根长长的鞭炮，将这棵尺把粗的树身咬出了一排拇指大的窟窿。侧靠在树干上的程兴柱枪声顿熄。他双手无力再端住机枪，枪口垂直向下，抵住地面，重重地咳嗽了一声，大股大股的血从嘴里喷涌出来，身上的弹洞处，瞬间收敛后血流如注。

（五）

"日军清剿大捷，苏鲁皖游击部队第六纵队少将司令程兴柱战死沙场"的消息不胫而走。黎星斗听着城外的枪炮声，提心吊胆了一天，天黑后得知讯息，顿足大哭。他对程兴柱一直抱以敬其才、畏其心的态度，比黎星源更加地提防他。没想到，他竟是履行诺言的一条汉子，卫护黎星源战至最后，以身殉国。

不久，城外得到消息的几个师长们陆陆续续赶到吴尚来，探究真相。黎星斗擦拭眼泪，说日本人上次吃了大亏，要了这么个花样来，真是卑鄙。总指挥虽然突围,但身边的队伍已所剩无几,特别是折损了程兴柱这样一个大将,让人痛心。现在,他从独立旅中抽调一个营,先行换装下乡,补充到黎星源的队伍中去,保护他的安全。至于枪支、粮饷等等,要每人都负担一部分。众人证实了程兴柱的死讯,心中都觉戚然,一口答应下来。

独立旅长匆匆进门报告,日本人在战场上抢到了程兴柱的尸体,已然运抵吴尚,南部已经放出风来,要割下人头来悬挂在城头示众。

黎星斗咣锒一声摔碎了茶杯,怒骂道:"小鬼子欺人太甚! 老子要去一趟关帝庙,要回程兄弟的尸首来。各位,肯不肯随我走一趟?"

众人虽然心中想法不一,但无人敢当面推辞,齐声附和。黎星斗全副武装。带了一个营的部队在城门处预备,自己率着几个师长和卫兵来到关帝庙前,让副官去知会。

不一刻,南部军装齐整地出门迎客,见了面,皮笑肉不笑地说:"哪阵风把黎司令吹到这里来了? 各位都是稀客啊。"

黎星斗也不客套,开门见山地问:"这次清剿行动为什么不事先通知我们? 是你们不信任我们了吗? 如果是这样,双方的合作还有什么意义?"

南部笑道:"黎司令,我是体谅你的难处。你们跟黎星源、程兴柱有旧,熟人之间动手,太伤感情了。所以,这次就不劳烦贵部,拼着多牺牲些皇军士兵的生命吧。不过,这次付出代价还是值得的,黎星源倚为心腹的程兴柱所部,被我大日本皇军歼灭,程兴柱被击毙,堪称大捷!"

黎星斗抑制住怒火,说:"大捷? 那么恭贺旅团长了。不过我们这次来,有个不情之请,听说程兴柱战死了,尸体已经运抵这里,他生前跟我们都是以兄弟相称,人死了,弟兄们来给他收尸入葬,尽一下故人之谊,这是中国人的习俗,想必你不会反对吧?"

南部脸色微变,勉强笑道:"程兴柱是我皇军的敌人,屡次杀伤我皇军勇士。这次,我们付出了巨大的代价,才将他消灭,正要悬首城门,以儆效尤。你们是站在哪边的立场说话,重庆还是南京?"

黎星斗凛然道:"朋友之道,兄弟之情,他生前是我们的兄弟,死后依然还是。我们虽然投奔汪主席,但朋友之间的情谊还是不能丢的。俗话说各为其主,你是一个军人,难道不明白?"

南部大笑,说:"我是军人,但是在这个世界上,像你们这样的军人,还真是第一次见识了,佩服得五体投地啊!"

黎星斗脸色立刻难看起来，说："那么，像程兴柱这样的军人呢？他这样的勇将难道不令人心生敬意吗？你真要侮辱他的遗体？"

南部的神色由不屑转为郑重，说："程将军的尸体，我已经下令礼敬，他是一个真正的军人，是在突破我军重围后返回来营救黎星源时战死的。这样的勇气，值得我大日本皇军效仿。你们既然诚心而来，我就将他转交给你们安置了。请记住，黎司令，我是看在战死者的分上交出尸体的，不是因为阁下此刻人多势众。"

黎星斗舒了口气，对他的嘲笑和讥讽虽然耿耿于怀，但却无法发作。众人启送棺木回城，在晓光寺内举办了一场隆重的丧事。

程兴柱战死，黎星源电呈重庆、三战区以及省府方面。重庆方面立即发出唁电，并通令嘉奖，追授程兴柱中将军衔。新四军方面，除了发唁电哀悼之外，在内部秘密召开了一个简单的追悼仪式，祭奠这位共产党员、抗日烈士。同时，派苏中军区代为接收此战中突围出来的原六纵官兵，妥善安置。

黎星源身边可用的士兵剩下不满两千。他将部队带入新四军根据地附近重新整编，直属总指挥部的卫队约摸四百人，其余人马分散为若干支游击队，返回原先的游击区，坚持抗日。

新四军方面委托黄庄拜谒这位老熟人，建议他率部进入新四军根据地，暂避一时。黎星源婉言谢绝了。以他的政治经验来看，跟新四军暗中合作可以，但明来明去地成为一家，万万不可。重庆老蒋的心思，他揣摩得很透，他这个中将游击总指挥托庇于共产党，比黎星斗易帜投汪罪状严重多了。这点他分得清楚。他只跟黄庄要了一些武器弹药，用以补充。

且说吴尚城里，南部忽然出现在程兴柱的灵堂，和黎星斗握了下手，说："李司令，节哀顺便。私情了结之后，正事还是要做的。汪主席年底要在扬州召开清乡工作会议，届时，我在扬州给你接风。"

黎星斗一惊，问："旅团长要走？"

南部点头说："军务繁忙，新四军在各地的活动猖獗。眼下秋收将至，为确保秋粮的征收，大本营将有新的军事行动。"

黎星斗略略松了口气，目送他远去的背影，喃喃道："送走了这个瘟神，大家的心里都舒坦。"

黎星斗率众人出寺，迎面间，黄参议陪着个帽檐低垂的人走过来，留神一瞅，认出是三十三师的林参谋。他素有共党嫌疑，据说私下里跟程兴柱打得火热。送走了诸位师长,转身回来时,寺门里却只剩下了黄参议一个人。他询问林参谋的去向?黄参议低声报告,林参谋带人在寺内搜查奸细,也许,随后这里将会有一场厮杀。

(六)

黄参议所言非虚,此刻的晓光寺内,杀机重重。林峰率他的便衣队已然进场。方才,和黄参议并肩在寺门外公开亮相,不是给黎星斗等人看的,而是给刘云的耳目瞧的。

寺外早已布下了岗哨便衣,封锁严密。这是林峰反其道而行的第二次判断成功。之前的屡次失手,权当是给今天的行动作了个铺垫。他要在程兴柱的灵前,替他以及六纵官兵们报仇雪恨。

林峰此前的种种设想中,从没有考虑过程兴柱会阵亡。因此,对林峰的打击之大可想而知。当得知又是刘云的计策得逞时,他心中悔恨交加,恨不能立即拿刘云的人头祭奠好友。

次日,终于传来消息,有人于天黑之后趁着夜色的掩护,离开了关帝庙,从后面那条小河登船经由水关进城了。林峰立即动作,亲自率队守候在黎星源公馆,但仍然没有发现刘云现身。程兴柱祭奠仪式的最后一天,他心中犹豫良久,该不该去故友的灵前送他最后一程。两厢为难时,他心中忽然一动,想起了那夜刘云离开关帝庙入城,又没有踪迹现形的疑点来。以刘云的做派,谋划的行动获得成功,岂能不洋洋自得,去验看自己的成果?他不来这里,绝对可能是在那里!

林峰立刻改变方案,除了留人继续在这边监视外,假手黄参议,抽调人马以维持秩序为由,将晓光寺围了个水泄不通。现在,正是收网之时。

林峰腰插双枪,冷笑着走进寺内。大殿前搭建灵棚的空地上,除了十几个聊作仪仗持枪侍立的士兵们,就是些负有职责的中下级军官,烧纸、焚香,手无闲暇。晓光寺里的和尚在一侧诵经念忏,合目闭眼,不肯看这浮世红尘半眼。

林峰大步流星跨进了灵棚,去查看那些忙于庶务的军官们。其中一个人低垂着脑袋,只顾着将锡箔元宝逐一丢入火盆,看不清面目。林峰放缓了脚步向他踱去。

但此人似有所觉,在距离尚有三四尺远时,陡然侧身打滚钻入白色帷幕底下，就势贴地出了灵棚。这等敏捷的身手，不由林峰赞了声好，拔出枪从灵柩后方空荡处追赶出去。这晓光寺场地空旷，饶是那家伙腿脚快捷，也逃不出视野。林峰在后面抬手便是一枪，正中他的小腿。那人一个趔趄，在距离殿堂仅有咫尺之遥处扑倒，拔出枪来还击。林峰急忙闪躲，子弹贴耳而过。他不敢怠慢，双枪连发。那人一边对射，一边故伎重施，在地上连滚了几滚，避让到了大殿的墙角处，就地凭借着砖墙还击。

林峰眼见此人如此身手，心中疑惑，但看他已成瓮中之鳖，却也不急着去抓。他环顾寺中虚实，取过一支三八大盖来，屈身弯腰沿着庙外廊檐一溜烟跑，登上了藏经阁顶，居高临下观察寺内外的动静，找寻刘云的下落。这电光火石间，他发现寺外码头没有士兵值守，一叶扁舟已然离岸。他无暇多想，双手端起步枪。

林峰看准了船上人的左胸心脏部位，扣动扳机。枪声响处，只见刘云手抚胸口，笔直地倒栽下去。船上的人手忙脚乱，来不及看顾他的伤情生死，拼命地划桨，如同离弦之箭般远去了。林峰自忖这一枪击中了他的致命要害，必死无疑，掉转身来俯看那仍在射击抵抗的家伙，居高临下如法炮制，也打了一枪，这一粒子弹将那人肩头击中，身体一个前倾，手里的枪脱手飞出去三四尺远。众士兵们趁机冲上去，将他活捉，倒拖着双腿来藏经阁报功。

林峰收枪下楼，打量了此人的相貌，冷笑道："倒看不出，你居然能替他卖命。他已经先你一步上了西天，你眼见就要跟着去了，说几句实话吧。"

此人狂笑道："姓樊的小子，老子多年前就认识你，我们是受刘家世恩，这条命报效给少爷也无所谓，二十年后又是一条好汉！来吧，有种就开枪杀了老子。"

林峰笑道："原来是刘府的护院保镖。没有你们为虎作伥，刘云还不会死得这么快呢。这个混蛋，像条狗一样被我打死了。你的死相，比他也好不了多少。"

（七）

黄参议听了林峰转来的消息，心中一阵轻松。从立场看，他和刘云是一丘之貉；从利益上看，他们之间并无太大的冲突。但是，他对此人始终报以忌惮和厌恶，总认为他会在日后某些时候对自己产生危害。古语云：卧榻之侧，岂容他人鼾睡。如今假林峰之手，将他除掉，第一件事就是向黎星斗报信。

黎星斗心里自然高兴，奖励打赏那是自然的。但，他心中牵挂着黎星源目前的处境。程兴柱死后，他在乡下再无依靠，领着些残余人马四处漂泊，安危难料。昨天接到他发来的电报，说本想进城来吊唁，但因为安全计，被新四军方面劝阻了。所以，他拜托黎星斗买一块上好的坟地，妥善安葬程兴柱的遗体。至于他新近补充过来的两个连的人马，已经接收了，但日后不可再从直辖的独立旅中派兵，要尽力将所掌握的兵力扩充，不能再轻信他人。

黎星斗叹息一声，烧掉了这份密电。在东门外找了块上好的风水宝地，将程兴柱的棺木掩埋了，坟上立了块石碑，上面刻写着：陆军中将程兴柱之墓。以待日后理会。

接着，黎星斗开始向麾下各师征调，每个师抽一个营，集结到吴尚来，再成立一个旅，配以精良武器。另外，竖起招募旗帜来，拟再建一个旅，这样手下重建一个完整师外加一个独立旅，牢牢控制在手里，以应对手下众将隐然以防区、队伍为后盾，所形成的分庭抗礼之势。

但是这个命令下达后，各师都发电来婉拒。声称各自防区内，共产党游击队活动猖獗，防不胜防，请求暂缓调兵，等清剿后维持住地方治安后，再做他论。黎星斗将这些电文撕得粉碎，命令黄参议，将业已清理完毕的李府资产，尽数充入军需，敞开大门招兵买马，拣精壮人力挑选，把人头数算足了，分散到城外各处村庄，秘密进行训练。并从独立旅麾下提升了一批军官，笼络控制住，预备在这新编的部队里任职效力。

隆冬将至，北风吹了一阵又一阵，大地蒙霜，平原河汊间，芦苇枯黄，一片萧然。在此期间，南线、东线的日伪军队，出黄桥、陈堡、阳垛等地，对新四军苏中根据地进行了一次扫荡。日军部队来自通州、太兴，分属南部以及其他旅团，但伪第一集团军编列中的一师、二师、六师，都直接奉苏北清乡公署主任汪精卫的手令，参与行动。

新四军主力跳出日伪的包围圈，向东连克十几座集镇，前锋直抵通州城下。日军回师援救，途中连遭伏击，损失了三四百人，配合出击的伪十二师杨忠华部大部被歼，扫荡就此结束。这边，伪一、二、六师趁此良机，瓜分了十二师的地盘防区，并占领了新四军根据地的几个集镇，算是尝到了甜头，也受到了南京方面的嘉奖。

黎星斗坐在吴尚城里，眼看着这些部属们将原先的誓言抛在了脑后，心生闷气,却又无可奈何。乡下蛰居的黎星源发来电报,建议是:守住吴尚,扩充实力,他事不管。这些家伙得意猖狂逞一时之快,迟早会被新四军收拾的。等他们吃了共产党的苦头,低头来见时,再做理会。黎星斗深以为然,就此坐观局势变化,积蓄实力,以待时机。

黄参议的南京职位有了音讯。经由熊克西力荐,周佛海从中斡旋,汪伪政府财政部税务总署副署长的职位,已然有了眉目,不日将有函文送达。黄参议在吴尚的日子,已是屈指可数了。

他心中喜悦,关起门来在公馆里跟太太把酒言欢。不过,黄太太虽然高兴,但想想要去南京,离老督军近了,心底一阵不安。这个时候,她分外地挂念起贾慧来。

这天上午,黄太太正陪丈夫在廊前晒太阳。突然,卫兵跑步来报,贾小姐回来了。

黄太太一阵惊喜,站起身来快步迎了出去。贾慧穿了一身棉布袍子,肤色稍微黑了一些,看得出是在野外生活留下的痕迹,但是气色非常好,精神饱满,一脸灿烂的笑容。看到她来到眼前,甜甜地叫了一声:"姑妈。"

黄太太一把拉过她来,左右端详,笑道:"像是从乡下来的样子,是跟他——"

贾慧一笑,说:"我回来还是做教员,已经去过学校了,校长正为人手不够发愁呢。"

黄太太听她撇开了自己的问题,微微一愣,问:"你这是——"

贾慧自顾自提包进了门,说:"回来,好好歇息一下。乡下蚊虫多,吃不好睡不好,还是在城里日子安逸,我不走啦。"

黄参议迎面而来,窥测她的神色,佯作关切地问:"吃不了苦啦,就把林参谋扔下不管了?"

贾慧居然点了下头,说:"我们约好了,抗战胜利后,就结婚办喜事。现在他要打仗,顾不了我。我也不想拖累他,索性干脆回来算了。"

黄参议反而奇怪了:"你们算是私定终身吧。说起来林参谋也该来我这里拜谒长辈,这吴尚城对他也不是禁地,这样小心干什么?"

贾慧抿嘴笑道:"姑父,就别苛求他啦。他在乡下可比不得以前住在都天行宫。黎星源身边没了得力的人,就靠他呢,事情太多。可惜我是个女人,帮不了他。"

黄参议与黄太太面面相觑，无话可说。这位失踪已久突然又来投奔的侄女身上镀了一层神秘的色彩。真的如其所说，恢复旧时的平淡生活，别无企图吗？她会给他们在吴尚屈指可数的日子，带来怎样的变化和影响呢？

（八）

眼见已是 1941 年的年底，寒潮抵达，下起了第一场小雪。大街上突然热闹起来，街头传来烟摊主代卖报纸的吆喝声："大事！新闻！重要新闻！日本人偷袭珍珠港，消灭了美国太平洋舰队！日本人跟美国人开战了！日美开战了！日美开战啦！"

贾慧抓起布包匆匆出门，挤在人群里好不容易买了一份《吴尚日报》。这份由黎星斗出资办的报纸头版头条果然写着：日本海军于 12 月 7 日偷袭美国海军，取得大捷。

她一路走一路看，虽然并不清晰地理解这个新闻的意义，但隐约觉得这是个好兆头。到了学校时，她将这份报纸给同事们看。其中有一个留过美、目前在本埠避难的男教员，拍了下巴掌，说美国人参战是件大好事。这个国家疆土广袤，工业、技术都是第一流的，上次大战，就是他们参战改变了欧战的局面。这次，怕是又要扭转乾坤了。众教员十分兴奋，但都互相提醒，要言辞谨慎。这里已是日伪的地盘，小心为妙。

贾慧从报纸上得悉这场战事之前三十六小时，二黎分别从自己的电台获悉了这一惊人的消息。他们击掌称好并恍然大悟，怪不得这半年来，日本人不停地收缩防区，将部队从港口运走，原来，是去进行这场战事。有了美国人，这场战争的未来已然从漫天乌云中显出了一抹亮丽的希望来。

重庆政府于 12 月 9 日正式对日宣战，南京汪伪政府于 12 月 11 日正式对美宣战，各自表明了自己的态度。而黎星斗，则迫不及待地向黎星源表达了急欲反正的想法。黎星源竭力劝阻，让他稍安勿躁，以静制动，择机行事。

黎星斗虽然听从了劝说，但心中的高兴却是显露无遗。在吴尚召开的军事会议上，关起门来表达了自己想法。与会的几个伪师长，看法却跟他截然相反，眼下，日本集结的几十万大军，在南洋势如破竹，倘若美国人支撑不住，哪里有战胜日本的希望呢？

黎星斗大为不悦，说："各位驻防在富庶城镇，过的是土皇帝的日子，大约筋骨都已经在温柔乡里泡软了。连眼神都不管用了,把易帜时的誓言忘干净了?"

众人一阵默然。

丁聚元打了个哈哈,说:"总司令,这可是冤枉弟兄了。我们的意见,易帜之举是反复斟酌才确定下来的。日后的反正,也要审时度势。咱们打牌要打稳牌,降低风险。总指挥在乡下给咱们竖着旗子呢,一旦时机到了,咱们拉起队伍投奔过去,一夜之间就可以改头换面,岂不是好?"

黎星斗不再吭声,心底对这些人失望至极。他暗下决心,不再指望他们,自己另起炉灶,打造一支听自己用的部队。

黎星斗心存异志,南部襄吉是知道的。但碍于他在这支杂牌军中的地位和威望,以及他当初易帜时领头通电的影响,迟迟难以下手。如今,正值军事态势发展到了关键时刻,倘若他有个风吹草动,那么连带起的恶劣反响,可不是朝夕所能平定的。他下定了决心,要彻底解决黎星斗的问题了。

为此,他密会正在视察清乡,准备召开江浙两省清乡工作会议的周佛海,要求对这个心腹之患开刀。周佛海让他不要急于行事,自己回南京跟汪精卫商议后拿出个妥善的方案来。南部有些不悦,但也一时无法动手,只得等候汪政府的回复。

正在郁闷时,忽然来了一个不速之客。卫兵禀报了此人的姓名,他大喜过望,快步迎出门去,笑道:"刘桑,好久不见,你的身体恢复了吧?"

来者正是在晓光寺外夺路而逃时,被林峰一枪穿胸,辗转去日本陆军医院疗伤,已然痊愈出院的刘云。他抚胸接连干咳,喘息道:"好不容易出院了,一出来就到将军这里拜访,唐突之处,还望见谅。"

南部说:"我正要找你,你来了就好。"

刘云点头,说:"我也是听闻吴尚那边风雨欲来的局面,所以才匆匆赶来。枪伤好了,可是旧仇新恨总是要报的。"

南部赞许地笑道:"刘桑是我的臂膀啊,你看看,现在该如何对付黎星斗?我有意引他到扬州来,借开会之机除掉。但这个计划,恐怕南京方面通不过。他们顾虑着政治影响,投鼠忌器。但我想,这种事必须当机立断,倘若养虎成患,那悔之晚矣。"

刘云笑道:"在我看来,除掉他是可以的,但要他的性命却无必要。他驻军吴尚,动手不易,非得将他引到扬州来才行。"

南部想了想,说:"刘桑,你的话很对。这个人,不杀而除,是个新思路。"

刘云竖起大拇指,赞道:"将军高见,这黎星斗再桀骜不驯,也是咱们的囊中之物。我准备午后时启程,去吴尚走一趟。"

南部说:"那就祝一路顺风了。我已经向新上任的南京政府特别顾问吉川将军推荐过你,他很感兴趣。"

刘云咳嗽着含笑说:"多谢将军支持,这次去吴尚,我要了却自己几桩宿愿的,想必回来时,将军已然大功告成,将局势掌控在股掌之间了。"

(九)

林峰明里是三十三师的联络官,实质上已经是新一团的团长。该团由程兴柱余部改编,明着是奉苏鲁皖游击总指挥部指挥,实质上已成为共产党的部队,直接受命于苏中军区。这数月间,参加过多次作战,黎星源心知肚明。他以及部下都受了程兴柱的救命之恩,哪里还能计较其他? 所以,蛰居水乡深处,总部及卫队四五百人足矣。放手由林峰他们去做,也算是他还共产党的人情。黎星源将真正的希望寄托在黎星斗身上,让他扩充实力,日后转机一到,胜券在握时,率着吴尚守军反正,是一夜间可达成的事情。现在,他和黎星斗需要做的,是竭力苦熬。熬过了眼下这段最困难的时期,就是胜利。

新四军方面,对黎星源的想法了然于胸,也乐得如此。一来,可以从他这条线控制黎星斗所部不敢明目张胆地助纣为虐;二来,利用他牵制南部,不能心无旁骛地全力进攻根据地;三来,那两个团实质上已经回归,在水乡一带坚持活动,抑新化城日军于城下,难以轻举妄动。南部的主力业已经海路往南洋作战,苏中、苏北一带,兵力严重不足,难以再发动大规模的扫荡了。

这天傍晚,林峰在驻地的电台,收到一份发自吴尚地下情报站的密电,四个字一目了然:鬼已出现。

他盯住这四个字看了半天,冷笑一声,起身派人通知黎星源,密切注意周边的态势,恐有变故。他要连夜去吴尚一趟。

与此同时,黎星源收到了一份黎星斗密电,告知他明天上午启程前往扬州,参加汪精卫主持的江浙清乡工作会议。黎星源回电劝阻,但黎星斗复电解释,因汪精卫电邀,此行无法推托。但他已做好应变准备,率一个营护卫出行,进入会场时,带十名卫士不卸枪,贴身随行,人人胸前暗缚手榴弹,一有风吹草动，就来个鱼死网破。

黎星源知道他的难处，只得电嘱不能大意。这时候，忽然见林峰过来，正待开口。不料林峰是来辞行的，告诉他吴尚城里暗波涌动，似乎将要有事发生，他得赶紧进城去应对。

黎星源吃了一惊，将这两件事联系起来详加考虑，觉得其中蹊跷，当即叮嘱他持自己的亲笔信连夜入城面见黎星斗，再尝试劝阻他去扬州。倘若不成，立即行动，全城戒严搜找内奸。这个内鬼现身，与黎星斗去扬州开会，也许会有关联。

林峰不敢耽搁，率精干手下乘船，拣便捷水道借着月色赶往吴尚。这一路紧赶慢赶，终于在凌晨三点多抵达吴尚。

林峰先将那封信交给黎星斗，他认真地看了，没有提及赴扬州的事情，只是问那内鬼的情况。林峰也不隐瞒，把刘云的可疑之处和盘托出。

黎星斗明白他的意思，考虑再三，说："我不去，必定会让汪精卫起疑心。日本人早已疑我，再加上汪精卫，日后的事情就不好办了。本来，我是将他当做挡箭牌用，没了这牌子，吴尚一地就会有灭顶之灾。俗话说，是祸躲不过。拼着个鱼死网破，我不做孬种！我有备而去，不怕他。"

林峰无法再劝，只得说千万做好预防，小心为上。告辞出来，林峰先去黄公馆。见黄参议睡眼惺忪地出来，不禁笑道："黄参议不是近日要去南京的吗？怎么还在吴尚？"

黄参议略显踌躇，说："快了，快了，就这两天走。总司令舍不得我离开，特地授了我一个中将总参议的头衔，好让我记得这边的弟兄们，为他们谋利。这么早，是哪阵风把你吹来的？"

林峰说："一股阴风将我刮进城的。扇阴风点阴火的人，是刘专员。"

黄参议一愣，说："他——他不是做鬼了吗？借尸还魂了？"

林峰笑道："我忽略了一点，他本就是个厉鬼，子弹对他身体不起作用了，得打脑袋。脑袋开花，他自然就玩不出死而复生的花样了。"

黄参议不觉悚然道："你当真？开什么玩笑！"

林峰笑道："肯定当真。我赶进城来，先请示了黎总指挥，转托老兄发兵支持，三个目标地点，一是黎星源的公馆，二是贾小姐的住处，三是尊府隔壁的李府。咱们将这三处围住了，我想，他也该浮出水面了吧。"

黄参议当即依照他的意见调兵，趁着这黎明前最黑暗的时段，分头行动。

林峰又来到贾慧的住处，将她从梦乡里唤醒。贾慧一见是他，吃惊不小，林峰做了一个缄言意会的手势。

她陡然一惊，问道："他来了？"

林峰点了下头，说："鬼无所不在，也许就跟咱们一墙之隔呢？今天我要做一个捉鬼的钟馗，让他无处遁形。"

贾慧微笑起来，说："不错，我也这样猜呢。卧榻之旁，有人酣睡。"

林峰摆了下手，说："那咱们就从这里开始。"

他站在院中，指挥士兵们拆倒围墙，进入李府，挨院挨屋地进行搜查。林峰携着贾慧跟在后面，跨过地面散乱的砖块，踏进了这幽暗深邃、充满了冤魂的所在。短短几个月的时间，这座宅院失去了人类的气息，荒草蔓延，将罗砖地面遮去了大半。一棵高大的柿子树上，本已累累的硕果，却无人采摘，枯萎成铜板大小的柿子干。栖息在枝叶间的白头翁迎着东方初生的旭日，欢快地啼唱着。

林峰悄声说："这地方挺合适他住的，让他死在这，也算是死得其所了。"

贾慧心中莫名其妙地一阵发虚，一把拽住了林峰，说："稍等一等，你能肯定他在这里吗？他会料到我们来这里抓他吗？"

林峰迟疑了一下，以刘云的行事风格，该现身时才现身；不该现身的时候，很难暴露行踪。他这一露面，难道是想以行动来昭告对手，他业已回到吴尚了。他既能这样做，那就是刻意吸引他人的注意，来追寻他的下落。以他的思路，这三处地方是林峰或者其他对头必然会猜测到的。他会乖乖地待在这里，等着他们来捉？如果不会，在这三处地方会有反制的计策吗？

一种不祥的预感陡然间涌上了林峰的心头。他不假思索，拉起贾慧的手，沿来路快步返回，边走边大声呼唤众士兵撤出李宅。说时迟、那时快，但听得一声剧烈的爆炸声，地动山摇起来。走得慢的士兵们，霎时血肉横飞，在这漫天飞舞的砖瓦碎屑中惨号声声。

等到林峰起身来吐了一口血，去拖贾慧并回头去看身后时，李府后宅的主要建筑已沦为废墟。他喃喃地说："好狠的家伙！"

剧烈的爆炸声惊动了城内外的军民们，流言长了翅膀般播散开去。黄参议急匆匆赶到，一见这情形，跺脚懊恼道："这里是临时放置军火的地方，都是不久前刚从江南黑市购回的武器弹药，为了掩人耳目才藏在这里。谁知道，竟然被彻底毁掉了。"

林峰明白过来，又是刘云的一石二鸟之计，破坏黎星斗的暗中扩充实力的计划，同时将自己和贾慧炸死。他立即建议黄参议封锁城门，严禁出入，严密搜查此人的下落。

贾慧却阻拦住了，笑道："不要着急，他大概不在城里，但也不会走远。这个人我太了解了，他现在唯一盼望看到的，就是这次爆炸的结果：我们两人的死亡消息。我们死了，他就不必进城来了。但我们活着的话，他必来不可。"

林峰会意，挽起贾慧的手，说："那么，咱们就去闹市里来回走几遭展示展示，我们仍然活着，毫发无损。他花费了这样的气力，居然没能如愿，一定会气疯了的。他气昏了头，我们就有机可乘了。"

第十一章

（一）

吴尚城里惊天动地的爆炸声，四乡八里都能耳闻。黎星斗率着赴扬州的队伍刚刚抵达莲花镇，陡然间听到了这动静，吓了一跳，当即打电话查问，得知自己暗藏的军火被炸了，心中一阵绞痛，大骂了几句后，下令彻查。

黎星斗进入日占区，一路上，但见碉堡、岗楼林立，守备森严，俨然是这些年为防备己方进攻而设置的，一时无语。车辆、马匹走了近一天时间，于黄昏时抵达目的地。城外，第七旅团参谋长原田大佐代表南部襄吉前来迎接。寒暄客套几句后，安排黎星斗择地驻兵，约定明天上午在苏北清乡公署开会。黎星斗不敢大意，驻屯下来后，加设了岗哨，命令人不卸甲、马不解缰，以防夜间生变。

但这一夜极为安宁，没有丝毫的异常。天亮后，清乡公署派员来敦请黎星斗准时到会。黎星斗心中警惕，决意进会场后滴水不沾，谨防对方下毒。至于随行的十几个卫士，连同副官本人，都在棉衣里绑了一排手榴弹，将保险揭去，导火索串联在胸前衣缝里，一旦有变，争取劫持一干日伪大员为人质，从容退出。

进得苏北清乡公署的大门，已经有不少人先到了，聚集在会堂前。仔细看看都是老相识，其中还有一个自己的下属，驻守江堰兼清乡专员的二师师长丁聚元。

丁聚元快步来迎，敬礼问好。黎星斗问汪精卫到了没有？丁聚元说汪主席马上就到，据说有急事要回南京，但为了一见黎星斗，才特意多耽搁半天。黎星斗笑了笑，没有多言。不一刻，南部襄吉带着参谋长出现了，老远就举手招呼，走近来殷勤地握手寒暄致意。

黎星斗故意说道："本不想来了，我吴尚的军火仓库被人炸了，正缉拿凶手呢。但汪主席、旅团长的盛情难却呀。我这是一边心疼，一边与会呀。"

南部大笑，说："你回去后，将损失造册报过来。我调拨弥补你的损失就是了。这样的盛会不来,辜负的是汪主席的盛情啊!"

十分钟后,汪精卫抵达会场,众人齐迎过去,逐一握手问好。当介绍到黎星斗时,他刻意用力握手,说:"将军立首义之功,汪某铭记在心。这江北的新局面,由将军而始,必将发扬光大。明年,南京召开中委大会,一定要请你去,一定要再委以重任。"

今天的汪精卫一身戎装,甚至还佩带了短剑以示威武。眼见这样的盛况,算一算他统辖的队伍,加起来竟也有十万之众了,心底的喜悦非语言所能形容。他和蒋介石争斗多年,一直因为手无兵权而屡落下风。现而今,这些将领识时务,弃蒋投己,是形势如此,天意如此。他心生豪情,要率这些部属建功立业。今天这场会议,目的就是要将江浙这块中国最富庶的地区,全面彻底地掌握,利用它的丰饶物产,养兵整武,维持战争,直至彻底将蒋政权消灭并取而代之。

会议开始,汪精卫开门见山下达军事部署。浙江一省,由任原道率第一方面军等部协同作战,配合日军部队扫荡重庆军队的残余,阻断三战区和重庆方面的陆路交通。江苏方面,由他自任清乡围剿总指挥一职,黎星斗就任前线总指挥,丁聚元任副总指挥,率各部配合日军向新四军展开壁垒扫荡,将军事力量投放到乡村一线,以新四军、韩德勤、黎星源等部为重点进剿目标。

会议开了两个钟头。散会后,汪精卫提议合影留念。数十名高级军官再度将他围聚在中央,由本地照相馆派人来拍摄,冲洗出来后,加印了一行:"国民政府江浙清乡工作会议留影"字样,再分寄给分驻各处的与会者。拍完了照,汪精卫率着他们,前往绿杨春饭店,赴南部的招待宴席。

黎星斗稍微松了口气,但心中警惕不失,只喝自己的水,不动其他。

进入饭店,根据名单入座。他恰好和汪精卫、南部共聚一桌。他看看桌前形势,心里有数,只留副官一人在旁侍应,自忖两人身上的爆炸物威力足够。

南部身为主人,以中国礼数行事,将汪精卫尊在首席,和黎星斗一左一右护卫。汪精卫心情颇好,似乎为这满座腰佩枪、肩耀星的场面感到踏实和安全。

南部起身来,替众人斟酒。酒过三巡,黎星斗面前杯子纹丝未动,只喝清水。南部看在眼里,笑而不语。

汪精卫将自己的杯子与他调换了一下,说:"黎司令,喝点酒吧。军人喝酒,才见豪气。"

黎星斗一笑,放下心来,端起杯子来一口干了,说:"多谢主席。"

南部大笑,说:"黎司令心有顾虑,生怕我摆的是鸿门宴。"

黎星斗抹嘴笑道:"我这个人戒酒很久了,只喝清水。很少出来陪人吃饭。今天有汪主席在场,喝酒是破例。下不为例了。"

汪精卫颔首说:"这不便勉强,军人不耽于酒色,也是对的。"

席间众人对于黎星斗的反常举动,不以为然,互相敬酒,喝了个不亦乐乎。酒至半席时,已然显出醉意来了。南部趁着这醉意,让厨师准备好两道具有日本特色的菜肴,一是生鱼片,二是煎牛肉饼。众人一起尝鲜,赞不绝口。黎星斗自开席起,没有尝一口菜,只等着终席散场。

黎星斗嗅着这煎得金黄的牛肉饼诱人的香味,倒也把持得住,不动筷子。

南部咬了一口,连连点头,作势请他品尝。

黎星斗正想以自己持戒茹素不吃荤食的借口推辞。汪精卫侧过脸来,提醒道:"黎司令,主人盛情难却啊。好歹尝一点,不可缺了礼数。"

黎星斗沉吟了片刻,用筷子夹起肉饼来,在边缘咬了一小块,这东西外酥内嫩,鲜美无比。他吃了这一口,算是给了尊客和主人的面子,放下筷子不再理会。这席间余下的一道道菜肴,如流星般上来,客人们风卷残云一般吃了个精光。

席终之时,已是下午一点。汪精卫扶醉离席,赶回南京。众人和南部一起送他到饭店门外,等他上车走了,这才互相道别。

黎星斗和南部握手告别,跨上马鞍,扬鞭而去。出城后跟卫队营汇合,当即启程返回吴尚。一路上马不停蹄,黄昏时抵达莲花镇,这才舒了口气,对副官等人说:"老子在扬州不敢吃不敢喝,到了咱们地界儿,肚子也饿了口也渴了。加把劲儿,赶回吴尚去开火,敞开肚子吃喝!"

他大笑了几声,正要催马前行。突然间,双手拿捏不住缰绳,两腿夹不紧马肚,嘴角奇异地抽搐起来,涌出了成串的白沫。一阵寒风吹过,他不禁打了个寒噤,嘶哑地叫了一声,头上脚下从马背倒栽下来,摔跌在吴尚城外三十里坚硬的土地上,人事不省。

(二)

天亮后,地下组织派人来报信,已从扬州内线方面获悉日伪此次清乡工作会议的详情。日伪即将对苏浙两省展开大规模清乡扫荡,鉴于严峻形势,要求林峰及早回去部署应对。

他叹息一声,看着贾慧,苦笑道:"你先随我转移下乡。咱们日后再找机会对付他吧。"

贾慧同意了,略作收拾,提起绣花布包来,让林峰在北门码头等,她要去跟黄太太道个别。他们夫妇即将返南京,再度见面怕是遥遥无期了。

林峰体谅地一笑,叮嘱她抓紧时间,一个钟头后船只启航,不能耽误。

贾慧答应了,急急忙忙赶向黄公馆。公馆门前,两个士兵持枪肃立,看她来了,招呼了一声,替她开门。她跨进门槛向里走去,远远瞧见 黄 太 太坐在水榭长廊里晒太阳,神情有些古怪。她招呼一声,黄太太摇头,没有起身。她走近身,伸手按在她的肩头,问:"怎么一个人在这里,姑父呢?"

黄太太无奈地指指身后房门。房门吱呀一声开了,黄参议神情尴尬地站在门槛下。

他背后有个人咳嗽着以熟悉的语调说:"人生何处不相逢啊,贾小姐,不,许小姐。"

贾慧顿时浑身僵硬了,连笑容都凝固起来。刘云,竟然藏身在黄公馆里。她心中懊悔与诧异交织,心底暗暗诅咒。

刘云枪顶着黄参议的脊背,咳嗽着左右打量她,笑道:"昨天远远地看见你,比以前黑了。咱们尊贵的督军小姐,怎么弄得跟乡下农妇似的。你再跟小樊在外面鬼混,可就容颜尽失啦。"

贾慧呸了一声,说:"你怎么还不死?"

刘云眯缝起双眼来盯住她,说:"承你吉言,我是个命不长久的人了。所以,这次来是想带你们一起上路的。昨天早上,那么好的天气,那样适宜的时间,轰隆一声,一切本可以在那里结束,可你们偏偏不肯就范。所以,我只好跟着你们了。唉,这尘世苦多乐少,没什么可留恋的。走吧,还是跟我走了的好。"

黄参议劝说道:"兄弟,有话好好说,男女间的事情,寻死觅活没多大意思。你跟贾小姐好好商量。"

贾慧冷笑,说:"这又是你的鬼花招?"

刘云恨恨道:"我本来可以不死,但是承蒙你和小樊这先后两枪,打得准、打得狠!五年前,你的那一枪因为力度不够,子弹留在肺部卡住了动脉血管,外科医生不敢开刀去取;五年后,小樊这一枪,因为距离远,子弹也留在了肺部。这两颗子弹,短时间内将一段血管夹成了一个血瘤,这个瘤正在慢慢地生长,做手术会引起主动脉破裂,立即就有生命危险。不动手术,它长到一定的程度,会自行爆裂。我所剩的时间不多了,这次回吴尚,只为一件事,带你和小樊上路,三人一起共赴黄泉,路上也有个照应。"

贾慧闭上眼,身体倚靠在廊柱上,缓缓向下瘫滑,喃喃道:"既然这样了,那就开枪吧。我愧对哥哥,早已有以死谢罪的想法了。"

刘云阴笑道:"你这个水性杨花的女人,真的一个劲儿地卫护他? 他找不着你,自然会来这里接你。你想让我开枪,给他警示报信? 做梦!"

贾慧说:"你想杀他,那才是白日做梦! 他已经返回乡下,针对日伪清乡围剿做部署去了。他的心思在抗日上,你的鬼点子全用在干丧尽天良的坏事上了。我不向着他,反过来帮你,那岂不是瞎了眼?"

刘云犹豫了片刻,黄参议说:"兄弟,这件事与我们无关啊。你怎么一直拿枪指着我?"

林峰冷冷地说:"黄参议,本来是没你的事,你老婆莫名其妙地把你扯了进来。你以为她真是她的远房姑妈? 你知道她老子是谁吗? 是堂堂的许督军,她是督军府千娇百媚、集宠爱于一身的大小姐,会是你这下三滥老婆的侄女儿? 简直笑话!"

黄参议去看妻子,问:"是真的吗? 你是在骗我?"

黄太太却口气强硬道:"这种事,你是信他还是信我?"

刘云说:"你听了老婆的蛊惑,三番两次与我为敌,还串通了老家伙合谋,篡夺了我的功劳。我这个人向来是有恩报恩有怨抱怨。对不起,此刻就要送你们三个上路了。"

贾慧长叹一声,说:"姑父,你怎么这样大意,你的那些卫兵部下呢?"

刘云说:"他帮你们抓我,这边公馆一片空虚。黄参议,你以为你跟李府祸事的关联,我猜不出来吗? 此刻杀你,也算是替天行道吧。"

黄参议听他语中带刺,牵连上了李西沅阖府上下绝户的惨事,忽然有了感触,难道,这真的是天道好还,报应来了吗?

刘云得意地笑了起来,夹杂着声嘶力竭的咳嗽声,在这个冬日的清晨,让人感觉到堵心和郁闷。这一刻,贾慧脸色如土,垂下头去,心中的悔恨无法以语言来形容。

在这三人尽皆绝望之时，远处宅门处隐隐传来细微的动静。刘云迅速将贾慧揽在怀中，持枪顶住她的头颅。

宅门轻轻地开了，两个持枪乔装成士兵的家伙直挺挺地站在门洞里，一动不动。刘云挥手示意埋伏暗处的手下去看虚实。但还没等他们靠近，便被那两个士兵背后之人开枪撂倒。刘云猛一挥手，宅内部下立即开火，将那两个士兵打得如同马蜂窝一样。

这边枪声未歇，陡然间他们头顶的屋脊上，枪声四起。射击者枪法精准，居高临下、弹无虚发。

林峰的声音在空中回荡："刘公子、刘专员，一出好戏啊！你总是出人意料，但这最后一次，还是被我猜中了。今天，你怕是无处可逃了。还不束手就擒？"

刘云剧烈地咳嗽着，厉声道："你心爱的女人在我手里，我死不足惜，可你救不了她啦！"

林峰在屋脊上长笑了一声，说："刘专员，咱们相识了这许多年。你用女人来要挟我，可让人不佩服。"

刘云狞笑道："打着你的痛处了吧？屋上风紧瓦松，下来吧。"

林峰依着屋角墙头宛如狸猫般左右腾挪，顷刻间下到了地面，手中持枪从侧面瞄准了刘云。刘云以贾慧的身体为屏障，咳嗽道："今天咱们三个人都聚齐了，死在一起，这是天意。"

林峰摇头道："谁想跟你死在一起？我提议，咱们做个交换，你放了她，我来替她如何？"

刘云迟疑了一下，说："不行，我想带你们俩一起踏上黄泉路。"

林峰嘲笑道："少了我，你也不甘心吧？如果她不在你手里，就凭你这个病痨鬼，下辈子再找我寻仇吧。"

他的话尖酸刻薄，刺得刘云心中愠怒，咳嗽声一阵紧似一阵，将枪顶在贾慧的太阳穴上，怒喊道："丢下枪，走过来，不然我这就打死她！"

贾慧对林峰惊叫道："不要，千万不要！"

林峰迟疑着丢下手枪，借着廊柱的掩护缓步过去，提醒道："别冲动，有话好好说。"

刘云说："别废话！你站到我面前来！"

贾慧悲伤地喊叫了一声，松弛了四肢，身体绝望地瘫沉下去。林峰走出隐蔽物的遮护，暴露在他们面前。刘云大喜，掉转枪口，正对着林峰的额头，笑道："这下子，功德圆满啦。你们这两个幼稚愚蠢的家伙。"

他正得意间，瘫坐在地的贾慧从脚踝处拔出枪来，由下向上开了一枪。子弹呈锐角从他的下巴斜穿上去，钻入脑袋。

这次，他纵然再有不可思议的能耐，也不能死而复生了。

（三）

且说黎星斗昏迷后，侍卫副官手忙脚乱将他抬上汽车，一路风驰电掣赶往吴尚，同时延请本埠最有名望的中医和福音医院的西医前来诊治。

两个医生分别询问了他发病前后的征兆和饮食等情况，再搭脉、检查瞳孔，研究揣摩了一气，也拿不出主张来，只得各按其道，开方子煎药与西药针剂共用，但却效果不大。这样昏睡了整整一宿，次日早晨天色大亮后，病榻上的黎星斗缓缓睁开眼睛，看看周围的人，问这是在哪里？副官告诉他，是在自家公馆里。他稍显放心，想支起身来，可是双臂却软绵无力，只能动弹了一下指头，喘息着说："给总指挥发电，我这次中了鬼子的暗算了，没法再帮他了，千万小心！"

黎星源收到了吴尚的密电，不由得顿足长叹，连声道："应该力阻他去扬州的，是我的错，是我的错！"

他放下电报，准备星夜进城，去探望盟弟的病情。但林峰抢先一步回来，告知吴尚城内的复杂情况，再三劝阻黎星源。他刚刚从地下组织获悉，黎星斗扬州会后毒发，不清楚日本人使用了什么毒剂，虽然不致命，但却让他几乎沦为废人。南京方面显然心中有数，已经以清乡公署的名义发出了命令，鉴于黎星斗患病，着令丁聚元代理清乡围剿总指挥一职。

黎星源眼中含泪道："日本人这是预谋好的，用这样的方式解决了黎星斗，启用丁聚元替代，这短短两天，形势急转直下，部队完了。"

林峰注视着这位长者悲切的面孔，心底叹息。二黎这半年来分兵各打旗号、互相倚靠支持的所谓万全妙计，已告破产。其实，自从黎星斗迈出易帜那一步起，就注定了这样的结局。

黎星源站在水边枯萎的芦荡中，形单影只，沉默了许久，拉了拉披在身上的呢料风衣，转身说："口伪眼看就要趁机动手了，我不去吴尚了，你也别留在这里，赶紧率部队行动吧。这次扫荡，得做最坏的打算。"

林峰问："那你怎么办呢？随我们一起转移吧。"

黎星源摇头说："我不走，我们人少目标小，就依托水网湖泊跟他们周旋。"

林峰无奈，只得尊重他的意见，返回营地部署行动，抢在日伪军行动之前向北转移。临行之际，他再三敦请黎星源将总部及卫队向东向北靠拢新四军游击区，危急时可以有个依靠。黎星源口头上答应了，但却依然按兵不动。

这样，在水乡深处又平静地等候一天。第三天下午，哨兵报告，发现日伪扫荡部队的踪影，汽艇马达声隐约可闻。他这才下令动身，数百人分乘大小船只近二十艘，出了湖荡，沿着河流直向前驶，一路上不时和前来清剿的伪军队伍相遇。这些伪军沿岸向西、向北，对这支规模不大的船队视若无睹。天黑之后，桨橹依旧不停持续行程，直到半夜时分，抵达了距离江堰不过六七里地的所在时，这才停船靠岸，就地露宿扎营。

天亮后，黎星源率队进入村庄，屯驻下来，坐听数十里外枪炮声隆隆。他这般大胆的举措，随行官兵们先是捏了把汗，等到安营之后，发觉竟然进入了丁聚元的防区腹地，这才恍然大悟，原来黎星源早有预谋，施了招险地求生的妙计。

眼下，苏鲁皖总指挥部用以通讯的仅有一部电台，黎星源下令开机后，只收不发，密切地关注着周边的战事动向。南部率直辖的一个大队及部分宪兵出扬州，向东向北，和新化城出来的日军对进策应，扫荡新化以西邮城以东的新四军部队。然后，再分兵一路直向原苏鲁皖总部驻地分进合击，团团围困。丁聚元以四个团的兵力由东向西北进发，堵住并切断新四军根据地交通要道。这战事第一步达成的目的，就是要合围黎星源所部，但是这轮进攻显然是落空了。于是，预案的第一阶段开始实行，日伪军各部略加休整后，兵分三路，从三个方向进入新四军根据地，后续部队取道江堰增援，一时间数万人马来势汹汹，大有乌云压城之势。新四军主力部队提前转移，留下了若干支游击队，利用水网、垛田、交通壕等便利地形地貌，就地坚持，时而阻击，时而偷袭，时而伪装针对伪军的强攻，搅得敌伪日夜不得安宁。

但南部襄吉的进剿行动，仅是整个江浙两省清乡计划的一个部分。从阜宁、盐城、淮阴等地出动的日伪军，业已同步行动，形成了东西对进、南北夹击的战略态势，将新四军军部以及大部主力部队围入一张巨网当中。北线新四军沉着应对,撤出所占领的城镇,集中优势兵力在阜宁以西地带设伏,将淮阴方面出动的日军一个大队引入伏击圈,借助河道港汊的地形,对这支水陆并进的日军主力予以重创,歼敌一个中队,毙伤总计二百人。此后迅疾撤出战斗,做出了意欲进攻淮阴城的架势来,白昼里作多路纵队行军,天黑后倏尔转折向北,掩护军部机关从敌军急于回援淮阴留下的空当里穿插出去,随即从后背对参与进剿的伪军各部发动了摧枯拉朽的进攻,将北线日伪看似严密的铁桶阵粉碎殆尽。

南部所督率的日伪军队,四处寻找新四军南线主力而不得,眼见北线友部进攻受挫,不敢在险地多加逗留,将麾下各部混编,采取铁帚战术,在新四军根据地来回反复了几次后,发出大捷战报,各自撤兵。但在回师的路上,遍寻不着的新四军苏中主力突然尾随而至,发动进攻,将日军一个小队以及伪军两个团干净利落地吃掉了,再度消失在平原水乡的茫茫夜色中,无迹可寻。

至此,这一场目的在于配合太平洋战争,稳固占领区物资供应来源的大规模清剿战事,历时十五天宣告结束。黎星源将小股部队安置在敌占区腹地,坐观风云变幻,直至这出大戏帷幕降落时,不禁慨叹了一声:将来的天下是共产党的。

他吩咐副官,部队做好转移的准备,等日伪从水乡撤兵后,重返旧时的游击区。避过了这一场战事劫数,跟随他的总部人员以及卫队,都松了口气。这段日子,大家都比在野外餐风露宿时养胖了一些,精气神足了,当即摩拳擦掌整理行装待发。

这天黄昏,众官兵随着黎星源离开这暂住地,上船解缆向西出发,沿着卤丁河走了不到十里地,前方河道岔口转过一队船来,拦住了去路。南北两岸,突然间伏兵四起,三面将黎星源及其卫队围住了。黎星源下令停船,拿起望远镜朝对面看,那厢船头站着新近接替黎星斗代理清乡前线总指挥职务的旧部丁聚元。

他冷笑一声,让手下划船靠近过去,说道:"丁司令得胜归来,好不威风啊!"

丁聚元连忙拱手躬身,说:"总指挥,卑职是来挽留您在我这里小住一宿的,容我一尽地主之谊。"

黎星源问:"你请我去哪里?"

丁聚元说:"自然是去江堰,那是我的防区。"

黎星源点头,挥手让卫队收起枪,跟随丁聚元的船队,掉头往江堰驶去。

晚上七点左右。黎星源率着副官及几名卫士,在丁聚元的陪同下进了镇子,来到伪二师司令部。丁聚元安排了一桌菜肴,给黎星源接风。黎星源坐下刚刚喝了两口水,副官突然进来,在他耳畔低语报信,卫队被丁聚元下令缴了械。黎星源面不改色,摆摆手示意他退下。

丁聚元换了衣服出来,先陪他闲谈了一会儿,后然亲自替他斟酒夹菜,殷勤侍候。黎星源也不推辞,眼见酒酣耳热时,丁聚元放下了酒杯,转过桌角来到他的面前,突然屈膝跪倒,轻声说:"恳请总指挥一件事。"

黎星源先是诧异,随即就明白了他的用意,淡淡地说:"丁司令,起身说话,何必如此?"

丁聚元维持跪姿不变,继续说:"恳请总指挥参加和平运动,曲线救国,重新领导我们这些弟兄们。"

黎星源自斟自饮一杯,说:"一个黎星斗,下场如此,我会步他的后尘吗?你们倘若愿意听我的话,那么就当机立断一起反正,我愿意登高一呼,电请重庆方面任命你为苏鲁皖游击部队总指挥,重树大旗。"

丁聚元脸色微变,摇了下头,站起身去拿起酒杯重新斟酒,对于方才所谈的内容只字不提了。黎星源心里有数,喝酒吃菜,直至酒足饭饱,放下杯筷说:"我这可困了,明天要起早赶路。你安排个地方先让我睡上一宿吧。"

丁聚元答应一声,便请去在自家公馆客房里安歇。黎星源脱衣上床,不一刻便鼾声大作沉睡过去了。丁聚元站在门外院中,一时间举棋不定。他手下参谋长前来请示下一步处置方案。

丁聚元苦思冥想了半天,咬咬牙说:"明天一早,放他们走吧。黎星源是烫手的山芋,我可不能做这个冤大头。"

参谋长奇怪,问他的用意。

他说:"这位总指挥虽然已经沦为孤家寡人,但旧部犹在,大家伙儿心里虽然不肯再随他去吃苦,但都不肯跟他翻脸。说实话,六个师长里面,谁都想拿他向日本人汪精卫邀功请赏,可是谁也不肯挑头。真做了这件事,那可就成了众矢之的,大伙儿都围着你虎视眈眈,弄不好是有头上床睡觉,无头下床醒梦了。"

参谋长咋舌点头,退出屋内。

丁聚元坐在屋子里吸烟,踌躇了良久,嘴角渐渐露出笑意来,喃喃道:"世事变迁，各为其主，各谋其利。我可以放过你，但日本人未必吧，我袖手作壁上观就是了。"

（四）

天色大亮后，黎星源起床穿衣，走出客房。

丁聚元早已在前厅等候，关切地问道："总指挥几时走？"

黎星源说："现在就走。"

丁聚元说："那卑职送总指挥到码头。"

黎星源转身出门，他的副官卫士都已在门外整装待发。黎星源瞅了一眼他们手中的武器，心中有数，信步而去。到了码头，十几条船俱已做好准备，见到他来了，纷纷开始解缆。

黎星源站在码头的麻石阶上，跟丁聚元道别。

丁聚元躬身道："总指挥一路顺风，前面路途遥远，还望小心仔细了。"

黎星源挥手道："丁司令，请回吧，各人前程自己把握，后会有期。"

黎星源登船，趁东风顺流向西，走了不到二十里地，便下令改变路程，就近抄一条狭窄的水道，借残余芦苇的掩护，快速脱离丁聚元的防区。船队依靠竹篙，在这水深不足的河道里费尽了气力，到天黑时好不容易进入下河腹地乌鹊湖，水面顿时开阔。黎星源下令，在湖心小岛就地宿营。

他昨夜在丁聚元公馆里并未睡得安逸，这会儿离了险地，躺下来不一会儿就鼾声大作，睡得甚是香甜。一夜无话，天蒙蒙亮时，湖上雾霭浓重，能见度不过数十米远。但突然间，栖息在芦苇丛中的野鸟扑腾着翅膀惊飞起来，叫声凄厉。

在岸边守望的哨兵留神倾听远处的动静。隐约间，汽艇的马达声渐渐清晰起来。他们知道不好，赶紧快步奔向宿营地报信。黎星源刚刚起来，听得报告，赶紧带着副官等人到岛边观察。果然，小岛四周几个方向都发现了异常动静。他脱离了丁聚元的防区，却没能脱离日伪的耳目，在这偏僻且寂无人烟的地带，再度陷入重围了。

黎星源当机立断，命令电台向友军各部发电，苏鲁皖游击总指挥部于乌鹊湖陷入日军重围，先正向东北方向突围，请求友邻各部支援。电报发出后，他下令烧毁密码本，就地掩埋电台，将所部五百余人分成两路，向北向东先行突围,他自率副官和十名卫士坚守岛上,吸引日军的注意力。

众官兵不忍离开,要求保护总指挥拼死一战。

黎星源眼中含泪,说:"这几年,我殚精竭虑,已尽全力。天意如此,何必再牺牲这么多兄弟们呢。你们走吧,日本人的目标在我,趁着大雾还没有散,赶紧上船。"

众人拭泪登船,按照计划,在越来越浅淡的雾色中划桨而行,远离孤岛。黎星源抬腕看表计算时间,下令留下的所有人对天开枪射击。

这围剿中的沉默,由被困者率先开火打破了。正在四面重重迷雾中搜索着的日军,被这猝然而起的枪声所惊,纷纷开枪还击,加速向枪响处聚集。

黎星源率卫士向岛上最高处撤退,在一片树丛中坐下,点起烟来,静候着太阳升起,雾气散去。等到天边云层消散,一轮旭日破雾而出,四下里的景致逐渐清晰起来。广阔的湖面上,日本人的汽艇从四面八方逼近,马达轰鸣,搅出一道道狭长的波纹。

黎星斗举起望远镜仔细观察,发现部属突围的船只尚未脱离日本人包围圈,命令众人捡来枯枝絮草,点燃起来。一股浓黑色烟柱直冲天空,清晰无比,四下里遥遥可见。眼瞧着这明显的目标,日军兴奋不已,汽艇纷纷加速,不顾一切地冲向岛边岸滩。

登陆后的日军,分成多路向岛上土丘顶一拥而上。

黎星源坐在马扎上,依旧抽烟,眺望着远处,确定余部已经突出日军重围,心底放松下来,扭头冲副官吩咐说:"你去通报一下,国军苏鲁皖游击部队总指挥黎星源在此,让他们这里的最高长官来见。"

副官领命,整理了一下衣冠,挺直了腰板大步走下土坡,迎着上来的日军,大声地将上司的吩咐重复了一遍。日本兵随军翻译停下脚步,挥手向军曹汇报,军曹转而再向督战军官禀报。十五分钟后,一名中佐大队长挎着战刀快步上来,随副官走近了,仔细端详,果然是一位年近五旬的高级将官,顿时大喜。他行军礼致意后,叽里哇啦地说了一通,大意是请黎将军在此地安歇,他这就去向南部将军联络,请示下一步的指令。

黎星源没有理会,自顾自地又点起根烟来,冲副官使个眼色,笑道:"咱们几个在这里做诱饵,他们都安全地走了,也算是最后做些事情吧。"

两个小时后,清剿日军接到南部的急电:礼请黎将军赴吴尚相见。

日军中佐立即将电文内容向黎星源转达,敦请他上汽艇。黎星源指指身边已然被缴械的副官和卫士,要求同行。中佐同意了,当即将他们押上岛畔停泊的汽艇,全军护送,从湖西的出口向南进入卤丁河,直趋吴尚。

且说正在邮城一带督战的南部襄吉,得悉了黎星源被俘的消息,大喜过望,立即安顿好前线军务,火速南下赶往吴尚。

吴尚城中,黎星斗卧床不起,城中驻军群龙无首,人心惶惶。黄参议看形势知道此地不是久留之处,赶紧携了老婆动身,前往南京。黄太太虽然心中不情愿,但局势如此,不得不走。临行前,她和贾慧相拥而哭。

贾慧自从在黄公馆亲手击毙了刘云之后,仿佛已然将骚扰自己灵魂和肉体的恶魔彻底地驱除出去了,整个人的身心都已然返璞归真。她重新恢复了小学教员的职业,往返于住处和学校之间,默默地等候着这场战争的结束。林峰在离城前,与她约定,抗战胜利后,他会来吴尚迎娶她,一起返回故乡。这个约定,是她日后平淡生活唯一的希望所在,也是她厌倦了俗世红尘之后,唯一的信念所在。

(五)

黎星源被转押到了吴尚后,软禁在晓光寺内。

吴尚原驻防独立旅已经被调往江堰。丁聚元代理第一集团军总司令一职,率部入驻。他刚刚入城安置好防务,便有哨探报讯,南部已经从邮城前线赶回,抵达西门。丁聚元连忙去城门口迎接,两个人攀谈几句后,兴冲冲地前往羁押地看望黎星源。

黎星源被俘之后,拒绝进食,独坐在寺内大殿北厢房里,手下的副官随从被关押在隔壁,服侍他的日常起居。在南部到来之前,他拒绝和所有日伪军官见面。晓光寺外,旧部云集,五个师长都在心急火燎地等候着,各怀心思。

南部风尘仆仆赶来吴尚,就是想亲眼一睹这位多年来真正的对手。他在丁聚元的引领下,进入日军宪兵队把守的晓光寺,来到厢房门前,略整了一下军服,抬手示意。

丁聚元去门前通禀道:"总指挥,南部旅团长来拜望,请您相见。"

黎星源从窗前木椅上掉过头来,淡淡地说:"进来吧。"

南部进了屋子,看着这个头发略显花白的长者瘦削的背影,敬了个军礼,说:"在下南部襄吉,大日本皇军第七混成旅团少将旅团长。心仪将军已久,特来拜谒。"

黎星源随意指指身边凳子,说:"旅团长不要客气,我虽然多年前在日本留过学,但时间太久了,已经不会说日本话了,你还是叫个翻译过来吧。"

南部坐下,得意地笑道:"在下有幸,在吴尚这块地面上和吴尚二黎相聚,也算是一段传奇了。时至今日,将军还有什么话说?"

黎星源微微一笑,望着窗外大殿,说:"这场战争大概不会拖得太久了。旅团长你要多保重,能够安然返回日本故乡,是一种福气啊。"

南部皱起了眉头,问道:"黎将军何出此言?你我胜败已分,阁下沦为阶下囚,难道还不肯认输?"

黎星源笑了几声,说:"旅团长,时至今日你还看不出将来的形势发展?或许是黎某太高估你啦。"

南部悻然道:"将军果然非同凡响,身在囚笼,还能瞻顾天下大势。佩服。"

黎星源摇了下头,说:"这日后的战局大势,头脑清醒的人都会明白的。说不定,将军心中早已明白,不肯承认罢了。"

南部冷笑道:"将军是因为南洋战局有感而发吧?我告诉你最新的战报,我大日本皇军海陆军所向披靡,已然攻占了马来半岛、菲律宾等地,英美军一败涂地,我军高奏凯歌。美国人没那么可怕,你等以为美国加入将会扭转局势,那是一厢情愿了。"

黎星源说:"旅团长,来日方长,咱们就不在这里作口舌之争了。"

南部说:"我来此地,只是拜访,无意劝降。望将军好自为之。听说你已经绝食两天了,似乎毫无必要吧。"

黎星源笑道:"年纪大了,无所谓生死了。"

南部摇手,说:"将军还要跟在下验证天下未来的局势吗?请珍惜自己的生命。如何?"

黎星源一笑置之,说:"我来吴尚,别无牵挂,只想看看我那位中毒卧床的盟弟。你能不能开个方便之门?"

南部恍然明白,说:"原来将军绝食是为的这个。那位黎将军距离这里不过咫尺之遥,待会儿请丁司令陪同就是。在下军务繁忙,就不再打搅了。"

这次会面不过短短半个钟头,南部襄吉心满意足而去,再未重返吴尚。两年后,他被晋升为中将师团长,率部调往南洋诸岛,参加岛屿防御战,与美军激战,死于 B29 堡垒轰炸机地毯式轰炸下。

黎星源得了南部的承诺,换了衣服,在丁聚元的陪同下,前往黎星斗的公馆,看望这个误中敌计,生死难料的盟弟。跟随的日军宪兵队将公馆四周围得水泄不通,严防二黎的旧部心生他念,前来劫救。

黎星源走进公馆,径直去了卧房,只见黎星斗背垫着靠枕,半坐半卧,两眼迟钝,望着床顶的雕花图案木然不语。他忙上前伸手轻轻拍了一下,关切地叫了一声:"兄弟,大哥看你来啦!"

听到他的声音,黎星斗的眼神忽然有了鲜活劲儿,扭头来看,好像认出他来,从被窝里探出手,颤抖着声音说:"大哥,你怎么在这里?"

黎星源连忙将他的手掖回被中,轻声说:"我要去重庆开会了,家里的事情都交待好了,你安心养病,等我回来后咱们一起找个安静的去处,养养鸟,念念佛,过过安静无忧的日子。"

黎星斗沉默了片刻,头脑似乎清醒了一点,问:"大哥,你怎么来吴尚的?咱们苏鲁皖的弟兄们,难道就这样完了?"

黎星源摇头,说:"弟兄们都在乡下打游击呢,我是特意来探望你的,马上就得走了。"

黎星斗不信,一把抓住他的手,说:"不对,你肯定有难了,我要保你,决不能任由你走!"

丁聚元在旁插话说:"总司令,总指挥的安危,我们都关心着呢。你养好身体,总指挥和我们才能放心。他的事情,我们众兄弟必定是要一力承担的。"

黎星斗此刻从浑噩中省悟过来也不过几分钟的时间,随后,便又重新陷入了迷糊状态。他松开黎星源的手,喃喃道:"去重庆,得坐飞机吧?人在天上,命就不在自己手里了,听天由命吧。"

黎星源悄然起身,向屋外走去,几步之后回头再看他一眼,不觉流泪叹息道:"唉,一失足成千古恨!"

他离开了卧房,叮嘱丁聚元要保证黎星斗的安全,这才回到晓光寺内,通宵无眠。

次日上午,扬州方面日军派部队协助,押送黎星源经由镇江转送南京。汪政府内部,对于黎星源的问题,关起门来商讨了两天。陈公博与黎星源有旧,竭力反对处死他;周佛海得到重庆方面的暗中招呼,也支持这一意见,并以江北诸将大多是黎星源的旧部,且又有联名担保的文书,为了笼络他们,留着这个人比除掉他更有价值。

汪精卫沉思良久,采纳了他们的意见,做出决定:暂不对黎星源做出处置,但是,为防备他和旧部接近,酿成变故,不能留在南京,现将他转押上海,择一妥善地点关押,不许旧部和他联系见面。

这样,黎星源又被转押上海,先行关押在某饭店内。一年后,由他人担保,改由某大员接在家中代为看管。1945 年夏,重庆方面发布电令,任命尚在敌方缧绁的黎星源为第三战区副司令长官,准备着手负责对长江中下游地区伪军的接收和整编。至于苏鲁皖游击总指挥这个职务,已然在三年前改由韩德勤充任了。

这支杂牌军队的番号、职衔早已名存实亡。在抗战史上,留下了难以谈说的一笔。

1947 年春,全国各地在内战的隆隆炮声中,开始了对于汉奸罪行的大规模审判。原汪伪政府诸巨头,生生死死各有其命。前北洋督军、伪华北政务委员会要员、汪伪政府头面人物许霆震,在与前来探狱的女儿见上最后一面之后,于次日清晨在监狱院中健身打太极拳时,被悄然而至的行刑枪手瞅准了空当,一枪击中后脑。他的身体以惯性完整地完成了一个毫无瑕疵的鹞子翻身之后,脸朝下扑倒在青砖地上,气绝身亡。他的尸体火化之后,交由其女带回安葬。

那位许小姐,埋葬了亡父的骨灰,在故土的行踪犹如惊鸿一瞥,不复再见。她回到吴尚,继续以女教员贾慧的身份隐居。至于她的未婚夫林峰,抗战以后也未能回到吴尚来迎娶她。

据可靠消息,林峰在 1945 年初秋,随同部队登船从海路赶赴东北时,途中遭遇强风,溺水身亡,带着这个女人永久的期盼长眠于海底,终年三十四岁。

1964 年,贾慧在郁郁寡欢中病故。她的后事,由洞悉其身世的邻居李嫂代为料理,遗物有一串翡翠项链和一块标有国军三十三师番号职衔的布质胸章,隐隐证实着她那鲜为人知的传奇和坎坷。

她曾经的所谓亲戚黄参议夫妇,在抗战胜利后逃亡香港。三年后,双双离奇地死于咸美顿街 126 号寓所内,所携带的细软珠宝被洗劫一空。后有黑道中人透露,这是他实力雄厚的仇家买凶暗杀所致。多年前那段在吴尚曲折神秘的往事，是其死因。但其间详情，除了死者自己，谁也不能讲得清楚了。

2011 年深秋毕稿于泰州濯污堂

说说《杂牌军》背后的历史

陈 建 波

这部长篇小说写的是抗战中一支杂牌军队由鼎盛走向覆亡的过程。这支军队的原型是抗战时期占据江苏泰州地区的苏鲁皖游击部队,首领李明扬、李长江时称"泰州二李",亦即小说里所讲的"吴尚二黎"。

杂牌,顾名思义,即非嫡系。但这支军队之杂,远超过一般意义。它非但没有蒋氏嫡系部队的印记,甚至连西北军、东北军、川军、滇军等军阀部队都不如。说穿了,它就是因国民党抗战正面战场溃退留下的特殊产物。但就是这么一支杂芜不堪,更多靠江湖义气维系的武装,却在抗战中期,参与并制造了两个重大历史事件,深刻影响了抗战以及抗战后的历史进程。

前者,是黄桥战役;后者,是臭名昭著的"曲线救国"策略的产生。

先谈一谈黄桥战役。1940 年初,新四军江南指挥部执行开辟苏北的战略任务,渡江北上,先头部队进入苏鲁皖游击部队防区,首度摩擦,"二李"所部败退,但新四军方面却胜而不追,趁势表明要借道东进。"二李"为切身利益计,纵放新四军从防区通过。尔后,新四军与国民党江苏省主席韩德勤所辖势力几度交锋。韩德勤聚集重兵向新四军驻地黄桥发动进攻。三路进攻部队中,"二李"为其中一路。新四军分别采取拒、打、拉的战术,以抵抗韩部七十九军、独立六旅和"二李"。"二李"果然深谙默契,在此战中按兵不动,结果,新四军大胜,乘势东进,与南下的八路军会师,实现了贯通南北的战略意图。国民党就此在苏中、苏北失去了主导权。

再说曲线救国。黄桥战役之后,日伪对仍在国民党势力控制下的苏北垂涎三尺。尤其是汪伪政权,自成立以来一直是空架子,缺乏基本的武装力量。汪精卫对"二李"的部队心存觊觎,一心想将它收归己有。于是,与日伪协同,针对"二李"采取了利诱、暗杀和武力威逼等诸种手段,强迫其易帜归降。时值 1941 年,抗战处于最为艰难的阶段。以"二李"为代表的处于沦陷区的国民党部队,生存愈加艰难。重庆国民政府无法顾及他们,任其自生自灭。在这样的形势下,"二李"行使所谓"妙计":分兵两支:一支打原来的旗号,离开泰州下乡坚持；一支投降日伪，企图以泰州城为依靠，互为倚仗，暗通款曲，形分神不分。

但是，由于这支杂牌部队首开大建制投降日伪的先河，随即，国民党部队附应投敌者不计其数，大量杂牌军打着"曲线救国"的旗号，沦为伪军。"曲线救国"也就此成了中国军队抗战史上难以洗刷的耻辱印记。而书中写到的所谓"妙计"，最后也因中下层军官被汪伪分化瓦解而破产。"二李"最后的结局，一为日本人下毒致残，一被日军俘获。这支杂牌部队就此为历史尘埃所湮没，不复为人所知。

小说的内核重点部分，是"吴尚二黎"，象征性不言而喻。"二黎"的困境是战、降两难；"二黎"的策略是战、降并行；"二黎"的选择则正是所谓"正面战场"和"曲线救国"平行的方式。"二黎"如同一张牌的正反面，蒋汪岂非如此？当时，蒋介石和汪精卫一个抗日图存，一个变节投降。蒋汪二人不同的选择，或许恰恰是国民党统治集团在民族困境中的两条道路的选择。最终，历史是仲裁者，它给出了另外的答案。但无论迫于什么样的形势，在民族的生死存亡面前，投降卖国的选择是永久的耻辱。

在创作这部作品时，笔者有意避免全景式的描述，将历史事实和文学加工巧妙结合，将日、伪、国、共、杂五方势力矛盾的集中点，落实在一个小女子的身上，大处着眼，小处入手，展现非常时期错综复杂的矛盾纠葛。从某种程度上说，女主人公贾慧个人的爱恨情仇纠结，也是这支军队身陷各种势力而进退维谷的写照。

这部作品起笔于"皖南事变"之后，收笔于"太平洋战争"爆发。这一阶段，中国抗战正处于黎明前的黑暗时期。一部分人看不到希望，动摇了抗日的信心。但更多的人在这看似渺无生机的绝境中，坚持了下来。历史往往是在关键的时间节点和矛盾节点上发生改变，而这种改变的后效，往往是多年之后才能显现。这是历史的魅力，也是小说的魅力……